KB262580

낭만의 테러

파시스트 문학과 유토피아적 충동

이 도서의 국립중앙도서관 출판시도서목록(CIP)은
e-CIP 홈페이지(http://www.nl.go.kr/cip.php)에서 이용하실 수 있습니다.
(CIP제어번호 : CIP2008001864)

낭만의 테러

파시스트 문학과 유토피아적 충동

한민주 지음

Terror of Romanticism
Fascist Literature & Utopia Impulse

푸른사상

정치적 낭만과 유혹하는 파시즘

파시즘의 정체성은 항상 유동적이다. 그래서 군중의 사랑도 늘 움직인다. 이러한 것들이 지치지 않고 움직일 수 있는 원동력은 정치적 낭만성에 있다. 낭만주의자는 세상을 자기의 낭만을 위한 생산의 기인과 계기로 삼는다고 했던 칼 슈미트의 지적처럼, 정치적인 낭만성은 존재하는 모든 것의 현실감과 존재감을 부정하고 자신의 열정과 사랑의 단순한 연결점으로 보아 버리기 때문이다. 그러므로 파시스트는 낭만주의자이다. 식민지 체제의 경우, 이러한 논리는 지식인의 자기 정당화 기제가 되었을 것이다. 그러한 가운데서 그들의 하루는 열망에 들뜨고 또 하루는 불안과 갈등의 상태에 빠지는 이중적인 존재감의 여진에 시달렸으리라. 이러한 측면에서 이 책의 큰 제목은 '낭만의 테러'이다. 굳이 파시스트가 아니더라도 개인이 지니고 있을 낭만성의 본질적 위험성을 '한국문학'과 '정치'에서 고민해 보고 싶었다.

우리는 파시즘이 문학을 어떻게 전유해 나가며 예술의 정치화를 꾀하는지 살핌으로써 파시즘과 미학 사이의 관계를 이론화하는 동시에 그 문화·이데올로기를 이해할 수 있다. 1940년 8월 5, 6일 이틀 저녁 경성 부민관 대강당에서는 '문예총후운동(文藝銃後運動)'의 일환으로 '일본문협(日本文協)'의 대표인들이 강연을 하였다. 이 강연의 취지는 동양 민족들을 친화

시킬 '심령의 악수를 가져오고 가져갈 문학'에 대한 고민을 함께 하자는
데 있었다. 이 시기 식민지 조선의 '문학정신대'는 '파시즘 문학', '국민문
학', '전체주의 문학론', '나치스 문예이론'에 경도되었고 문학과 정치의
공모 방식을 찾았다. 뿐만 아니라 같은 시기 독일의 '히틀러'에 대한 조선
민중의 관심, 독일 파시스트 청년단의 식민지 조선 방문이라는 사회 문화
적 이슈가 있었다. 이러한 문화사적 현상에 대한 이해를 간과하면서 우리
가 식민지 문화사를 온전히 이해했다고 할 수는 없을 것이다.

이 책은 '파시즘과 문학'이라는 주제 아래 박사논문인 「일제 말기 소
설 연구: 파시즘의 소설적 형상화를 중심으로」와 파시즘의 미학, 수사학
에 관한 소논문들을 묶어 놓았다. 이 논문들은 식민지 파시즘의 서사적
구현 논리를 '차이'의 전형화라는 관점에서 분석했다. 그리고 폭력적인
함의를 지닌 '차이'라는 지표가 젠더, 섹슈얼리티, 이데올로기적 차이
속에서 정치적으로 낭만화 될 수 있었던 근본적 원인을 파시스트 모더
니티와 유토피아적 충동에 두었다. 이것들은 식민주의와 낭만주의의 결
합에 의해 얻어진 결과이기도 하다.

제1부 '파시즘의 문학적 형상화 논리'는 식민지 파시즘 문학이 파시스

트 인간형으로서 '신인간형new man'을 만들어 내는 서사적, 이데올로기적 논리에 대한 분석이다. 1장과 2장에서는 일제 말기에 이루어졌던 파시즘 문학론에 대란 방법론적 고민과 파시즘 문학 논의의 전개 과정을 고찰함으로써 당시 파시즘 수용이 어떤 식으로 변용되어 천황제 파시즘과 결합하고 분리하는지를 보여주는 과정이 나타나 있다. 3장에서는 파시즘의 특성이 문학적으로 투영되는 네 가지 형상화 논리를 살펴보았다. 첫째, 소설에 구현된 '청춘', '젊음(youth)'의 개념은 전시체제라는 역사적 컨텍스트에서 문화적 재구성의 매커니즘으로 작동한다. 그리고 청춘 담론을 통해 '새로운 인간형'을 전형화하는 과정이 나타난다. 둘째, 국제 로맨스는 낭만적 사랑의 형식을 취하며, 식민지 주체와 피식민지 주체 사이의 로맨스적 상호작용을 가족적 연관으로 재현한다. 이러한 재현 양상은 각 민족 간의 결합 방식에 사랑의 형식을 취하며 식민주의를 낭만화하여 동화의 논리로 삼고, 인종을 전형화 한다. 셋째, 전쟁서사를 통해 남성의 우정과 여성의 섹슈얼리티를 혐오하는 전형화가 나타난다. 여성은 동지애를 위해 남성화되는 양상을 확인할 수 있다. 넷째, 총후 여성에게 전체주의적, 유기체적 관념을 학습시키기 위해 '교양'과 문화적 '사명감'은 중요하게 취급된다. 그리고 주체로 호출되는 '신여성'은 국민이 되기 위한 전형화를 거친다. 이러한 네 가지 전형화의 논리에는 일제 말기 '신세대론', 즉 '젊음의 정치학'이 작동하고 있었으며 동시에 정치적 청년상을 구성하고 동원하는 메커니즘이 되었다.

제2부 '파시즘의 미학'에서는 파시즘 이데올로기가 미적 가치를 두고 있는 '활력vitalism의 윤리학'이 식민지 지식인의 욕망과 결합하는 방식을 살펴보았다. 제1장과 2장에서 다루고 있는 논문들은 전향소설을 대상으로 하고 있다. 이 논문들은 전향자의 의식과 열망이 피식민지 남성 주체의 젠더 정치학과 연결됨을 밝힐 뿐만 아니라 그들의 '여성화된 남성성'이 파시즘적 '남성성', '힘', '야수성', '원시성'에 대한 열망과 예찬으로 나아가는 과정을 살펴보았다. 피식민지 전향자로서의 정체성이 생활에의 '무기력'에서 '적극성'으로 쉽게 나아가지 못하게 되는 과정은 피식민지 남성의 매저키스트적 자의식 과잉과 여성혐오의 방식으로 표출된다.

제3부 '파시즘과 레토릭'에서는 정치 선동을 위한 비유와 담론의 재현 구조와 이데올로기적 기능을 살펴보았다. 파시즘은 정치적 이미지 창조를 위해 대중의 수행능력과 결합할 수 있는 비유와 담론을 생산해 내며 대중의 감정에 호소해왔다. 제1장에서는 파시즘에서 강조하는 '남성성'이 '시각의 권력'을 통해 비유적으로 구성되는 작품들을 분석해 보았다. 이러한 작품들

은 '남성성'을 숭고함으로 대치하면서 그것을 곧바로 민족과 연결 짓는다. 그러한 과정 속에서 여성은 파시스트 남성을 숭배하는 타자로 구성된다. 2 장에서는 일제 말기 전선 기행문들이 만주담론과 남방담론으로 담론화되는 과정 속에서 사용했던 '경이(驚異)'의 수사학과 과학적 관찰, 감수성의 정치학 등이 식민지 타자를 '의사(擬似)-주체화'하는 과정을 살펴보았다.

여기에 모인 글들은 <한국학술진흥재단>에서 박사논문연구지원 과제 로 선정되면서 시작되었던 사유의 결과물들이다. 이 논문들을 다시 보면 서 "전체주의가 어쨌다구?"라고 호통치는 지젝의 목소리가 계속 환청처럼 들려왔다. 내 연구의 키워드인 '파시즘', '전체주의'가 그의 지적처럼 역사 적 사실들을 새롭게 서술할 수 있는 통찰들을 막아버리는 '구멍마개'가 되는 것은 아닌가 하는 연구자로서의 우려 때문이었을 것이다.

문학은 문학성만을 최고의 가치로 두어야 하는가. 지금껏 문학은 정치 와 만나면서 문학의 정체성을 만들어 왔다. 그것은 문학의 대상이 되는 대중의 심리가 마찬가지로 문학을 대상화해 왔기 때문이다. 파시즘의 미 학과 레토릭은 열정을 쏟아 부울 '신화'를 창조한다. 그것은 대중이 열광 할 거리들을 찾지 못해 아우성이기 때문이다. 그런데 대중이 신화 속에서 찾은 쾌락은 미와 폭력이 결합되어 있다. 폭력에서 쾌락을 얻는 것이 예외상태로 존속하는 한 파시즘의 유령은 반복해서 출현할 수 있다……

이 책이 출판되기까지 나는 많은 분들의 도움을 받았다. 처음 이러한 사유의 시작에서부터 박사논문 지도까지 꼼꼼한 분석과 지도를 아끼지 않으신 김경수 선생님과 석·박사과정 동안 아버지처럼 격려와 가르침을 아끼지 않으셨던 이재선 선생님, 그리고 논문심사 기간 동안 여러 가지 조언으로 도움을 주신 박철희·김승희·이상란 선생님께 깊이 감사드린다. 또한 여기까지 오도록 이끌어 주신 학부 때 스승인 구수경·정경일·김병국 선생님과 늘 문학이 있는 자리에서 나의 별자리가 되어 주시는 우찬제 선생님, 그리고 함께 고민하고 길을 찾아 주려 애썼던 공임순, 심진경 선배님께도 깊이 감사드린다. 뿐만 아니라 이러한 논의에 초석이 되어 주셨던 연세대학교의 권명아 선생님께도 이 자리를 빌어 감사를 표하고 싶다. 마지막으로 이 책의 출판을 적극적으로 도와주신 푸른사상사에게도 진심으로 감사드린다. 이 분들의 도움으로 나온 이 책이 이 분들께도 작은 기쁨이 되길 바란다.

2008년 5월

한민주

제4장 파시즘의 일상화와 젊음의 정치학 • 208

제5장 결 론 • 239

2부 파시즘의 미학

제1장 1930년대 후반기 전향소설에 나타난 남성 매저키즘의 의미
  —김남천과 한설야를 중심으로 • 253

3부 파시즘과 레토릭

제1장 신체의 수사학과 남성성의 심미화
—정비석의 일제 말기 소설을 중심으로 • 311

제2장 일제 말기 전선 기행문에 나타난 재현의 정치학 • 334

제1부

파시즘의 문학적 형상화 논리

제1장 '문학정신대'의 횡보와 피식민 파시즘의 연구방법론

1. 정치의 예술화, 문학의 정치화

문학은 인간의 전반적인 삶의 과정을 다루기 때문에 사회·정치적 신조 및 이데올로기적인 가치와 뗄 수 없는 관계에 있다. 작가는 정치와 밀접한 관계를 갖지 않기 위해 '순수' 문학을 표방하여 역사와 정치를 전적으로 무시하고자 시도하는 가운데서도 자신의 이데올로기를 부각시킬 수밖에 없다. 따라서 소설적 상상력과 정치적 이데올로기의 관계를 연구할 때는 반드시 작가의 태도가 문제된다. 그러나 작가가 아무리 어떤 정치적인 이데올로기에 협력하거나 저항한다고 할지라도 허구적 산물로서의 소설은 작가의 이념을 그대로 드러내지는 않는다. 작가의 임무는 "이론과 실제경험 사이의 관계, 즉 미리 작가의 마음 속에 존재해 있는 이데올로기와 작가가 제시하려는 관계 및 감정들의 뒤엉킴 사이의 관계"[1]를 보여주는 데 있기 때문이다. 이처럼 "문학의 위상을 어떤 특수한 문학적·이

---

1) I. 하우/김재성 역, 『소설의 정치학』(화다, 1988), p. 16.

데올로기적 실천으로 규정지으려는 작업들은 문학적 기준에 있어 역사의 각 시기에 '문학'이게끔 기능하게 하는 것들"[2]의 규명을 동시적으로 수반하게 된다. 따라서 일제 말기[3]라는 역사적 시기의 특성과 문학의 특성에 대한 연구 역시 문학과 정치와의 상관성을 검토하는 가운데 당대의 문학적 기능과 자질을 논의할 수 있게 되는 것이다. 일제 말기만큼 문학과 정치와의 관계를 첨예하게 다루고 있는 시기도 드물다. 당시의 작가들이 단지 "정치를 위해 문학이 이용되는 것"이 아니고, "문학이 정치를 리―드하는 데까지"[4] 나아가는 것에서 문학적 기능과 자질을 찾았다는 점은 주의 깊게 고찰해야 할 부분이다.

한국 현대소설 및 소설사의 온전한 이해를 위해서도 소설과 정치의 연관성을 해명하는 일은 중요한 작업이다. 특히 식민지 시기처럼 문학과 정치가 밀접하게 관련되어 있는 상황은 문학과 사회의 이데올로기적 실천 문제를 간과할 수 없게 한다. 이재선은 "1939년부터 한국어 말살 정책에

---

2) 자크 레에나르트, 허경은 역,『소설의 정치적 읽기』(한길사, 1995), p. 28.
3) 기존의 논의에서는 일제 말기의 문학을 전・후기로 나누고 있다. "전기는 카프 해산 이후 문학사에서 전형기로 통칭되는 1935~1941년 약 5년간을 말하며, 후기는 소위 문학사에서 암흑기로 불리워지는 신체제기로 1941년 4월~1945년 8월까지 약 4년간을 말한다." (김종균,『일제 말기의 한국소설 연구』, 고대민족문화연구원, 1999, p. 1.) 그러나 본서는 1937년에서 1945년을 일제 말기로 규정한다. 이는 식민지 시기 문화운동의 변화에 따라 그 특성을 나눌 때, 1930년대 중반 이후 파시즘의 전면화에 직면하면서 기존의 문화운동론이 재편되기 시작했으며 새로운 문화운동의 성격이 "민족 지향과 근대 지향의 '이중 구조'를 가지고 있었다"는 백승국의 논의 (백승국,「1930년대 국내 문화운동의 성격 변화에 관한 연구」, 연세대 석사논문, 2001, p. iii. 참조)와 이 시기가 중일 전쟁・태평양 전쟁이라는 역사적 사건과 관련한 전시체제기였다는 사실에 입각한 기준이다.
4) 有馬賴寧,「문학과 정치」(『인문평론』, 1941. 4월 特大號), p. 64. 이 글은 일본의『현대』라는 잡지에 실렸던 일본인의 글을『인문평론』에서 <시국논단>이라는 주제 하에 옮겨 놓은 것이다. 이 글을 통해 당시 일본에서도 문학과 정치와의 관계가 문제시되고 있었음을 알 수 있다.

따른 일본어 소설이 파급됨으로써 식민지 말기의 한국 소설은 이미 전통의 한국 소설이 아닌", "문학적인 변종의 문학"[5]이라고 이 시기의 문학적 특성을 언급하고 있다. 이처럼 식민지 시기의 정책 변화는 작가의 창작 과정에 지대한 영향을 끼쳤다. 이는 일제 말기 문예인이 '국책'에 협력했는가 저항했는가 라는 '친일'의 문제와도 긴밀하게 연결된다. 왜냐하면, 국가가 국민생활을 보호하여가면서 국가자체의 이상을 실현시키는데 지도정신이 될 원리인 '국책'에 대한 '협력'의 문제는 작가들의 실존적 문제였으며, 이는 결국 그들의 문학창작과 무관할 수 없었기 때문이다. 그런데 일제는 피식민지 작가들에게 전쟁에 총력을 기울여야 할 '시국'이라는 정치적 상황에 이끌려 가는 것이 아니라 지도자적 역할로서의 특권화된 위치를 배정하며 정치적 문학인을 요구했다. 따라서 이 시대 사회 담론들은 문학인을 "문학정신대"[6]라는 정치적 기능으로 전화시키며 정치선동의 도구로서 문학을 다루고 있다. 이를 통해 대중의 선동을 위한 지도자적 역할이 일제 말기 신체제 아래 문학인에게 주어진 사명이었음을 알 수 있다. 그 결과 문학이 파시즘 이데올로기라는 권력 장치의 중요한 수단이 되어 정치 행위들을 예술적으로 미화하게 된다. "정치의 예술화"[7]를 위한

---

5) 이재선, 『한국 소설사—근·현대편 Ⅰ』(민음사, 2000), p. 514. 이재선은 1930년대 후반부터 현대소설의 미적 표현의 변화를 관심의 수평적·수직적 이동에 의해서 살피고 있다. 그 가운데 "나치즘Nazism의 문학이 피와 인종, 흙의 예찬으로 흘러 <피와 토양의 문학>을 이루었듯이, 우리의 향토 또는 농민 소설이 결과적으로 산미 증식이란 식민 정책의 국책에 휘말려든 1930년대 말과 1940년대 초반의 순응적 농민 소설 유형"(p. 388)을 표현 변화의 한 역사적 현상으로 제시하고 있다.
6) 권두언, 「문학정신대」(<인문평론>, 1941. 1), p. 4.
7) 발터 벤야민/반성완 역, 『발터 벤야민의 문예이론』(민음사, 1997), p. 230. "파시즘의 '정치의 심미화'는 예술의 존재 조건 자체를 실체화하고 '절대 명령'으로 만든다. 민족성의 말살을 위기로 상정한 파시즘은 세속적이고 퇴폐적인 물질 문명을 구원할 보편 타당하고 절대적인 심급으로 문화와 예술을 내세우고, 그 속에서 집단과 권위주의와 영웅주의를 심미화한다. 문화와 예술은 이제 세속적인 현실 세계와 독

모든 노력은 '전쟁'이라는 한 정점에 모아진다. 파시스트들은 전쟁을 "새 시대 도래의 산고(産苦)로서 찬양"하며, "필연적인 역사 과정의 징후"[8]로 믿고 있었다. 전쟁이나 집단적인 행동을 위한 개체 동원은 정치의 심미화 과정을 통해 정치의 비휴머니즘적인 요소에서 주의를 다른 곳으로 돌리게 하며, 개인의 비판력을 마비시킨다.

1941년 태평양전쟁을 전후한 시기부터 극에 달한 일제의 탄압, 특히 전시동원체제 하에서 작가들은 친일행위와 친일문학을 강요당하게 된다. 일제는 이러한 상황의 당위성을 '대동아공영권'에서 얻었고, 이는 '사실수리론'과 '신체제론'으로 이론화되고 선전되었다. 작가들은 이러한 "현실 앞에 엄숙하자"[9]고 주장하며 친일행위에 동조하는 문학을 창작했다. 그런데 식민지 지배에서 피식민 주체의 양가적 구성은 지배와 피지배의 관계로만 설명되지 못하고, 보다 복잡한 민족의 문제로 확장된다. 이는 바바(Homi K. Bhabha)나 파농(Frantz Fanon)의 탈식민주의 이론에서 출발한 인식으로, 제국주의 식민 담론에 의해 호출된 피식민 주체의 이중성을 살필 수 있는 토대가 될 수 있다. 바바는 권력의 시선으로부터 이탈하는 틈새를 찾아내려고 한다. 이러한 과정은 "피식민자가 식민자의 문명을 받아들여 흉내"[10]내는 가운데서 분열하고 미끄러지는 것을 의미한다. 따라서 일

립된 독자적인 논리를 구가하는 성역이 아니라 현실의 문제를 은폐하고 그것과 보상적인 관계를 맺는 매우 '정치적'인 영역이 되어 버린 것이다."(백문임, 「'정치의 심미화':파시즘 미학의 논리」, 김철·신형기 외, 『문학 속의 파시즘』, 삼인, 2001, p. 73.) 파시즘의 이런 심미적 기획은 지도자적인 청년들과 군인, 돌격대원, 전쟁 등을 예술적 상징으로 변화시킨다. 이러한 과정 속에서 야만적이고 파괴적인 군사적, 정치적 행위는 은폐되고 있다.

8) Elizabeth Boa, J. H. Reid, *Critical Strategies —German Fiction in the Twentieth Century—* (McGill—Queen UP, 1972), p. 132.

9) 정비석, 「현실 앞에 엄숙하자」(<인문평론>, 1940. 3월호), p. 43.

10) 호미 바바/나병철 역, 『문화의 위치—탈식민주의 문화이론—』(소명, 2002), p. 17.

본이라는 제국주의를 수용하는 피식민 주체의 구성은 단순히 '친일'적 정책수행의 문제만으로 설명될 수 없다. 피식민 주체가 자의적인 '선택'[11]의 문제로 받아들이는 경우가 있을 수 있기 때문이다. 그런데 지금까지 '친일'의 문제가 민족 자존을 문제삼는 것이기에 이 시기에 대한 연구는 활발히 진행되지 못했다. 이는 식민지라는 정치적 상황을 회피한 채 문학사에 있어서 한 시기를 막연히 '암흑기'[12]라고 설정하며 그 문학적 성과를 터부시해왔던 데서 비롯한 결과이다. 그러나 이 당시의 문학에 대한 연구 성과를 자민족 문학과 문화에 대한 자해의식이란 매도로 치부하는 행위는 오히려 문제를 회피함으로써 본질을 간파하지 못하는 것과 다름없는 비판이라 할 수 있다. 이 글은 이러한 맥락에서 한국 현대 소설의 한 흐름을 주로 소설과 정치의 상관관계를 중심으로 살펴보고자 하는 한 시도이다. 이러한 작업을 진행함에 있어서 본서는 기존의 논의가 이 분야에서 주목할 만한 성과를 거두지 못한 이유가 '친일/비친일'이라는 양분론

---

11) "政治性을 통하여 政治에 접근하는 것이 아니고 영향을 통하여 政治와 접근하는 한에서 그 영향이 크면 클사록 政治는 文學에 손해가 될 것이 아니라 도리혀 큰 이익이 될 것이며 文學의 내용을 풍부케 하는 좋은 영양소가 될 것이다. 그리고 이 영향인 한에서 政治와 文學의 관계는 하나의 수치스럽든 敵도 아니고 실로 '괴 ―테'의 의미한 '選擇에 의한 親和'일 것이다."(백   철, 「純粹文學의 입장」, <조광>, 1938. 4, p. 322.)

12) 송민호는 "문학사적으로 우리나라 문학을 통관해 볼 때, 전통적 생명을 거의 잃고 최악의 경우에서 질식 직전에 처했던 시대가 일제말 소위 암흑기가 아니었나 한 다"라고 말하며 '암흑기'를 일제의 정치적 탄압이 가장 극심했던 시기인 1939년경 부터 1944년 중반까지 '암흑기 문학의 시기'로 상정하고 있다. (송민호, 『일제말 암흑기 문학 연구』, 새문사, 1991, pp. 4~8 참조.) 한국의 1940년대 문학은 '암흑기 문학'으로 명명되며 문학사에서 '공백기'로 취급되어 왔다. 그렇지만 이 시기는 상당히 활발하게 문학생산이 이루어지고 있었다는 점을 간과할 수 없다. 이 당시의 문학 활동이 비록 노골적인 정치적 성향의 有無를 현저하게 드러내고는 있지만 문학적 성과로 인정하고 있는 것이 근래의 주경향이다. 그러므로 '암흑기'라는 용어의 사용 여부는 재고의 여지가 충분히 있는 것으로 파악된다.

에 입각해 환원론적인 결과만을 되풀이하는 선에서 그쳤기 때문이라 보고, 그 구체적인 검증방법으로 무엇보다도 소설과 정치의 연관성 내지는 반영의 양상을 살펴볼 수 있는 보다 명확한 시각이 필요하다는 입장에서 나름의 방법론적 틀을 마련해 일제 말기 소설이 어떤 방식으로 정치를 반영했는지를 보다 구체적으로 검토하고자 한다. 이 과정에서 필자는 소설이 정치를 반영하는 특별한 이데올로기적 양식으로 '파시즘(fascism)'[13]이라고 하는 이데올로기를 설정했으며, 이에 준해서 일제 말기 소설이 정치와 맺는 상관관계를 살펴보고자 한다. '파시즘문학'은 1930년대의 비평담론에서도 중요하게 거론되었던 개념으로서 현재까지도 사용되고 있는 용어다. 그러나 그 동안 식민지 문학 연구에 있어 '파시즘'은 배경으로만 연구되어 왔다. 본서는 '파시즘'이 한 시대나 사회를 규정하는 인식적 기반이 되므로, 그것을 문학 연구에 있어 단순히 배경으로 삼을 것이 아니라 문학 내적 연관을 살필 필요가 있다고 생각한다. 파시즘체제가 명백했던 "1930년대와 후기－파시스트 시기 사이의 중요한 문화적・사회적 연속성은 반파시스트 역사가들에 의해 무시되어 왔다. 그러나 지금은 파시즘에

---

13) 파시즘의 어원인 이탈리아어의 "fascio"는 "단체" 또는 "연맹"을 의미한다. 파시즘이라는 단어 자체는 다른 이데올로기처럼 뚜렷한 정치적 성격을 표현해 주지 못하고 있다. 파시즘의 이데올로기적 다양성은 이 이데올로기의 단순한 개념규정을 불가능하게 만든다. 따라서 "현대의 가장 모호한 정치 용어", "내용이 텅 빈" 개념 등으로 규정되고 있는 것이다. (김수용 외, 『유럽의 파시즘－이데올로기와 문화－』, 서울대출판부, 2001, pp. 3~4 참조) 파시즘은 집단의 권익을 보호하기 위해 상대적으로 존재하는 '적'을 창조하며 집단을 보호하려는 의식이 강하기 때문에 어떠한 이질적인 요소들도 수용하지 않고, 배타주의로 나아가는 현상들을 말한다. 이것은 집단의 권익을 위해 민족주의, 국가주의, 전체주의 어느 것이 되었든 상황에 필요한 이데올로기와 결탁해 공격적으로 나타날 수 있다. 일본의 파시즘은 '천황제' 파시즘으로 조선인을 황국의 신민으로 포섭하려는 천황 중심의 국가주의와 제국주의의 성격을 띠고 있었다. 따라서 일제 말기에 수행된 체제로서의 파시즘 규명에는 피식민 파시즘의 특성도 동시적으로 포함된다.

대한 도덕적이자 정치적인 경계가 해체"[14]되면서 문학·미학의 영역에까지 그 연구 범위가 확대되고 있다. 파시즘 이데올로기는 집단성을 강조하며 그 목적 수행을 위해 다양한 방식의 이데올로기 수용과 전략을 내세운다. 그러나 개체나 이민족의 존엄성이 폭력적으로 무시되는 경향이 있어 이론적으로 검토하는데 있어 배제되어 왔다. 통시적인 역사성을 고려할 때 파시즘을 배제하거나 간과하며 역사를 말하는 것은 불가능하다. 더욱이 식민지 시기라는 일제의 파시즘 지배체제 아래에 있던 역사적 상황을 무시할 수 없는 한국의 역사는 더욱 그 문제를 짚고 넘어가지 않을 수 없다.

1940년대 식민지 조선의 문학은 정치적 이데올로기와 결합하여 파시즘 문학의 특성을 이루고 있었던 것으로 유추되지만, 이는 대전제를 통한 환원론적 추론일 뿐이며 서구 파시즘 이론과의 상관성 및 그 수용 과정에 있어서의 변용·굴절 문제에 대해서는 검토되지 않고 있는 실정이다. 본서가 파시즘을 문학의 분석틀로 삼은 목적은 단순히 작가와 작품을 천황제 파시즘이라는 단일 코드로 환원하거나, 파시즘 대 반파시즘이라는 대립구도로 친일 문학을 재구성하는 것에 있지 않고, 전시체제 하에서 식민지 파시즘의 문화와 욕망을 들추어내고 그 안에 위치한 피식민 주체의 모습을 통해 피식민 파시즘의 특성을 밝히는 데 있다. 프레드릭 제임슨은 사회적 모순을 상상적으로 해결하는 사회적 상징행위로 문학 텍스트를

---

14) Alexander J. De Grand, Fascist Italy and Nazi Germany—The 'fascist' style of rule— (Routledge, 1997), p. 1. 근원적으로 인간은 '원형—파시즘'을 지닌 존재로 인식되고 있다. 대중 주체는 이를 반복 재현하고 있다는 사고는 파시즘을 한 국가나 집단의 고유한 특질로만 설명할 수 없는 보편성을 발견했던 것이다. 따라서 이 용어의 함의는 현대 파시즘 논의가 야만적, 폭력적 정치성만을 문제 삼을 수 없게 되었다는 인식에 기반하고 있다.

이해한다. 일제 말기 피식민 주체에게 수용된 파시즘 이론의 문학적 재현 역시 하나의 '사회적 상징행위'로 파악할 수 있다. 따라서 본서는 일제 말기 중·장편소설의 구체적인 작품 분석을 통하여 파시즘의 논리가 문학과 사회에 어떻게 침투하고 있는가를 보여줄 것이다. 이러한 작업은 일본의 천황제 파시즘 아래 수입된 서구의 파시즘 이론이 우리 민족의 파시즘 재현에 기여한 방식을 살피는 작업과 병행할 것이다. 파시즘 이데올로기의 심미화 방식은 타자와의 차이를 부인하고 집단화하는 방식을 취하고 있다. 그러나 모든 타자와의 균등한 통합을 원하지는 않는다는 점에서 차이를 인정하는 모순을 지니고 있다. '타자'는 중심에서 소외된 주변부적인 존재이자 '경계'의 외부에 위치되어 침묵을 강요당하는 존재이다. 타자성은 "중심－주변, 중앙－위성"이라는 "위치의 정치학"[15] 속에서 형성되는 것이다. 식민정책은 이러한 타자성을 통해 문화적 차이를 드러내고 동화의 원리로 삼는다. 따라서 결속과 유대를 지향하는 전체주의적 사고 관념 속에서 형상화하는 파시즘의 심미화 방식은 일제의 식민지 봉합 전략과 맞물릴 수 있다.

일본에서 파시즘은 "근대사회가 막다른 골목에 부딪혀서, 사람들이 근대적인 픽션의 의미를 믿을 수 없게 된 그런 시대의 산물이다. 따라서 경제적 위기에서 비롯된 사회불안과 의회정치에 대한 (민중의) 불만은 민중이 자신의 바람이나 욕구불만의 직접적인 판로를 절대적 권위와의 비합리적인 합일"[16]로 나아가게 하였던 것이다. 이처럼 파시즘은 모더니티를 문제삼으면서 현대의 희망과 공포를 얘기하는 특성 때문에 피식민지 지

---

15) Inderpal Grewal and Caren Kaplan, ed, *Scattered Hegemonies —Postmodernity and Transnational Feminist Practices —*(Minnesota UP), 1994. p. 17.
16) 마루야마 마사오(丸山眞男)/김석근 역, 『현대정치의 사상과 행동』(한길사, 1997), p. 443.

식인 대다수 사이에서도 지지될 수 있었던 것이다. 무솔리니가 '반동작용 reactionary의 혁명'으로 정의했던 파시즘은 "일시성에 대한 전율과 안정적인 정체성에 대한 욕망, 해방 욕구와 질서를 보존하려는 충동, 진보를 향한 추동과 퇴보의 두려움이라는 측면에서 모더니티 안에 존재하는 긴장으로 재현되었다."[17] 확실히 민족주의[18]가 우월한 시대에 있어, 국가 재건에 필요한 힘을 소유했느냐 소유하지 못했느냐의 문제는 '모더니티'의 문제와 연결된다. 그런데 식민지 조선에 있어서의 모더니티는 식민지 개척자인 일본과 동시에 대타자로 자리매김 된다. 이런 대타자를 모방하려는 갈등적 존재가 피식민지 주체의 위상이라 할 때 불안정한 인종과 젠더의 위계에 대한 두려움은 그대로 식민지 주체의 양가적인 구성으로 나타난다. 다시 말하자면, 피식민지 주체는 제국과의 동화를 통해 안정적인 정체성을 추구하기도 하지만, 동시에 민족의 주체성을 확립하지도 재건하지도 못하는 위치 때문에 자신의 정체성에 문제를 삼는다. 피식민 주체는 이처럼 이중적인 곤혹에 시달리고 있는 '불안정한 주체'[19]라 할 수 있다.

이와 같은 측면에서 본서는 첫째 일제 말기에 이루어졌던 이른바 파시

---

17) Ruth Ben—Ghiat, *Fascist Modernities —Italy, 1922 —1945 —* (California UP, 2001), p. 8.

18) 민족주의는 "소속욕구와 동일시에 의한 감정으로서의 민족주의"가 있다. 그리고 "민족국가 출현을 통한 근대화의 개념과 결합"되기도 한다. 그러나 민족주의 개념이 이데올로기와 관련되어 사용될 경우는 "민족적 독립과 자치의 문제"로 보게 된다. 따라서 민족주의는 "기존의 상태를 강화하거나 또는 유지하기 위해 마련한 정치적 강령의 기초로 이용된다."(M. 로빈슨/김민환 역, 『일제하 문화적 민족주의』, 나남, 1990, pp. 26~28 참조.)

19) 결국 정체성에 관해서 주체가 "의심스럽게" 받아들이는 가운데 '모방'과 '분열', '협상'과 '부인'이라는 '양가성'이 존재할 수 있음을 의미한다. 프란츠 파농은 이것을 "이차원성"으로 설명하고 있다. "흑인은 이차원적인 존재이다. 한 차원은 자신의 종족과 관련되어 있고 다른 한 차원은 백인과 관련되어 있다…… 흑인의 이러한 자기 분열이 식민주의적 굴종의 직접적인 산물"이다. (프란츠 파농/이석호 역, 『검은 피부, 하얀 가면』, 인간사랑, 1998, p. 23)

즘 논의 과정을 면밀히 고찰함으로써 파시즘이데올로기와 문학과의 관련성을 점검하고, 둘째 일제 말기 중·장편소설들―특히 작가가 체제에 어느 정도 동조하여 일본의 신체제를 수용한 측면이 드러나면서, 대중성[20]을 띤―을 선정해 분석해봄으로써, 그 작품들을 파시즘문학으로 자리매김하는 동시에 한국현대 소설이 그 문학적 형상화에 있어서 당대의 정치적 상황으로부터 어떤 문학적 주제와 구체적 형상화의 측면을 반영했는지 등을 살펴보고자 한다. 작품의 분석은 파시즘, 젠더, 섹슈얼리티의 관계에 초점을 맞출 것이다. 이는 피식민지 지식인이 체제에 대한 보상과 징벌의 구조 내에서 계급, 인종, 민족, 젠더, 섹슈얼리티를 통해 새로운 정체성을 어떻게 구현해내는가를 탐구하는 작업이 될 것이다. 뿐만 아니라 파시스트 문화와 모더니티의 비전이 민족 재건이라는 유토피아적 비전으로 그 욕망이 같음을 밝힐 수도 있을 것이다. 결론적으로 본서의 이러한 작업은 한국현대소설사 전개의 한 방향을 소설과 정치의 상호관계라는 맥락에서 이해하며 식민지 파시즘과 피식민지 파시즘의 경향을 이해하는 시험적인 계기가 될 것이라고 생각한다.

　"20세기 역사의 키워드"[21]라고도 할 수 있는 파시즘 현상은 오늘날 생활세계와 대중문화에도 존재하고 있다. 따라서 파시즘 시대의 이데올로기가 어떻게 관철되었는지를 검토하여 현재의 거울로 삼을 수 있을 것이다. 공통의 문화적 정체성 개발을 통해서 구성원들을 통합해 가는 국민국가 구축과정에서 윤리학이나 미학, 문학 같은 영역을 정치적으로 구성해내는 것은 상당히 중요한 역할로 기능한다. 따라서 파시즘 이데올로기가 문학

---

20) 본서는 대중소설적인 성격이 강한 작품들을 분석 대상으로 삼고 있다. 대중소설에서 '대중성'(popularity) 확보는 핵심적인 문제이다. 파시즘에서 군중이 지닌 속성은 이러한 대중성을 기반으로 형성될 수 있다.
21) 김수용 외, 같은 책, p. iii.

을 미학적인 방식으로 어떻게 전유해 나가며 예술을 정치화하는가를 살펴 현대에도 원형적으로 재출현하는 전체주의적 이데올로기의 실체를 파악할 수 있다는 데 본서의 의미가 있을 것이다. 게다가 단순히 일본에 의해 수입된 것이 아닌, 세계적 정세의 파악 속에 인식된 일제 말기의 파시즘 수용이 어떤 식으로 변용되어 천황제 파시즘과 결합하고 분리되는지를 찾아내는 일은 경제적, 정치적, 사회적 제반 사항들이 복합적으로 교차했던 피식민 주체의 복잡한 심리 메커니즘을 규명해 볼 수 있다는 의의를 갖는다.

2. '일제 말기'의 문학

한국 소설사 연구에 있어서 '파시즘' 이론을 통한 연구 성과는 아직 미비한 편이다. 그 이유는 '파시즘'을 정치적 이데올로기의 차원에서만 다루고 있기 때문이다. 그러나 서구의 경우, 파시즘에 대한 논의는 미학적, 문학적 차원의 영역에까지 확산되어 진행되고 있다. 한국 문학 연구에서 이런 연구 방향의 흐름을 경원시하는 이유는 '파시즘'이 현대적인 관점에서 중요하게 생각하는 개별 주체의 가치와 무관하다는 인식 때문이다. 그러나 서구에서는 이미 '원형-파시즘'[22]에 대한 논의의 성과를 어느 정도 인정하고 있으며, 파시즘의 시학적 연구까지 진행되고 있는 실정이다.

---

22) '원형적 파시즘'은 근대 체제 자체에 파시즘 경향이 내재해 있다는 시각에서 산출된 개념이다. 권명아는 "역사적 파시즘 체제 이전에 이미 그 형태를 갖추고 있던" 원형적 파시즘을 고찰하는 것은 "다양한 역사적 국면에서 경향적으로 나타나는 파시즘을 이해하는 데 유의미한 준거틀을 제공"한다고 논의하고 있다.(권명아, 「전시 동원 체제의 젠더 정치」, 방기중 편, 『일제 파시즘 지배정책과 민중생활』, 혜안, 2004, p. 249 참조.)

최근 파시즘에 대한 분석이 한국 사회를 이해하는 긴요한 첩경이며 한국 근대 문학 연구에 있어서도 새롭고 유용한 방법이 될 수 있다는 데에 생각을 같이 한 사람들이 펴낸 책이 『문학 속의 파시즘』이다. 이 책의 필자들은 "파시즘이야말로 모더니티의 본질을 가장 잘 보여주는 정치적·문화적·사회적 형식"23)이라는 공통된 입각점을 지니고 있으며, 한국 근대 문학의 문제들을 파시즘이라는 분석틀로 이해하고 있다. 이 책에서 식민지 시기 작품론은 김현주의 「이광수의 문화적 파시즘」과 김예림의 「근대적 미와 전체주의」를 들 수 있다. 이 논의들은 이광수나 김동인, 이태준의 작품 세계에 나타나는 전체주의와 근대성의 공조 관계를 밝히고 있다. 그리고 이 책에서 유일하게 일제 말기 파시즘에 관심을 둔 이경훈의 논의는 '대동아공영 논리'를 통해 이효석류의 '국민 문학'이 시도된 것으로 파악한다. 그는 이효석이 구라파주의와 서양숭배를 "만주의 이상"24)으로 대체하여 대동아공영 논리로 나아간 것이라 평가하고 있다. 이 논의들은 민족주의, 전체주의, 근대성, 미학의 관점에서 다양하게 파시즘의 방법론적 가능성을 보여주었다는데 의의가 있다.

이밖에도 일제 말기의 소설을 파시즘 이론으로 분석한 논의는 김철과 이혜령의 것이 있다. 김철은 김동리의 「황토기」에서 드러나는 "육체적 힘에 대한 무한한 찬양과 야수성에의 경도"25)같은 '남성주의'가 파시즘 미학으로의 연결고리라 주장하고 있다. 그리고 이혜령은 1930년대 후반 소설에 나타난 섹슈얼리티의 한 양상으로 이광수의 「사랑」, 김동리의 「황토

---

23) 김철·신형기 외, 『문학 속의 파시즘』(삼인, 2001), p. 5.
24) 이경훈, 「하르빈의 푸른 하늘: 『벽공무한』과 대동아공영」(김철·신형기 외, 같은 책), p. 230.
25) 김철, 「김동리와 파시즘―「황토기」를 중심으로」(한국문학연구회, 『현역중진작가연구IV』, 국학자료원, 1999.), p. 271.

기」, 정비석의 「삼대」를 분석하면서 "의사(擬似) 공동체의 모델로서의 가족", "야수적인 남성적 질서", "전쟁의 심미화"[26]를 각 작품의 특성으로 파악했다. 이들의 논의는 파시즘과 젠더, 섹슈얼리티가 공조하는 일 단면을 보여주었다는 데 의의가 있다.

이처럼 일제 말기 소설에 대한 파시즘 논의는 몇 편에 불과한 형편이다. 그 이유는 이 시기의 논의 범주가 한정되면서 다양한 접근 방식이 이루어지지 못한 데 있다. 일제 말기 한국 소설에 관한 기존의 논의들은 1940년대를 전·후로 하여 연구 기점을 삼고 있다. 이 논의들은 1930년대 후반 문학의 미학적 특성 연구와 1940년대의 친일문학론으로 크게 양분된다. 일제 말기 신세대 문학의 미학적 특성을 밝힌 논의로는 한형구, 이수영, 김종균의 논의를 들 수 있다. 한형구는 일제 말기의 김동리, 최명익 등을 대표로 하는 신세대 문인들이 지닌 미의식의 특성을 규명하고 있다. 그는 신세대 문학이 지닌 미의식의 특성으로, "휴머니즘의 정신과 허무주의적 열정"을 특질로 하는 "순수문학관의 내면화 양상"[27]을 제시하였다. 신세대 문인들의 미학적 특성을 밝히는 논의의 연장선상에서 이수영의 논의는 '단층파'를 중심으로 진행되었다. 이수영은 "배경으로 작용하면서 외적인 억압만을 행사한 권력 형태로서의 파시즘이 아니라, 인간의 신체와 내면 자체에 각인되어 인간을 구성하는 기제로서의 파시즘의 형태에 주목"했다. 그는 모더니즘 작품 속 인물들이 보여주는 "자의식의 분열과 허무, 역설 등에 대한 심층적 심리 메카니즘"[28]을 설명하며 파시즘의 억

---

26) 이혜령, 「남성적 질서의 승인과 파시즘의 내면화」(『현대소설연구』16, 2002. 6), p. 295.

27) 한형구, 「일제 말기 세대의 미의식에 관한 연구」(서울대 박사논문, 1992), p. 8.

28) 이수영, 「일제 말기 모더니즘 소설의 현실 대응양상 연구」(서울대 석사논문, 2000), p. 12. 80.

압이 인물의 내면 침잠과 연결되고 있음을 규명하였다. 김종균은 "김동리의 종교주의와 신휴머니즘, 김정한의 민족주의와 리얼리즘, 이태준의 문화주의와 아이디얼리즘"이 "식민지 당대 민족 현실에 대응했으며, 민족 구원에 기여"하고 있었음을 규명하고 있다. 그는 신세대 작가들이 "서구 근대주의만 추구한 기성 세대의 비극성을 발견"[29]하고 당대 민족 현실을 특정의 근대 이데올로기를 통해 대응하기보다 다양한 세계 인식을 통하여 극복하려 했다는 주장을 하고 있다. 이처럼 일제 말기 신세대 문학의 심미성과 현실 대응양상을 밝힌 논의들은 민족주의적 관점에서 신세대 작가들의 작품을 저항의 의미로 해석하고 있다. 그런데 일제 말기는 당시 사회구성원들 모두가 인식하고 있듯이 '전쟁'과 세계적인 위기, 그리고 자본의 위기 상황이었다. 앞선 논의들은 이러한 위기의 상황 가운데 주입되는 전체주의 논리 속에서 내면에의 침잠이나 침묵, 문화주의, 민족주의, 종교주의를 표방하는 소설들이라고 해서 모두 파시즘 체제와 무관한 것으로 설명할 수 있는가 하는 문제의식을 갖게 한다.

일제 말기 소설에 대한 전반적인 논의는 1940년대의 친일문학론으로 귀결되고 있다. '친일'은 일본의 파시즘에 협력하는 태도이기도 하면서, 동시에 파시즘을 조성하는 행위이기에 일제 말기 파시즘론에서 간과될 수 없는 부분이다. 송민호는 일제 암흑기의 언론탄압과 친일문학 운동의 배경을 살피며, "어용문학으로서의 광적인 전쟁 찬미"[30]가 <국민문학>의 특징임을 밝히고 있다. 그리고 신희교는 일제 말기 소설의 양상을 "어용소설"과 "순수지향 소설"로 나눈다. 그의 양상 분류는 어용소설을 '내선일체'와 '징병', '전쟁', '개척민'의 소재 중심으로 분류하고, 순수지향

---

29) 김종균, 『일제 말기의 한국소설 연구』(고대민족문화연구원, 1999), pp. 6~8.
30) 송민호, 『일제말 암흑기 문학 연구』(새문사, 1991), p. 102.

소설을 "신변과 세태"31) 중심으로 나눈 것이다. 호테이 토시히로(布袋敏博)는 일제 말기에 일본어로 쓰여 진 소설들을 "첫째, 내선 연애 내지 내선 결혼, 둘째, 대동아공영권 사상, 셋째, 후방소설, 넷째, 신사문제, 다섯째, 개척소설, 여섯째, 지원병, 일곱째, 보고소설, 여덟째, 기타"32)로 세분화하고 있다. 그러나 이러한 시기 구분과 양상 분류가 일제 말기의 소설이 갖고 있는 특성을 밝히는 데는 부족한 점이 있다고 판단된다. 일제 말기의 소설을 친일 아니면 비친일로 나누는 기준을 소재의 적극적 차용과 비차용, 적극적 일제 동조와 내면에의 침잠이나 세태 풍자의 차원에서 양분론으로 나눌 수 있는가의 문제가 제기되기 때문이다.

임종국은 '친일문학'이라는 용어를 "주체적 조건을 상실한 맹목적 사대주의적인 일본 예찬과 추종을 내용으로 하는 문학"33)이라는 뜻으로 사용했다. 그런데 이 용어 정립의 한계에 대해서는 그 역시 인정하고 있던 점이다. '친일문학'이 피식민지인의 주체성을 다 설명할 수 없다는 점과 민족주의자의 작품에도 역시 일본예찬의 성격이 완전히 배제되지 못하고 있다는 사실을 통해 그 용어의 문제점을 알 수 있다. 그러나 최근 들어 '친일'에 대한 인식을 달리하는 시각이 부각되면서 그 성과를 이루고 있다. 그 가운데『친일문학의 내적논리』는 친일문학을 "자발적으로 협력의 길에 나선 것"으로 보고, "그 안에 내적 논리가 존재"34)함을 지적한다. 특

---

31) 신희교,『일제 말기 소설연구』(국학자료원, 1996), p. 53.

32) 布袋敏博,「일제 말기 일본어소설 연구」(서울대 석사논문, 2000), p. 59.

33) 임종국,『친일문학론』(평화출판사, 1963), p. 16.

34) 김재용 외,『친일문학의 내적논리』(역락, 2003), p. 6.
   김재용,「일제 말 문학계의 양극화: 협력과 비협력의 저항」, p. 11.
   한도연·김재용,「친일문학과 근대성」, p. 33.
   이상경,「일제 말기 소설에 나타난 '내선결혼'의 층위—이광수와 한설야의 작품을 중심으로—」, p. 117.
   김화선,「일제 말 전시기의 아동문학 및 아동담론 연구」, p. 173.

히 김재용은 친일문학에 대해서 이러한 내적 논리의 재구성을 통한 비판을 행하지 않을 경우 단순히 표층적인 접근밖에 안 됨을 지적하고 있다.

이밖에 식민지 정책 동원에 대해 분석하는 논의들이 있다. 이 논의는 페미니즘적[35] 시각을 띠면서 민족주의의 성격에 여성 범주의 해석이 갖는 중요성을 부각시키고 있다. 이 논의들의 대부분은 일제 말기 일본의 국가주의가 식민지 조선의 여성들을 동원하기 위하여 다양한 이데올로기를 전수했음을 규명하고 있다. 이들의 논의는 일제 말기 작품들이 여성에게 '군국의 어머니'를 비롯하여 '생산의 증강'에 이르기까지 다양한 역할을 요구하며 모성과 국가주의의 결합을 통해 군국모성을 권장하는 형태를 취하고 있었음을 밝히고 있다.

기존 논의들의 시기 구분은 일제 말기의 전기를 1930년대 후반의 문학들을 대상으로 하여, 순수문학과 신세대 문학, 전향 문학에 대한 논의로 범위를 한정하고 있다. 그리고 일제 말기 후기의 문학은 1940년대를 대상으로 하여 친일을 전제로 한 채 문학상의 미적 탐구나 다른 이데올로기의 작동 기제들을 살피지 않고 주제상의 탐구에만 치중한 형편이다. 그러나 일제 말기의 공시적 일 단면을 전기와 후기로 나누어 연속 상에서 바라보아야 할 것들이 임의적으로 나뉘는 데서 파생되는 문제점 또한 무시할 수가 없다. 그리고 그 동안 일제 말기 작품 연구에 있어 정전화

이선옥, 「여성해방의 기대와 전쟁 동원의 논리-여성의 친일작품과 논설-」, p. 239.

35) 이상경, 「식민지에서의 여성과 민족의 문제-일제 파시즘하의 최정희와 임순득-」(<실천문학>, 2003. 봄호), p. 54.
김재용, 「여성성과 국가주의의 결합으로서의 친일문학 -일제 말 최정희의 문학-」(<실천문학>, 2004. 봄호), p. 227.
심진경, 「여성작가 친일소설연구」(<배달말>, 제32호, 2003. 6), p. 32.
이선옥, 「우생학에 나타난 민족주의와 젠더 정치 -이기영의 『처녀지』를 중심으로-」(<실천문학>, 2003. 봄호), p. 83.

되다시피 한 임종국의 『친일문학론』과 양식상의 분류 및 어용성 같은 단편적인 논의들을 넘어설 수 있는 방안을 탐구해야 할 것이다. 일제 말기의 소설들은 한 작품 안에서도 이데올로기적 명확성을 드러내지 않는 작품들이 많으며, 한 작가의 경우도 발표된 작품마다 다른 성격을 나타내는 경우가 많다. 게다가 하나의 텍스트에도 다양한 파시즘적 소재가 교직하고 있다. 이러한 것을 하나의 논리로 꾀어 맞추어 '제국주의/민족주의', '친일/저항'이라는 이분법의 도식에 가두는 것은 일제 말기 소설의 전체적인 지형도를 살필 수 없게 한다고 판단된다. 이러한 논의의 한계를 본서는 '파시즘' 연구를 통해 타개해보려는 것이다.

김철은 파시즘을 "하나의 완결된 이데올로기가 아니라, 다른 것과 결합하여 자신을 실현하는 유동적·매개적 존재라고 보면서, 파시즘이 어떤 요소나 성향이라기보다는, 오히려 그 요소들을 관계 맺는 '특별한 방식'"[36]으로 파악하고 있다. 파시즘이 체제의 목적을 위해 다양한 제반 이데올로기들을 흡수·통합한다는 것은 일반화된 이야기이다. 따라서 파시즘이 관계 방식이라고 보는 김철의 논의는 타당하게 받아들여진다. 이러한 관계 방식 가운데서도 한 국가와 전체주의의 통합을 위한 동일성의 메커니즘은 '민족주의'가 대표적이다. 독일의 나치즘은 민중의 자기 숭배를 '민족'[37]에 대한 숭배로 전환시킴으로써, 파시스트 독재의 민중적 기반을 마련할 수 있었다. 그것은 민족주의에 대한 대중의 자발적 참여를 유도함

---

36) 김철, 「파시즘과 한국문학」(김철·신형기 외, 같은 책), p. 19.

37) 최근 진행된 민족주의에 관련된 논의들은 민족의 통합적 성격, "상상된 공동체"인 민족의 위상을 지적해 왔다.(베네딕트 앤더슨/윤형숙 역, 『민족주의의 기원과 전파』, 나남, 1991, pp. 19~23 참조) 그런데 파시즘의 '민족' 개념은 "모호성을 바탕으로 신비화된 개념으로서, 범신론적으로 절대적이고도 순수한 개념처럼 작용"한다.(김수용 외, 같은 책, p. 106.) 파시즘에서 국가와 인종은 민족이라는 관념에 따라 작동하며, 민족과 결합하여 보편적 힘을 발휘한다.

으로써 가능한 것이었다. 이처럼 파시즘 연구는 민족주의 연구와 공유되는 점들이 있다. 동화의 동력으로 사용되었던 민족주의가 파시즘으로 인식됐던 것은 일제 말기 당시 비평담론에서도 지배적으로 드러나는 현상이다. 게다가 제국주의 역시 지배-종속의 다양한 스펙트럼을 구성해 내는 '관계'지향의 관념물이다. 이러한 관계성은 주체의 구성과 밀접하게 연관되어 있다. 그리고 일제시대의 파시즘론은 단순히 텍스트적 특질로만 해석해 내는 작업에서 더 나아가 이것을 당대 담론들과의 제휴를 통해 살펴야 할 것으로 판단된다. 일제 말기에는 독일 파시즘의 이론적 수용과 반영이 지배적이었다. 이는 일본이 독일의 파시즘을 차용하는 데서 비롯한 것이다.

문학 연구사에서 거의 공백기로 취급되는 일제 말기의 문학 역시 피식민 주체의 욕망과 갈등을 다루고 있다. 문학 속 인물들의 심리적 재현이 연애나 애욕, 그리고 생(生)에의 강한 집착이나 전쟁에 대한 찬양 등으로 드러나는 데는 분명 지배-종속의 권력관계와 욕망이 자리한다. 이것을 가장 근접해 살펴 볼 수 있는 방법이 당시의 이데올로기를 반영한 파시즘의 대중 소설적 재현 방식이라고 할 수 있다. 기존 논의들의 검토를 통해 볼 때, 일제 말기 친일 소설에 대한 연구는 명확한 작품의 지표인 '정치소설', '생산소설', '개척소설', '산업소설'이라는 표어를 드러내는 소설들의 친일적 성향에 대한 연구에만 한정되어 있다. 본서는 이러한 논의의 한계를 넘어서 인물들의 연애와 사적 감정의 차원에 중점을 두고 있는 대중적인 소설에서 드러나는 파시즘의 특성을 분석하여 친일 문학론의 범주를 확대시키는 동시에 파시즘의 낭만주의적 창작방식을 탐구하려는 의도를 갖고 있다. 이는 동원 문학으로서의 기능을 살리기 위해 사용된 파시즘의 구현원리가 대중지향적 소설에 투영되며 대중의 일상으로 내면화되고 있는 양상을 파악할 수 있게 할 것이다.

독일과 이탈리아에서 '나치즘'과 '파시즘'이 현실의 문제를 타개하기 위한 실천적 의지 가운데 형성되었다는 인식과 이 이론적 근거가 신체제의 이념에도 영향을 주었다는 사실은 본서의 연구에서 서구 유럽의 파시즘 영향을 간과할 수 없게 한다. 게다가 신체제 정책이 "독일이나 이태리의 정치사상이라고 할 수 있는 전체주의를 그대로 옮겨다놓은 것이라고는 단정할 수 없"다는 당시의 이종(異種) 파시즘론을 묵과할 수도 없다. 왜냐하면, "신체제는 오늘의 일본이 갖는 현실적 사태와 긴밀히 연관된 새로운 구상을 전제로 하고서 출발한 것"이라는 주장과 함께 그 새로운 구상과 이미지를 식민지 조선에 구현하는 방식 가운데 "신체제가 요망하는 문학자의 존재형식"[38]을 묻고 있기 때문이다. 이처럼 피식민 파시즘 문학의 재현에는 지배자의 욕망과 피지배자의 욕망이 동시적으로 등록되어있음을 유추할 수 있다. 따라서 본서의 연구 목적은 친일문학론을 밝히는 것에 있지 않고, 당대 파시즘 체제와 일제 말기 문학이 조우하는 가운데 형성된 피식민 파시즘 문학의 특성을 밝혀 보고자 하는 데 있다. 본서는 이러한 일제 말기 소설의 특성을 파시즘의 대중 소설적 형상화 과정의 의미 탐구를 통해 검증하려 하는 것이다.

---

38) 윤규섭, 「신체제와 문학」(<인문평론>, 1941. 1.), pp. 42~45.
　　이효석, 정인섭, 박태원, 정인택, 이기영, 채만식, 임학수, 방인근, 김동리, 「신체제하의 余의 문학활동방침」(<삼천리>, 1941. 1.), pp. 246.

3. 대중심리와 섹슈얼리티, 스테레오 타입

그 동안 파시즘 연구는 정치적, 사회적 현상으로만 접근해 왔다. 그래서 일반적으로 파시즘은 전체주의와 동일시되거나, 자본주의와 연관짓는다. 아렌트(Arendt)는 반유태주의, 제국주의, 전체주의의 관계를 따지면서 "정치 문제에 있어서 권력과 폭력이 생물학적 개념들로 해석되는 유기체적 사유 전통의 위험성"[39]을 이용하고 있음을 지적한다. 이 논의는 유기체적 비유들이 전체주의 논리에 스며들어 인류의 집단적인 생명을 위한 자연적인 필요조건으로 호소하는 기만성에 대해 비판하고 있는 것이다. 파시즘에서 강조하는 유기체적 집합성은 문학, 미학적인 차원으로도 창조되기 때문에 더 이상 파시즘 연구가 정치, 사회의 영역에만 한정지어질 수 없게 된 것이다. 본서의 연구 방법은 파시즘과 젠더, 섹슈얼리티[40]의 관계에 초점을 맞추고 있다. 이는 섹슈얼리티가 파시즘적 주체 형성에 관여하기 때문이다.

파시즘 이데올로기에서 문제되는 주체성은 '대중', '군중'과 '지도자'의 것이다. 정신분석학적 관점에서 파시즘은 대중의 심리 동원을 문제 삼는다. 파시스트들은 "현대는 군중의 시대"라는 구스타프 르 봉의 통찰을 받

---

39) 한나 아렌트/김정한 역, 『폭력의 세기』(이후, 1999), p. 117.

40) 푸코는 섹슈얼리티를 단지 자연적으로 주어진 본능이 아니라 역사적으로 구성된 것으로 본다. 이 때의 구성은 관계를 토대로 해서 가능한 것이다. 제프리 윅스는 "섹슈얼리티는 사회적 구성물"로서, 감정, 욕망, 그리고 관계들이 사회에 의해 형성되는 복잡다양한 방식들과 관계하는 것으로 파악하며, 그것은 사회적 형태들과 조직을 통해서만 존재할 수 있다고 말한다. 왜냐하면 "육체의 성애적 가능성을 구성하고 주조하는 힘들은 사회와 문화마다 다르기 때문"이다.(제프리 윅스/서동진·채규형 역, 『섹슈얼리티:성의 정치』, 현실문화연구, 1994, pp. 32~33 참조.)

아들였으며, 군중의 심리에 침투하고 그것을 조작하는 데 필요한 방법을 시사 받았다. 이러한 관점은 비합리적인 집단적 광기의 분출인 '파시즘'이 국가나 민족의 동일화 논리만으로 형성되는 것이 아니라 대중의 내면 심리에서 그것을 열광적으로 옹호할 만한 어떤 메커니즘이 작동하고 있다고 보는 것이다. 라이히(Wilhelm Reich)는 파시즘이 "대중의 비합리적 구조의 표현"이라고 생각하며, 군중이 스스로 억압을 욕망하는 비합리적 행동을 하게 되는 원인을 군중의 무의식에서 찾았다. 그는 사회의 억압 구조는 대중의 "금지에 의해 제한된 오르가즘적 열망"[41]을 통해 비합리적 행동을 낳는다고 주장한다. 이종영은 "파시스트적 내면성의 형식"을 규명하고 있다. 그의 말에 따르면 "유기체적 민족공동체의 건설을 주장하는 파시즘은 대외적 배타성을 언제나 내포한다. 이때 배타성은 권력과 관계하는데, 권력자와 결합하는 파시스트 대중들은 실제로 권력을 분배받고 향유한다. 즉 파시스트적 지배의 주체들은 권력자와의 위계적 결합관계를 매개로 하여, 그 결합관계로부터 배제된 타자들에 대한 지배를 향유하는 자"[42]이다. 한편 파시스트적 내면성은 공동체적인 정서적 유대를 위해서는 언제든 자신의 주체성을 망각하고 집단적 주체성으로 대체할 수 있다. 이러한 파시스트적 내면성은 결국 '배타성'을 통해 권력을 향유하는 파시스트적 주체성인 것이다. 이러한 파시스트적 내면성이 피식민 주체 재현의 장에서 권력 배분과 배제의 매커니즘을 통해 구성될 수 있는 것이다.

---

41) 빌헬름 라이히/오세철·문형구 역, 『파시즘의 대중심리』(현상과 인식, 1986.), p. 26.
42) 이종영, 『내면성의 형식들』(새물결, 2002.), p. 225. 이종영이 말하는 '파시스트적 내면성'은 파시즘에 가담하는 일반 대중들의 내면성이다. "파시즘은 파시스트 국가보다 먼저 존재하는데, 이는 우선 파시스트적 내면성의 형태로 존재한다는 것이다. 그리고 이러한 파시스트적 내면성은 특정한 계기에 결집되어 운동을 이루고 또 국가를 이룬다."(p. 231.)

민족주의의 심층을 살펴보면 '배제의 구조'가 존재하고 있다. 이는 이민족의 배제와 차이를 통해 구성될 수밖에 없기 때문이다. 따라서 파시스트적 주체성은 민족주의를 전유하여 형성된다고 할 수 있다.

대중심리와 주체성의 문제는 파시스트 지도자의 심리 메커니즘과도 연계된다. "파시즘이라는 광기는 바로 나르시시즘적 단계에 고착되어 버린 것"으로서, "자기애적 에로티즘이나 나르시스적 광기, 그리고 정신분열적 신드롬이 극단적인 심리과정을 거쳐 정체성의 소멸"[43]로 나아간 것이다. 이는 남성성과 폭력이 극단화된 파시즘의 본질을 나르시시즘으로 설명할 수 있음을 시사한다. 정신분석학에서 관심을 두고 있는 성적 요인이 파시즘에서 전략적으로 재현되는 것에 관심을 둔 논의들은 섹슈얼리티와 파시즘의 관계를 살피는데 주력한다. 섹슈얼리티와 파시즘의 관련은 단순히 학제적 연구에서 뿐만 아니라 모든 문화의 영역에서 나타난다. 파시즘이 성적 정체성으로 지정될 수 있는가 하는 문제 의식에서 비롯된 이 관점은 파시스트 이데올로기의 젠더 정치학에 초점을 맞추어 남성 판타지와 여성의 섹슈얼리티 동원방식에 대해 분석하고 있다.

수잔 손탁(Susan Sontag)의 논의는 파시즘의 성적인 재현에 대해 처음으로 탐구한 것이라고 할 수 있다. 그녀는 「매혹적인 파시즘Fascinating Fascism」(1973)이라는 에세이에서 나치 영화의 선두자격인 '리펜슈탈Riefenstahl'의 영화를 분석하며, 나치의 SS가 파격적인 성 이미지의 기호가 되고 있음을 지적한다. "왜 나치 독일은 성적으로 억압적인 사회였는가?"에 대한 그녀의 문제 제기는 파시즘과 섹슈얼리티의 연관을 "성욕 도착"의 탓으로 돌리며, "이상적인 에로티즘은 섹슈얼리티가 지도자의 최면술과 추종자의

---

43) 김은정, 「Carlo Emilio Gadda의 Eros e Priapo에 나타난 파시즘과 에로티즘」, 한국외국어대 이태리어과 석사논문, 1998, pp. 4~5 참조.

기쁨"으로 전환된 것임을 지적한다. "파시스트 관념은 공동체의 이익을 위해 성적 에너지를 '정신적' 힘으로 변형"시킨다. 손탁이 보기에, "'절제 원리'에 기반한 파시스트 미학은 활력의 억제에 기초"[44]하고 있는 것이다. 이 논의를 통해 파시즘은 성적인 생물학적 차원보다 정신적 차원을 중요시하고 있음을 알 수 있다. 하지만 파시즘이 섹슈얼리티를 완전히 억압하는 것은 아니다.

마크 네오클레우스(Mark Neocleous)는 파시즘의 핵심 개념을 '전쟁', '자연', '민족'으로 분류하고 있다. 그러나 이 세 개념은 '자연'이라는 개념에 포섭된다. 그의 논의에 따르면 기본적으로 파시즘에서 추구하는 모든 관계의 구조는 "자연스러움"에서 찾아 질 수 있다. 그리고 이러한 현상이 가장 잘 드러나는 것은 '섹슈얼리티'이다. 파시즘에서 자연적 질서는 남자와 여자를 명확히 구별하는 기준점이 되었던 것이다. 따라서 네오클레우스는 파시즘이 "각자의 성이 자연적 특징을 드러냈던 황금시대를 돌이켜 보면서, 이런 자연적 특징을 포기하는 행위를 근대적 타락과 민족적 쇠퇴의 핵심"[45]으로 파악했음을 지적한다. 이러한 양성의 명확한 구별은 파시즘이 젠더의 정치학을 수행하는 계기가 되는 것이다.

파시즘의 현상은 "전시 중 참호 속의 동지애"가 평상시에도 지속됨을 필요로 하였던 "남성집단과 가장 밀접하게 재현"된다. 그 이유는 "이런 유대에서 강력한 민족주의의 지지가 용이"해지기 때문이다. 남성적 욕망의 문제로 파시즘의 젠더 함의를 연구한 작업은 츠벨라이트(Theweleit)의 것이 대표적이다. 츠벨라이트는 "군인의 정치적인 두려움"이 "성적으로

---

44) Susan Sontag, *Under the sign of Saturn* (Farrar, Straus and Giroux ed, Picador USA, 2002), pp. 92~104 참조.
45) 마크 네오클레우스/정준영 역, 『파시즘』(이후, 2002), p. 177.

자유로운 여성에 대한 증오”에서 파생하는 것으로 주장한다. 그는 파시스트 정치와 이데올로기가 항상 “남성 욕망으로부터 파생” 하고 기능하며, 궁극적으로 “파시스트들은 모든 남성의 일상적인 욕망과 경험에 연관되어 있다”[46]고 주장한다. 그는 근본적으로 모든 남성의 욕망이 억압된 것으로 보고 있는 것이다. 이 논의에서 보듯, 욕망과 쾌락은 여성적인 것으로 정의되고 있다. 그래서 파시즘이 쾌락을 박멸하고 통제하는 것은 여성을 근절하려는 시도와 만나게 되는 것이다. 그 결과 파시즘은 남성성과의 긴밀한 관계로 인해 여성 혐오를 추구하는 남성적인 운동으로 표명되어 왔다.

캐럴(Carol) 역시 프랑스 문학의 분석을 통해 파시즘의 젠더 정치학에 대해 고찰하고 있다. 그는 “남성적인 젊음, 군인 용사, 남성적 생명력, 가장 흔히는 공격적이고 폭력적인 경쟁적 가치의 예찬”과 더불어 파시즘이 젠더지향적인 연구의 주제가 되고 있음을 밝히고 있다. 이에서 “남성 우월주의가 절대화된 이데올로기”인 파시즘이 “여성에 대한 심층적인 두려움의 징후”[47]로 읽히고 있음을 확인할 수 있다. 이와 같은 연장선상에서 조셉 알렌 보네(Joseph Allen Boone)는 가부장제를 파시즘으로 파악하고, 포오크너의 『압살롬! 압살롬!』을 분석한다. 그녀는 포오크너의 작품이 가부장적 “부계 플롯과 오이디푸스 서사를 통해서 역사적인 위기의 순간에 권위를 해체당하는 한 남자의 성적 열망”[48]을 재현하고 있다고 분석하며 가부장제와 파시즘을 연결짓는다. 이러한 논의들을 살펴 볼 때, 파시즘은 남성성을 의미하면서 동시에 여성 혐오를 드러내고 있다. 이는 여

---

46) Klaus Theweleit, *Male Fantasies* (Minnesota UP, 1989), pp. 143~155 참조.

47) David Carol, *French Literary Fascism* (Princeton UP, 1995), p. 147.

48) Joseph Allen Boone, *Libidinal Currents —Sexuality and The Shaping of Modernism—*(Chicago UP, 1998), p. 306 참조.

성이 남성 우월성과 공격적인 남자다움을 전복할지 모른다는 위협에서
초래된 두려움으로 해석된다.

이와 마찬가지로 파시즘적 경향이 섹슈얼리티를 위협적인 것으로 바라
보는 이유는 그것이 전체주의와 총체성을 헤칠 위험이 있다는 정치적 판
단에서 비롯된다. 이러한 주제를 잘 반영하고 있는 것은 조지 모스(George
Mosse)의 논의이다. 그는 섹슈얼리티와 국가, 그리고 민족에 대해 다루면
서 파시즘과 섹슈얼리티의 관계를 설명하고 있다. 이 책의 목적은 "민족
주의와 예절, 도덕을 가리키는 동시에 섹슈얼리티에 대한 특정한 태도를
가리키는 고결함(respectability) 간의 관계"를 해명하는 데 있다. 민족주의
는 섹슈얼리티를 통제하는 데 기여했으며, 자기 특유의 성적 영역을 확보
한다. 즉, 여성의 경우는 "마돈나적 이상"에 따랐고, "남성성은 사회의 규
범을 제공했다." 모스의 논의에 따르면, 민족주의와 고결함은 "모든 사람
들에게 각각의 삶의 위치, 즉 남성과 여성, 정상과 비정상, 토착과 이국
등의 위치를 부여"했으며, "이 범주들이 뒤섞인다는 것은 곧 혼돈과 혼란
을 가져오는 것"으로 파악했다. 이를 통해 볼 때, 민족 국가처럼 집단화된
이데올로기를 추구하는 가운데는 무엇보다 여성과 남성에게 부여된 성
역할의 강조가 기본이 된다. 그러나 이 논의에서는 "비록 모든 파시즘이
양성간의 노동분업을 수호하고 정상적인 것과 비정상적인 것 간의 구별
을 강화하려고 노력했다고 하더라도, 섹슈얼리티에 대한 파시즘의 태도가
단순한 억압이 아니었음"49)을 분석하고 있기도 하다.

라우라 캐서린 프루스트(Laura Catherine Frost)는 파시즘과 성적 환상에
대한 박사논문을 썼다. 그녀의 논의는 파시스트 동조자들이나 비동조자들

---

49) 조지 모스(George L. Mosse)/서강여성문학연구회 역, 『내셔널리즘과 섹슈얼리티』(소
    명, 2004), pp. 9. 33~34. 참조.

모두에게 "에로틱화된 파시즘의 이미지가 발견"되는 점에 주목하고 있다. "파시스트 모더니스트들은 힘에 대한 섹슈얼화된 예찬이 자신의 정치적 입장과 제휴되어 나타나지만 비파시스트의 에로틱화된 파시즘 이미지는 자신이 반드시 정치에 순응하지는 않는다는 환상을 함축하고 있다." 그녀는 여기에서 "파시즘의 역설"[50]이 드러난다고 주장한다. '힘'에 대한 파시스트의 에로틱화된 재현은 다양한 성적 재현을 창출할 수 있다. 그러나 여전히 여성의 섹슈얼리티를 다루는 방식에는 우월한 남성성의 이미지가 지배적으로 자리하고 있다. 파시즘의 젠더 정치학적 측면에 문제를 제기한 이러한 페미니즘적 시각들은 파시즘이 여성을 동원하는 방식에 주목하기 시작했다.

마틴 더햄(Martin Durham)은 독일 나치즘에서 독일 여성이 "비무장 지대에서 훈련을 받기도 했다는 역사적 사실과 함께 출생률과 낙태, 우생학에 대한 파시스트 정책"[51]과 여성의 관계를 강조한다. 그리고 파울로스키(Pawlowski)는 페미니즘적 시각에서 버지니아 울프의 작품과 비평, 에세이 등을 분석하며 울프의 활동을 파시즘에 대한 저항으로 읽어내고 있는 논의들을 편집해 놓았다. 이 책의 주안점은 많은 여성 작가들의 목소리들이 파시스트 이데올로기의 비관용적인 본질에 저항하고 있었다는 것을 지적하는 것이다. 따라서 논의들은 여성 혐오적인 가부장제의 긴 역사 한 가운데 있던 여성성에 대한 남성적인 개정과 그에 대한 페미니스트의 저항의 목소리로서 울프의 작품을 위치 짓고 있다. 결국 이 책은 "섹슈얼리티, 페미니즘 이론, 그리고 파시즘 이데올로기 사이의 복잡한 연관성을 암

---

50) Laura Catherine Frost, *"Fascism and Fantasy in Twentieth—Century Literature"*, Columbia Uni, Ph.D. 1998, p. 7.

51) Martin Durham, *Women and Fascism* (Routledge, 1998), p. 3.

시"[52]하고 있다. 카를스톤(Carlston)은 여성 작가와 파시즘, 모더니즘의 관계를 분석하며 모더니즘에 대한 페미니스트적 재독해와 파시스트 문화에 대해 연구했다. 이 책은 가부장제와 군국주의의 지지기반으로서의 "모성애 이데올로기인 '모성주의(Matriotism)'와 애국심의 상보성"을 강조한다. 그가 만들어 낸 용어인 "'모성주의'는 모성의 이상화를 통해 불공평한 젠더 관계를 은폐시키고, 국가 서비스 속에서 여성의 재생산적 노동의 직무 수행을 조성하며, 여성의 어머니 역할에 대한 자부심 가운데 출생률을 높이고, 어머니 이미지를 사용하여 여성의 섹슈얼리티를 억압"[53]하는 것이다. 이 논의는 모더니즘과 파시즘의 구호 아래 모인 여성 지식인들과 다양한 미학적, 이데올로기적 실천 사이의 관계를 분석하고 있으며 신체를 파시스트 모더니티의 수사로 제시한다. 이점은 일제 말기 신여성 지식인의 파시즘적 동원을 해명하는데 유용하다.

파시즘에서 '신체'를 미학화하는 방식은 상당히 중요하다. 캐럴은 신체의 파시스트적 미학에 대해 언급하고 있다. 파시즘은 신체에 초점을 맞추는 것이 "젊은 에너지, 삶 자체의 가장 심오한 표현이자 순수한 힘에 대한 초월적 운동으로서의 파시즘 주제로 돌아가는 것"이라 생각했기 때문이다. 파시즘에서 신체는 "정치적이며 심미적인 형상이고 물질적이며 정신적"이다. "파시스트 담론에서 신체는 물질적 형식 속에 있는 형이상학적 개념, 즉 살과 피로 구현된 정신"으로서 기능한다. 파시즘은 "개별 신체가 약하고 타락했으며, 그 자체로 분할된다면" 국민과 국가라는 신체 역시 쇠퇴한 것으로 파악하고, "신체가 건강하고, 정력적이며 정신적, 문화적

---

52) Merry M. Pawlowski ed, *Virginia Woolf and Fascism —Resisting the Dictators' Seduction—* (Palgrave, 2001), pp. 2~3 참조.

53) Erin G. Carlston, *Thinking Fascism —Sapphic Modernism and Fascist Modernity—*(Stanford UP, 1998.), p. 3.

가치와 에너지들의 토대가 된다면, 국민들은 또한 건강하고 통합될 것"으로 이해했다. 따라서 "파시스트는 신체를 예찬한다. 신체가 파시스트 미학과 정치학의 토대이자 중심이기 때문이다."[54] 이는 군인의 신체를 통해 빈번히 재현되곤 한다. "사관학교"나 군대에서 "남성 신체가 재구성"되며 "어린 소년을 군인으로 만드는"[55] 과정에는 파시스트적인 신체 미학이 반영되어 있다. 따라서 신체와 스포츠, 캠핑, 그리고 체조, 댄스 같은 것은 파시즘을 구현하는 문학 텍스트에서 중요하게 처리된다. 이러한 신체의 미학은 파시스트적 '젊음의 정치학politic of youth'과 긴밀하게 연결되어 있다.

체제가 "세대간의 긴장을 탐구하고, 젊은 지식인에게 '치료적'인 정치를 적용하려는 시도"는 건강한 신체와 우호적인 청년들을 선호하는 파시즘의 정책 일환이 되었다. "새 문명의 발흥에 정부는 파시스트 행동과 가치를 완벽하게 재현할 '신남성'과 '신여성'같은 새로운 지도자 계급을 창조"하는 것이 중요해진다. 이때 '새로운 인간형'에 대한 탐구는 '젊음'이라는 용어와 연결되었다. 그래서 "파시스트 이데올로기에서 너무 중요하게 제공된 젊음의 예찬은 세대적 사고로 확장"된다. 이처럼 파시즘 이데올로기를 정의할 때 '세대론적 사고'는 중요한 요소가 된다. "파시스트가 새로운 민족과 국가를 재활시키려는 수사에서 '젊음'은 자민족의 재건뿐만 아니라 이민족을 지도하는 프로파간다의 중요한 구성요소가 되었다."[56] 파시즘 이데올로기는 "다양한 분열로 점철되어 있는 기존의 삶을 극복함으로써 새롭게 태동된 인간 공동체를 '젊음'이라고 파악"[57] 하

---

54) David Carol, 같은 책, p. 161.
55) Klaus Theweleit, 같은 책, p. 143.
56) Ruth Ben—Ghiat, *Fascist Modernities —Italy, 1922~1945 —*(California UP, 2001), p. 93.
57) 김수용 외, 같은 책, p. 117.

였던 것이다. 이 주제는 미국의 정치학자 스텐리 페인이 파시스트 이론가인 놀테의 모델을 토대로 삼아 파시즘의 스타일과 조직을 정리한 부분에서도 살펴진다.[58) 스타일의 항목들에서도 살펴 볼 수 있듯이 파시즘은 '남성성'과 '권위주의', 그리고 '젊은 세대의 찬양'을 드러내며 젠더, 섹슈얼리티와 관계를 맺고 있다.

이상에서 살펴보았듯이 파시즘 이데올로기에서 다루는 계급, 젠더, 인종 등의 주체 문제에는 섹슈얼리티가 개입되어 있다. 섹슈얼리티를 관리하고 통제하려 노력하는 식민지 정책의 형태는 제국주의가 성을 다루는 방식에서도 이해할 수 있다. 제국주의는 "'성'이라는 화두에 있어 식민지 지배자와 종속민을 관계짓는 인식의 배경으로, 근대라는 특정한 시기의 차별과 권력관계로서의 '문화적 현상'이다."[59) 로널드 하이엄(Ronald Hyam)은 "유럽의 팽창이란 기독교 전파와 교역만의 문제가 아니라 성적 교접과 축첩의 문제"[60)이기도 하였다고 말하며, 제국주의가 서구의 비서구에 대한 경제적, 정치적 정복뿐만 아니라 성적 착취의 과정이었음을 시사하고 있다. 식민지 관계의 복잡함을 탐구하기 위해, 민족성, 계급과 젠더의 교직(交織), 교합(交合)은 식민지 컨텍스트에서 권력에 대한 연구로 반드시 통합된다. "'산재해 있는 헤게모니scattered hegemonies'는 주체가 다른 헤게모니적 구조들 내에서 권력의 중심에 따라 이동하는 것을 강조한다." 주체가 어떤 경우에는 권력에 접근할 수 있지만 또 다른 경우에

---

58) "a. 대규모 군중 집회에 있어서의 신비롭고 낭만적인 분위기의 연출과 미학적 구조의 강조, b. 당의 군대 창설을 목적으로 하는 대중 동원의 군사화, c. 폭력의 정당화와 폭력 행사를 향한 강한 의지, d. 극한적인 남성 위주 및 남성 지배의 원칙, e. 젊음의 강조와 젊은 세대의 찬양, f. 권위주의적이며 카리스마적인 지도자의 원칙."(김수용 외, 같은 책, p. 12.)
59) 설혜심, 「제국주의와 섹슈얼리티」(『한국학보』, 제178집, 2003. 6.), p. 231.
60) Ronald Hyam, *Empire and Sexuality:* The British Experience (Manchester UP, 1992), p. 2.

는 권력에 접근할 수 없다. 왜냐하면 주체가 구성되는 관계 구조망이 현대로 올수록 더욱 다양해졌을 뿐만 아니라 어떤 한 시기의 작품에는 그 작품을 지배하는 다양한 층위가 반영되어 있기 때문이다. 따라서 단순한 이항 대립은 "권력의 다양한 중심과 주체의 관계가 지닌 복잡함"을 반영하지 못한다. 이처럼 "젠더, 계급, 그리고 민족 정체성은 교차하기 때문에, 모든 식민지 개척자나 피식민지민은 똑같이 창조되지 않는다."[61] 식민지 개척자와 식민지인의 복잡한 범주에 대한 연구는 주체가 식민지 프로젝트와 관련된 방식을 고려하면서 더욱 분명해질 수 있다.

위기의 순간을 성적 과잉과 윤리적 타락으로 재현하는 방식 가운데는 권력이 작용하고 있다. 일제 말기 파시즘 체제 아래서는 우생학과 젠더 이데올로기가 전체주의적 민족주의의 윤리적 고결성을 유지하기 위한 재현의 메커니즘이 되고 있다. 기본적으로 전체주의를 지향하는 민족주의는 민족의 고결성을 유지하며, 개인을 민족으로 소급해가는 형식을 취한 채 애국심과 단결을 선취해나간다. 민족주의의 형성은 우수하고 건강한 형질의 민족을 우생학적으로 규명하려는 인종주의의 배타성을 통해 가능해졌다고 할 수 있다. 근대 국민국가는 한편으로 대등한 인간관계를 부르짖으면서, 실제로는 대등한 인간관계가 아니라 대등하지 않은 인간군을 분류하는 장치가 되어가기도 한다. 즉 "동일화 가능한 인간은 받아들이지만, 동일화가 힘든 인간은 배제한다는 것이다. 어떤 인간이 받아들여질 수 있는지 어떤 인간이 그렇지 않은지 하는 갖가지 인간 집단의 분류를 시작해 간다. 그 작업이 근대국가의 작용이기도 했다."[62] 게다가 민족과 국가를

---

61) Kimberly Tae Kono, "*Writing Imperial Relations: Romance and Marriage in Japanese Colonial Literature*", California Berkeley Uni. Ph.D. 2001, p. 4.
62) 이마무라 히토시/이수정 역, 『근대성의 구조』(민음사, 1999), p.184.

혈연적 공동체이자 가정을 기반으로 사유하는 방식은 가부장적인 남성의 힘을 더 강한 권력의 자리에 위치 짓게 한다. 따라서 국가와 민족은 철저히 남성성과 권위주의로 구성되어 있는 파시즘 이데올로기와 결탁하여 전체주의적 총체화의 환상을 실현하려드는 것이다.

일제 말기 파시즘 문학에서 섹슈얼리티 대상은 '청춘' 세대로 재현되고 있다. "젊음은 민족과 국가의 중요한 방향 지시기로서 다루어지기 때문에 '젊음'의 처리와 관리는 민족의 문제를 해결할 수 있는 중요한 실마리가 된다."[63] 또한 청춘기의 발견은 젠더, 섹슈얼리티, 인종과 민족을 둘러싼 사회적 관계 형성에 중요한 계기가 되기도 한다. 이러한 특성을 반영하면서 당시는 '청년'과 '청춘'을 부각시키는 글들이 많이 생산되었다. 젊음의 찬양과 '청춘'의 예찬, 그리고 청년의 연애관과 여학생의 체육 육성에 관한 글들이 이에 포함될 수 있다. 문학에도 『청춘기』(1939), 『청춘무성』(1940), 『청춘의 윤리』(1942) 등과 같이 '청춘'을 제목으로 삼고 있는 소설이나 시가 상당수 등장하고 있다. 이러한 담론의 폭증은 현대조선이 "정신력의 전체적 통일 우에 새로운 기초를 닦어야한다"[64]는 의식에 기초한 것으로, 조선청년들의 각성과 미래의 전망들을 담지하도록 촉구하기 위한 취지에 있었다. 본서는 이러한 담론의 반영에 주목하면서 파시즘이 소설적으로 형상화되는 과정 속에 '청춘'뿐만 아니라 젊음의 여러 자질들이 정치적으로 심미화되고 있음을 살필 수 있다는 문제의식을 가지고 그 구체적 형상화 양상과 이데올로기적 의미를 탐구해 나갈 것이다. 본서의 분석은 민족주의적 관점으로부터 파시즘적 관점으로 분리되는 나이, 인종,

---

63) Christine Griffin, "Representations of the Young"(Jeremy Roche and Stanley Tucker, *Youth in Society —Contemporary Theory, Policy and Practice—*, The Open University, 1997), p. 17 참조.

64) (편집부), 「현대 조선청년을 격려함」(<조광>, 제3권 1호, 1937. 1), p. 28.

계급, 젠더와 섹슈얼리티를 둘러싼 권력 관계에 초점을 맞추고 있는 것이다.

일제 말기가 위기의 담론이 만연하고 있는 현실적 상황임에도 불구하고 소설은 주로 열정적인 감정의 소유자이자 활력과 아름다움을 겸비한 청춘 세대의 연애담을 재현하고 있다. 젊은이들의 연애담에 중점을 두는 것은 대중소설적 특성이라고 할 수 있다. 파시즘은 '대중주의'와 연결되면서 '인민', '대중'의 중요성을 부각시키고 있다.[65] 대중소설에는 "독자들이 바라는 오락의 욕구를 충족시켜줄 수 있는 다양한 경험들이 존재하며, 그것이 독자들에게 위안을 주는 훌륭한 역할을 하고, 동시에 현실에의 순응성을 지니고 있으며, 독자들이 누릴 수 없는 경험을 가상체험하게 해주고 독자들의 호기심을 충족시킬 수 있는 다양한 경험"[66]이 있는 특성을 지니고 있다. 파시즘에서 문제되는 청년 '개인'과 '사회'의 문제는 대중 소설적 재현을 통해 보다 친밀하게 다가갈 수 있는 방법으로 모색되었다.[67] 전체주의 정치의 핵심은 창조 관념에 놓여있다. 변혁 주체는 기존

---

65) 대중소설(popular novel)의 사전적 정의는 "대중에게 읽히기 위해 흥미위주로 쓴 소설"이며 통속소설·통속문학이라는 용어로도 정의되어 왔다. 통속소설은 대중소설의 부정적인 면모를 표현할 때 주로 사용된다. 그러나 본서는 통속소설적 입장에서 바라보는 것이 아니라 '대중'을 염두한 소설이라는 주제적 측면에 집중하고 있다. 폴 바커(P. Barker)는 "'대중문화'의 '대중'을 수적으로 많은 사람들이 개입되어 있다는 의미가 아니라 사회의 모든 계층이 개입되어 있다는 의미로 이해"해야 한다고 주장하고 있다.(박성봉, 『대중예술의 미학─대중 예술의 통속성에 대한 미학적인 접근─』, 동연, 1995, p. 39.)

66) 강옥희, 『한국근대 대중소설연구』(깊은샘, 2000), p. 28.

67) "통속성이란 곧 사회성이다. 결코 무시될 수 없는 개인과 개인의 각각도(各角度)로의 유기성을 의미하는 것이다. 통속성 없이 인류는 아무런 사회적 행동도 결성도 가질 수 없는 것이다. 소설뿐 아니라 통틀어 위대한 예술이란 위대한 통속성의 제약 밑에서만 가능한 자(者)일 것이다. 이것을 생각지 않고 통속성을 떠나는 것만이 높고 새로운 예술인 줄 여기는 전혀 객관성이 희박한 소설들이 더러 보이는 것은 딱한 현상의 하나이다."(이태준, 「통속성 기타」, <문장>, 1940. 7.)

의 것들을 부정하고 혁신하며 새로운 사회를 창조할 목적으로 삼는다. 그들은 이때 전체의 통합을 유지하기 위해 부분은 희생될 필요가 있다고 주장한다. 차이로 지각되는 부분은 아름다운 사회라는 전체주의 국가의 이상을 위해 부정되기 때문이다. 1930년대 후반기 대중소설에서 두드러진 특징이 될만한 "개인적인 욕망을 억압하고 무차별적인 희생을 펼치는 인물들이 도덕적 영웅으로 형상화"되는 "자기희생의 심미화"[68] 과정은 파시즘에서 창출하는 새로운 미덕의 논리와 결합되며 대중의 윤리적 기준이 된다. "멜로드라마적 인식"과 재현 방식은 "도덕적 삶에 도달하는 과정"으로 나타난다. 이에 기반해 "도덕적 희생과 악에 대항하는 선을 수행하는 파시즘은 필수불가결한 결론으로서 전쟁을 제시하는 의미론적 문맥을 구조화하고 그것의 체제적 스토리를 강조한다."[69] 이러한 멜로드라마와 총력전의 관계를 대중 소설적 재현으로 구현할 때 대상 주체는 '청춘 남녀'로 상정된다.

따라서 본 연구는 2장에서 당대 비평담론이 체제의 교화 기획에 참여하는 방식을 탐구하기 위해 파시즘 문학 논의를 정리하고 3장의 분석틀을 마련할 것이다. 그리고 3장은 일제 말기 파시즘의 소설적 재현 주제를 '청춘', '연애·결혼', '우정', '문화사업'으로 유형화하여 파시즘의 대중 소설적 형상화 양상과 그 이데올로기적 의미를 탐구할 것이다. 3장의 작품 분석은 각 항에 대표적인 작품을 선택하여 인물 층위, 스토리 층위, 주제적 층위로 나누어 분석할 것이다. 그리고 각 절의 마지막에는 소결을 두어 원인 규명과 이데올로기적 의미를 정리해 보려 한다. 이러한 작품 분석을

---

68) 이지훈, 「1930년대 후반기 한국 대중소설 연구」(서울대 박사논문, 2003), p. 87.

69) Simonetta Falasca-Zamponi, *Fascist Spectacle —The Aesthetics of Power in Mussolini's Italy—* (California UP, 2000), p. 148.

기반으로 하여, 4장에서는 파시즘의 사회적 신화 효과에 의해 일상화되는 파시즘적 특성과 파시즘의 소설적 형상화에서 세대 갈등의 전경화를 통해 체제가 '젊음의 정치학'을 시도한 의미를 탐구해 볼 것이다.

　본 연구는 파시즘의 소설적 형상화에 존재하는 '내용의 논리'를 파악하는 것이 중요하다고 판단한다. 문학 작품의 이데올로기 경향은 형식과 내용 논리에서 파악할 수 있다. 프레드릭 제임슨에 의하면, "내용이란 것이 특성상 사회적이고 역사적이기 때문에 역사적 현상으로 취급될 수 있는 것"이며, "형식은 상부구조의 영역에서 작동하는 내용에 지나지 않는다." 형식의 진화는 새로운 내용의 출현을 재현하기 위해서 낡은 형식을 새로운 형식으로 대체한다. 즉 "문학적 변화는 본질적으로 적절한 형식으로 표현되고자 애쓰는 내용의 기능"이다. 프레드릭 제임슨은 이를 '내용의 논리'라고 명명하였다. 내용의 논리는 내용이 형식을 만들어 낸다는 것이다. "내적 논리를 통해 '형식적 구조 속에 자기 자신을 조직화하고 따라서 그것의 견지에서 가장 잘 연구될 수 있는 제반 범주를 내용 자체의 내적 논리를 통해 생성'해내는 것은 바로 내용이다."[70] 이 과정은 각 텍스트와 컨텍스트의 상관성 속에서 이루어져야 한다. 개별 작품의 내용 분석은 그것이 출현한 사회에 대한 비평적 관점을 형성하기 때문이다. 따라서 개별 작품의 내적 논리의 탐구는 텍스트가 출현한 역사적 순간으로의 이동과 동시적으로 병행되어야 할 필연적인 관계에 놓여져 있다.

　본 연구에서 파시즘의 소설적 형상화를 살피는 데는 호미 바바의 '전형성'이론이 중요하다고 판단된다. 바바는 전형화 과정을 정신분석학 이론으로 설명하고 있다. 바바에 따르면, "식민자는 피식민자에게서 상징화될

---

70) 숀 호머/이택광 역, 『프레드릭 제임슨―맑스주의, 해석학, 포스트모더니즘―』(문화과학사, 2002), p. 60.

수 없는 부재를 발견하고 그에 따르는 공포를 방어하기 위해 차이를 부인하며 상징적 대체물인" 전형(stereotype)을 부여한다. 그러나 "현실에서 완전하게 이탈하는 것이 불가능하기 때문에 페티시의 환상이 분열될 수밖에 없듯이", 인종차별적 전형화 역시 "양가적으로 분열"된다. 따라서 전형화는 "매번 완전하게 성공할 수 없으며 식민자는 분열과 공포 속에서 끝없이 가면 씌우기를 반복해야 한다."71) 본서는 전형화가 식민자와 제국주의의 형성물이라고 본다. 이 제국주의적 산물을 전형화 하는 가운데, 피식민 주체는 끊임없이 차이를 반복 체현하는 과정을 텍스트에 반영한다. 이러한 인식을 기반으로 하여 텍스트는 다음의 네 층위로 나누어 분석될 것이며, 그 과정에서 작품 형성의 내적 논리를 탐구할 것이다.

첫째, 인물의 층위에서 인물들 간의 관계와 계층성을 통해 일관된 의미 구조가 존재하는가를 중심으로 분석할 것이다. 소설에 나타나는 인물 관계에는 주체를 중심으로 한 타자의 배제와 포섭의 서열화 관계가 뚜렷이 드러난다. 이 인물들 간의 관계를 통해 얻어지는 일관성은 역사적, 사회적 구조에 끼워 넣지 않고서는 이해하기 어렵다. 소설에서 인물 창조는 "개성, 전형성, 보편성"을 원리로 이루어진다. 전형성은 "사회적 변화과정을 객관적으로 형상화하는 방법"이다. "전형의 문제를 그 자체로서 형상적으로 인식할 경우, 개개의 인간은 중요시되지 않고, 한 집단의 근본적 활동에 중심이 놓이는 것이 된다."72) 이때 한 개인은 민중, 계급, 민족 등의 집

---

71) 호미 바바/나병철 역, 같은 책, p. 17. 전형(stereotype)을 나병철은 '정형'으로 번역하고 있다. 고정관념이라는 의미 차원의 스테레오타입은 새로운 문맥 속에서 기존의 것을 재의미화하며 '차이'를 지우고, 형성하는 과정을 반복한다. 따라서 본서에서는 과거의 것을 부정하고 새로운 차원으로 재정형화될 수 있다는 측면을 강조하기 위해 '전형(典型)'으로 번역해서 사용할 것이다.
72) 우한용, 『소설교육론』(평민사, 1993), p. 180. 우한용은 전형을 일반적으로 "개인적인 것 속에서 사회적인 것을, 특수한 것 속에서 보편적인 것을, 우연적인 것 속에

단적 특성을 지니고 있는 대상으로 성격화되는 것이다. 평가 절하적인 전형은 다양한 지배 상황을 합법화하는 도구로 나타난다. "실제로 한 사회에서 우월성-열등성의 이미지가 공표되는 것은 자신의 위치를 유지하기 위해 지배 집단이 사용하는 수단 중의 하나이다. 그러므로 피지배자들의 순종을 정당화하기에 알맞은 이미지를 야기시키는 것은 권력을 장악한 집단의 이해관계를 위해서이다. 이런 이미지를 부여하는 것이 기존의 힘의 관계를 인정하면서 식민지화의 정당성을 보장해 주기 때문이다."73)

　전형은 사회에서 인간을 분류하며 형성된다. 이것은 차별을 정당화하는 작용을 하고 있다. 또한 전형은 "보이지 않는 것을 가시적이고 공적인 것"74)으로 만들기에 대중적인 성격을 띤다. 이런 특성들은 전형성이 정치적 색채를 띨 수 있게 하는 요인이다. "전형은 자기 통합이 위협받을 때 발생한다. 따라서 이것은 세계에 대한 주체 인식의 불안정성을 다루는 방식"이기도 하다. 이러한 전형은 "타자와의 차이에 대한 필요의 감각을 영속"75)시킨다. 전체주의자의 입장에서 '차이'는 질서와 통제를 위협하는 것이다. 이상적인 전형은 부정적인 전형으로 인해 더욱 강화된다. 부정적인 전형은 사회로부터 주변화된 집단이 속한다. 그러므로 사회에서 위험스러운 존재로 분류된 사람들은 그 사회의 이상형에 반대되는 것으로 변형된다. 이들은 사회의 불안이 되는 자질들이 '전치'의 형식을 통해 대체

서 합법칙적인 것을, 개별적인 것 속에서 전체적인 것을, 그리고 구체적인 현상들 속에서 본질적인 것을 감지하고 부각시키고, 예술적으로 설득력 있게 표현해 냄으로써 객관적 진리를 목표로 추구하는 예술적 일반화"로 정의하고 있다.

73) 뤼스 아모시, 안 에르슈베르 피에로/조성애 역, 『상투어-언어, 담론, 사회-』(동문선, 2001), pp. 70~71.

74) 74) 조지L. 모스/이광조 역, 『남자의 이미지-현대 남성성의 창조-』(문예출판사, 2004), p. 16.

75) Sander L. Gilman, *Difference and Pathology —Stereotypes of Sexuality*, Race, and Madness— (Cornell UP, 1985), p. 18.

되는 대상들인 것이다. 따라서 파시스트의 새로운 인간형에 해당하는 이상적 인물형에 반대되는 인물형을 '카운터타입'으로 설정하고, 이 둘 간의 관계를 통해 이상형의 전형화 과정을 살펴볼 수 있다. 본서는 1절에서 병리학, 2절에서 인종주의, 3절에서 남성성, 4절에서 여성성의 전형화가 어떻게 이루어지는가를 중심으로 분석할 것이다.

두 번째는 스토리 층위를 중심으로 분석할 것이다. 일반적으로 파시즘이 서사화 될 때는 '구제의 서사'와 '교화의 서사'를 중심으로 이루어진다. 그러나 이러한 서사의 방식도 다양한 스토리를 창조하면서 파시스트 이데올로기의 심미화가 가능하다. 스토리 분석은 사건들이 그 스스로 발생하지 못하기 때문에 사건들의 구성에만 초점을 맞출 수 없다. 사건들은 행위의 어떤 대행 기관을 필요로 한다. 그 대행 기관이란 작중 인물이다. 작중 인물 역시 서사의 통합축과 계합축을 따라서 의미의 단위들로 구조화된다. "스토리는 작중 인물을 사건들의 시퀀스와 관련지어서 배열하며, 그러한 일련의 관계들은 작중 인물이 행위자로서 수행하는 기능을 확인시켜 준다."76) 이러한 스토리의 구조 분석은 사건과 행위자를 위한 의미 생성의 영역을 어떻게 구성하는가 하는 점을 해명할 수 있게 도와준다. 각각의 서사는 그 서사가 강조하는 주제에 따라 식별될 수 있는 특성을 지니게 된다. 이 서사의 특성은 파시즘 이데올로기가 소설적 양식을 어떻게 전유하고 있는가를 탐구할 수 있을 것이다.

세 번째는 주제적 층위를 중심으로 분석할 것이다. 각각의 서사는 의미를 구성해 나가는 데 있어 동기(motive)가 될 수 있는 동시에 강조하고자 하는 주제의 부각이 있다. "주제화는 한 주제에 관한 무수히 많은 변형들

---

76) 스티븐 코핸·린다 샤이어스/임병권·이호 역, 『이야기하기의 이론—소설과 영화의 문화 기호학—』(한나래, 1996), p.103.

의 연속으로 이루어진다. 그 주제의 개념화 작업은 운명지어질 수도 없고 언제나 완성되거나 재수정될 가능성을 지니고 있으며 불확실한 추정만으로 정의될 수밖에 없다."[77] 따라서 하나의 주제가 어떠한 맥락에서 사용되는가의 문제 검토는 그 주제의 변형 속에 담긴 의미를 해명할 수 있게 되는 것이다. 이 층위의 분석은 각 주제의 이데올로기적 재구성을 해명함으로써 파시즘의 통합원리에 매개가 되는 일상적 주제들을 탐구할 수 있을 것이다.

네 번째는 인물, 스토리, 주제라는 세 층위의 텍스트 분석을 통해서 각 절의 소결론을 구성할 것이다. 여기에서는 각 절에서 살펴진 유형들의 원인 규명을 당대 비평 담론과 정책 담론을 동원해서 살펴 볼 것이다. 이는 파시즘이 단순히 텍스트적 특질로만 해석될 수 없다는 인식에서 비롯된 것이다. 게다가 문학과 정치적 현상의 긴밀한 연관성을 따지는 본서의 취지에 입각해 볼 때 각 텍스트의 파시즘 구현 양상이 정치·사회적인 제반 현상과 맺는 상관성을 따지지 않고는 당대 텍스트의 정치한 해석이 불가능하다고 판단된다. 따라서 소결의 기능은 종합적인 결론에서 더 나아가 이데올로기적 의미 규명까지 가능할 수 있도록 할 것이다.

본 연구의 대상 텍스트는 일제 말기, 주로 1939년에서 1945년 사이에 발표된 중·장편소설을 중심으로 삼는다. 3장의 1절에서는 백 철의 『전망』(1940), 유진오의 『우수의 뜰』(1940), 정비석의 『청춘의 윤리』(1942)를, 2절에서는 이광수의 『진정 마음이 만서야 말로』(1940), 채만식의 『냉동어』(1940), 이효석의 『벽공무한』(1940)을, 3절에서는 이광수의 『봄의 노래』(1941), 이기영의 『처녀지』(1944), 채만식의 『여인전기』(1944~45), 이무영

---

77) 클로드 브래몽, 「개념과 주제」(이재선 편, 『문학 주제학이란 무엇인가』, 민음사, 1996), p. 164.

의 『향가』(1943)를, 4절에서는 이태준의 『청춘무성』(1940), 『별은 창마다』(1942), 『행복에의 흰 손들』(1943)을 대상 텍스트로 삼아 분석할 것이다. 이들 대상 텍스트 가운데 『우수의 뜰』, 『봄의 노래』 같은 경우는 중단된 중·장편소설들이기 때문에 창작된 일부만을 가지고 분석할 수밖에 없다. 비록 이 작품들이 중단된 소설이기에 전체적인 구조를 파악할 수 없다는 한계를 지니고 있다 할지라도, 일제 말기라는 시대적 상황과 중·장편소설이라는 작가의 기획 아래 쓰여졌다는 점을 고려할 때, 충분히 파시즘적 특성을 연구하는데 있어 기여하는 바가 크다고 판단되어 대상 텍스트로 삼았다.

제2장 파시즘 문학 논의의 지형도와 주제적 유형화

일제 말기는 일본의 제국주의 정책이 태평양전쟁을 위한 전시체제로 바뀌면서 군국주의를 더욱 강화했던 시기이다. 이 전시체제는 '신체제'로 명명되면서 다양한 문화정책을 실시했다. 1940년 일본의 정계·언론계에서 일어난 신체제론은 서구 근대의 초극을 주장하면서 근대에 대한 사유의 전환점을 만들었다. "'신체제'란 나치스 독일의 '유럽 신질서'에 호응하는 '대동아 신질서'의 건설을 향해 대 중국 전쟁 즉 '성전관철(聖戰貫徹)'을 위한 강력한 국내체제 만들기를 의미하는 말이다."[1] 이 시기의 문학을 당시에는 '전쟁문학', '애국문학', '국민문학', '결전문학', '대동아문학', '황민문학', '국책문학', '받들어 모시는 문학まつろふ文學'[2] 등으로 지칭

---

1) 스즈키 사다미鈴木貞美/ 김채수 역, 『일본의 문학 개념―동서의 문학개념과 비교 고찰―』(보고사, 2001), p. 394.

2) 최재서, 「まつろふ文學」(<국민문학>, 1944. 4, 日文, 인용자 역), p.3. "まつろふ文學은 어떤 문학인가라고 말한다면, 곧바로 대답하기 전에 우리는 어떻게 해서 まつろふ文學을 주창하게 되었는지 그 경위를 먼저 서술해 보자. 우리는 1939년의 신체제운동 이래 어수선한 전환과 혁신의 과도기를 경험해왔다. 혹자는 민족주의로부터, 혹자는 공산주의, 사회주의로부터 또 다른 사람들은 개인주의, 자유주의로부

하였다. 일본에서 "근대 유럽의 내셔널리즘에 근거하여 메이지20년대부터 시작된 '국민문학' 논의는 1937년에 부활"[3]되었다. 이때 '국민문학'은 '국방문학'과 같이 언급되면서 전시체제 아래 확립된 문학적 특성을 지닌다. 이러한 일본의 '국민문학' 개념이 식민지 조선 문단에서도 새로운 방향으로 제시되면서 전쟁문학의 성격을 갖게 되었던 것이다. 그리고 "대동아공영권 문화의 확립은 민족문제 해결 없이는 생각할 수 없으며, 또 대동아문학의 의의는 이 문제를 다루지 않고서는 생각할 수 없다. 대만에서 '황민문학' 수립은 이런 의미에서 대동아공영권 문학에 앞서며 중대한 시사와 지표를 부여한다"[4]라는 당시 대만 문학자의 발언에서도 알 수 있듯이, '대동아문학'에 '황민문학'이 포함되고 있다. 이러한 문학들은 대동아의 중심을 일본으로 정하고 있기에 일본 '국책문학'이 되었던 것이다.

1930년대 말부터 일본의 전시체제에 의한 신체제 문화정책은 정치와 예술이 손을 잡으면서 파시즘적 예술을 반영하였다. 이 당시에는 문학자들이 직접 전장에 나가서 체험한 보고문학으로서의 "견서문학(肩書文學)뿐만 아니라 역사문학이나 고전문학론도 성행했다. 전쟁의 발발과 함께 내셔널리즘이 환기되면서 전통회귀나 일본주의가 논의를 불러일으키게 되

터, 그리고 더구나 많은 무자각, 무사상의 작가, 시인은 당황해서 어떤 사상적 무장을 스스로 할 여유가 없었다. 그렇기 때문에 다양한 진영에서 나온 조선의 문인들이지만 그 목표와 기치는 동일했다. ××주의로부터 국가주의로. 그렇게 해서 태어난 것이 국민문학운동이었다." 이 발언을 통해서 볼 때, 'まつろふ文學' 역시 '국민문학'운동의 일환임을 알 수 있다.

3) 스즈키 사다미鈴木貞美/ 김채수 역, 같은 책, p. 367.
4) 小林秀雄 외, 「대동아문학 건설のために」(<국민문학>, 1943. 11, 日文, 인용자 역), p. 142. 이글은 "대동아의 새로운 문화건설이라는 공통의 이상 하에 아시아 각국의 문학자들이 제휴협력한다는 것은 정말이지 전례 없었던 성과로 남아 있다"라는 小林秀雄의 발언 아래 일본, 몽고, 중국, 만주 등지의 문학자들이 '대동아문학'에 대해 논의하고 있다.

었고, 사람들은 민족의 역사에 눈을 돌리고 고전에 관심을 보이게 되었던 것이다. 물론 이와 같은 기운이 민족주의를 고무하고 戰意高揚에도 통했기 때문에 당국이 환영했던 것은 당연했다. 그런 의미에서 전시하의 역사소설 유행도 시국을 반영한 국책문학에 다름 아닐 것이다."[5] 스즈키 히사요시(都築久義)의 논의에서 소화시대(昭和時代) '국책문학'에 해당하는 범주는 「보리와 兵隊」 같은 '전쟁문학', '농촌문학', '역사문학', '고전문학', '총후문학'까지 설정되어 있다. 이와 같은 일본의 소화시대 국책문학의 특성은 식민지 조선의 국책문학에도 반영된다. 따라서 이 시기의 문학을 현시점에서 '어용문학', '친일문학', '암흑기 문학', '황도문학', '부일문학', '동원문학'이라고 가치 평가하게 된 것이다. 가치 평가는 어느 정도 자의성을 띠고 있는 것이기에 좀더 객관성을 띤 장르 설정이 필요하다고 생각된다.

류보선은 "동양체제론, 대동아공영권론, 신체제론, 내선일체론, 동조동근론, 황도문학론, 국민문학론, 총후문학론"[6] 등을 모두 포괄해서 '친일문학론'으로 지칭하고 있다. 그러나 '친일'이라는 가치 평가적인 장르 설정 속에서 문학 텍스트와 피식민지 작가의 주체성은 그리 간단하게 설명되지 않는다. 본서는 무조건적인 국책에의 협력이 아닌 자발적 협력에서 피식민 주체의 내면을 살필 수 있는 토대를 '파시즘'에 두고 있다. 본서가 대상으로 삼은 일제 말기의 친일소설은 신체제 하의 국책 동원과 파시즘의 결합을 통해 전도된 민족주의의 발현을 재현하고 있기 때문이다. 이러한 판단은 당대의 파시즘 문학론을 통해 근거를 찾을 수 있을 것이다.[7]

---

5) 都築久義,「<국책>と文学の実態」(『국문학』, 32권 10호, 8월호, 동경; 학등사, 1987, 日文, 인용자 역), p. 67.
6) 류보선,「친일문학의 역사철학적 맥락」(『한국근대문학연구』, 한국근대문학회, 2003 상반기, 7), p. 26.

한국에서 파시즘 논의가 본격적으로 진행된 것은 1930년대 초부터이다. 1930년대 초반의 파시즘 논의들은 국제 파시즘에 대한 개관을 통해 입문서적 역할을 하고 있다. 그런데 1930년대 초반의 파시즘 논의는 프롤레타리아의 운동과 긴밀하게 결합되어 간다.[8] 이러한 현상은 파시즘의 노동

---

7) 본서의 논의를 위한 용어 상의 체계는 다음과 같다.

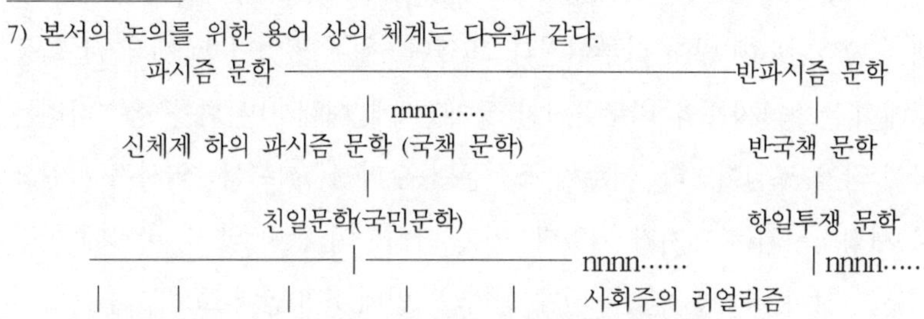

8) 1931년도에 파시즘의 이해는 단순히 폭력적·억압적 체제로서의 한 해외 소식에 지나지 않았다. 이러한 사실은 <조선일보>의 '해외소식'란에 실려 있는 글을 통해서 확인할 수 있다. 이 글에서는 "파시스트처럼 主義宣傳를 熱中하는 것은 업다"(「'타골'과 '파-씨슴'」, <조선일보>, 1931. 3. 28.)고 하며 파시즘의 특성을 '개인'의 배척과 '강제', '폭력', '죄악', '허위'로 서술하고 있다. 통시적으로 파시즘의 수용 양상을 살펴 볼 때, 파시즘은 먼저 자본주의에 대한 프롤레타리아계급의 투쟁 산물로 들어왔다. 파시즘과 사회주의와의 관계를 따진 논의는 "국가사회주의란 그것이 국가권력에 의한 사회주의적 정책의 실현이란지라도 그것이 점보담도 現今에 잇서서는 그 배타적 독재적 성질로 의하야 통제 경제를 목표로 함은 그러타 할 권력의 획득을 전제로 함에 의하야 필연적으로 의회정치를 부인하는 경향에 나가고……오늘날의 일반 경향이니 『뭇소리니』의 이태리파시즘이다. 『힛트러』의 독일나치스나 그 基調는 동일한 것이니 일본의 국가사회주의가 또한 이로써 規程되는 파시즘임은 틀림업는 것"(「파시즘과 사회민주주의-일본 합법무산운동의 今後-」, <조선일보>, 1932. 4. 18.)으로 보면서 일본의 국수적 파시즘의 향방을 미리 가정하고 있었다. 식민지 조선의 프롤레타리아와 파시즘을 연결짓는 논의는 정성한의 글을 통해 살펴 볼 수 있다. "팟쇼화라는 말은 금일의 유행어로써 가장 세력이 잇다.…… 이때에 잇어서 시국에 관심을 가진 또는 국제정세에 관련을 식혀 살냐하는 우리들은 이 「유행의 파쇼」를 「우리 생활의 파쇼」로 인식하지 아니하면 안된다." 왜냐하면 파시즘은 자본주의에서 비롯된 것이기 때문에 "이 문제가 학문적 이론의 문제라는 것보다는, 투쟁중에 잇는 「푸로레타리아」의 일상생활의 문제라는대 모든 중점이 잇을 것이다." 정성한이 규정한 파시즘의 개념은 무산계급 노동자들에 대한 동정과 그들을 지도하기 위한 행동가적 지도자의 출현이라는 긍정적인 평가와 함께 이루어지고 있다. 이 글에서 주목할 점은 식민지에 있어서의 파

문제와 집단성의 문제를 프롤레타리아의 행동을 요구하는 단계와 같은 맥락으로 이해한 데서 비롯된다. 국가사회주의 철학은 파시즘과 헤겔 철학을 연결지었고, "창조적 상층구조"9)의 이론을 변증법적 실천을 통해 현실화하려 했던 것이다. 파시즘이 세계적 문제임을 재각인시켰던 사건은 파리에서 이루어졌던 '국제문화옹호연맹회의'의 개최였다. 이에 대한 소개는 1935년도에 많이 다루어진다. 1935년 6월에 있었던 '국제작가문화옹호대회'는 "파씨즘의 비문화적인 통제"10)에 대해서 문화를 옹호하려는 국제 작가 모임이었다. 이로써 조선문단은 파시즘 문화를 역사적 사건으로 재정립시키는 계기가 되었다. 이는 파시즘이 단지 몇 몇 국가에 한정되는 현상이 아님을 알 수 있게 한다. 그런데 1930년대 초반부터 독일의 나치즘에 대한 소개와 프랑스, 이탈리아의 파시즘까지 수입 소개되고 있었던 식민지 조선의 파시즘 수용 태도는 1930년대 후반에 와서 판이하게 달라진다. 30년대 초반이 비판적인 시각을 어느 정도 유지하고 있던 것에

시즘적 경향이 존재할 수 있는지 여부에 대해 언급하고 있다는 점이다. 정성한은 식민지에 존재하는 파시즘에 자본주의 국가에서 행사된 파시즘과 동일한 범주의 파시즘을 적용할 수 없다고 주장한다. 왜냐하면 "식민지의 토착자본은 완전한 자기의 정권이 없기 때문에 외래 제국주의의 권력을 통하여 또는 그의 이해에 의존 종속"되어 식민지의 정세를 표현하기 때문이다. 게다가 식민지의 파시즘은 '민족주의'의 형태로 등장하는 동시에 제국의 파시즘을 덮어씌우기까지 하기 때문이다. 또 그는 파시즘의 특질로 "비과학적, 신비주의적 경향"을 들고 있는데, 조선에서 이런 측면으로 따져 볼 때 천도교의 교주인 '최수운'이나 민족개량주의자 '이광수' 역시 파시스트로 볼 수 있다고 말한다.(정성한, 「국제 팟시즘의 개관」, <비판>, 2권 7호, 1932. 8. pp. 29~34.) 같은 연장선상에서 1930년대 초반, 이광수와 파시즘을 연결지어 비판하는 글들이 더 있다. 김명식은 이광수의 「지도자론」에 대해 비판한다. 그가 보기에 이광수가 「힘의 재조직」, 「힘의 찬미」, 「힘의 재인식」, 「영웅갈망」 등의 글들에서 보이는 반필연성과 자유 억압성은 이광수 자신의 "지나친 집착성과 영웅주의의 발로"(김명식, 「영웅주의와 파시즘—이광수씨의 蒙을 啓함—」, <동광>, 31, 1932. 3, pp. 62~ 64.)에 기인한 것이기 때문이었다.
9) 김달인, 「헤겔과 팟씨講」(<비판>, 3권 1호, 1933. 1), p. 58.
10) 「파리의 국제문화옹호연맹」(<조선일보>, 1935. 8. 30.)

반하여 일제 말기는 파시즘에 대한 평가가 긍정적인 시각으로 바뀌어 있다. 독일 나치즘에 대한 대개의 소개 글은 히틀러의 영웅화 작업으로 전개되어 나가기 시작했던 것이다. 파시즘은 단순히 역사적 사건으로서의 해외소식으로만 수입된 것이 아니라, 그에 따른 문학과 예술도 함께 수입되면서 소개되었다. 이는 일본이 독일, 이탈리아와 협력하면서 새로운 '파시즘 세력'을 구축하게 된 영향 때문이다. 일제 말기의 파시즘 비평은 신체제론을 통해 전쟁과 전체주의에 관한 것들로 변용되어 나타난다. 그리고 1930년대 후반은 세계정세의 흐름을 적극적으로 수용하면서 체제 구축에 참조하였다. 즉, 일본 파시즘이 강조했던 '내선일체'의 정신은 독일과 이탈리아의 파시즘을 토대로 했던 것이다. 민족 간의 결합을 통한 국가적 단결력을 건립하려 한 "동아신질서건설 모토"는 "구주에 있어서 獨伊의 進軍"과 "일본의 전승적 보조"가 "함께 步步堂堂 세계적 강력국으로의 패기를 천하에 호령"[11]하겠다는 대동아공영권적 의식 아래 식민지 조선에서 파시즘 세력 구축을 가능케 했다.

'파시즘 문학' 논의는 1930년대 중반부터 이루어지기 시작한다. 국가사회주의 사회로서의 이탈리아와 독일 문학을 소개할 때 이 개념은 이미 성립되어 있던 것이다. 정인섭은 이들 나라의 문학을 '파시즘 문학'과 '전향작가', '국외추방자'의 문학 활동으로 나누어 설명했다. 그는 "파시즘문학이 한동안은 기타각국으로도 유포되어 세계문단에 파동을 일으킬 것이라

---

11) 一聲生, 「내선일체정신의 강화」(<조광>, 제5권 8호, 1939. 8), pp. 180~181. "독일에 있어서 나치시즘이 전국민의 총력량을 집중하여 나치스독일의 진군을 구주의 천지를 석권하는 오늘 일본정신의 동양전체화에 대한 실천행정은 착착 진행되어야 할 것이다. 그러므로 민중의 참된 각오와 재인식이 필요하게 되는 것이다. 그러므로 우리가 독일에 있어서 「알바이트딘스트」傘下에 제단체가 포함된 것같이 국민정신총동연맹산하에 일체의 단체와 조합을 연락시켜 구성하므로써 좀더 일본정신의 발양과 내선일체의 이상을 실천화시켜야 될 것이다."

고 보고 현재 그 과정에 들어가 있는 것"이라고 생각했다. 정인섭은 "伊獨에는 임이 국민문학화되려는 현상으로 진전되는 중이라고 한다면 기타 몃사회나 이 파시즘 문학으로 특질화할 것이냐 하는데 대해서는 단언하기는 어려우나 전기 데모크러시 사회 속에 예증한 사회로서는 일본을 연상할 수도 있지마는 기타 영·미·불은 그 파동이 한 번 혹은 있을는지 모르나 伊獨과 같은 결정적 형태로 국민문학화 되기는 어렵지 않을까 본다"[12]고 전망했다. 그의 의견대로 국민문학적 특성을 지니고 있는 파시즘 문학은 일본에서 먼저 주창이 되고, 곧 이어 조선문단에서도 「조선문단에 파시즘 문학이 서지겠는가」(<삼천리>, 제74호, 1936. 6.)라는 주제로 문단 비평가들이 토론을 벌이게 된다. 이 토론의 질문은 '1. 우리 문단에 파시즘 문학이 서질까요,' '2. 우리 문단에서는 파시즘 문학을 어떻게 규정지으리까,' '3. 파시즘 문학은 문학의 한 주류로서 긍정될 것일까?'라는 세 개의 문항으로 이루어졌으며, 참여자는 장혁주, 백 철, 김억, 김광섭, 이갑기, 이종수, 민병미, 안함광, 이북명, 홍효민, 이석훈, 노춘성이었다.

김광섭은 파시즘 문학을 "정치문학"이라고 규정하며, 그 문학의 성격은 "민족주의문학의 강화"로 나아가는 방향을 취할 수 있다는 생각을 피력한다. 따라서 파시즘 문학이란 "극단의 민족적 국가주의의 표현이며 당시 세계의 주류"(p. 215)임이 강조된다. 이갑기는 "코뮤니즘의 '인터내셔널리즘'에 대하여 '파시즘'을 그 근본 특징의 하나인 국가주의 또는 민족적 배타주의라는 뜻에서 파시즘 문학이란 것을 규정"(p. 216)하고 있다. 그리고 노춘성은 "그 사회 그 민족에 파시즘 사상이 충일하고 또 다른 그에 대한 생활 의욕이 존재하는 한 파시즘 문학은 성립될 수가 있다"(p. 224)고 주

____

12) 정인섭, 「최근세계문예사조」(<신동아>, 1935. 9) p. 24.

장한다. 이에 비하여 반대하는 입장들은 '파시즘 문학' 성립 자체부터 부정하고 있다. 장혁주는 "문학이 아니라고 보는 이상 규정도 할 수 없겠고 주류는 더구나 긍정 못할 일"이라고 하였고, 김억은 "존재이유를 발견할 수가 없기 때문", 백 철은 파시즘 문학을 "변태적 문학", "정치적 독재자에 대한 노예문학에 불과한 것"으로 평가하며 "인간의 성엄(聖嚴)한 정신을 대표하는 문학의 주류"로 볼 수 없다고 주장한다. 그러나 이는 아직 신체제기에 들어서지 않은 상태에서의 논의였다. 백 철은 이 토론이 있기 전에 이미 정인섭과의 대담에서 일본의 파시즘 문학을 염두하고 그 성립 가능성에 대해 언급했었다. 정인섭이 "파시즘 문학을 정치적 독재권력이 수립된 곳에서만 발생되는 것"이라고 주장한데 대하여 백 철은 일본의 독재권력과 식민지 토착 부르조아지가 필연적으로 결탁하는 까닭에 "만일 동경에 나오끼(直木)일파의 파시즘 문학이 성립된다면 조선에도 그것과 결탁하는 일정한 파시즘 문학이 성장된다는 것"(p. 214)을 지적했던 것이다. 이와 같은 백 철이나 이갑기의 말을 통해 식민지 조선보다 먼저 나오끼미쯔오(直木三十五)가 일본에서 '파시즘 문학'을 주창하고 나섰음을 짐작할 수 있다.[13]

　앞의 파시즘 문학 논의에서 이갑기는 '파시즘 문학'을 정의하고 있다. 그는 "파시즘 문학이란……파시즘 독재 그것이 극단의 통제주의로서 문

---

13) 일본은 분명 '천황제' 중심의 파시즘을 전개해 나가며, 서구와는 다른 방식으로 파시즘 이데올로기를 행사하였다. 독일이나 이탈리아, 프랑스 등은 기본적으로 민중들에 의한 것이었다고 볼 수 있는데 비해 일본은 철저히 위로부터의 권력행사로 이루어졌다는 점이 대별된다. 그래서 더욱 철저히 전체주의를 지향하는 특성이 되었던 것이다. 마루야마 마사오는 일본의 파시즘 이데올로기적 특질을 "가족주의적 경향", "농본주의적 사상의 우위", "대아시아주의(大亞細亞主義)"(마루야마 마사오(丸山眞男)/김석근 역, 같은 책, pp. 78~96. 참조)에 기초한 아시아 제 민족의 해방으로 분류하고 있다. 가장 직접적으로는 일본의 이러한 파시즘적 이데올로기의 특질이 피식민지 조선에 투사되었음을 부인할 수 없다.

화적 영역에까지 한 개의 통제적 문화정책을 가지는 만큼 이러한 정책과 그 세계관에 의하여 제작되고 통제되고 또는 문화적으로 이 정책을 지지하는 문학으로 볼 수 있을 것"(p. 216)이라고 정의했다. 그리고 그는 일본에서의 파시즘 문학 성립처럼 조선에도 이미 존재하고 있었던 문학적 경향으로까지 추정하고 있다. 이처럼 국가주의, 민족주의와 연결된 파시즘 문학은 안함광이 지적한 "자본주의의 일반적 위기에 있어서의 산물"로, 민병미가 말하는 것처럼 "비상시의 산물"로 나타날 수 있다. 결국 위기의 산물로 이해된 파시즘 문학은 전쟁이라는 시국 담론과 자연스럽게 연결되었다. 이런 논의 이후로는 조선문단에 歐洲 政局의 전쟁 상황들에 대한 보도가 상당수 쏟아져 나왔고, 그와 동시에 독일 문학과 나치즘, 히틀러에 대한 우호적인 논평과 소개비평도 다량으로 보급되었다. 1930년대 후반 파시즘이 지배했던 서구 유럽에서 도구적 이성과 합리성이 지닌 문제점의 노출은 식민지 조선에서도 역시 '전환기' 의식과 새로운 질서 확립 의식을 산출케 했던 것이다.

파시즘이 문학화 되는데 있어서 우선 중요한 것은 '복고주의', '비합리주의'이다. 신남철은 생철학자 '스프랑거'의 '복고주의'를 파시즘과 관련지으며 일본의 파시즘까지 하나의 축으로 설명해내고 있다. 신남철은 고전에 대한 관심을 '복고주의'[14]라 보고 이를 파시즘 논리에 입각한 것이라 판단했다. 그는 이러한 판단을 통해 "세계적인 유행으로서의 복고주

---

14) 「조선문학의 독자성―특질의 구명과 현상의 검토」(<동아일보>, 1935. 1. 1.)
「조선문학과 문화」(<조선일보>, 1935. 1. 22)
　이병기, 「조선고전문학의 정수」(<신동아>, 5권 9호, 1935. 9), p. 2.
　박영희, 「조선문화의 재인식」(<개벽>, 복간 2호, 1934. 12), p. 2.
　최재서, 「고전부흥의 사회적 필연성」(<조선일보>, 1935. 1. 30~31)
　이원조, 「고전부흥론是非」(<조광>, 29호, 1938. 3), p. 296.
　서인식, 「전통론」(<조선일보>, 1938. 10. 22~30)

의"와 "고전"에 대한 의미를 재정립하고자 한다. 또한 조선에 유행하는 복고주의를 독일의 복고주의에 관한 설명으로 접근하고 있다. 그에 의하면 독일의 복고주의는 "개인적, 낭만적, 주관적, 광신적 행동성 즉 파시스트적 요소"를 가진 것이며, "히틀러적 노정"에 놓인 것이다. 이에 입각해 볼 때 "주관적 파토스"를 주장하는 일본의 복고적 사상 역시 테두리를 크게 벗어나지 않는다. 그러므로 그는 "현대의 낭만적 복고사상"을 "개인적"이고, "주관적"이며, "파시스트적"[15]이라고 정리한다. 최재서는 파시즘의 야만주의[16]적 특성을 밝히고 있는데, 이 역시 파시즘의 '광신적', '주관적 파토스'가 지닌 낭만적 복고성에 근거하고 있는 것이다. 이러한 복고주의적 파시스트의 논리는 "동아협동체결성의 핵심으로서 동아의 각 민족을 보담 통일적이고 보담 자연적인 通古斯民族에로 통일하고 포섭하는 새로운 전체주의적 민족운동"[17]과 연결되면서 '내선일체'운동을 강화시키게 된다. 이는 '통고사민족'을 통일하고 또 지도할 수 있는 지도자적 성격을 일본에 부여함으로써 동아를 통일하고 세계 침략의 발판으로 삼으려 한 제국주의와 연결되었다. 따라서 태평양전쟁을 기반으로 한 신체제에 직면해서는 서양담론에 반대되는 '동양담론'과 '고전', '자연'으로의 회귀 같은 전통담론[18]이 팽배하게 된다.

---

15) 신남철, 「복고주의에 대한 數言―E. 스프랑거의 연설을 중심으로」(<동아일보>, 1935. 5. 9~5. 11.)

16) 1930년대 우리 문학의 한 분기점을 형성하는 데 하나의 계기로 작용하는 1935년의 '국제작가회의'에는 당대적 상황을 "지성이 퇴각을 함에 따라 선전과 폭력주의, 감상적 내슈리즘과 신비주의, 모든 미신과 애매철학, 비합리적 영웅주의와 선전문학 등이 세력을 차지하여 예지는 거의 질식할 지경"(최재서, 『문학과 지성』, 인문사, 1938, p. 149)이라고 규정한다. 이러한 규정에 영향받아 당대 문인들은 파시즘을 야만주의(바바리즘)로 규정하기도 한다.

17) 인정식, 「조선사회와 新日本主義―역사의 새로운 추진력―」(<청색지>, 5집, 1939. 5), pp. 22~23 참조.

‘비합리주의’란 한마디로 말하면 “이성에 대한 불신의 정신”이다. 이성에 대한 부정성은 반(反)근대성을 의미한다. 박치우는 “인간의 이성에는 限度가 있어, 실재의 참된 본질을 파악할 수는 없다. 따라서 이성의 힘으로서는 진리의 파악은 불가능하다. 따라서 이성 이외의 다른 능력, 가령 정이나 의나, 그렇지 않으면 어떤 기이한 신비적 직관에 의해서만 실재의 ‘참’은 파악된다”[19]고 주장하면서 생디칼리즘의 선조인 ‘쏘렐’에 대해 언급하고 있다. 루카치가 ‘히틀러주의’를 설명하면서 ‘비합리주의’를 성찰하는 점은 비합리주의를 파시즘 이데올로기 재현의 원동력으로 파악했던 것이다.[20] 마찬가지로 박치우 역시 이 ‘비합리주의’를 신동아건설의 원리로 삼으면서, ‘동아협동체론’을 주장하고 있다. 비합리주의를 통한 협동체의 주장에서 새로운 이론을 발견한 것이 ‘전체주의’였다.

‘전체주의 문학론’은 독일 나치즘의 ‘민족주의’와 관련 있다. 이광수는 “히틀러”를 통한 파시즘을 “전체주의”로 인식하고 이것이 “세계를 풍미”[21]하는 이데올로기라 생각했다. “‘나치쓰’독일에 「불루―트 운 트 보―멘」이란 사상이 있는데 즉 「血族과 國土」가 서로 떠날 수 없는 관계에 있다하여, 혈족을 떠난 국토가 없고, 국토를 떠난 혈족이 없다하여 만일 있다하면 이는 유태인과 『팔레스티―나』와 같은 가장 悲運한 존재”[22]라는 인식은 피식민지 주체에게 ‘민족’의 중요성을 각성케 했다. 현대 독일

---

18) <조광>(8권 5호, 1942. 5, pp. 173~210)에는 ≪동양정신특집≫란 게재되어 있다. 신남철, 「동양정신의 특색」, 주병건, 「동양정신의 본질」, 서두수, 「문학의 日本心」, 듀란트, 「서양문명의 몰락」, 손명현, 「동양정신과 서양정신」. 이밖에도 김명식, 「아세아개조론」(<삼천리>, 1939. 1, p. 48.)이 있다.
19) 박치우, 「동아협동체론의 一省察」(<인문평론>, 1940. 7), p. 9.
20) 게오르크 루카치/변상출 역, 『이성의 파괴Ⅱ』(백의, 1996), pp. 834~836 참조.
21) 「我觀 히틀러 총통」(<삼천리>, 12권 8호, 1940. 9), p. 41.
22) 강세형, 「조선문화만보」(<춘추>, 1942. 2), p. 135.

사상의 중심은 '민족'이었다. 독일에서 다루고 있는 '민족'은 "추상적, 이론적 개념이 아닌 살아있는 현실로서의 것"이었다. 이 당시 문학은 단순히 문인들의 유미적인 향락의 산물이 아니라, 민족재생의 대사업을 완성할 힘과 용기를 국민에게 주는 "민족의 소리"가 되어야 했다.

인정식은 나치스 파시스트들이 새로운 역사원동력으로 삼은 '민족주의'와 '전체주의'를 결합시킨다. 모든 국경, 경제, 정치 관계를 초월한 채 '혈액'이라는 피로 맺어진 관계만을 중요하게 여기는 독일민족주의는 "히틀러의 전체주의적 요구"에 결합되고 있다는 것이다. 그는 이러한 경향이 식민지 조선에서 유사하게 진행되고 있음을 지적한다. 그러나 인정식은 이러한 경향이 "비슷하다는 것이지 결코 이 경향의 求心力이 類似하다는 것"23)은 아님에 주의하도록 요구한다. 만주사변과 지나사변이라는 전쟁을 통해 조선인 역시 역사추진의 원리와 원동력이 변화되었다고 파악하는 것이 일반론이었다. 이러한 변화, 전환의 시기에 '새로운 추진력'을 요청하는 것은 필연적인 상황으로 논의된다. 인정식은 이 새로운 추진력의 작용을 두 가지로 해부하고 있는데, 하나는 '계급'개념의 부정이고, 다른 하나는 "편협한 민족 개념"의 지양이다. 따라서 그가 말하는 "新日本主義"의 근본 원리란 "반공산주의적인 동시에 반자본주의적이란 점"에서 찾아진다. 계급과 민족을 초극한 신민족주의이자 신일본주의의 논리를 나치스 히틀러의 전체주의에서 참조하고 있는 것이다. 이런 민족 개념의 확대는 곧 대동아공영권의 확대된 민족 개념 구축이 가능하도록 만드는 논리가 되었다. 30년대 후반에 밀어닥치기 시작한 파시즘의 기세는, 자본주의의 모순을 그대로 드러내 주는 역사적 사건이었으며, 식민지 자본주의

---

23) 인정식, 「조선사회와 新日本主義－역사의 새로운 추진력－」(<청색지>, 5집, 1939. 5), pp. 19~20.

라는 근대성의 이중성을 보여주는 계기가 되었다. 이 때문에 임화는 파시즘이 득세하는 현상을 "시민혁명 또는 프랑스혁명보다 더 거대한 사건"[24]으로 규정한 바 있거니와, 그 정도로 파시즘의 기세란 당대인들에게는 충격적인 사건이었음을 알 수 있다.

신체제 하 파시즘의 "정치적 문화적 과제를 수행하는데 필요한 響導原理로서 일국의 정론은 전체주의의 등장을 요구"[25]하게 된다. 이러한 전체주의를 원리로 삼고 있는 신체제운동은 경제, 문화 전반의 신체제 형성을 목표로 진행된다. 신체제하의 문화는 주로 "전쟁동원"과 "국민생활재건"이라는 "선전적인 임무"[26]를 담당했다. 채만식은 "새로운 역사의 거대한 행진과 발을 맞추어 우리는 시방 東亞의 전역에서 세계 신질서의 일환인 신동아 신질서 건설의 대업을 수행하고 있는 중이다……. 개인주의와 자유주의의 그 담에 올 기미가 있는 공산주의를 내외로 쳐물리치고 皇道 일본의 본연한 국체를 萬全하며 빛내기 위한 소화유신의 방향이었던 것이

---

24) 임화, 「전체주의 문학론」(<조선일보>, 1939. 2. 26~3. 2.)
25) 서인식, 「문화에 있어서의 전체와 개인」(<인문평론>, 1939. 10.), pp. 5~6.
　　서인식은 '낫치스 독일'의 전체주의가 자민족 중심의 논리에서 비롯되었음을 인식하면서 '동아협동체'를 구성하는 대동아공영의 논리와 전체주의 원리가 완전히 일치하지 않음을 문제제기했다. 그는 전체와 개인 간의 변증법적 관계를 설정하면서 전체주의가 개인과 완전히 대립하고 있는 것이 아님을 강조하였다. 이는 전체주의의 모순을 극복해 일본의 파시즘에 적용해 보려는 노력의 단편으로 보인다. 이에 따라 이 당시 '전체주의'에 대한 논의는 상당수 이루어지게 된다.
　　유진오, 「전체주의법이론의 윤곽―권리와 자유 대신에 의무와 통제―」(<조선일보>, 1939. 2. 24.)
　　박치우, 「전체주의의 철학적 해명」(<조선일보>, 1939. 2. 24.)
　　임　화, 「전체주의의 문학론」(<조선일보>, 1939. 2. 24.)
　　然然舍人, 「전체주의와 법치사상」(<신시대>, 제1권 10호, 1941. 10), p. 50.
　　서인식, 「전체주의역사관」(<조선일보>, 1938.)
　　이광수, 「신체제하의 예술의 방향―문학과 영화의 신출발」(<삼천리>, 1941. 1), p. 250.
26) 백　철, 「신체제와 저너리즘」(<인문평론>, 1940. 11), p. 22.

다. 문학이 신체제에 참여해야 할 것은 물론이다……. 우선 자유주의적인 이데올로기의 잔재의 완전한 숙청"[27]이 '전체주의 문학론'의 급선무라고 지적하고 있다.

김선부는 "나치스詩의 전개"를 "총통 히틀러에게 인솔된 나치스당의 발전과 평행하여 발달된 것"으로 파악하고 있다. 그는 "제1차 세계대전 당시, 硝煙이 휩쓰는 전장에서 부르짖든 독일민족의 소리, 생사의 위기에 서서 소리처 웨치든 독일 무명전사의 절규! 이 모든 것이 나치스詩의 최초의 産聲이라고 볼 것"이라고 하며 히틀러의 영웅성에 대한 찬양과 전쟁에 참여한 청년들의 의기 찬양, 그리고 우정 예찬이 과장된 파토스로 재현된 나치스詩를 번역 소개하고 있다. 그는 단성적으로 제시되는 파시스트의 영웅화와 찬양적 어조가 "나치스 문학"의 "웅대하고 단순명료함"[28]을 보여주는 것으로 해석한다. 이러한 '나치스 문학'의 소개는 '전쟁문학'에 대한 관심으로 인해 번역 소개되었던 것이다.

'전쟁문학'은 전시체제로 들어오면서 더욱 성행하게 된다. <문장>지에서는 일본의 전쟁문학을 번역 소개한 '전쟁문학선' 시리즈를 실었고, 박영희, 이태준 등의 작가들이 직접 전지戰地를 방문하고 돌아와 쓴 방문기를 게재하였다. 게다가 <삼천리>의 '愛國美談' 시리즈는 전쟁 상황과 애국이라는 이름으로 동원되는 조선인들의 여러 사건들을 실어 내선일체의 환상을 공고히 하였다. 이 당시 전쟁과 관련된 이입 담론들은 독일이나 프랑스의 나치즘과 파시즘을 번역 소개하며, 동지애와 민족주의를 결합하고, 국가주의를 옹호하였던 것이다. 아래의 예문은 '민족의 운명'과 '전쟁문학'의 필연적인 상관성이 제국주의적 팽창주의에서 비롯되고 있

---

27) 채만식, 「문학과 전체주의-우선 신체제 공부를-」(<삼천리>, 1941. 1), p. 254.
28) 김선부 역, 「독일 나치스 詩抄」(<삼천리>, 제13권 6호, 1941. 6), p. 277.

음을 확인할 수 있는 자료다.

> 현대 獨逸문학의 주요한 테―마의 하나는 「민족의 운명으로서의 세계
> 대전」이다. 전쟁문학의 중심을 만든 것은 개개의 개인적인 체험이 아니
> 고, 이 대사건의 민족전체, 즉 獨逸魂과 獨逸的 인간에 대한 의의와 그
> 영원성인 것이다. 카롯사·빈딩·뜨삔까―·뻬―나·윤까―, 其他 다수
> 의 작가는 모두 스스로 參戰하여 전쟁에 의해서 露呈된 생명과 존재의
> 深奧를 洞見하고, 씩씩한 大業, 자기에게 대한 솔직, 전우의 至情, 철
> 과 같은 義務 수행에 눈 뜬 인간의 자태를 直親하는 것이다. 세계와 인
> 간과에 새로운 척도가 부여되였으며, 죽엄이야말로 참 生을 顯示하는 것
> 이 되었다. 그 題材는 인간존재의 근본문제와 민족적 운명의 문제이며,
> 이 점에 있어서 군국주의적, 혹은 평화주의적인 전쟁문학들도, 色褪된
> 전쟁보고들도 근본적으로 다르다.29)

이 글에서도 볼 수 있듯이 파시즘 문학에서 다루는 소재인 '전쟁', '생
명', '전우애', '의무', '생'과 '죽음'의 심미화 과정 등은 민족 공동 운명체
로 귀결되고 있다. 민족 담론은 곧바로 전쟁 담론과 결합하고 있다. 현대
독일문학의 주요한 테마 가운데 하나가 "민족의 운명으로서의 세계대전"
이었다. 민족전체의 체험으로서의 전쟁이 민족의 의의와 영원성을 담보할
수 있는 것으로 판단하고, "죽엄이야말로 참 生의 현시"라고 생각하는 관
념은 민족적 운명과 함께 진행되었던 것이다. 대동아공영권으로 식민지
조선을 포섭하려는 일본의 제국주의적 전쟁 담론은 식민지 조선에서도
팽배할 수밖에 없었다.30) 1930년대 후반부터 <문장>, <인문평론>, <조

---

29) 데이트릿히 젯켈, <전쟁문학과 민족문학, 나치스와 민족문학>(<삼천리>, 12권 8
　호, 1940. 9.), p. 208.
30) 불란서와 프랑스, 영국 등지의 歐洲전쟁의 소용돌이 속 전쟁의 불안을 동요케 하
　는 담론들은 일제 말기에 폭발적으로 쏟아져 나온다. 이들은 구주의 전쟁 소개라
　는 명목 아래 각 나라 파시스트들의 사진을 공공연히 제시해 가며, 전쟁의 심각성

광>, <삼천리>, <야담> 같은 문학잡지와 언론계에서는 제2차 세계 대전과 전쟁, 나치스, 독일 문화와 문학에 대한 에세이와 평론들이 범람했다. 이러한 현상은 애국심의 선양 선전에까지 확산되며 그에 따라 각국의 '애국문학'31)이 소개된다. 박영희는 '전쟁문학'에 대한 정의와 당시의 전쟁문학이 "일본정신의 일 영역"임을 주장하였다. 그가 보기에, 당시 일본의 전쟁은 "동양의 영구한 평화를 위한 일본 정신"의 발로인 관계로 '聖戰'의 성격을 띠고 있다는 것이다. 박영희는 이런 일본 정신의 표상체로 '황군'을 들고 있으며, 식민지의 전쟁문학은 "황군의 노고를 국민에게 보이는 것도 좋은 일이지만, 황군과 한가지로 국민 전체가 움직이고 있는 그 정신적 기본"32)을 잡는 일이 더욱 필요하다고 주장한다. 이처럼 국민을 전쟁에 동원하기 위해서는 정신적 매개 개념이 필요했다. 백 철은 당시 "동경문단에서 전쟁문학으로 일흠이 놉흔 「보리와 兵隊」와 「흙과 兵隊」"의 중심 정신이 "人道主義"33)라고 밝히고 있다. 그는 인도주의를 "특

___

과 히틀러 등의 무리들에 대한 영웅성을 언급한다. (文章郁, 「파란을 싸고도는 열국의 동향」, <조광>, 5권 7호, 1939. 7, p. 24.) 伯林學人의 「독일의 전쟁문학」과 「나치스의 사회문학」(<삼천리>, 1940. 7, p. 208.)에서는 戰爭詩와 전쟁소설을 발표하는 작가의 대부분이 '돌격대작가'며, '당원'들이라고 언급하고 있다.

31) 이헌구, 「불란서의 애국문학」(<조광>, 제5권 10호, 1939), p. 246. 김사량, 「독일의 애국문학」(p. 250), 임학수, 「영국의 애국문학」(p. 254)같이 同紙에 '애국문학' 특집이 연재되어 있다.

32) 박영희, 「전쟁과 조선문학」(<인문평론>, 창간호, 1939. 10.), p. 38. 이밖에도 전쟁과 관련된 글들은 상당 수인데, 교육적인 차원에서 민중들을 전쟁에 동원하려는 글들은 다음과 같다.
김진섭, 「전쟁과 독일문학」(<조광>, 5권 2호, 1939. 2.), p. 62.
최남선, 「전쟁과 교육」(<삼천리>, 11권 7호, 1936. 6.), p. 58.
김명식, 「외교와 전쟁」(<삼천리>, 7권 1호, 1935. 1.), p. 36.
_____, 「전쟁은 이제부터다, 이천만 민중이여, 긴장하라」(<삼천리>, 12권 4호, 1940. 4.), p. 105.
遼動學人, 「전쟁과 문예작품」(<삼천리>, 10권 12호, 1938. 12.), p. 186.

33) 백 철, 「이상의 필요」(<매일신보>, 1938. 12. 18)

수적인 것에 대한 國際性과 人類性과 普遍性에 방향을 둔 정신"[34]으로
보았다. 백 철이 말하는 전쟁문학은 "전쟁이라는 전체의 운명과 개인적
인 사이에 摩擦되는 여러 가지 감정과 사상을 시대적인 類型을 통하야 그
려가는 것"이다. 그리고 이 전쟁문학은 휴머니즘을 통해 "작중 주인공이
나 기타인물의 성격과 행위상에 典型化"[35]를 추구하는 창작 방법을 취하
고 있었다.

태평양전쟁을 통한 전시체제는 '신체제' 구성을 통해 더욱 강화되었다.
신체제의 핵심은 총후 국민의 동원력에 있었다. <삼천리>(1940년 12월
호)에는 「新體制下의 朝鮮文學의 進路」라는 주제로 이광수, 유진오, 정인
섭, 박영희가 출석하여 논의를 나눈 것이 게재되어 있다. 질문은 '1. 신체
제하에 있어 우리 문학의 나아갈 길,' '2. 문화정책에 대하여 당국에 進言
하고 싶은 몇 가지,' '3. 동경문단과 제휴, 또는 진출에 대한 구체적 의견,'
'4. 현재의 문화운동에 대한 의견,' 이 네 가지였다. 신체제하 조선문단에
서 다루어야 할 새로운 문학 재료는 "동양신질서에 있어서의 민족협화의
문제, 만주개척민의 문제, 조선의 産業的 사명, 더욱이 국방에 대한 신성
한 의무"[36] 등, '대동아문학'과 '생산소설론'[37]에 해당하는 것들이었다.
이러한 국책 수행의 문학으로 나온 용어가 '국민문학'이다.

<국민문학> 편집요강을 살펴보면, '1. 국체관념의 明徵', '2. 국민의식
의 앙양', '3. 국민사기의 진흥', '4. 국책에의 협력', '5. 지도적 문화이념의
수립', '6. 내선문화의 종합', '7. 국민문화의 건설,' 7가지가 제시되고 있

---

34) 백 철, 「사실과 신화 뒤에 오는 이상주의의 신문학」(<동아일보>, 1939. 1. 19)
35) 백 철, 「戰場文學一考」(<인문평론>, 1939, 10), p. 49.
36) 권두언, 「국책과 문학」(<인문평론>, 1941. 4. 特大號), pp. 3~6.
　　채만식, 「시대를 배경하는 문학」(<매일신보>, 1941. 1. 5~15)
37) 임 화, 「생산소설론」(<인문평론>, 1940. 4), p. 7.

다. 이 편집요강에서도 알 수 있듯이, "國體에 반대되는 민족주의적, 사회주의적 경향의 배척"과 "국체관념을 不明徵하게 하는 개인주의, 자유주의적 경향의 절대배제"가 일제 말기 파시즘 문학 재현에서 가장 근본적인 문제로 등장하고 있다. 그리고 국민문학은 "신체제 아래 국민생활에 상응하도록 비애, 우울, 반항, 방탕 등의 퇴폐적 기분을 一掃" 하는 것으로 정서의 변화를 추구하였으며, "당국의 문화정책에 전면적 지지와 자발적 참여"를 통한 "명랑, 활달한 국민문화의 건설을 최후의 목표"[38]로 삼았다. 그리고 최재서는 작가가 "건전한 국민문학을 건설해야 할 중대한 책무"를 짊어지고 있음을 주장하며, "국책의 선전이 될 수 없는 문학은 국민문학"이 아니라고 말한다. 다음의 인용문을 통해, 최재서가 '국민문학의 요건'을 말하면서 '나치스 독일의 국민문학'을 차용하고 있음을 알 수 있다.

> 국민이 가장 요구하는 것, 그것이 국민문학의 주제인 것이다. 예를 들면, '한스·그림'의 <토지없는 백성>이 나치스 독일의 국민문학에 있어 권위로서 헌정되는 것은 무엇 때문인가? 그것은 호흡할 수 있는 넓은 토지를 목표로하여 가열한 독일국민의 숨막힐 듯한 요구를 주제로 했기 때문이다. 그것은 또한 이상이래도 좋다. 국민적 이상을 노래했기 때문에 불후의 명성을 획득한 국민시인의 이름은 셀 수 없이 많다. 이렇게 해서 국민적 입장에 섰을 때, 작가는 무한히 중요한 국민생활과 국민적 감정들을 발견할 수 있을 것이다……
> 금세기에 들어와서부터 문학에 이 훌륭한 성능을 되찾으려고 눈부신 활동을 한 것이 누가 뭐라든 나치스 독일의 이론가들일 것이다. 시가의 근원을 민족의 예지에 있다고 보고 그 시가는 민족성의 형성력으로서만이 존속할 수 있다고 보는 것이 나치스 문예이론의 근저를 이루고 있는 것 같다.[39]

---

38) 최재서, 『轉換期の朝鮮文學』(인문사, 1943, 인용자 역), pp. 83~84.
39) 최재서, 「국민문학의 요건」(<국민문학>, 1941. 창간호), (김병걸·김규동 편, 『친일

최재서는 나치스 문예이론이 독일 국민에게 받아들여진 것은 '국민적 이상'을 노래하고 있었기 때문이라고 말한다. 이때의 '이상'은 제국주의적 팽창주의를 의미한다. "동양 신질서의 건설이라하건 대동아 공영권의 확립이라하건 모두가 인류 역사에 신기원을 구획할만한 대이상"으로서, 그것은 제국주의적 팽창주의 의식과 상통하는 것이다. 이 당시 국민문학의 성격을 종합한 가운데도 이러한 의식이 반영되어 있다. 즉, "1. 국민적 감정(시민적 감정대신에)을 대표하며 반영하는 문학일 것, 2. 국민전부가 그 신분계급의 제한이 없이 모다 國者가 되는 문학이 되어야 할 것, 3. 국민(민족적 의식을 자각한) 전부에게 새로운 昭和의 이상과 도덕을 부여할 수 있는 「志士的」 또는 「使命意識」을 가진 臣民의 문학 혹은 민족의 문학이라는 것, 그리하여 새로운 일본문학의 신동향으로써의 이상주의적 로만티즘을 連帶하는 民族主義文學을 건설"40)하는 것이 그것이다. 최재서는 이러한 국민생활과 국민적 감정들을 발견할 수 있는 작품 활동이 "나치스 문예이론"에서는 실천되었다고 생각했다. 앞서도 밝혔듯이 독일 논단에 있어 평론가나 예술가들은 "독일민족으로써의 「민족성」 세금을 지불하는 것이 한 의무"41)로 되어 있을 만큼 '민족'문제가 중요한 주제였다. 그리고 나치스 정부의 교육, 宣傳省의 연극, 영화에 대한 교육방침은 "감정 及 思索의 徹底的 改造를 감행"하고 있었다. 일제 말기의 비평담론은 이러한 파시스트 문화정책을 "과거 수세기 간 풍미한 개인주의와 결별하고 국민 전체에 대한 책임감정에 復歸하는 것이며 眞正히 현실적이고 활동적인

문학작품선집』 5, 실천문학사, 1986, p. 358.에서 인용.)

40) 한식, 「국민문학의 문제」(<인문평론>, 1941. 1), p. 51.

41) X Y 生, 「나치쓰 藝苑의 動向」(<조선문단>, 4권 3호, 1935.), p. 166.

'힘'을 外表하는 것"[42]으로 파악했다.

지금까지 일제 말기 파시즘 문학 논의의 지형도를 살펴보았다. 파시즘 문학론은 낭만적 복고주의·비합리주의 문학론, 전체주의 문학론, 전쟁 문학론, 국민 문학론의 양상으로 진행되었으나, 이들은 서로 교차하며 이론화된 것으로서, 그 경계는 불분명했다. 이를 통해, 일제 말기 파시즘 문학은 지속적으로 서구의 파시즘 이론을 수용하면서, 신체제 문학론과 조우하여 형성되었다. 아래의 인용문은 일제 말기에 참조틀이 되었던 '나치스독일 문학'의 전반적인 제재를 확인할 수 있는 글이다.

> 그들은 히틀러―가 세력을 잡기 전에 새운동을 위하여 일하여 온 사람들이다. 물론 그들의 대부분은 어느날에나 국가사회주의가 그들을 前面에 내놓으리라는 건 꿈도 못꿔고 다만 誠心으로 일반민중에겐 알려지지도 않는 靜諡한 誠實만을 가지고 일하여왔든 것이다. 그들은 모두다 정치문제에 몰두하였다. 특히 팟시즘과 콤뮤―니즘의 死活的 투쟁에 관하여 그러했다. 그들은 同志性정신, 새 리―다들에 지도된 계급적 증오에 대한 투쟁, 애국심, 인종적 문제, 愛, 도시문제, 지방문화, 농토생활을 위한 선전 ―낭만적인 나치스 이데오르기와 적합하는 新루소주의―, 그리고 취직과 식민지에 관한 문제와 동방문제를 취급들한다……
>
> 요컨대 독일의 新詩는 靑年다운 無批判的 樂觀主義로 말미아마 굉장히 情熱的이고 또 樂天的이다. 그들은 민중 자신의 말을 가지고 그들의 종교적 본능에 호소함으로써 민중을 煽動하고 鼓舞한다는 목적을 達한다…… 제3제국의 정치에 있어서와 마찬가지로 그 문학에 있어서도 新舊의 衝突은 있다.[43]

---

42) 서병각, 「나치스영화의 진로―국가사회주의의 예술관」(<조선일보>, 1937. 6. 12.)

43) 구드문드·로겔―헨릭센, 「나치스독일의 문학」(<인문평론>, 창간호, 1939. 10), pp. 71~77.

파시즘 이데올로기는 '청년'들의 '同志性 정신', '새 리一다', '애국심', '인종', '愛', '도시문제', '농토생활,' '新루소주의'적인 '낭만', '취직', '식민지', '동방문제' 등이 '新舊의 衝突'을 통해 문학적으로 재현되고 있었다. 이러한 독일 파시즘 문학의 소개는 조선의 파시즘 문학에도 수용되고 있었던 것이다. 파시즘 문학에서의 이러한 제재 사용은 본서의 3장 분석틀을 설정하는데 있어 상당히 중요한 지점으로 볼 수 있다. 따라서 서구 파시즘의 수용을 토대로 한 신체제기 파시즘 문화가 대중 소설적 재현을 취할 때는 다음의 네 가지 주제로 유형화할 수 있다.

1. 파시즘 이데올로기에서 구성해내려는 신체제적 인물형에게는 '청춘', '젊음'이 중요하게 다루어진다. 아래의 예문은 파시즘 체제에서 필요로 하는 '새로운 인간형' 구성에 '청춘'의 활용여부가 중요한 영향을 미치고 있음을 지적하고 있다.

> 歐州의 盟友과 보조를 하나로 하여 世界平和의 新歷史 창조야말로 我國 挺身으로써 실천하고 있는 今日의 과제인 것이다.
> 이 과제, 이 작업을 관철함에는 我國民, 그 중에도 青壯年의 힘에 바람이 多大하다. 諸君은 國家百年의 大計를 위해서는 一身의 욕망, 청춘의 향락 등을 포기하고 이 작업에 돌입할 용기가 없어서는 안 된다. 이 각오를 가지고 青壯年諸君이 一致結束하는 곳에 스스로 時難은 극복되고 洋洋한 國運은 旭日과 함께 찬란하게 상승할 것이다.
> 실로 청장년은 이 의미에 있어서 선구인 동시에 國運興隆의 礎石인 것을 자각하지 않으면 안 된다. 특히 今日의 時局에 있어서 이 자각을 가지지 않는 때엔 虎視耽耽한 外敵 그 중에서도 저 赤蘇의 毒牙는 일거에 諸君에게 덤벼들어 國運衰退의 禍根을 할 뿐 아니라 黃色人種은 재차 白人種의 威壓을 받게 되는 것이다. 吾人은 크게 熟考 奮起 노력할 것이라고 생각한다.[44]

일제 말기에는 "청년이 미래를 대표하는 한 시대의 산물"로 간주되는 '청년론'이 부각된다. "한 시대'를 의미하는 청년은 시대를 형성하는 생활감정의 집단"이다. 청년론이 부각되는 시기는 역사적 전환기와 사회적 위기의 순간이다. 이 당시를 문제적으로 보는 입장에서는 "자본주의 문명의 모순을 통해 전개된 '도도한 허무주의, 향락주의 에로티즘은 속화한 경제만능의 사상, 생존경쟁의 도회문명'으로 점점 더 부패의 극"에 도달해왔다. 시대의 운명을 짊어질 "새 인간형의 발견"[45]을 꾀하려는 것은 시대적 역사적 의미를 갖는 현대 문화의 현상임이 사회 전반적으로 부각되고 있었던 것이다. 이때의 청년은 "개인적 의미로만 청년을 볼 것이 아니고 시대적 역사적 의미"에서 보아야 한다. 이러한 새인간형으로서의 청년론이 문예화될 때에는 '청춘'으로 표상되었다. 예를 들면, ≪청춘부대≫(「조선키네마의 신작 ≪청춘부대≫ 촬영완료」, <조선일보>, 1938. 1. 8.)라는 영화의 제목이나 김용제의 「청춘」(<동양지광>, 1939. 7. 日文)이라는 시에서 '청춘'을 전사화하며 '청춘의 불꽃'을 전장에서 불사르도록 촉구하는 내용들은 '청춘'이 군국주의화되고 있는 문화적 증거이다.

2. '연애'와 '결혼'의 문제는 '청춘남녀'를 새로운 인간형으로 형성하는 데 있어 중요한 주제가 된다. 남성성으로 규정되는 파시즘 이데올로기는 섹슈얼리티의 통제와 긴밀히 연결되어 있다. 히틀러가 "政權을 획득한 뒤로부터 정치경제방면은 물론이고 문화, 결혼, 연애까지람도 통제"[46]하였다는 사실은 그 예가 될 수 있다. 연애와 결혼의 중심 문제는 '性'과 관련

---

44) 朝鮮軍報道部 陸軍少佐 蒲勳, 「삼국동맹과 반도청년의 각오」(<삼천리>, 12권 10호, 1940. 12), p. 93.
45) 현인규, 「청년론의 성격과 과제」(『조광』, 제3권 1호, 1937. 1), p. 181.
46) X Y 生, 「나치쓰 藝苑의 動向」(<조선문단>, 4권 3호, 1935.), p.166.

되어 있다.

일제 말기의 성 담론은 성과학 이론을 보급하고 학교에서도 성교육을
실시할 정도로 중요한 문제로 취급되었다. 그런데 성욕을 규제하지 않는
것 같으면서도 일면 연애에 대한 경계는 분명히 하고 있다. 따라서 젊은
이들의 연애가 특히 "국가 사회의 비상시대에 있어서는 말하기 어려운
일"로 지정된다. 이를 뒷받침하기 위해 김명식은 전쟁을 준비하는 일본
제국 정부가 연애관으로부터 "청년학도를 분리시키기 위하야" 학교 교과
서에서 연애론을 교정하고 있는 것을 밝히고 있다. 김명식은 자신의 논의
가 결코 "파시즘의 견해"로 파악되지 않길 당부하며, "퇴폐가 인류의 문
화를 타락의 심연으로 떨어뜨리는 것과 세기말적 현상의 하나가 바로 퇴
폐적 경향의 모떤니즘 연애"[47]에서 비롯된 것이라 주장한다. 청년학도와
연애관을 분리시키려 했다는 일본 제국주의의 정책 속에서 청년의 성적
성향과 연애는 문제점으로 부상했음을 추정할 수 있다. 이에 비해 국제적
인 연애는 오히려 조성되었다. 유진오는 '국민문학' 논의에 '내선간(內鮮間)
의 연애'[48]를 다루고 있다. '연애'와 '결혼'으로 인한 결합이 '民族協和'의
문제로까지 확산되어 다루어지고 있는 것이다.

> 과거에 민족투쟁의 문학이 있었든 것이 사실인 동시에 또한 문학이
> 民族協和의 媒介로서 공헌하였다는 사실도 우리는 망각할 수 없다. 문
> 학이 민족협화의 매개로서 소용될 때 그것은 무엇보다도 철저하고 광범
> 한 효과를 가저올 수 있다. 그것은 우선 민족심리의 가장 깊은 곳과 접
> 촉하기 때문에 민족을 이해하는데 가장 유력한 수단이되며 또 그것은

---

47) 김명식, 「연애와 시대사조-나의 소인적 연애관」(<삼천리>, 11권 7호, 1939. 6.), p.
    89.
48) 유진오, 「국민문학이라는 것은」(<국민문학>, 1942. 11), 『친일문학작품선집2』(p.
    49)에서 인용.

예술독자의 성질에 의하여 인간과 인간을 結付하는 특별한 성능이 있기 때문에 民族愛의 원천이 될 수 있다. 「예술엔 국경이 없다」 하는 말이 있다. 그것을 무슨 서푼른 인타내쇼리나리즘의 한 교리로서가 아니라 새로운 민족협화의 진리로서 기억하고자 한다.[49]

인용문을 통해서도 알 수 있듯이 문학이 '민족협화'의 문제를 다루는 데 있어서 "국경이 없"는 "民族愛"의 재현은 중요한 문제였다. 이로써 청춘의 '연애'가 '민족애'로 확대되어 재현될 수 있었던 것이다.

3. 나치스 문학의 제재에서 살펴보았듯이 독일에서 '우정의 숭배'는 전쟁문학과 긴밀하게 연관되어 있다. 파시즘 문학에서 남성들 간의 우정이 고결하게 처리되고 있는 것은 집단적 친밀감과 공동체의 형성이 중요했기 때문이다. 우정은 '형제애'로 달리 지칭되면서 친구간의 평등한 친밀성을 강조했다. "戀情에 비길 友情! 이것이야말로 진실로 우정의 우정되일 것"[50]이라는 주장을 통한 "참된 우정"에 대한 예찬은 사회 집단의 분열·갈등에 대한 불안심리의 반영일 수 있다. 우정은 "사람과 사람 사이의 관계"[51]로 구성된 것이기 때문이다. 이것이 일제 말기 전쟁문학을 다루는 가운데 있어서 중요하게 취급되고 있음을 아래의 인용문에서 살필 수 있다.

一例를 들어 日比野의 「野戰病院」을 보면 과연 이 작품엔 戰場의 광경이라든가, 負傷한 兵士의 감정, 憤慨와 同情, 孤寂, 鄕愁, 友愛, 그리고 行軍의 곤란한 情況 등, 一見 戰場에는 이 이상 더 뭣을 설명할 것이 없

---

49) 「신질서와 문학」(<인문평론>, 1940. 6), p. 3.
50) 박승극, 「우정」(<청색지>, 7집, 1939. 12), p. 38.
51) 김기석, 「신연애론」(<여성>, 제2권 8호, 1937. 8), p. 26.

고 모든 것이 汲盡된 것 같다. 확실히 모도가 설명되고 있다.[52]

전쟁문학에서 다루는 우정은 자연히 '전우애'의 성격을 띨 수밖에 없다. 전쟁은 남성 집단간의 싸움이기에, 그 구성원들의 형제애적 단합이 그 승패에 중요하게 작용한다. 그리고 신체제 아래 총력운동은 전쟁터에서의 병사들만큼 총후에 있는 젊은이들의 '결속력'을 중요하게 다룬다.

4. '문화사업'은 신체제를 '건설기'라고 인식하는 파시즘 이데올로기에 있어서 중요한 실천문제였다. 파시즘체제 아래에 있어 문화 정책은 국가의 강력한 통제 아래 이루어지면서, 개인적 차원보다 공익적 차원에서의 사업이 전개되도록 조성되었다. 일제 말기 파시즘 체제에서 '문화정책'에 주의를 기울였던 점은 당시의 여러 비평을 통해서 확인할 수 있다. 당시 문화정책의 표방 역시 독일 나치스 문화정책의 소개와 차용을 통해 이루어지고 있었다. 독일문화원의 임무와 구성의 편성에 대한 소개뿐만 아니라 '흙'과 '예술'의 결합을 추구하는 독일의 민족주의와 문화의 상관성에 대한 논의들이 소개되었던 것이다. 문화 예술과 민족적 토양이 하나의 통일체라는 입장은 문화민족주의를 통해 시대를 초월한 운명 공동체를 형성할 수 있다는 판단 아래 적극 수용되었다. 아래의 인용문은 '문화인'과 '국민'의 연관성을 잘 보여주고 있다.

> 이러한 시국에 대한 우리들 문화인의 임무는, 문화인은 먼저 첫째로 국민이고, 둘째로 문화인이라는 2중의 지위를 갖기 때문에 그 임무도 또한 2중의 것이 있을 것이다. 문화인은 다른 일반국민과 같이 먼저 첫째로 국민이기 때문에 시국에 대한 국민으로서의 책무를 완수하지 않으면

---

52) 백 철, 「戰場文學―考」(같은 책), p. 47.

안된다는 것은 말할것까지도 없다…… 그런데 문화인은 단지 국민일
뿐 아니라, 또한 문화인이기 때문에 단지 국민적 책무를 완수하는데
그쳐서는 안 된다. 그 위에 문화를 통하여 시국에 참가하지 않으면 안
된다. 흡사 경제인이 경제를 통하여 시국에 참가하지 않으면 안되는 것
같이, 문화인은 그의 무기이고, 독특한 기능인 문화적 능력으로서 시국
에 참가하지 않으면 안되는 것이다.[53]

위의 인용문에서 유진오는 "국민적 책무를 완수"하는 것과 문화적
활동을 계속하는 것은 양립할 수밖에 없다고 말한다. 그는 이 "이중의
지위"에 서 있는 조선 문화인의 특수성을 '내선일체'에서 찾았다. 유진
오가 파악한 내선일체는 평등을 목표로 하면서 "조선인의 국민적 자각
과 문화적 교양을 내지인과 동일한 수준까지 끌어올리려 하는 것"이었
다. 이에 따른 문화인의 책무는 첫째, "국민적 자각을 강화"하는 문제이
고 둘째는 "문화인이 문화인으로서의 본령을 발휘하면서 내선일체의
대과제에 참가해야 할 것", 즉 "조선인의 문화적 교양의 수준을 끌어올
리는 사업에 있다"는 것이 유진오의 관점이다. 일제 말기의 시국에 대
한 인식과 문화인의 사명의식은 엘리트 지식인들의 사회적 지위에 특
권을 부여했음을 알 수 있다. 이런 특권의식은 신체제 시기를 '건설기'
로 파악하고, '대동아협동체론'의 실현에 문화의 사명이 크다고 판단했
기 때문에 창출된 것이다. 따라서 이 당시 문화 담당자에게는 "제국의
협력에 응하는 것이 건설기의 중심문제"[54]이자 문화와 정치가 협력할

---

53) 유진오, 「시국과 문화인의 임무」(『총동원』, 1940. 2) (최원규 편, 『일제 말기 파시즘
　　과 한국사회』, 청아, 1988, p. 390.에서 인용.)
54) 백　철, 「今後엔 문화적 사명이 중대」(<인문평론>, 1940. 7.), p. 101.
　　윤규섭, 「정치와 문화에 대한 소감」(<인문평론>, 1940. 7), pp. 103~105. 윤규섭
　　역시 '정치와 문화의 진정한 결합'은 새로운 시대를 맞이하여 '문화인'이 지녀야
　　할 지표라고 주장한다.

수 있는 기회이기도 했던 것이다. 이처럼 문화인으로서의 자각을 "銃後 국민의 의무 가운데 하나"[55]라고 파악하는 시각은 엘리트 지식인에게 지배적이었다.

문화인의 시대 부흥 욕망은 '문화 사업'의 형태로 실현되었다. 문화사업은 '물질과학'의 발달을 조성하면서 '자연과학연구소'와 '사회체육관'의 설립, 교육열의 향상을 위한 '라디오 대학'의 개설에까지 그 범위가 확대되었다. 그러나 이러한 사업에는 자본이 문제가 되었다. 이 당시 식민지 조선의 경제 현황은 "고도국방국가의 건설을 목표로 한 전체주의적 경제기구의 완성을 同하여 총력을 집중하는 과정에 있다"고 평가되며, "전체주의적 경제"[56]에 대한 분석을 기도하였다. 이러한 흐름과 함께 자본주의 경제는 문화사업에 투자를 잘 하지 않는 점이 문제의식으로 부각되었다. 이태준의 『청춘무성』에서 문화 사업에 '돈의 경제학'이 상당히 중요하게 다루어지고 있는 점도 이러한 이유에서 비롯된 것이다. 문화사업은 돈이 되지 않는다는 자본주의적 가치관 때문에 식민지 조선에서 문화는 더욱 성장할 수 없다는 문제의식은 "문화기업론"과 "문화사업의 직업화"를 통해 직업인으로서 '문화인'을 인정하자는 주장으로 제시된다. "기업화 途程우에있는 조선문화는 직업인으로서의 자기와 문화인으로서의 자기를 어떻게 통일, 조화해 나갈가가 실로 새로운 難問題"[57]의 하나

---

55) 이원조, 「문화의 이념」(<인문평론>, 1940.7), pp. 105~106.
　　「문화사업의 산단계」(<조광>, 1941. 3), p. 26.
　　최재서, 「전환기의 문화이론」(<인문평론>, 1941. 2), p. 18.
　　최승제, 「신문화의 창조」(<인문평론>, 1941. 2), p. 24.
　　오영진, 「문화영화의 정신」(<조광>, 7권 4호, 1941. 4), p. 268.
　　「신체제의 문화단체」(<문장>, 1940. 10)
　　佐藤春夫, 「문화개발의 길―文學者로서의 對支方策―」(<문장>, 1940. 10)
　　清水幾太郎, 「신체제와 문화인」(<문장>, 제2권 10호, 1940. 12.), p. 86.
56) 전승범, 「자본주의의 운명」(<조광>, 7권 제3호, 1941. 3), p. 122.

로 등장했던 것이다. 따라서 문화 건설을 다루고 있는 장편소설들에서 남
성은 문화 사업의 주체이기 보다 자본을 원조해주는 역할을 담당하고 문
화사업의 주체는 여성으로 재현되고 있다.

　이러한 주제를 다루는 신체제기 파시즘 문학의 창작 방법론은 크게 '낭
만주의'와 '현실주의'로 나뉘고 있었음을 김동환의 글에서 살필 수 있다.
"낭만주의 문학"은 "총후 국민의 의기를 활발"히 하며 공상을 통한 위안
을 주는데 의의가 있다고 한다면, "현실주의" 문학은 "전시하의 제 현상"
을 "솔직하고 대담하게 취급하여" "국민의 의기를 고무, 긴장"58)케 하는
의의가 있다고 파악했다. 본서는 이 가운데 '낭만주의'적 성향에 집중한
텍스트들을 분석하려 한다. 왜냐하면 대상 텍스트들의 주플롯은 청춘 남
녀의 연애문제를 다루고 있기 때문이다. 신문소설의 대중성에 대한 의견
에 있어, 이효석은『벽공무한』의 독자층이 구세대가 아닌 "靑年層 특히
知識層의 독자를 상대"로 하였다고 밝히고 있다. 그리고 유진오 역시 "주
로 젊은 사람들이 많이 읽어주기를 기대"하고 씀을 밝히며, "작가는 대중
의 취미에 영합하야, 그리로 자신을 몰입시킬 것이 아니라 아모조록 그들
의 취미를 존중하면서도 그것을 보담 높은 곳으로 끄을어 올려야한다"59)
고 주장한다. 이처럼 친일문학의 창작에서 반드시 시국의 문제만을 노골
적으로 드러내는 방식을 취하지 않은 점은 이광수를 통해서도 살펴볼 수
있다. 그는 국민문학 작품 속에 "國家란 말이 한마디도 아니 나와도" 좋
고, "宗敎小說", "戀愛小說"도 상관없다고 말한다. 중요한 것은 작가의

---

57) 임　화, 「문화기업론」(<청색지>, 제1집, 1938. 3.), pp. 17~19 참조.
58) 김동환, 「신윤리의 수립-국방국가의 입장에서-」(<매일신보>, 1940. 11. 19)
59) 「신문소설과 작가의 태도」(<삼천리>, 12권 4호, 1940. 4) pp. 124~125.

"국가에 대한 신뢰와 情熱과 感激"의 존재 여부라는 것이다. 즉 파시즘적 문학 창작은 "재료가 문제가 아니라 그 調劑原理와 調劑方法이 문제가 되는 것"[60]임을 강조하고 있다.

---

60) 이광수, 「國民文學의 의의」(<매일신보>, 1940. 2. 16.) 이경훈 편역의 『친일문학전집Ⅱ』(평민사, 1995, p. 63.)에서 인용.

제3장 파시즘의 소설적 구현 양상

1. '청춘' 예찬과 재생의 논리

1.1. '건민(健民)'과 병적 전향자의 전형화

'청춘'(youth)[1]은 사회의 연령(age)[2]을 의미하는 동시에 어른으로서의
통찰을 제공하는 수렴의 지점이 된다. 일반적으로 청춘은 "생명력과 변화

---

1) "사춘기·청년기·청춘이라는 말은 동의어가 아니다. '청년기'가 가장 일반적으로
　사용되는 용어로, 보통 소아기와 성인기의 중간에 생기는 신체와 심리적인 변화를
　통틀어 가리킨다. 그리고 '사춘기'는 청년기의 기관(器官)적인 면에서, 특히 성기능
　(性機能)의 출현과 진행에 대하여 생각한다." 드베스는 이런 방식에 연유해서 "의
　사나 생물학자가 '사춘기'를 문제삼고, 도의론자들이 '청춘'을 논하고, 프랑스와
　영(英)·미(美)의 심리학자들이 통상적으로 '청년기'란 말을 쓰는 것"이라고 서술하
　고 있다.(M. 드베스/정봉구 역, 『청년기』, 을유문화사, 1969, pp. 11~16 참조.) 드베
　스는 '청년기'에 '사춘기'와 '청춘'이 포함되어 있다고 보며, '청춘'에 도덕적 의미
　가 부가되고 있음을 밝히고 있는 것이다.

2) 연령은 각 연령에 따라 사회의 기대가 달라지므로 하나의 기본적인 사회역할이다.
　(한완상, 『현대사회와 청년문화』, 법문사, 1973, p. 12 참조.)

의 도구"[3]라는 용어로 정립되고 있다. 그러나 "청춘의 빛과 그림자는 실상 자본주의의 빛과 그림자"에 다름 아니었다는 말처럼, '청춘' 및 '청년'이라는 개념은 "부르주아 계급의 발흥과 확대" 및 "산업자본주의와 궤를 같이 하며 전 세계에 침투"[4]된 것이다. 파시즘 문학에서 열정적인 감정의 소유자는 주로 활력과 아름다움을 겸비한 청춘 세대로 그려진다. 구세대의 낡은 정치 체제 방식에 반기를 들고 시작된 것이 파시즘이기에, 낡은 것을 부정하기 위해서는 '새로운 것'과 '젊음', '활력'의 찬양이 이루어져야 했다. '젊음'이 파시즘 이데올로기로 동원될 수 있었던 것은 젊음의 자질을 통일적인 연대 의식과 호전성, 용기, 절대자에 대한 신의와 연결지을 수 있기 때문이다. 이처럼 '젊음'은 새로운 사회를 건설하는 중추점이 되었기 때문에 문화적 재구성의 대상이 되었고 국가 재생에 접근하는 수단이 되었다. 젊음에 관한 담론은 개별 주체의 층위와 전체 즉, '민족'의 층위에서 '세대'를 배치하기 때문에 구성적으로 작동한다. 푸코(Foucault)가 아이들을 동맹의 배치에서부터 섹슈얼리티의 배치까지 포함시키면서 부르주아 계급의 신체 출현과 수용 변천을 이해하는 틀로 보았던 방식[5]은 젊음, 청춘의 담론을 권력과 성의 구성방식으로 볼 수 있게 한다.

일제 말기에 '청춘'을 인생의 최고 절정기이자 생명의 에너지가 가장

---

3) Usha. S. Nayar. "Reconstruction of Society by Youth: Myth, Dream or a Possibility"(Jeremy Roche and Stanley Tucker, *Youth in Society —Contemporary Theory, Policy and Practice—*, The Open University, 1997.), p. 169.

4) 미우라 마사시(三浦雅士), 『青春の終焉』(講談社, 2002), p. 10. (이경훈, 「오빠의 탄생 —식민지 시대 청년의 궤적—」, 사에구사 도시카쓰 외, 『한국근대문학과 일본』, 소명, 2003, p. 172. 재인용)

5) 푸코는 『성의 역사』에서 "부르주아 질서의 출현에는 아이가 중요하게 작용"(미셸 푸코/이규현 역, 『성의 역사—앎의 의지』, 나남, 1990, p. 137.) 하고 있음을 반복적으로 주장한다. 그는 '어른'의 배치 속에서 세대적 차이를 연구하는 패러다임뿐만 아니라 어린이와 젊음에 관한 담론에 접근하는 방법을 제공한 것이다.

충만한 상태로 바라보는 관점은 여러 글들에서 찾아 볼 수 있다. 이 비평문들은 '청춘'을 독일 청년들의 낭만적이고 활동적인 삶에서 찾거나,[6] 전쟁과 연관지어 설명한다든지[7], "생명의 약동"성을 지닌 모험과 도전의 주체[8]로 재현하고 있다. 이런 종류의 '젊음', '청춘'과 '세대'에 대한 재현이 일제 말기 소설에 지배적으로 자리하고 있다. 소설에서 '청춘'의 표상은 우선 '젊음'과 '늙음'의 극단적 대립을 통해 부각된다. 이 항은 '청춘' 같은 젊음의 재현이 위협받은 남성성을 재활시키는 매커니즘이 되면서 전향자 인물형을 포섭, 배제하는 방식을 살필 수 있다.

『전망』은 백 철의 작품으로, <인문평론>(제2권 1호, 1940. 1)에 실린 중편 소설이다. 이 소설은 주요 등장인물인 '김형오(金刑五)'의 이름에서도 유추할 수 있듯이 5년 간의 감옥생활을 한 자, 즉 전향자의 이야기를 다루고 있다. 작가 백 철이 실제로 전향을 한 뒤 쓴 작품이라는 측면에서 이 작품은 서술자 '나'와 작가를 동일시할 수 있는 회고담의 성격을 띠고 있다. 따라서 이 작품은 전향작가의 파시즘 수용양상을 살필 수 있다는 중요한 의의가 있다.

이 소설에서는 전향 전후(前後)를 청춘의 유무(有無)로 나누어 재현하고 있다. 전향 이후이자 김형오가 자살한 날 아침을 이야기의 현재로 설정한 채 시작되는 서사의 발단은 자연히 청춘의 상실에서부터 시작한다. 서술자이자 소설가인 '나'는 김형오의 삶을 소설로 쓰겠다고 결심한다. 그가 보기에 김형오의 삶은 "한시대의 경험을 기록하는 것"이기 때문이다. 따

---

6) 안호상, 「독일대학생활」(<조광>, 제4권 10호, 1938. 10), pp. 82~85.
   최의순, 「청춘의 향연」(<삼천리>, 1940. 4), p. 263.
   파 인, 「청춘」(<삼천리>, 1940. 9), p. 198.
7) 노천명은 「젊은이들에게」(1942. 1)라는 전쟁 시집을 소개하고 있다.
8) 赤駒, 「청춘보」(<삼천리>, 제8권 8호, 1936. 8), pp. 271~272.

라서 텍스트는 서술자 '나'가 김형오를 대상으로 쓰는 소설이기도 하다. 5
년 동안의 감옥생활을 한 김형오의 신체가 청춘의 상실로 인해 늙고 병든
몸이 되었음을 다음 인용문에서 살필 수 있다.

> 나는 어느 날 형오의 얼굴을 바라보면서 세월을 계산한 일이 있다.
> 그렜다, 세월을 계산했다. 형오를 동경서 보든때에서 지금까지 대체 몇
> 년이나 지나갔기에 형오의 모습이 저렇게 달라졌단말인가? 팔년하고 몇
> 달이 남는다. 역시 그렇게 밖에 안된 것이 틀림없는데 형오의 얼굴을 보
> 고 생각하면 그것이 그렇게만 뵈질않고 한세대를 격한 거리를 느끼는
> 것이다. 옛날 용궁엘 단녀온 사나이는 용궁에서 십년을 지났는데 사파의
> 세상은 그동안 백년이 지나갔다고 하지만 그동안 형오는 그런 용궁에라
> 도 다녀왔는지 모른다……
> 　그 광댓뼈가 헤멀거케 튀어나온 볼이라든가 너무도 모가저 버린 턱어
> 리와 동경서는 거이 나와 동년배밖에 안되뵈든데 저렇게 락발을 해버린
> 것이라든지 그것들은 모도가 그 동안의 형오의 생활을 말하는 것이었다.
> 그 위에 저와같이 기침이 자즈리만치 병은 골수에 차버려 건강이 말이
> 아닌데 나는 항상 마음을 어둡게해왔다. 무엇보다도 건강은 위선 눈에
> 띠우는 사실인 때문이다. (pp. 197~198.)

　한 세대로서의 '청춘'은 사회적 가치 척도의 기준이 된다. 특히 젊은 사
람들은 "도덕적 기획의 대상"[9]이 되어 왔다. '전향'을 다룬 소설에 등장하
는 주인공들은 일반적으로 육체적·정신적으로 허약한 인물들이라는 공
통점을 지닌다. 먼저 주인공들은 2년에서 5년 간의 옥고를 치르고 출감할
뿐만 아니라 술과 아편, 매음에 탐닉하는 등 도덕적으로 타락한 인물로
재현된다. 따라서 전향자 인물형은 항상 정신적으로 피폐하고 육체적으로

---

9) Rex Stainton Rogers, "The Making and Moulding of Modern Youth: a Short History"
(Jeremy Roche and Stanley Tucker, 같은 책), p. 9.

노쇠해 있는 것으로 전형화된다. 젊음과 대조되는 방식으로 인물을 노화시키고 생활 세계에서 배제시키는 방식은 젊음을 정치적으로 미화시키는 파시즘의 심미화 방식과 연관지을 수 있다. 따라서 『전망』의 서술자가 자신의 청춘 시절에 대한 패배의식을 나날이 쇠약해져 가는 건강성과 연결지어 생각하는 것은 현실에서의 패배와 건강상의 쇠약이 상동관계에 있음을 보여준다.

김형오라는 이념적 인물형의 전형화 방식은 신체상의 건강성을 따지는 병리학적 측면뿐만 아니라 정신적인 건강성을 통해서도 이루어진다. 김형오는 "공명(孔明)"과 같이 처신할 것을 가르치던 유교적 교육으로 인해 자신이 소년시절부터 그릇된 "영웅주의"에 빠져 있다가 동경에 가서 사회주의운동에 투신하고 감옥에 가게 된 것이라 생각한다. 게다가 그는 전향 이후에도 잃어버린 신념을 대체할 만한 "생활의 신조"를 얻지 못한 채 방황한다. 그런데 전향 이후 모욕과 병마에 시달리면서도 김형오가 생명을 쉽게 포기하지 못하는 이유는 자신의 아들 '기영'에 대한 생각 때문이다. 김형오에게 소년은 "生의 애착을 갖게 하는 한가지 광명"이자 "미래의 희망"이기 때문이다. 전향소설은 이처럼 '生의 애착'이 만연해 있다. 전향자의 소진된 몸과 생에 대한 애착은 현실 생활에의 참여 욕망이기도 한 것이다. 하지만 소년과 김형오는 젊음과 늙음, 미래와 과거라는 극단적 대비를 이루고 있다.

『전망』에서 패배한 전향자 김형오의 아들인 소년은 민족의 전망을 담당한 '건민(健民)'의 표상으로 제시된다. 소년 영철에게서 미래안으로 제시되고 있는 것은 '과학'과 '수학'이라는 이성적인 학문 영역이다. 김형오는 "옛날의 낡은 타입의 영웅을 사모하면서 자라났는데" 비하여 그의 아들은 "위대한 과학자를 목표"(p. 251) 하고 있는 것이다. 따라서 김형오는

"과거를 대표한 인물"이라면 소년 영철은 "금후의 시대를 대표한 타입"이다. 아래의 예문은 영철을 보면서 전향자이자 구세대인 서술자가 느끼는 감회이다.

> 정치나 일상생활이나 인간으로 걸어가는 길에서나 저와 같이 치밀하게 조사하고 과학적으로 살아가는 그 미래의 생활에는 모든 것에 틀림이 없이 바르게 걸어가는 것을 안심하고 바라보는 것이다. 소년 영철군은 아직도 자기의 빛나는 일에 몰두하고 있다. 나는 그 모양을 취한 듯이 바라보면서 이 봄날 오후의 소년있는 풍경을 건너서 동양의 찬란한 미래를 꿈꾸는 것이었다. 그것은 내게 있어 화려한 전망이었다. (p. 251.)

과학의 세계로 표상되는 소년은 곧 "동양의 찬란한 미래"를 가능하게 하는 매개가 된다. 따라서 이런 소년들의 집단인 "소년대"의 행렬은 "아세아의 누런 흙빛의 지도"를 점령해 나갈 수 있는 힘을 가지고 있다. 서술자는 대동아전쟁의 승리에 대한 희망을 이 소년대의 행렬에서 찾는다. 이처럼 소년은 청춘의 힘을 응축한 표현이자 역사적 기획에 있어서의 한 상징적 기획물이 되고 있다. 김오성은 '영철'로서 대표되는 새 세대를 그린 『전망』에서 "將來할 세대를 연령적으로 10세 내외로 보는 것"의 정당성에 대해 진술하며 "과학적 정신이 새세대의 정신"[10]임을 강조하였다. 그런데 과학정신의 고양은 곧 민족 신건설의 의지이기도 한 동시에 일본의 '과학진흥'[11] 정책과도 연결되었다. 뿐만 아니라 당시 비평계는 독일 청년의 특성을 '기술'과 '과학'[12]에서 찾으며 참조하고 있었다.

---

10) 김오성, 「신세대의 문제」(<조광>, 6권 4호, 1940. 4), p. 98.
11) 권두언, 「聖壽萬歲」(<인문평론>, 1941. 1.), p. 2.
12) "현대 인테리 청년의 구심은 군대과학 또는 기술공업에 잇다." (조희순, 「나치스문단의 신경향」, <조선일보>, 1936. 2. 14.~ 2. 18.)

『전망』에서 전향자 김형오의 삶을 소설로 쓴 서술자 역시 전향자이다. 이 작품에서는 두 전향자 유형을 통해 재생에의 성공과 실패에 대해 다루고 있다. 물론 시대적인 돌파구를 찾지 못하고 자살한 구세대적 인물형인 김형오는 재생에 실패한 인간형이다. 그에 비해 서술자 '나'는 미래의 희망을 담고 있는 '소년'을 통해 재생에 성공한다. 이러한 재생의 과정은 서술자 '나'가 소년과 맺는 수동적 관계를 분석할 때 살필 수 있다. 이념형 인물인 '전향자'는 여성화되고 있다. 이 전향자상은 "파시즘에 의해 구성되는 '활력의 이데올로기' 내의 남성성/여성성, 부성성/모성성 구분의 불안정성과 양가성에 대한 아주 복잡하고, 모순적인 예"[13]가 되고 있다. 이러한 양가성은 젠더의 혼합으로 그려지면서 남성인물의 여성화, 여성인물의 남성화로 재현된다. 게다가 피식민지 주체인 김형오가 우연히 거리에서 만난 '중국여자'와 동질감을 느끼는 부분은 철저히 피식민지 남성 주체의 위계가 하강하며 제국의 타자로서 여성화되고 있음을 보여준다.

서술자 '나'가 소년을 만나기 전까지의 삶은 김형오의 삶과 완전히 분리되지 못한다. 서술자는 이것을 "二重"의 삶으로 표현하고 있다. 서술자는 나름대로 전향 이후 "도피적인 생활"을 극복한 뒤인데도 불구하고 김형오와 접촉하는 동안은 이 이중의 삶이 반복되는 체험을 한다. 서술자가 김형오와의 접촉을 통해 느끼는 옛 시대에 대한 향수는 현실 앞에 놓여져 있는 "전쟁과 동양의 미래"를 비관적으로 바라보게 한다. 그런데 과거에 대한 향수와 현실에의 직면 사이에서 갈등하던 서술자는 김형오의 자살 이후 앓은 자신의 병고 시간을 "블랭크의 생활"로 묶고, 전 시대와의 결별을 선언한다. "태동기(胎動期)"라고도 표현되는 이 시기가 서술자에게는

---

13) David Carol, 같은 책, p. 159 참조.

제국주의적 주체로 탄생하는 하나의 통과제의(initiation)였음을 알 수 있다. 이런 의식을 거치면서 김형오의 세대와 결별한 서술자는 '생명의 상징'인 '소년'을 발견하게 된다. 소년의 존재는 "생의 회복", "생에 대한 기쁨", "생의 약동"(p. 234)으로 비유되며 "새것"을 상징하고 있다. 이는 새롭게 갱생하려는 구세대의 의지적 표현이 투사된 것이라 할 수 있다. 이런 소년을 이상화해나가는 과정에서 전향자 '나'가 재생되는 동시에 피식민지 주체의 지위를 제국 주체의 지위로 변이시킬 수 있게 된다. 그러나 서술자가 김형오와 맺는 관계 방식은 소년과의 관계에 그대로 적용되지 않는다. 희망과 행복을 상징하는 소년에 대한 서술자의 태도는 일종의 동성애적 성향을 갖고 있음을 아래의 인용문에서 확인할 수 있다.

> 이 소년은 선천적으로 이상한 매력을 가지고 있는데 그 매력은 내겐 희망이요 행복이었다. 그는 자기 주위에 있는 사람에게 그런 힘을 주는 영향력을 가진 존재다. 그리고 누구나 한번 그 매력에 눈이 끌리어 접근하면 물러설 수 없고 떠날 수 없는 인력을 가지고 있다. 그 인력은 하나의 열광이요 연정이다. 나 역시 얼마 안하여 그런 열광적인 연정을 그 소년에게 느꼈든 것이다. 나는 사실 소위 첫사랑이라고 느끼는 최고의 절실하고 충동적인 일종의 애정을 여기서 느꼈든 것이다. 그를 만날 때마다 정렬은 노파갔다. 내 건강이 얼마간 회복되는 어느날…… 내손을 잡아 끌때에 나는 가슴에 빽차오는 감격에 전신이 떨릴 정도였다. 영철은 제법 나를 보호하듯이 내 손목을 끌고 언덕길을 거러갔다. 내손목을 잡은 소년의 따뜻한 피와 온기가 내 손목으로 흘러올때에 나는 이 소년과 알게 되고 친한 벗이 된데 대하여 커다란 행복과 희망을 다시 느꼈다. (p. 235)

소년에 대한 동성애적 쾌감은 서술자의 건강을 회복시키는 중요한 인자가 되고 있다. 이 과정에서 서술자는 "첫사랑에게 줄만한 사랑"이자 행동을 12살 영철에게 부여한다. 그런데 이 관계에서 서술자는 수동적인 입장에 처해있다. 재생산성에 의미 부여를 두고 있는 파시즘적 성향에서 동성애는 고귀한 혈통의 재생산성을 타락시키고 거부한다는 이유 때문에 내부의 적으로 배제되었다. 따라서 소년에 대한 서술자의 사랑은 소년의 어머니에 대한 사랑으로 대체되어 재현된다.

소년을 통한 재생의 과정을 거친 서술자는 작가로서 자기 태도를 정하고 작품에 착수하기 시작하면서 영철에 대한 자세에 변화를 주려 한다. "지금까지는 내 건강 때문에 도리혀 영철군이 나를 보호하고 인도하는 위치에 있었으나 이제부터는 내가 그를 지휘하는 攻勢를 취하려고" 하자 영철의 태도는 냉담해질 뿐만 아니라 서술자에게 반발심을 갖고 대하기 시작한다. "난 삼촌과 전처럼 놀구파두 삼촌이 나를 어린애라구 엄수이 여기는 것이 싫어"(p. 237)라고 말하는 영철의 대사에서 볼 수 있듯이 어른인 서술자와 어린 아이인 영철의 관계는 대등한 지위에 있음을 알 수 있다. 이를 인식하고 영철과 화해한 서술자는 자신의 옆에 영철군이 앉아있다는 것 자체에서 비로소 "삼십대의 불행을 잊고 어떤 풍족한 행복"(p. 239)을 느끼게 된다. 구세대이자 어른인 서술자는 소년인 영철에게 처음부터 수동적인 자세를 취할 수 있을 뿐인 것이다. 소년 영철의 존재는 '명랑' '광명'의 상징으로서, 이미 청춘을 소진해 버린 기성세대 서술자에게 '신변'이라는 사적 차원에 대한 관심을 '사변'이라는 공적 차원으로 돌리도록 만드는 원동력이 된다. 따라서 소설은 청춘을 소진한 서술자가 소년이라는 젊은 세대와의 접촉을 통해 재생하는 것처럼 재현되고 있다.

1.2. 자연에의 귀환과 행동성의 심미화

『憂愁의 뜰』은 유진오의 작품으로, <여성>지 1940년 8월호부터 12월
호에 분재되어 실린 소설이다. 장편소설로 기획된 이 작품은 <여성>지
의 발간 중단과 함께 미완성으로 남아 있다. 그러나 친일을 표명한 유진
오의 소설화된 파시즘적 특성을 살필 수 있다는 데 의의가 큰 작품이다.
이 소설은 편지의 형식을 통해 서술자이자 주인공인 '현호'의 러브스토리
가 전개되고 있다. 그 줄거리는 소설가 '현호'가 전향 이후 쇠약해진 건강
을 회복하기 위해 휴양 차 몽금포 해변에 갔다가 '향남' 일행을 만나 겪는
애정의 심리적 갈등을 다루고 있다. 이 서사는 현호가 사랑을 이루지 못
하고, 그 상처를 안은 채 연인이었던 '향남'에게 자신의 지난 심경을 술회
하는 고백체의 서술 방식을 취하고 있다.

편지의 첫머리는 현호가 향남을 만나게 된 장소인 몽금포 해변에 가게
된 동기부터 밝히기 시작한다. 그때 현호는 삶에 피곤함을 느끼고 인생에
절망을 느끼고 있었다. 26세의 젊은 나이에 빠져든 이 절망감의 원인은
현호가 "17세 청년의 나이 때부터 십년간이나 학업과 가정과 돈과 사랑같
은 모든 현실적인 생활기반을 내팽기치고 젊은 정렬을 바치어오든 신념
이 한순간에 무너져내리는" 상황을 체험했기 때문이다. 그의 절망의 계기
가 된 사건은 다름 아닌 '전향'이었음을 다음 예문에서 확인할 수 있다.

> 헛되이 지내버린 청춘과 지나친 시련에 좀먹힌 건강과 동무 아니
> 사람에게 한 불신과 그리면서도 어느 구석에선가 아직도 푸석푸석
> 연기를 올리고있는 타고남은 정렬의 끄트럭이와 ― 자 그리고 보니
> 나에게 남은 것이 무었이 었었겠오. 아무것도 없었던 것이오. 아무것
> 도. 오즉 「영원의 안식」에 대한 것잡을 수 없는 유혹이 있을뿐이었오.

> 나는 해빛을 대하기가 싫고 사람의 얼굴을 보기가 싫고 책이 싫고 애정
> 이 싫고 밤이 싫고 싫이 싫였오. 오즉 밤이 그립고 어둠의 바다가 그립
> 고 모든 것을 그속에 삼켜 조금도 동함이 없는 절대무(無)의 거대한 세
> 게가 그리울 뿐이었오.(p. 47.)

전향자들의 감옥체험은 육체적·정신적 피폐함을 남겼다. 그리하여 감옥에서 나왔을 때 신념이 아닌 '생활' 세계를 접한 전향자의 무력감은 절망과 허무주의적 정조를 낳게 한다. 더 이상의 생활을 유지할 정렬이 없는 현호는 절필을 하게 되고, 그런 그에게 찾아드는 것은 "권태와 아편과 창부의 시"[14]였다. 이런 데카당스적인 취향은 절망에 빠져있는 현호에게 충분히 유혹적인 것으로 받아들여진다. 그래서 그는 아편을 취하기 위해 만주를 다녀오기까지 했다. 그러나 현호는 "그 보얀 연기 자욱한 마굴의 더럽고 음울한 광경" 속에서 나약한 자신을 발견한 채 서울로 돌아와 더욱 짙은 우울감에 빠지고 만다. 그가 찾던 "인공의 낙원"도 자본주의의 논리에 지배되는 곳이었음을 체감했기 때문이다. 식민지 근대성의 이중성이 빚어내는 자기 소외와 자아 분열은 자본주의의 문명화와 산업화를 통한 모순을 보여준다. 피식민지 젊은이들과 인텔리들이 겪은 현실적 억압과 모순이 낳은 좌절과 무기력감은 데카당스적 취향으로 변화될 수 있었던 것이다.

전향자 인물들의 정신적 허약성 또는 불건강성은 생활 세계 속에서의 모색이 좌절되어 가면서 더욱 심화되어 나타난다. 지나친 자의식 또는 현실에 대한 패배감이나 회의로부터 병적 자의식과 환멸감이 주인공의 의

---

14) 이 당시 '아편'의 문제는 전향자의 타락상만을 드러내는 것이 아니라 체제적인 타락을 의미하기도 한다. 영국이 인도와 벌였던 아편전쟁을 배경으로 정치적 상황을 비판하는 부분들은 일제 말기 소설에서 살필 수 있다.

식을 지배하게 된다. 따라서 대개의 전향자 인물형은 거리를 배회하는 산책자로 기능을 하며 자신 이외의 속물인과 전향자들을 관찰한다. 파시즘에서 주변부로 자신의 위치를 배정받은 주변인들은 대개 '음모꾼', '협작꾼', '무기력자' 등으로 재현된다. "파시즘은 역사적 과정에 대해 회의적이었던 니힐리즘을 비판하면서 그 대신 새로운 '건전성'을 내세웠다. 즉 역사에 대한 거부가 니힐리즘의 특징이라면, 파시즘은 '역사'에 대한 새로운 낙관주의적 요청을 내세운 것이다."[15] 따라서 파시스트적 인물 구성은 '회의', '우울', '우수' 등의 정조를 '명랑', '쾌활'로 바꾸어 재현하도록 요구되었다.

『우수의 뜰』에서 우울과 권태 속에 파묻혀 아편으로 이루어진 인공의 낙원을 꿈꾸며 절망의 나날을 지내던 현호에게 새로운 정열을 불러일으키는 도화선 역할을 '바다'와 '건강한 수영선수'의 다이빙 모습을 담은 포스터가 하고 있음은 상당히 상징적이다.[16] 우울 속에서 일상을 권태로이 지내고 있던 현호에게 '몽금포'를 떠올리게 한 것은 바다라는 '자연'에 대한 환상을 통해서이다. 여기서의 자연은 전원의 있는 그대로의 자연이 아니라 파시즘적, 민족적인 이데올로기에 의해 만들어진 새로운 창조물을 의미한다. 자연은 이데올로기의 개입으로 재창조되면서 정화와 영원성의 공간이 된다. 이처럼 '청춘'의 회생을 '자연'을 통해 가능하도록 만든 것은 청춘의 양식이 '자연과의 합일'을 지향하는 파시즘의 한 양식으로 쓰

---

15) 김수용 외, 같은 책, pp. 112~113 참조.
16) '태양'이나 '수영' 등의 자연과 운동에 대한 강조가 지배적인 것은 독일의 파시즘 정책과 긴밀하게 연관되어 있다. 1930년대 초반부터 '독일의 나체운동'에 대한 이해는 '문화'적 특성으로 이해되었다.(—記者, 「(明日文化의 前奏曲) 독일의 나체운동 —나체! 나체! 나체와 건강미!!」, <신동아>, 제1권 1호, 1931. 11, pp. 69~72 참조) 이러한 독일의 운동정책에서 영향을 받은 일제 말기의 체조와 운동은 국민건강양성이라는 정책적 의미가 지배적이었다.

이기 때문이다. 즉, 우울증에 대한 사회적 치료로서 '자연'이 사용되고 있는 것이다. 아래의 예문은 '몽금포' 바다에서 재현되는 환상을 서술하고 있는 부분이다.

바닷가에 군대군대보이는 자개무덤(貝塚)도 나에게는 또한 무한한 감흥을 자어내는 물건이었오. 나는 고고학(考古學)을 몰으는 사내라 자개무덤이란 인류의 석기시대(石器時代)의 유물이라는 것밖에는 아무 지식도 없었오만은 그러나 몰으는대로 그 옛날 우리조상들의 자유분방한 생활을 이리저리 마음껏 공상하는 것은 또한 시인의 특권이 아니겠오. 아득한 옛날. 우리들의 조상이 아즉 쇠부치를 쓸줄 몰나서 돌로 독기를 맨들고 돌로 화살을 맨들고 돌로 칼을 맨들어 즘생을 잡고 물고기를 잡아 그날그날을 질겁게 지내던 몇천년인지 아니 몇만년인지 몰으는 그옛날 나무에는 각색 과실이 가지가 휘여직 매달니고 들과 산에는 즘생이 그득하며 물속에는 고기가 또한 많고─아 그들에게는 절망도 없고 괴롬도 없었을 것 아니오. 오즉 빛나는 태양과 넘처흘으는 건강과 용장한 싸움의 기쁨만이있었을 것 아니겠오. 지혜의 열매를 따먹은 것은 과연 인류의 고뇌의 시초였던가. 오 그때가 그리워라. 한닢의 나뭇잎으로 몸을 가리고 생명의 환히를 넘치도록 누리던 그때가 그리워라.─자개무덤은 나에게 또 뜻하지 않었던 새로운 푸른 깃발을 휘날녀주는 것이었오……
어느때쯤 무슨싸움이 있었던 것인지 나는 몰으고 있소만은 여관주인에게 그말을 들은후에는 나에게는 한가지 낭만이 더해진것이었오. 그때까지 오즉 아름답기만하고 평화스럽기만하던 그 모래사장이 바루 옛날에 큰싸움이 있던곳이라니─나에게는 찬란한 꿈이 한가지 느는 것이었요. 물에는 침입한 군사의 배가 시껌엏게 바다를 덥고 육지에는 그것을 마저 치랴는 군사가 모래사장을 메우고…… 깃발은 휘날리며 칼과 창은 번쩍이고 말은 창공을 향해 소리치며 갑옷투구는 황금색으로 빛나고 그리고 둥둥둥둥 울리는 북과 징과 꾕가리 소리에 왼천지가 흔들니도록 어러나는 병정들의 고함. 나는 어느 군사가 어느 군사와 싸운지도 몰으오. 싸운결과 어느편이 이기고 어느편이 젓는지도 몰으오. 그러나 이 아름다운 백사장우에 그런 용사들의 붉은 피가 흘렀던것인가 생각하니 가

위의 인용문에는 낭만적 복고성을 통한 자연의 신비화 과정이 잘 반영
되어 있다. 바닷가 모래밭에서 현호가 패총을 발견하는 과정은 고고학자
(考古學者)적 자세를 연상시킨다. 과거의 시간 속에 존재하는 순수한 자연
은 병사들의 치열했던 싸움과 연결되면서 원시적인 힘을 얻고 있는 것이
다. 파시즘에서 과거에의 향수를 다루는 것은 근대의 초극을 의미한다. 따
라서 허무주의와 무력감에 빠져있던 병적 인물이 "핏빛의 해를 바라보면
서 원시시대의 사람들이 해를 숭배하고 달을 숭배하고 별에게까지 절하
던 그 심정"과 동일화될 때 자연의 치료적 효과를 얻을 수 있게 되는 것
이다.

바다는 "더러운 도회"와 대비되는 공간이다. 도시와 자연의 공간 대비
는 자본주의를 은유하는 도시의 세속성을 자연의 순수성으로 정화시킬
수 있다는 의지에 의한 공간 분할이다. "피로는 도덕적 및 육체적 무질서
양자, 즉 의지의 박약 또는 부재의 기호이다. 이것은 주변인들의 의지 박
약과 젊은 에너지를 거부하는 것으로 특성화된다. 데카당스의 초상들은
보통 고도의 감수성과 고정된 삶에 대립하는 신경과민을 보유하고 있다.
그러한 '주변인'의 고향은 대도시이다. 금세기 말까지 도시는 모든 부자
연스러운 것들에 대한 은유가 되었다". 이는 "삶의 참된 에너지를 파괴하
는 도시의 인공성을 강조"[17)한 것이다. 그래서 몽금포의 자연 풍광 속에

서 현호와 그가 만나게 된 청춘 남녀는 우울과 쾌활함의 정조로 대조되어 재현된다. 그것은 이들의 외양적인 차이에서도 확연히 드러난다.

현호의 "모즈라지고 꼬부라지고 악마디"가 진 인생과 향남 일행의 "밋밋한 인생"(p. 53)이 지닌 간극은 현호가 끊임없이 자신을 비교하고 자책하는 계기가 된다. 이 쾌활한 청춘남녀는 모두 동경에서 공부를 하고 있는 유학파들로 계급적 위치에서마저 현호를 왜소하게 만드는 존재들이다. 근대적인 문물의 세례를 받으며 부족함이 없이 생활해온 향남 일행이 수영하는 모습은 상당히 역동적으로 재현되고 있다. 그러나 현호는 수영을 하지 못하기 때문에, 그들의 수영하는 모습을 바라보면서 잃어버린 자신의 청춘을 한탄할 수밖에 없다. 감옥생활로 인해 몸도 마음도 쇠약해진 현호이기에 청춘의 역동성은 바랄 수 없던 것이다. 이미 그는 "몸의 청춘"뿐만 아니라 더 중요한 "마음의 청춘"(p. 76)에서도 멀어져 있는 상태였다. 이처럼 '박'과 '김'같은 자신의 연적들에 비하여 현호에게 결여되어 있는 것은 경제적 능력인 '돈'과 건강한 '청춘'이다. 이런 자질들의 부재는 사랑할 자격의 부재이기도 한 것이다. 이런 그의 의식 변화는 '수영을 하고 못하는 관계'에서 향남에게 '수영을 배우는 관계'로의 변화와 긴밀히 연결되어 있다. 급기야 현호는 "아무것도 꺼르낌없이 향남씨를 사랑하리라. 그리해 잃어진 청춘을 회복하고 향남씨 말대로 아름다운 청춘을 솔직하게 아름답게 살어보리라"(p. 91)고 생각하게 된다. 향남에 대한 현호의 정열이 무기력했던 그에게 "청춘을 회복"케 할 수 있다는 사실은 "늙은 자연"이 청춘을 회복하는 것처럼 자연스러운 일로 재현된다. 아래의 인용문은 현호가 향남과 비로소 연애의 감정을 싹 틔우게 된 뒤의 감흥을 다루는 부분이다.

---

17) 조지 모스/서강여성문학연구회 역, 같은 책, p. 236.

급기야 바다로 나가니 바다도 역시 우리들의 흥을 맞어주는 듯 —몽
금포 간지도 여러날 됐었지만 그날 아츰처럼 맑고 깨끗한 바다를 보기
도 또한 처음이었소. 수정같은 하날. 유리같은 물. 은가루같이 고은 모래.
머릿속까지 산듯해지는 바람. 그리고 황금색으로 찬란히 빛나는 태양.
이미 유구한 세월을 지내 늙을대로 늙은 자연도 갑자기 청춘을 회복
한 것 같이만 나에게는 느껴졌소. 모든 것이 기쁨에 빛나고 싱싱한 생명
에 약동하는 찬란한 아츰! (p. 84.)

연애의 감정과 청춘의 회복을 연결짓는 것은 파시즘에서 정상적인 성
을 '자연화'하는 과정이 반영되어 있음을 살필 수 있다. 태양(太陽)을 통한
청춘의 발견은 청춘을 이미지화하는데 보편적으로 사용되어 온 상징이다.
이 태양과의 만남은 현호에게 있어서 정신적 인간에서 육체적 인간으로
의 전환과, 궁극적으로는 육체의 가치와 정신의 가치를 통일시키려는 적
극적인 사고의 전환을 가져오는 계기가 되었다. 작가는 이렇듯 정신과 강
인한 육체를 조화시키고자 하는 스스로의 이상을 태양의 본질과 직면하
여 육체적, 정신적으로 강하고 올바른 인간이 되고자 하는 작중 주인공의
이상 속에 투영시키고 있다. 이를 통해 볼 때 파시즘의 소설적 재현은 '청
춘'을 건강성과 연관지으면서 무기력함을 구원할 수 있는 적극적 행동성
을 심미화하고 있음을 확인할 수 있다.

1.3. '정열'의 힘과 '희생정신' 추구

청춘을 소유하지 못한 인물들과 대조적으로 청춘을 소유한 인물들이
갖고 있는 속성을 밝혀야 '청춘'을 지향하는 파시즘의 내적 논리를 파악
할 수 있을 것이다. 청춘을 지닌 인물의 속성은 '정열'로 표상되어 나타난

다. 이 '정열'과 '열정'은 감정의 소산이다. '청춘기', '청년기'는 감동하기
쉽다는 특징을 지니고 있다. 따라서 감정적 표출 방식도 풍부하고 다양해
진다. 불안하고 변화가 심한 청년의 감정을 통제, 조율하는 데 있어 가장
보편화되어 있는 방식은 '자기-절제'의 교육이다. 파시즘적 청춘의 상은
'자기 절제'를 통해 고결함을 유지하는 가운데 성립되도록 청년기의 교육
에 전력을 기울여 왔던 것이 사실이다. 이런 사실을 통해서 볼 때도 '청
춘'이 통제되는 방식과 동원되는 논리를 찾아 볼 수 있다. '청춘'이 강조
되는 주제적 차원은 '감정'교육과 '희생정신'을 통해 개인을 전체로 통합
하고 있음을 살필 수 있다. "모든 문화는 감정이 어떻게 통제되고 또 표현
되는가에 대한 가치와 규칙을 유지하고 있다."[18] 일제 말기 텍스트에서
하나의 감정을 문화화 하고 있다는 것 역시 주의해 보아야 할 점이다. 즉,
'정열'이란 추상적 개념은 청춘 문화와 함께 재현되고 있음을 살펴야 한
다. 그런데 여기서 정열은 "개인적 정열"이 아닌 "사회적 정열"[19]을 의미
한다.

　　정비석의 『청춘의 윤리』(1942)의 기본 줄거리는 여주인공 장현주가 후
배 최영옥의 부탁으로 그녀의 오빠 최영득이 인수한 성애원이라는 산원
(産院)과 탁아소를 맡아 경영하는 가운데 벌어지는 애정갈등을 다루고 있
다. 이 소설은 장현주와 주성호, 최영옥 간의 삼각 관계와 장현주, 최영득,
임정희 간의 삼각 관계를 중심으로 서사가 구조화되어 있다. 따라서 서사
는 주로 청춘남녀의 사랑과 결혼에 관련된 심리적 갈등과 감정의 문제를
중심으로 진행된다.

---

18) 리처드 래저러스 · 버니스 래저러스/정역목 역, 『감정과 이성』(문예출판사, 1997), p.
　　272.
19) 김오성, 「정열과 지성 - 지성문제의 새측면」(<조선일보>, 1938. 9.11~16.) 김오성은
　　'정열'을 전형기의 산물이자, '파토스'라고 보면서, 두 가지로 유형화 하고 있다.

이 소설에서 장현주가 재생하는 방식은 사적, 공적 감정의 통합이다. 이때 청춘은 개인적 감정으로서의 청춘과 공적 의무를 수행하는 감정으로서의 청춘으로 나눠진다. 가장 바람직한 청춘의 상은 이 둘을 결합한 것인데, 이는 '정열'로 재현된다. 따라서 '정열'은 한 개인과 민족의 정체성 구축에 필수적인 요소로 상찬되며 미화되고 있다. "인간을 대상으로 하는 정치임으로 인간본능을 전연 구속한다든지 무시"[20]하여서는 정치를 행할 수 없다는 인식은 신체제 정책에서도 이미 주목하고 있던 점이다. 집단적인 성격을 가지고 유기체적인 통합의 관념을 중요시하는 사회에 있어, 이런 감정들은 공동체 유지에 위협이 될 수밖에 없다. 게다가 이런 감성이나 감정들은 공적인 의의를 가지려 하기보다는 자기 자신만을 생각하는 이기적인 감정이며 국가나 민족에게 비도덕적인 것이 되기 때문에 교육의 대상이 된다. 등장인물들은 끊임없이 사랑의 유혹과 갈등으로 인한 감정의 동요 때문에 혼란스러워 한다. 이러한 개인적인 감정의 순화 과정은 애국적인 희생정신의 소유자로 계몽되어가면서 이루어진다.

여주인공 '장현주'는 미국 선교사 부인의 비서로 있었던 인물이다. 등장인물들은 그녀의 과거를 "남의 종살이"라 비유하며 '소국민'으로서의 어린 아이들을 키워내는 '성애원' 사업이 "제 나라"를 위한 일이라고 평가한다. 그래서 현주가 '성애원'을 맡아 운영하는 것은 "정신적으로는 외국 사람의 노예로서의 생활을 청산하고", "인생을 재출발하는 셈"(p. 128)이 되는 것이다. 이러한 현주에게는 주성호에게 이끌리는 사랑의 감정이 사적인 감정으로 취급된다. 사랑이라는 개인적인 감정의 차원은 사업이라는 공적인 차원을 침범하는 요소로 다루어지는 것이다. 그러나 이야기가 전개되는 내내 장현주는 감정의 영역에서 벗어나 있지 못한다. 성호에 대

---

20) 有馬賴寧, 「신체제와 국민의 각오」(<삼천리>, 제12권 10호, 1940. 12), p. 76.

한 영옥의 관심에 불안해하고, 주성호의 마음을 떠보기도 하는 등, 오히려 그녀는 감정의 차원을 전혀 배제하지 못한다. 이러한 그녀가 스스로를 인정하지 못한 채, 자신에게 끊임없이 감정을 억제하여 국가적 사업에 대한 희생정신의 수행을 강조한다. 지나치게 자신의 감정을 억압하며 공적 사업의 이행만을 강조하는 현주에게 최영득과 주성호라는 남성 인물들은 감정의 중요성을 각성시켜준다. 아래의 인용문은 이를 보여 줄 수 있는 최영득과 현주의 대화 내용이다.

> "정열만 있으면 불가능한 일이 없을 것입니다. 나더러 어느 편을 취하겠느냐 하면 나는 정열 없이 이루어진 성공보다는 열 있는 실패의 길을 골르겠습니다." 하고 영득의 눈은 어글어글 타오르는 듯하였다.(p. 131.)

> "일에 정열을 갖는다는 것과 감정을 잃어버리는 것과는 별개 문제겠죠. 현주씨의 좌우명대로 사감을 가지고 일에 대하는 것은 절대로 경계해야 할 일이지만 감정 그 자체까지를 잃어버리면 안 될 겝니다. 정열이란 감정의 산물이니까요."하고 말하는 영득의 어조는 점점 열을 띠어 갔다. (p. 141.)

텍스트 전반에 걸쳐 정열적인 남성으로 재현되는 최영득은 "쾌남아 같은 인상"을 지녔다. 그는 정열만 있으면 불가능한 일이 없다고 생각하는 사람이다. 영득의 정열론은 정열이 결여되면 일에 대한 성취도 역시 저하된다는 것이다. 위의 인용문은 일에 대한 정열은 감정과 무관한 것이 아니며, 오히려 "감정은 정열의 샘터"라 주장하는 그에게 현주가 동화되는 것을 보여준다. 그러나 현주는 최영득과 주성호로 인해 정열을 단순히 금욕주의처럼 억압하지 않아도 된다는 것을 알았음에도 불구하고 여전히 사랑의 감정을 사적인 감정으로 배제하려 든다. "사모하는 그 자체는 사 감이 아닐지 모르나 어떤 한 사람을 사모한다는 것은 그 이외의 사람에게 차별을 주는 폭이 되니 사모는 결국 사감을 갖게 되는 원인"이 되는 것으로 생각되기 때문이다. 그러나 서사는 마침내 현주라는 인물이 정열이라는 감정의 근원이 '사랑'이라는 것을 깨닫도록 진행된다.

장현주와 주성호의 미온적인 감정에 비해 최영옥의 감정은 상당히 적극성을 띤다. 주성호가 "가장 현명한 현대 여성의 한 사람"으로 표현한 영옥은 그녀의 오빠와 마찬가지로 정열적인 사람이다. 현주가 성호에 대한 영옥의 감정에 불안감을 느끼는 것과는 달리, 사랑이라는 감정에 대한 그녀의 대담성은 구애 대상인 성호에게 당돌한 명령을 내리기까지 한다. "앞으로는 현주를 생각하지 말고 자신만을 생각해야 한다"는 영옥의 발언은 "남의 감정에 명령을 내"리는 것이다. 주성호는 분명 "남의 감정에 명령을 내린다는" 것은 타인에 대한 폭력 행위라고 생각하지만 억지스러운 영옥의 명령에서 "청춘만이 가질 수 있는 대담과 향기"를 발견한다. 게다가 그는 "영옥이가 금방 남겨 놓은 명령의 색채가 너무나 현혹하고 찬란"하기까지 하다. 주성호가 영옥의 명령에 매혹을 느끼는 것은 그녀의 명령이 단순한 감정으로 취급되고 있지 않기 때문이다. '명령'은 권력 관계에서 상위에 있어야 하며, 권위가 수반되는 행위이자 힘이 요구된다. 이러한 조건들을 갖추고 있지 못한 영옥의 명령에 주성호가 엄숙함을 느끼는 것은 "청춘의 명령"(p. 160)이기 때문이다.

이 작품은 '청춘'을 남성성으로 재현한다. 최영득은 이런 특성을 가장 전형화한 인물이다. 과도하게 정열적인 그는 "여자란 남자의 조종술에 따라 아무렇게라두 할 수 있는 동물"이라고 생각한다. 아래의 인용문은 청춘과 남성성을 연결짓고 있는 부분이다.

현주는 펄쩍 뛰었다. 영득의 행동 앞에는 주저가 용허되지 않았다. 모든 것을 제 생각대로 결정해 놓고 나서 제 코스대로 남을 이끌고 나가는 오직 그 행동이 있을 뿐이다. 제삼자의 입장에서 영득의 행동을 방관한다면 여간 호화 찬란한 것이 아닐성싶다. 청춘이라는 힘찬 대명사가 마땅할 그 행동은 방관자를 황홀케 하는 매력이 있음을 깨달았다. 영득의 입에서 떨어진 말을 현주는 거역할 수가 없음을 느낀다… 황소같이 씩씩거리며 목표를 향하여 휩쓸며 나가는 영득의 남성미가 황홀하게 느껴지기까지 한다. (pp. 255~256.)

일방적으로 혼사를 결정하는 영득의 행동에 대해 현주는 모욕적이라고 생각하지만 결코 불쾌하게 느끼지 않는다. 그녀는 영득의 행동에 "청춘이라는 힘찬 대명사"를 붙여 황홀한 매력과 '남성미'를 느낀다. 현주는 파시즘 미학의 특성인 남성성에 압도당하며, 그에서 감정적 쾌감을 느끼기까지 하는 것이다. 게다가 감정을 다루는 방식에 있어서도 젠더의 구조가 반영된다. 계속 현주에게 마음이 끌려서 영옥의 구애를 완전히 무시해 왔던 주성호는 "모든 것을 젖혀 놓고 오직 조금이라도 더 참되게 살아보고 싶은 욕망"으로 변화하지만, 현주는 영옥을 위하여 이미 성호를 포기하기로 결정하고서도 영옥에게로 이끌려 가는 성호의 태도에 몹시 서글픈 감정을 느낀다. 그와 동시에 현주는 성호의 그런 단호함에서 "조금도 감정에 구애되지 않고 오직 앞으로 나아갈 줄만 아는 사내들의 세계에 대한 찬란한 아름다움"을 발견하고 "사내들의 세계가 여자들의 세계보다 훨씬 넓어" 보인다는 남성우월주의를 표명한다.

정비석의 『청춘의 윤리』에서 청춘에 대한 예찬은 '힘'에 대한 예찬으로 수렴된다. <'명령'→'힘'→'권력'→'국가'>로의 청춘의 확산은 개인에서 전체로의 자기헌신을 통한 건강성의 표출과 연결된다. 텍스트에서 "청춘은 가능의 세계다. 무엇이든지 감당해 낼 수 있는 무소불능의 존재가 청춘이다," "청춘은 힘이다,"(p. 159) "세계를 움직일 수 있는 자는 청춘밖에 없다. 국가의 흥망성쇠를 두 어깨에 짊어지고 있는 사람도 청춘이다. 동포의 새로운 운명을 개척해 나가야 할 의무를 띤 사람도 역시 청춘"(p. 160)이라고 재현되고 있다. 그리고 '청춘'의 결정체는 병사로 재현된다. 이는 주성호의 의식과 행동의 변화를 통해 확인할 수 있다. 의사인 주성호가 연애 문제에 고민하고 있는 동안 그의 동생 '성준'은 출정을 하게 된다. 성호는 출정을 알리는 성준의 편지에 "죽음을 두려워하는 기색도, 삶에 대한 애착도 전혀 적혀 있지" 아니하다는 사실에서 "청춘의 가장 아름다움을 발견"하게 된다. 그래서 "성준에게 비기면 지금까지의 제 생활이 너무나 허영에 떠 있었음을 비로소 깨달"은 주성호는 "지금까지의 생활을 일체 청산하고, 의사로서의 보다 의의 있는 생활, 청춘으로서 보람 있는 생활을 하기 위하여"(p. 265) 군의관이 되어 요양원으로 떠나게 된다. 이 당시 "조선 사람의 문제는 조선사람의 손으로 해결해야" 할 뿐만 아니라 "조선사람이 지금 내지인과 다른 환경에 있는 것이 사실이라 하면 그것은 조선사람이 내지인에게 지지 않는 힘을 갖춤으로써 비로소 해결될 것이다"라는 민족주의적 의식은 "특별지원병제도"가 "조선사람에게 이러한 힘을 주는 것"이라는 생각으로 굴절된다. 이처럼 "병역이 단순한 의무가 아니라 특전"[21]이라고 이해됐던 것은 '병사'를 민족의 '힘'으로 생각했기 때문이다.

이 작품에서 '청춘'과 '정열'의 결합은 "고귀한 희생정신"(p. 241)을 통

---

21) 유진오, 「병역은 곧 힘이다」(<매일신보>, 1943. 11. 19) (정운현 편, 『학도여 성전에 나서라―학병권유 친일문장선집』, 도서출판 없어지지 않는 이야기, 1997, p. 266에서 인용.)

해 매개되고 있다. 이는 주성호가 '청춘'을 대표하는 병사에게서 얻은 교훈이다. "군대에는 희생정신이 철저해서 '나'라는 것을 전연 염두에 두지 않"기 때문에, "자기 본위"가 아닌 남을 위한다든가 국가, 민족을 위한다는 생각이 철저히 수행될 수 있다고 파악한 것이다. "마르크스가 강조한 '수고성(受苦性)－정열성(情熱性)'이라는 개념은 기본적으로 인간은 소외된 존재이고 결여를 지닌 존재임을 구체적으로 사고해낸 것이다."22) 결국 '정열'이란 관계지향적이고, 이는 자신의 고뇌를 감수하려는 의지이다. 따라서 정열은 희생정신을 수반해야한다는 의미에서 고통을 받아들이는 인간의 노력이라 할 수 있다. 이처럼 희생정신은 "'나' 아닌 '남'을 위해 죽는 것이 결코 '남'을 위하는 것이 아니라 결국은 '나'도 위한다는 뜻"(p. 242)이 되는 것이다. 자본주의적 인간형에게 열정적인 사랑을 의미하는 것과 달리 국가적 청춘의 주체에게 '정열'은 '의지'와 '의욕'을 통한 헌신의 의미를 지니고 있는 것이다. 이를 통해 볼 때, 당시는 '정열'이라는 "감정 훈련"을 통해 '내선일체'23)를 지향하고 파시즘의 이론에 대한 실천성을 표방했음을 알 수 있다. 나치스와 같은 파시즘 이론의 실천24)을 위해서는 적극적인 행동성25)이 필요했으며 이는 '정열'을 필수 요소로 삼았던

---

22) 가라타니 고진/김경원 역, 『마르크스 그 가능성의 중심』(이산, 1999), p. 100.

23) "금일에 제기되는 내선일체의 표어는 위선 무엇보담도 정신적인 또는 사상적인 의의를 갖는 것이다. 법률적으로 사회적으로는 반도의 민중은 병합과 아울러 의미 틀림없는 제국의 신민이다. 문제는 다만 그들을 정신에 있어서 사상에 있어서 감정에 있어서 意慾과 情熱과 運命感에 있어서 황국의 신민으로 訓練하고 陶冶하고 통일하는데 있는 것이다. 여기에 南「레심」의 최고목표인「내선일체」의 시대적 역할과 또 임무가 있다고 나는 확신한다." (인정식,「내선일체의 문화적 이념」, <인문평론>, 1940. 1.), p. 4.

24) 박극채,「나치스의 국가사회」(<조광>, 7권 6호, 1941. 6), p. 74.

25) "독일이 이긴데 대하여, 불란서가 진 것은 당연한 패배라고, 이번에 그쪽을 시찰하면서 생각했다. 독일국민은 20년 전 敗戰을 하고난 이래로, 一致團結, 모든 困難과 缺乏을 참어가면서, 진심에서 울어나는 熱情을 조국의 再興에다 받쳤다는

것이다.

'힘'을 표상하는 '청춘'은 세계를 움직이고, 국가의 흥망성쇠를 두 어깨에 짊어지고 있는 사람이며 동포의 새로운 운명을 개척해 나가야 할 의무를 가진 사람으로 재현되었다. 이처럼 '청춘의 힘'은 단순히 개인적 사랑의 용기에 그치는 것이 아니라 민족의 힘, 국가의 의무에까지 닿아 있다. 이 지점에서 청춘 예찬이 단순히 젊은이의 개성을 주창하는 것이 아니라, 전체주의 논리 속으로 흡수됨을 알 수 있다. '청춘'은 굳어져 버린 전통에 대한 저항과 새로운 가치와 형식을 찾으려 하는 열망을 지닌 새로운 역사적 주체를 의미한다. 청춘의 역사적 혁신은 민족의 혁신을 의미하기도 했다. "오늘날과 같이 힘을 요구하는 시대는 없을 것이요, 힘은 또한 신념에서 생기는 것이며, 신념이 없는 곳에 힘이 있을 수 없고, 또한 신념은 있을지라도 그 신념을 살릴 정열이 없는 한 힘이 될 수 없"다는 이무영의 말처럼, 당시는 극단적 개인주의의 신념을 가졌던 인물이 국민적 신념을 가지면서 공동체의 미래적 운명관을 좌우할 수 있는 "힘의 문학"26)을 추구했던 것이다.

1.4. 소결: 재생의 서사와 행동주의적 인간형의 강조

'청춘'을 얘기하고 있는 소설들은 재생에 성공한 인간형과 실패한 인간형의 배치를 통해 재생을 심미화해 나간다. 재생의 서사에서 쟁점이 되는

것이 一目瞭然하였다…… 이 세상에서 가장 필요하고 긴요한 것은 實踐實行이다. 제아무리 名論卓說을 論하드래도 실행이 없을때는 一分의 가치도 없는 것이다."(山下奉文, 「실행 제일주의 ─獨伊를 보고와서─」, <신시대>, 제1권 10호, 1941. 10, pp. 21~22.)

26) 이 말은 이무영의 작품집 『情熱の書』(東都書籍, 1944. 4. 25.) 발문에 실려 있는 것으로서, 임종국의 『친일문학론』(평화출판사, 1963, p. 311)에서 재인용.

것은 '시간성'이다.[27] '청춘'이라는 시간 개념은 '전향' 전후(前後)라는 시간 개념과 연결지어 서사화되고 있다. 전향은 주변인(outsider)과 내부인(insider)을 구분하는 선이며, 일본 체제에 대한 저항과 순응의 구분선이기도 하다. 이런 양항 배치방식은 '적자'와 '비적자'를 나누며 이념적 인간형을 주변화 시킨다.[28] 전향자의 수용 방식이 상당히 중요하다는 것은 미나니(南) 총독이 1939년 5월 30일에 발표한 '내선일체론'[29]에서 찾아 볼 수 있다. 일본은 대동아 전쟁에 있어 지정학적인 일차적 단계로 조선의 협력을 얻어야 했다. 그 협력의 전략은 '피'와 '몸', '마음'이 일체가 되는 동화 이데올로기를 내세우는 것이다. 이 가운데 전향자의 포섭과 시국 인식의 강화는 상당히 중요한 것으로 부각되었다. 일본 제국주의가 전향자를 처리하는 방식은 배제할 적의 처리방식과 연결되기 때문에 파시즘의

---

27) 파시즘 이데올로기의 신화적 핵심은 초민족주의가 '재생'된 형태를 취하는 것이다. "어원상으로 '재생palingenetic'이란 말은 '다시again'나 '새로운anew'이라는 뜻의 고대 그리스어 'palin'과 '창조creation'와 '탄생birth'을 뜻하는 말 'genesis'에서 기원한다. 비록 '재탄생'이라는 의미에서 이렇게 '재생된 정치적 신화'가 과거의 부활을 그리워하는 회고적인 노스탤지어임을 암시하는 것 같지만", 그럼에도 불구하고, "과거뿐 아니라 미래를 주목"하고 있는 것이다. 요컨대, "과거와 현재의 갈등처럼 보이는 것도 실은 미래를 향한 일종의 지향성을 나타낸다. 이런 이유 때문에, 그렇게 많은 파시스트의 용어와 상징이 오래된 것, 즉 재생regeneration과 부활resurrection, 회복restoration 등과 관련되어 있으면서도 항상 새로운 것, 즉 새로운 인간과 새로운 질서에 관한 용어와 상징이었던 것이다." (마크 네오클레우스, 같은 책, pp. 164~165 참조.)

28) "평북의 모소학교 훈도"가 한 말을 인용하면, "우리 제국의 現人神은 우리같은 불량한 자(본래 공산주의 운동)에게도 역시 적자로 자비를 내리신다. 오직 높으신 위세에 감읍할 따름이다. 우리들의 골수에는 다른 사람 이상 감명받은 君恩이 아로새겨져 있고, 우리가 흘리는 눈물에는 감격과 애정이 들어있다. 우리들의 임무는 지금부터다. 어디까지나 힘을 합하여 황도의 선양에 전력을 기울여야 할 것이다." (長崎祐三, 「시국과 전향자의 장래」(<녹기>, 1939. 8) 최원규 편, 같은 책(p. 381)에서 인용.

29) 이경훈 편역, 『이광수 친일소설 발굴집:진정 마음이 만나서야 말로』(평민사, 1995.), p. 31. 참조.

재현에 있어 중요하게 다루어진다. 사회주의와 전향자에 대한 탄압은 기본적으로 우생학적 인종주의에 기반해 있다. 인종주의는 "외양과 행동에 대한 사회의 선입견과 편견을 확증하는데 일조하는 정상적인 것과 비정상적인 것 사이의 분명한 차이를 강조하였다. 사회가 필요로 하고 가치를 높게 부여한 젊은 활기와는 대조적으로, 생의 소모와 탕진은 이런 도상학에서 큰 몫을 차지한다. 유태인들과 소위 변태성욕자들은 허약하고, 죽음에 인접한, 너무 일찍 노년기에 접어든 인물로서 종종 그려진다."[30] 일제의 탄압에 의해 비자발적으로 해산된 카프는 일제의 사회주의 탄압을 직접적으로 보여주었던 사건이었다. 카프 해산 이후 전향한 작가들은 정치적으로 자신들의 설자리를 잃게 되고 생활에의 부적응과 함께 사회에서 주변으로 물러나 앉게 되었다. 이들이 서사로 다루어질 때 청춘을 통한 재생의 서사가 구현되었던 것이다.

일제 말기 소설에서 '청춘'은 회상의 매개체이자 행동의 주역으로서의 청춘임을 알 수 있다. 김남천의 「세기의 화문」(<여성>, 1938. 3~1938. 10)에서 사용된 '청춘원탁회의'라는 장 제목이나, 한설야의 『청춘기』, 유진오의 『우수의 뜰』에서 사용된 '청춘도'라는 장 제목들은 '청춘'이 현대적인 지표, 즉 모더니티와 관련하고 있음을 보여 준다. 이러한 '청춘'의 의미가 '청년'으로의 변화를 겪게 될 때 정치적 의미 부여와 연결된다. 따라서 '청춘'은 이념적 세대를 가르는 지표이자, 건강한 국민과 비국민의 구분선이기도 했다. 1920년대가 청년수양론을 주장하는 시기라면 1930년대로 오면서부터 청년의 육체성과 新生에 초점을 맞추어 논의가 진행된다. 그리고 1930년대 후반부터 생산된 '청춘' 담론은 신체제 담론을 통해 재구성되고 있었던 것이다.

---

30) 조지 모스/서강여성문학연구회 역, 같은 책, p. 232.

　　시대정신의 교체가 잦은 현대에 있어서 자의식에 사는 사람으로서 시
대와 對質하면서 늘 자기의 생활을 정리하여 나가지안으면 안된다는 것
은 결코 수월한 일이 아니다. 이것은 오늘날 三四十代에 올은 이땅의 지
식계급치고는 대개가 체험하는 불행한 운명의 하나이다. 그들은 일즉이
十年에 가까운 靑春을 밑으로부터 대두하는 두 낫의 커다란 시대정신을
編曆하는데 바치였다. 하다가 멀지안은 과거에 그 두낫의 정신을 靑春과
함께 결별하였다. 그리고 그 심적 상흔이 아물지 못한채로 지금또다시
우으로부터 降臨하는 별개의 정신과 대결하지않으면 안될 계단에 도달
하였다. 현대사상의 리스트에서 뻬스트 셀러의 지위를 차지하는 이 정신
은 물론 取捨와 선택을 불허하는 일종의 定言命令性을 띄고 있다.[31]

　　새로운 '시대정신'이란 일제의 새로운 전시체제 속 현실주의를 말하는
것이다. 인용문은 시대정신의 교체 속에서 지식계급인 인텔리계층의 사상
적 편력의 지난함을 서술하고 있다. 이때 "청춘과 함께 결별"한 시대정신
은 민족주의와 사회주의를 말하는 것이다. 전향자들의 청춘 소모와 이념
전향을 암시하는 가운데서 '청춘'은 한 시대정신의 표상으로 자리하고 있
음을 유추할 수 있다. 더 나아가 청춘이라는 어휘는 '새로운 인간형'의 특
성과 밀접한 관계를 맺고 있다. 시대의 운명을 짊어질 "새 인간형의 발견"
을 꾀하려는 것이 시대적 역사적 의미를 띄는 현대 문화의 현상이었던 것
이다. 청년이 개인적 의미에서 시대적 의미로 변화해야 했던 것이다. 현인
규는 새로운 인간형이 "직관과 과학"에서 발견되어야 함을 주장하고 있
다. 청년은 "현대성"의 징표이기 때문이다.[32] 이러한 '청년'의 자기 문제
와 운명을 파악하는 일들은 청년을 통한 새 현실에의 타개책을 강구하는

---

31) 서인식, 「문화에 있어서의 전체와 개인」(<인문평론>, 1939. 10), p. 4
32) 현인규, 같은 글, p. 181.

의미이기도 하다. 따라서 '청춘'을 통한 새로운 인간형의 발견은 곧 '청년'의 재탄생을 의미했다. 즉, '청춘'은 '병사'의 이미지로 재탄생했던 것이다. 청춘은 군국주의화되면서 민족을 재생시킬 수 있는 '청년'의 관념이되었다.

그러나 청춘에 관한 담론은 역설적이었다. 좋은 젊음과 나쁜 젊음, 희망으로서의 젊음과 공포를 고무하는 위협으로서의 젊음이라는 관념 사이의 긴장이 존재하기 때문이다. 사회의 질서를 전복하려는 사람들은 활동하는 문화인이나 노동자들의 이상적인 청춘에 대비되는 카운터타입으로재현되었다. 이광수의 『그들의 사랑』에서는 바람직하지 못한 청년상으로'광주학생사건'을 다루면서 '불온한' 청년들을 등장시킨다. 이 불온한 청년들은 체제에 흡수되지 않고 오히려 적대자로 성장할 수 있는 집단이다.이런 아웃사이더적 청년상의 일탈성을 "순결한 제국청년의 마음"으로 바로잡아 보겠다는 식민 주체의 의지가 텍스트에 표현되어 있다. 이 작품에서 불온한 청년상은 '광주학생사건'을 통해 전향의 문제와 연관되어 있을뿐만 아니라 개인주의와 자유주의에 빠져 전체를 생각하지 않는 문제적인 청년 집단으로 제시되고 있다. 그리고 이석훈의 「고요한 폭풍」(1941.11~1942. 11)에서는 '동반자작가'와 '전향' 여성이 등장하여 자발적인 전향을 기도한다. 파시즘은 공동체에 적합하지 않는 사람들을 제거하는 일이 전적으로 정당한 정치적 실행이라는 신념에 기초하고 있으며, "불순하고 이질적인 유전적 요소의 근절을 통해 민족 신체의 혈통을 개량해보려는 노력에서 새로운 인간형의 창조를 당면 과제"33)로 삼는다.

일제 말기 소설 텍스트에서 비체제적 인물이 체제의 사업에 투신하며체제의 적극적 인물형이 될 때 청춘은 다시 회복된다. 일에 대한 정열이

---

33) Ruth Ben-Ghiat, 같은 책, p. 5.

젊음과 연결되어 있기 때문이다. 이것은 무기력한 인물형들에게 행동성을 촉구하는 전략이라 할 수 있다. 이기영의 『처녀지』와 장혁주의 「어떤 독농가의 술회」(<녹기>, 1943. 1. 日文)에서 한때 아편중독자였던 주인공이 재생의 투지를 살리며 갱생할 수 있었던 공간은 만주 '농촌'으로 제시된다. 이처럼 '아편중독자'이자 '범죄자'였던 그들에게 '독농(篤農)'으로서의 상을 부여하고 독농미담을 사람들에게 들려주도록 하는 행위는 위험했던 주변인을 '모범농(模範農)'이라는 이름으로 포섭하는 것이다. 그리고 행동성에 대한 촉구는 '생활력'으로 대체되어 나타나기도 한다. 생활력의 유·무에 따라서 '내부인'과 '주변인', '적자'와 '비적자'를 나누었던 것이다.

전환기라는 역사적 의식은 '신생(新生)'담론을 확산시켰다.34) 이러한 논리는 백 철의 '신인간형 탄생론'과 연결된다. 백 철은 당시를 '사실의 세기'로 파악하고 그 사실의 세기에 적합한 인간형을 창조해야 한다고 주장한다.

> 금일에 있어 인간을 탐구하고 현대인간을 개조하야 신인간을 형성한다면 그것은 이 사실의 세기에 대하야 가치의 세기, 그 미래의 이상시대의 인간일 것이다. 그리고 그 이상시대의 인간적 내용은 첫째로 知와 육체가 서로 상반되지안는 균형, 조화적인 인간임을 의미하는 것이다……그리하야 현대의 휴마니즘이 금일의 불균형 모순의 인간에 대하야 새롭은 조화의 인간을 추구하고 형성하는 문제에 나가게 된 것은 그것이 금일에와서 본격화되 경향이라고 나는 보고저 한다.35)

---

34) 채필근, 「신시대에 신각성」(<청년>, 제3집, 1938. 7), p. 6.
　　유병서, 「신생활소고」(<청년>, 제27호, 1940. 10), p. 4.
35) 백　철, 「휴마니즘의 본격적 경향—현대인의 형성문제—」(<청색지>, 2집, 1938. 8), p.13.

위의 인용문에서 백　철은 "新人間"과 "현대인"을 동급에 놓고 설명한다. 새로운 인간형의 형성 과정과 현대인을 '건설'해 가는 문제를 동일한 것으로 파악한 것이다. 그런데 "금일의 인간"과 대조되는 인간형을 창조해 내야 하는 것은 새로운 "현대인의 형성"이 아니라 "현대인의 改造"라는 점에 주의해야 할 것이다. "현대"의 의미에 있어서 새로운 창조가 아닌 재창조, 변화, 혁신을 의미하기 때문이다. 백　철은 미래적이며, 균형잡히고, 조화된 인간형을 가장 바람직한 현대의 인간형으로 파악하고 있다. 그는 이러한 인간형을 만들어 내는데 있어 가장 중요한 것은 "교육"이라 생각한다. 파시스트적 새로운 인간형 창조를 위한 교육은 독일 청년단 교육의 영향을 상당수 받았는데, 두 가지로 나누어 살필 수 있다. 그것은 청년 신체의 건강성과 감정 교육의 측면이다.

일제 말기는 독일의 파시즘이 건강을 강조하며 체조를 보급한 것에 대한 지식들이 상당했다. 그러한 영향이 문학적으로 표현될 때 신체, 스포츠, 체조 같은 운동의 중요성을 부각시켜 "건강한 육체와 건강한 정신"[36]을 강조하였다. 파시즘 체제에서 국민적 체육운동에 대한 강조는 그것을 세계제패의 경쟁력과 연결짓기 때문이다. "사람은 무엇보다도 먼저 건전한 신체를 소유하여야 그 생의 유지와 발전을 완전히 할 수 있다. 더구나 昨今과 같은 戰時下에서 모든 고난을 돌파함에는 더욱이 强壯한 신체를 鍊成하여야한다. 그래서 일반 국민의 체위향상과 학교체육의 강화가 요구되는데 조선에는 아직도 체육을 研究敎導하는 전문교육기관이 하나도 없다. 이 어찌 한심한 일이 아니며 당국에서나 일반이 다같이 한번 성찰해 볼일이 아니랴"[37]라는 의식에서도 확인할 수 있듯이 신체의 연성은 곧

---

36) T　生, 「독일인의 건강체조」(<신동아>, 6권 3호, 1936. 3), p. 151.
37) 「체육학교설치를 건의함」(<춘추>, 1941. 6), p. 168.

전쟁에 적합한 전사로서의 청년 탄생을 위한 필수요건이었던 것이다.

젊은이들의 감정 교육이 급선무인 이유는 감정주의가 곧 자유주의와 연결되어 있다는 사고에서 비롯된다. 이는 곧 신체제 하에서 구질서의 이데올로기로 지정하고 있는 개인주의, 자유주의의 처분과 연결된다. 신질서의 창조가 무엇보다도 중요한 시기라고 여겨졌던 일제 말기에 있어서 마땅한 사상적 기반이 없었기 때문에 개인주의적 감정을 전체주의적 감정으로 이끌어 낼 철학이 없었던 것이다. 박치우는 이를 '비합리성의 원리'에서 찾고 있다. 비합리성의 원리는 "이론보다도 행동을 이성보다도 본능을, 지성보다도 감성을, 논리보다도 현실을, 법칙보다도 사실을, 과학보다도 신화를 피를 흙을 언제나 보담 더 근원시하며 그렇기 때문에 중시"하는 파시즘적 경향이다. 현대의 모든 불행의 원인을 근대문화의 보편적 양상인 '이성'에서 찾는 것은 이 당시 철학의 공통된 경향으로 제시되고 있다. 따라서 "현대혁신사상인 비합리성의 원리를 채택"38)하여 '민족' 또는 '국가'를 '전체'로 긍정해보는 '전체주의' 논리를 얻어 낸다. 박치우가 말하는 동아협동체론은 '감정', '의욕', '본능'의 행동력을 인정하는 동시에 '이성'을 강조하고 있다. 그리고 감정교육은 곧 민족감정의 교육으로 확산되면서 '내선일체'의 논리와 맞닿게 된다. 즉, "감정이 일시동인(一視同仁)의 국가적 관념과 적나라한 인간적인 기분 속에서 완전히 아름답게 융해"39)되는 것이 바로 진정한 내선일체라 선전했던 것이다.

'정열'의 힘과 '희생정신'을 보유한 '청춘'을 강조하는 것은 지식인들의 무기력함을 다시 쇄신하여 신시대에 적합한 "시대적 정열"40)을 지닌 새

---

38) 박치우, 「동아협동체론의 一省察」(<인문평론>, 1940. 7), p. 5.

39) 김용제, 「민족적 감정의 내적 청산으로—내선일체의 인간적 결합을 위하여—」
    (<동양지광>, 1939. 4. 日文), 『친일문학작품선집2』(p. 161)에서 인용.

40) 김오성은 "'지방적 정열'이 장구한 민족생활이 끼처주는 각 민족의 정신적 유산의

로운 인간형 창조를 도모하기 위한 전략으로 해석된다. 이것의 단적인 예
는 기존의 지식인을 비판하는 재현들에서 살필 수 있다. 일제 말기에 생
활이 없는 지식인들은 대개 '창백한 인텔리'라는 이름표를 달고 다녔다.
게다가 전시체제 하에서 학문적 연구에만 몰두하는 인간형은 소극적 인
간형으로 평가되면서, 텍스트 곳곳에서 비판을 받는 대상이 되었다. 그래
서『전망』에서는 학문적 인간형인 지식인에게 행동성 추구를 강조한다.
지식인을 풍자하는 머리만 큰 '기형'은 행동성이 부족한 지식인을 비판하
는 것이다. 이것은 당시 백 철과 김오성 등의 비평가들이 행동주의적 휴
머니즘을 회고했던 것과 연결지어 생각해 볼 수 있다.[41] 이점이 무기력한
지식인의 비판으로 차용되면서 그 무기력성에 대한 대안으로 행동성을
강조했던 것이다. "위대한 행동의 시대"[42]에 '창백한 지식인'으로 사는 것
은 시대와 사회에 포섭되지 못하는 행위였던 것이다. 따라서 정열을 공적

___

하나로서 민족의 단결에 가장 강조한 축대임을 주의하지 않으면 안된다"고 주장
하며 신화와 무속의 세계 역시 민족적 감정으로 인정해야 한다고 말한다. 이와 비
교하여 '시대적 정열'은 첫째, "가능적 현실을 실현화하려는 정열", 둘째, "전통과
습속을 초극하려는 정열"로서, "창조적 정열", 셋째, "시대 또는 인류의 운명에 대
한 예지적인 통찰을 위한" "예지적 정열"로 분류해놓고 있다. 그리고 현시대에는
'시대적 정열'이 요구된다고 주장하고 있다.(김오성, 「정열과 지성─지성문제의 새
측면」, <조선일보>, 1938. 9. 11~16.)

41) 백 철은 1930년대의 문단을 회고하면서 인간탐구론과 행동주의의 출현 배후에
지식인에 대한 비판의 사유가 있었음을 보여준다. "'행동주의'란 무엇인가. 왜 특
별히 행동주의란 이름의 사조가 일어나고 있었던가. 그 배경을 설명하기 위해서는
그 당시 프랑스의『피가로』지에 실렸던 한 풍자적인 인물상이었다. 머리는 필요
이상으로 비대한데 대조적으로 사지는 너무 왜소해서 균형이 안 잡힌 기형 인상
이었다. 그것이 곧 지식인형이란 것이다. 두뇌만은 크게 발달했는데 행동성은 전
혀 없어서 무력의 전형이 된 것이 현대의 지식인이라는 것. 그래서 지식인이 인간
다운 권리를 회복하기 위해서는 행동성을 가해서 균형 있는 인간으로 재형성해야
한다는 주장을 암시한 것이었다."(백 철,『인간탐구의 문학─백 철문학선』, 창미
사, 1985, p. 295.)

42) 유진오, 「지식인의 표정」(<국민문학>, 1942. 3) (김병걸·김규동 편, 『친일문학작
품선집2』, 실천문학사, 1986, p. 44에서 인용)

감정화하고 이를 행동성으로 소급해 나가는 방식은 청춘을 동원하는 방식과 밀접하게 연결되어 있다.

2. '연애'·'결혼'의 낭만화와 동화의 논리

2.1. '인종주의'적 국제인의 전형화

식민지 프로젝트를 지지하기 위한 대중 담론에서 사용된 '국제결혼'과 '내선일체'는 연애와 결혼을 통해 체제이데올로기를 문학에 비유적으로 변형시킨다. 나치즘의 경우 인종주의를 통해 순수한 혈통을 강조했지만 식민지 조선에서는 민족혼합을 장려했다는 점이 큰 차이점이다. 민족 간의 결혼에 의한 피의 혼혈은 피식민 주체 개인의 혼혈지향이자 민족적 동화도 동시에 수반했다. 이때 새로운 '연애 표본', '모범'이 되어야 한다는 의식 자체는 타자의식이 강함을 보여준다. 이 항에서는 식민화된 주체와 제국 주체간의 사랑이 낭만적 사랑의 결합 방식으로 재현되고 있음을 살펴 볼 것이다. "젊은 세대들의 연애담은 새로운 세대의 사랑의 문제를 다룸에 있어서 그것을 그들의 부모세대의 삶의 조건 내지는 결혼관과의 관계 속에서 규명하고 있기"[43] 때문에, '장벽'이 중요하게 다루어진다. 이 젊은이들의 연애에 대한 새로운 자각은 단순히 자유만을 강조하지 않고, 국가와 민족을 개입시키는 형식 속에서 새로운 문법을 만들어내고 있다. 이들에게 갈등의 주축은 삼각관계의 경쟁자이기보다는 구세대의 가치관이 더 문제된다. 젊은 세대의 새로운 가치관 형성과 그것을 실천해 나가

---

43) 김경수, 『염상섭 장편 소설 연구』(일조각, 1999), p. 249.

는 과정은 '연애'의 문제를 통해 부각될 수 있는 것이다.

일제 식민지 시대는 타민족·타인종이 경계 없이 넘나들던 제국주의 침략 쟁탈이 활발했던 시기이기도 하다. 1930년대 중반까지만 해도 "국제적 로맨쓰"44)에 대한 인식은 서양 문명의 표상인 미국인과 결합하는 것을 이상적인 것으로 생각하였다. 그러나 후반으로 갈수록 그러한 인식은 대동아공영권의 인식틀 속에 놓여지면서 변화한다. 1940년대로 오면 '내선결혼'의 적극적 장려에 의하여 상당수의 국제혼이 이루어졌다.45) 이 당시의 소설에서 이국적인 로맨스와 연애는 낭만적인 사랑으로 인식되고 있음을 찾아 볼 수 있다. '낭만주의'는 "식민지적 침략주의와 불가분의 관계"46)에 있으면서 정치적으로 전략화되었다. 파시즘과 낭만주의의 상관성에 대해 이 당시의 비평문을 살피면, 나치스의 "鋼鐵낭만주의"47)를 파시즘 문학 방법론으로 참조했음을 확인할 수 있다.

『진정 마음이 만나서야말로』48)는 이광수의 작품으로, <녹기>(1940.

---

44) 「戀使靑鳥의 功으로 맺어진 國際愛의 結晶」(<여성>, 제3권 1호, 1938. 1.), p. 80.

45) 「內鮮結婚이 백여쌍」(<삼천리>, 13권 7월호, 1941. 7.), p. 61. 이 글에서는 1940년 1월 1일부터 同年 12월 31일까지 조선 內에서 거행된 內鮮人 간의 결혼총수를 道별로 분류해 놓고 있다. 각 도에서 거행된 內鮮結婚의 총계를 분석해 보면 137쌍인데 그 중 내지인 여자가 조선인 남자에게 시집 온 인원수는 106명이며, 조선인 여자가 내지인 남자에게 시집간 인원수는 31명이었다. 그러나 '내선결혼'은 일본의 동화정책 일환으로 내세운 하나의 정책이기 때문에라도 여전히 조선은 미온적인 태도를 어느 정도 유지하고 있었던 것으로 파악된다.

46) 고모리 요이치(小森陽一)는 "낭만주의가 있는 그대로의 자기로부터 있어야 할 자기로 상승해 가려는 욕망의 표현 형태"라고 보면서 일본인인 식민지주체가 "식민적 플랜테이션의 경영자가 되길 꿈꾸는 '낭만 취미'적 꿈은 그 지역에서 이미 성공을 거두었던 서구 열강 출신의 플랜테이션 경영자들을 모방·흉내내는 꿈"이었다고 평가하고 있다. (고모리 요이치/송태욱 역, 『포스트콜로니얼—식민지적 무의식과 식민주의적 의식—』, 삼인, 2002, pp. 90~91 참조.)

47) 구드문드·로겔-헨릭센, 「나치스독일의 문학」(<인문평론>, 창간호, 1939. 10), pp. 69~70.

48) 『진정 마음이 만나서야 말로』는 이광수가 일어로 쓴 작품이다. 본서는 이경훈

3~ 7)에 일본어로 연재된 장편소설이다. <작가의 말>을 통해서도 알 수 있듯이, 이광수는 이 작품에서 '내선일체'를 의도하며 창작했던 것이다. 그 줄거리는 조선인 남매와 일본인 남매가 등장하여 서로 간의 우정과 연애를 통해 진정한 내선일체를 구현하는 것이다.

이 소설은 조선인 청년 김충식이 산에서 조난당한 일본인 남매를 구조하는 장면에서 시작한다. 그런데 이들의 첫 만남에서부터 인물간의 관계는 인종주의적 전형화를 통해 드러난다. 처음에 일본 여성 후미에는 "충식의 발음이 조선투였으므로 약간 불안을 느꼈지만, 한 시간도 못 되어서 그 불안은 완전히 소멸해버리고, 친오빠나 무슨 친척과 같은 믿음직스러움과 고마움으로 가슴이 꽉 차는 듯했다." 조선인이라는 것에서 일본여자인 '후미에'가 처음 느낀 것은 불안감이었다. 그러나 믿을 수 없다는 불신감에서 비롯된 불안감은 시간이 지나면서 충식의 헌신적인 봉사에 대한 감동으로 변화한다. 이처럼 서사는 인종주의적 전형성의 발견과 파괴, 그리고 그를 대체할 새로운 전형성의 형성을 목적으로 사건들을 배열한다. 마찬가지로 '타케오'라는 일본인 청년이 '석란'이라는 조선 여성에게서 받은 첫 느낌은 '순수'와 '성스러움'이다. 다음의 인용문은 타케오가 석란의 치료를 받으면서 자신이 지녔던 기존의 조선인에 대한 전형성이 깨어지는 대목이다.

> 타케오는 석란의 일본어가 훌륭했기 때문에, 이 여자가 진짜 조선인 아가씨인가 의심할 정도였다. 도대체 어디가 다르단 말인가. 어느 곳이 조선인적(朝鮮人的)인 곳인가, 하고 타케오는 석란을 바라보며 생각했다. 유일하게 다른 점은 그녀가 입고 있는 옷뿐인 것 같았다. 그 말투건, 예

이 『친일문학발굴선집』(평민사, 1995)에 번역해서 실은 것을 대상 텍스트로 삼아 분석하고 있다.

의견 무엇 하나 다른 점이 없지 않은가. 특히 알지 못하는 사람에 대한
그 아름다운 마음! 도대체 어디 이상한 점이 있단 말인가, 하고 타케오
는 조선인은 열등하다고 입버릇처럼 말하던 아버지 대좌(大佐)나 어머니
의 마음을 알 수 없다고 조차 생각했다. (p. 16.)

이광수의 소설에서도 세대간의 가치관 변화는 서사의 중심 구도이다.
조선인을 열등하다고 교육시킨 부모 세대와 달리 '타케오' 같은 신세대들
에게 조선인은 일본인과 다른 점이 없는 사람으로 받아들여진다. 그러나
여기에서 조선인은 이미 열등한 위치에 배치되고 있음을 알 수 있다. 차
이가 없는 존재라고 언명되는 순간 그것은 이미 기존의 체계 속에서 언표
화 되고 있기 때문이다. 피식민지 작가인 이광수를 통해 열등한 자리에
있는 조선을 열등하지 않다고 말해주는 방식 자체가 이미 열등을 인정하
는 것이다. 게다가 혼혈을 인정하는 동화정책에 대해서는 일본 제국주의
자들 사이에서도 분열이 존재했다. "혼합민족론에 의해 지탱되고 있던 일
본의 동화정책론은 혼혈에 의한 피지배민족의 말소를 중요한 요소로 삼
고 있었다. 그런데 인종사상이나 우생학 신봉자들에게 우등한 지배민족의
피가 열등한 피지배민족의 피와 섞여 오염되는 것은 허락할 수 없는 일이
었다."[49] 이처럼 식민지 정책 차원에서의 동화라는 분명한 사실을 은폐시
키는 일은 간단하지 않았던 것이다.

충식과 타케오는 같은 대학 의학부와 법학부에 다녔던 사실을 뒤늦게
알게 된다. 본래 '내지인' 타케오는 '조선인' 학생들을 "뭔지 하등한 노예
처럼, 보는 것만으로도 가슴이 메슥메슥한 것이었으며, 내지인들끼리 모
인 곳에서는 자주 조선인 학생의 버릇없는 일이라든지, 건방진 것, 편벽된
근성 등을 깎아내렸던 것이었다."(p. 17) 이처럼 타케오가 조선인에게 배

---

49) 오구마 에이지/조현설 역, 『일본 단일민족신화의 기원』(소명, 2003), p. 307.

타적인 태도를 취해왔던 원인은 자신의 직접적인 체감보다 전세대의 교육을 통한 선입견에 있었다. 그러나 일본인과 조선인인 네 청춘남녀들은 기존에 서로 가지고 있던 인식의 변환을 경험하게 된다. '내지인'과 '조선인' 사이의 거리를 없앨 수 있다는 인식의 변환은 우등과 열등으로 나뉘던 위계가 평등으로 바뀔 수 있는 가능성을 열어주는 것처럼 의미화 되고 있다.

이를 의미화하기 위해 이 작품에서 강조하는 것은 "인정주의"이다. '인정주의'는 '인도주의'와 함께 '국제성', '인류성'과 '보편성'에 방향을 둔 정신이다. 백　철은 이 인도주의가 식민지적 지방성을 반성하고 '사실의 세기'에 "불만을 절감하는데서 생기는 정신"이기에 "미래에 대한 하나의 理想主義的 경향이 아닐 수 없다"50)고 주장하기까지 한다. 인정주의는 서로 마음과 마음이 통함을 의미하는 것인데, 여기에는 반드시 동등한 포지션이 부여되어야 한다. 서사 진행 내내 일본인 청년 타케오가 강조하는 점은 일본인과 조선인이 "전혀 다른 것"이 없다는 점이다. 이러한 차이 지우기의 과정은 지속적으로 양국의 문화 교류와 이해를 통해 이루어진다. 이들은 일본문화와 조선 문화의 상호 이해과정을 '가정방문'이라는 형식을 통해 표현하고 있다. 타케오와 후미에가 충식과 석란의 집에서 조선문화를 이해하고 조선옷을 입는 과정과 충식과 석란이 다케오의 집으로 초대받아 일본문화를 접하게 되는 것이 이에 해당한다. 이 과정에서 서사는 일본 청년 타케오나 조선 청년 충식이 "조선인도 일본인도 결국 다를 바 없다는 것"(p. 35)을 깨닫도록 재현된다. 부모세대의 잘못된 편견으로 인해 진정한 내선일체가 되지 못하고 있음을 자각한 두 민족 청년들에게 부여된 "중대한 책임"은 "정말로 하나"가 되는 '내선일체'의 실천이

---

50) 백　철, 「사실과 신화 뒤에 오는 이상주의의 신문학」(<동아일보>, 1939. 1. 19)

다. 이들이 하나가 되지 않으면 안 될 이유는 "일본제국을 위해서도 그렇지만, 조선을 위해서도, 동양 전체를 위해서도 그렇"다는 대동아공영 논리의 합리화에 있다.

이 작품은 일본인의 정체성을 순수와 "순정", "감격"(p. 41)으로 전형화하고 있다. 이러한 순정주의와 감정주의는 모두 '정(情)'으로 묶이면서, 동화이데올로기가 된다. '정'으로 결집시키는 방식은 군중의 파토스를 자극하여 결집시키는 방식과 다를 바 없다. 게다가 어른세대보다 더 파토스적인 젊은층을 선동하는데 있어 감정적 차원을 이끌어 오는 것은 탁월한 효과를 얻을 수 있다. 이광수가 '정'을 강조하는 방식은 젊은이들을 새로운 "인정주의자(人情主義者)"(p.47)로 변화시킨다. 내선일체를 가장 견고히 할 수 있는 방법으로 인정주의를 찾아낸 것이다. 이런 사유는 네 젊은이의 '공감'을 통해 가능해진다. 그러나 후미에와 타케오는 식민지주체이기 때문에 이들이 먼저 인정주의를 선언하는 가운데는 '관용'이라는 의식이 따를 수밖에 없다. 따라서 내선 젊은이들 간의 인정주의적 통합은 철저히 그 위계를 벗어날 수 없는 시혜의 특성을 지니고 있는 것이다.

두 민족 간의 '사랑'을 통한 결합을 주장하는 것 역시 그런 관점에서 바라볼 수 있다. 식민지인과 피식민지인 사이의 전형화 방식은 타케오와 석란의 사랑을 통해서도 이루어진다. 이 둘간의 사랑의 장벽 역시 內鮮 사이의 편견에서 비롯된 것이다. 조선인 여성 석란이 일본인 청년 타케오에게 끌리는 것은 자연스러운 사랑의 감정으로 재현된다. 그러나 "그런 일은 없어"라며 석란은 타케오에 대한 자신의 마음을 억누르려 한다. 석란에게 있어 다케오와 자신의 사랑은 "말도 안되"는, 있을 수 없는 일, "현재로서 그것은 불가능한 일"로 텍스트에서 반복 서술된다. 이 "있을 수 없는 일"이란 다케오의 어머니인 '키꾸꼬' 역시 "걱정했던 일"이기도

하다. 왜냐하면 키꾸꼬는 둘 사이의 연애 관계를 가문의 수치로 생각하기 때문이다. 인종적인 위계가 반영되어 있는 이들의 연애관계는 부모세대의 반대에 직면할 수밖에 없다. 타케오의 부모인 대좌나 키꾸꼬는 일본인 구세대 가운데서도 "열등한 조선인"에 대한 편견이 고착화되어 있는 인물들이다. 따라서 이광수는 대좌가 걱정하고 있는 조선인의 '전쟁 무효용성'이란 전형을 충식과 석란을 통해 재전형화해 나간다.

일제 말기 소설에서 전쟁 참여 여부는 일본과의 위계질서 속에서 조선이 하위를 점하는 것으로 재현되고 있다. 전쟁에 참여할 수 있는 권리는 차별의 메커니즘이 되었던 것이다. 이광수의 『진정 마음이 만나서야 말로』는 인정주의를 슬로건으로 내세우고 있으나 다른 작품들에 비해서 더욱 위계와 차별화의 방식을 취하고 있다. 두 민족의 결합이 인류애를 구현한 것처럼 확장되는 논리는 끊임없이 차이를 지우기 위해 차이를 전경화시키고 있는 것이다. 서술자는 출정 병사의 가족과 전송하는 사람들로 몹시 혼잡한 역 구내 속에서 석란의 한복 입은 모습을 예각화시킨다. 즉, 일본 "사람들은 이 색다른 견송인"을 의아스런 얼굴로 바라보고 있는 것으로 재현되고 있다. "한복" 자체가 이미 일본의 지방화된 특색의 옷처럼 그려지고 있으며, 한복 차림이 "색다른" 사람으로 분류되는 방식에서는 인종적 구분뿐만 아니라 서열의식이 내포되어 있는 것이다. 그럼에도 불구하고 서술자는 일본민중과 조선민중이 "일체가 되어 인류를 이끌"도록 지속적으로 촉구하고 있다.

피식민지 주체가 식민지 주체와 동일한 위치에 설 수 있는 기회를 '전쟁 참여'로 재현하는 것은 전쟁동원의 효과를 거둔다. 따라서 타케오와 석란의 연애가 인정받을 수 있는 방법은 전쟁 참여를 통해서만 가능한 형식을 취한다. 두 민족 간의 장벽을 뛰어 넘을 수 있는 것은 전쟁에의 적극적 참여를 통해서만 가능해지는 것이다. 따라서 일본인 타케오와 조선인 석란의 결합은 전지(戰地)에서 이루어진다. 석란이 군속(軍屬)이 되어 타케오와 가(假) 결혼식을 올린 뒤, "적군회유공작"에 나서게 되는 것이다. 이 사건을 계기로 전쟁터에서 일본인들은 조선인 여성 석란에 대한 인식에 변화를 준다. "이젠 예(例)의 그 '조선인'이라는 미묘한 마음을 청산해버린 그들은 석란을 영웅처럼 존경했고, 석란을 통해 조선인 전체를 재인식하게 된" 것이다. 그리고 이러한 인식 변화는 일본인에 대한 중국인의 인식 변화에까지 확대되며 대동아공영권의 동화 이데올로기를 창출하고 있다.

2.2. 국경의 극복과 인류애의 심미화

내선결혼은 낭만적 연애를 전경화하며 서사화된다. 킴벌리 타에 코노 (Kimberly Tae Kono)는 "식민화된 주체와 제국 주체 사이의 로맨스적 상호 작용이 가족적 연관으로 재현"되는 방식을 사용하지만 이는 "제국주의 관계"[51]라고 지적하고 있다. 민족 간의 연애와 결혼은 결혼이라는 공적이자 합법적인 결속을 통해 제국주의 관계를 유지하며 이민족을 통합시키기 때문이다.

채만식의 『冷凍魚』(1940)는 의식상의 냉동어가 되어버린 일제 말기의 한국 지식인상을 잘 드러내 주는 작품으로 평가되고 있다. 그러나 냉동어가 향수한 '바다'의 상징성과, 딸의 이름을 자신이 사랑한 일본 여자의 이름으로 지었다는 것을 통해서 볼 때 일제에 대한 저항의식에서 비롯된 작품이라고 볼 수는 없다. 이 작품은 춘추사라는 잡지사에서 주간으로 일하

---

51) Kimberly Tae Kono, "*Writing Imperial Relations: Romance and Marriage in Japanese Colonial Literature*"(California Berkeley Uni. Ph.D, 2001), p. 3.

는 대영과 일본 여자 스미꼬(澄子)와의 연애담이 중심 사건으로 진행된다.

서사 전반부에서 '대영'은 일본인 신여성 '스미꼬'에게 남자로서의 호기심을 갖는다. 스미꼬는 세련된 신여성의 외양을 갖춘 여성으로 등장하며 대영의 가정에 있는 구여성 아내와 대조를 이룬다. 대영은 스미꼬가 조선에 대한 예술적 영향을 위해, 문화사업차원에서 조선에 온 것임을 영화 관계자인 김종호에게 듣는다. 스미꼬에 대한 대영의 오해는 그녀가 생각 없는 신여성일거라는 추측과 자신이 피식민지 조선의 지식인이라는 회의적 의식에서 비롯된다. 대영은 "삐뚤어진 빈집"(p. 370)이라는 염세적 세계관을 통해 자기 혐오를 드러내는 냉소적인 인물이다. 따라서 스미꼬에 대한 대영의 막연한 추측은 "오피스 걸" → "삼류 사류의 영화배우" → "부자집 영감장이의 소위 인텔리 이호" → "침울한 인상"의 순서로 옮겨간다. 대영의 시선이 최종적으로 머문, 침울해 보이면서도 지적으로 세련되어 보이는 스미꼬에 대한 인상은 이제 그녀의 정체성에 대한 의문으로까지 확대된다. 그리고 급기야 대영은 일본 여성 스미꼬에 대한 자신의 편견을 수정하기에 이른다. 한 여성을 시선의 이동에 따라 부분적으로 바라볼 때의 남성의 시선은 성적인 욕망의 대상으로 여성을 물질화한다.

그러나 대영의 시선이 부분을 전체로 조망하게 되고, 대상을 가족적 연관으로 바라보게 될 때 대상의 의미는 재구성된다. 여기에는 "친밀감"이 존재하기 때문이다. 이 친밀감은 인물에게 의도된 것이 아니라 "응당 다 그러한 것인 줄로 여기고 기다리던 기정사실"(p. 382)처럼 자연스럽게 받아들여진 것이다. 대영이 스미꼬에게서 느끼는 친밀감은 어떤 논리적인 귀결로 설명될 수 있는 것이 아니라 급작스럽게 일어난 감정이다. 이러한 친밀감은 "동류감(同類感)으로부터 오는 보통 이상의 강한 친화력"으로서, 대영이 "여자에게서 저 자신을 느낀"(p. 383) 데서 비롯된 느낌이다. 스미꼬 역시 조선인 대영에게 자신을 "손님"이 아닌 "한 집안식구"처럼 대해 줄 것을 요청한다. '손님'은 지속적인 거리감이 남아 있지만 '가족화'는 이 거리감을 지울 수 있기 때문이다. 이런 거리감의 축소와 제거는 이들의 연애 감정을 통해 가능해지는 것이다. 그러나 대영이 일본 여성인 스미꼬에게 갖는 이런 동질감과 친화력은 한계가 있다. 그는 "여자에게 대하여 그와 같이, 더구나 어느새 색다른 흥미가 기울고 있는 저 자신을 막상 발견을 하자니, 우선 자조가 앞"선다. 스미꼬에 대한 편견이 시정되면서 그녀에 대한 걱정이 앞서는 자신을 발견한 대영은 자신의 마음이 부질없음을 질책하고 "삐뚤어진 빈집" 속으로 저 자신을 거둬들이는 것이었다. 이와 같은 피식민지 지식인인 대영의 자기비하와 혐오는 이 작품에서 중요하게 다루어지고 있다. 대영이 스미꼬에 대한 편견을 극복해 가는 다음 단계는 그녀가 지닌 '침울함'의 정체를 밝혀내는 것이다. 그런데 스미꼬는 자신의 정체를 스스로 대영에게 고백한다. 피식민지 남성이 고백의 대상이 될 수 있다는 것은 주체 간의 경계 해체를 의미한다. 그래서 피식민지 지식인인 대영과 식민지 지식인인 스미꼬의 공감 형성은 민족 간의 공감을 형성하는 것이기도 하다. 공감의 형성은 동화의 논리에 포섭되기 때문에, 피식민지민이나 민중의 공감을 얻어내는 일은 파시즘의 동원정책에서 중요한 요소가 될 수 있다.

대영과 스미꼬의 연애 관계에 있어 대영은 철저히 남성적 권위주의로 재현된다. "로맨스와 식민지 담론에 존재하는 지배의 서사는 지배의 포지션을 열망하는 남자를 위해, 그리고 남자에 의해 주로 생산되었다. 로맨스와 식민지 서사의 작가들은 흔히 자신을 위해 정체성이나 사회적 의사를 표명할 수 있는 유전적 권리가 없는 남성이었다."[52] 이에 비하여 제국의

---

52) Joan Pong Linton, *The Romance of the New World—Gender and the Literary Formations of*

여성 스미꼬가 조선에 온 이유는 식민지에 "맘을 붙이구 생활이란 것을 가질 수가 있을까 하는 것"에서 비롯되었다. 스미꼬가 식민지 조선에서 자신의 생활을 찾으려 한다는 것은 제국주의 주체로서의 기도라고 볼 수 있다. 이 점은 "일본의 능력주의(meritocracy)가 이제 일본 국내에 국한되어서는 유지될 수 없으며 완전히 식민지 지배에 의존할 수밖에 없게 된 시대라고 파악하고 식민지 조선을 취직장소로서 인식"[53]하고 있었던 것과 통한다. 제국의 여성인 스미꼬와 대영이 동일한 지위에서 연애할 수 있기 위해서는 스미꼬이든 대영이든 지위가 변화해야 한다. 그 변화의 요소를 '과거' 동원방식으로 서사화해내고 있다. 즉 스토리 전개 상 이 두 인물의 과거에서 동일한 요소를 이끌어 내는 것이다.

두 사람은 과거에 사상이 같았다는데서 친밀감을 느낀다. 사실 스미꼬가 조선에 온 이유는 "생활허구 바꾸구서 아편일랑 버려볼 양"으로 왔던 것이다. 이 작품에서 '아편'이 지닌 상징적 의미는 소설 전체를 이해하는 데 매우 중요하다. 여기에서 '아편'은 의학적인 신체 상의 병인을 말하는 것이 아니라 신념과 관계하는 정신적 측면의 병인을 의미한다. 좀더 구체적으로 말하자면, 사회주의적 이념을 말한다. 조선인 대영 역시 "아편 중독자"라는 점에서 이 둘의 동질감이 성립되는 것이다. 그러나 여기서도 스미꼬와 대영의 차이가 드러난다. 대영이 냉소적으로 무기력한 삶을 살아가는 것에 비하여 스미꼬는 "생활"을 찾는 기도를 할 뿐만 아니라 "혈

English Colonialism―(Camberidge UP, 1998), p. 11.

53) 고모리 요이치, 같은 책, p. 88. 제국으로서의 일본은 식민지 경영에 나섰던 '만주'나 '조선'에서 취직 자리를 얻을 가능성을 모색했다. 이 사실은 일본인 역시 취직 자리가 없다는 것은 학력 엘리트 사회에서 '무능력'하다고 판정받는 것이나 다름 없었음을 의미한다. '취직'의 문제는 일본에서의 학력 엘리트주의와 마찬가지로 식민지 조선에서 피식민 지식층의 엘리트주의에 연결되었다.

통”에 있어서도 우월한 위치에 있다. 대영이 서사 진행 내내 ‘혈통’을 의식하는 것은 스미꼬와 자신의 식민자와 피식민자의 위계에 대한 의식인 것이다. 그럼에도 불구하고 신념의 동질성은 더욱 친밀감을 조성하여 이 둘 간의 사랑을 깊게 한다.

대영은 “싱싱한 전선의 뉴스 영화”를 좋아하면서도 늘 무기력하고 냉소적인 인물이었다. 그러던 그가 스미꼬를 통해 “생활의 매력”을 환기시키게 된다. 자신의 생활을 갖는다는 것은 “어떤 도저한 신념을 가지구 몸과 정신을 고스란히 다아 거기다가 쏟구서 달리 여념이 없두룩 진지한 생활”의 아름다움을 체험할 수 있음을 대영이 깨달은 것이다. 그러나 스미꼬가 “생활의 매력”을 꿈꾸는 것에 비하여 여전히 대영은 “병적인 퇴폐의 미”를 지닌 인물형에서 벗어나지 못한다. 게다가 스미꼬가 ‘생활의 매력’에 이끌리고 있는 것은 ‘향수’와 연결되어 있는 존재이기 때문이다. 스미꼬의 주체 지위는 ‘여자’라는 하위 주체와 “노스탈자”를 지닌 제국주체이다. 스미꼬가 공간적으로 식민지에 와 있기 때문에 제국주체로서의 위치를 부여받고는 있지만, 본국에서 그녀의 위치는 ‘아편쟁이’이자 여자라는 이유로 하위주체의 위치를 점유하고 있는 것이다. 이 작품에서 ‘향수’는 제국에 대한 동경을 의미한다. 스미꼬가 비롯된 곳으로서의 제국이자, 대영이 함부로 꿈꿀 수 없는 공간으로서의 제국으로 그려지고 있기 때문이다.

스미꼬에게 사회주의 ‘아편’을 주입시킨 이는 조선인 남성으로 재현되고 있다. 스미꼬의 나이 18세, 여학교를 졸업하자마자 만나게 된 남자는 사회주의 운동가였던 것이다. 순수한 처녀를 ‘아편’이라는 이념에 물들인 남성은 처녀로서의 순결성을 해쳤기에 더욱 비판이 가해지는 것이다. 스미꼬를 피해자로 만든 조선인 남성에 대한 대영의 ‘혈통’ 부정은 동포보다 일본이 더욱 가까운 것임을 의미한다. 게다가 대영이 두려워하는 점은 스미꼬가 한 명의 부정적 인간상을 통해 조선인 전체를 일반화하는 '편견'에 빠지지 않을까 하는 것이다. 이러한 계기로 인해 일본 여성인 스미꼬의 지위가 제국 안에서는 주변인의 위치로 물러나 앉게 된 것이다. 그러나 스미꼬의 가족이 미개한 지방주의로 조선을 바라보는 인식은 일본을 본국으로 정한 '내지'와 '외지'의 공간 분할 인식에서 비롯된 것이기도 하다. 게다가 아직 '청춘'인 스미꼬는 계급적 지위에 있어 우월한 조건들을 갖춘 일본 신여성이다. 이런 그녀에게 오직 하나 문제가 된 것이 '아편' 즉 사회주의적 신념이었다. 또한 이것은 피식민지 조선인 남성에 의해 오염되었던 부분이기도 하다. 신념이 아닌 "한갓 우상"이 된 "병증"으로서의 아편만을 청산하면 그녀는 "좋은 환경" 속에서 청춘을 누릴 수 있는 존재이다. 이 지점에서 동일한 아편쟁이임에도 불구하고 스미꼬와 대영은 주체의 위상에 있어 현격히 구분되고 있다.

대영과 스미꼬의 결합에 있어 대영이 가정을 지닌 남자라는 것은 이 소설에서 하등 문제가 되지 않는다. 대영은 "가정이란 걸 세탁소까지 겸한 여관"쯤으로 여기며, 아내와 소원한 관계를 갖고 있다. 따라서 대영과 스미꼬의 연애 서사에 있어 '아내'는 장해물이 되지 않는다. 아래의 인용문은 이들 간의 "장벽"이 민족 간의 '국경'임을 밝히고 있는 부분이다.

> 그러하되 그것은, 하도 그 농압더라니 안타깝더라니. 일변 그새 이틀 동안 혼자서 이미 향하는 남자에게의 정열은 고일 대로 잘 고여 있겠다, 지금은 바야흐로 그 격정을 와락 터뜨려, 몸과 더불어 다 그의 품에다가 내맡기고서 마음 막힘 없이 편안히 원정을 하며 하소연을 하며, 그러면서 갖추 애무를 받으며 해야지만 들이 못견디겠는 것을, 그러나 문득 어떤 뜻 안한 장벽에 부딪뜨려, 또한 어찌하지 못하는 자저이었었다.

　　이편에 대한 남자의 향의도 진작 눈치를 챘었고, 또 사람 그 자체에
대하여 마음 서먹거리는 무엇이 있던 것도 아니고, 단지 피의 낯가림에
서 오는 한 여자다운 조심이요 부질없은(일시의) 자벽(自躄)이었었다. (p.
449.)

　　스미꼬와 대영의 결합에 놓여 있는 "장벽"은 각자의 입장에 따라 다르
다. 스미꼬에게 있어서의 장벽은 "피의 낯가림"이라는 '민족'의 문제이다.
그러나 스미꼬는 남성 주체인 대영이 적극성만 보여주면 스스로 대담하
게 넘어설 수 있는 장벽이라 생각한다. 그에 비하여 대영의 장벽은 "나이"
뿐만 아니라 "미지근한 정열"에서 오는 "부질없음"이라는 정조가 더 강하
다. 그런데 "자포적인 발작"으로서의 대영의 포옹은 제의를 "치르고 난"
것처럼 표현된다. 그래서 대영은 스미꼬와 결합하고 난 뒤 "피가 우꾼거
리고, 새 채비로 여자가 사랑스럽고 한" 만족감을 느끼게 된다. 그런데 이
는 채만식이 이들의 결합이 완전한 자발적 결합이 아님을 표현하기 위한
부분으로 읽히기도 한다. 이는 "자포적인 발작"으로 "맹렬하고 빈틈이
없"이 이루어지는 조선인 문대영과의 결합을 격정으로 오해하고 있는 스
미꼬의 의식을 통해서도 유추가능한 부분이다. 그러나 자발적이든 비자발
적이든 일본인 여성과 대영의 결합은 사실 피의 결합이라고 할 수 있다.
이렇게 혼합된 피의 의식은 대영을 변화시키기 때문이다.

　　스미꼬와 대영은 함께 동경으로 떠날 것을 약속하지만 대영의 "미지근
한 정열"과 '허무주의'는 그를 떠나지 못하게 한다. 그런데 스미꼬는 이와
상관없이 혼자서 만주 대륙을 향해 떠났던 것이다. 그녀가 떠난 이유는
두 사람에게 "생활"이 없다는 것이었다. 둘은 사회에서 '아편쟁이'라는 비
정상성으로 분류되고 있기 때문이다. 스미꼬는 이런 둘의 결합을 생산적
이지 못하다고 판단했던 것이다. 이 작품은 이러한 논리를 "슬퍼도 이 사

랑 이대로 좋이 간직"하겠다는 낭만적인 사랑의 논리로부터 이끌어 내고 있다. 스미꼬는 사랑을 아름답게 간직하고자 '대륙'행을 택한 것으로 재현된다. 그녀는 이 대륙행이 "사랑을 보전"할 수 있으며 사상으로서의 '아편'을 버릴 수 있는 길이라고 생각한다. 그런데 스미꼬는 역사적인 기획의 주체인 일본 병사들이 자신과 '혈통'이 같은 사람임을 재강조한다. 여전히 그녀는 '혈통'의 중요성을 벗어나 있지 못하고 있었던 것이다. 또한이 둘 간의 결합은 대영이 "선량한 아내"를 둔 유부남이기 때문에 합법적인 결합이 불가능했던 것이기도 하다. 대영은 그녀가 떠났을 때 "몸이 한 귀퉁이나 통째로 뭉떵 패 달아난 것 같은, 그리고 이대로 영영 채워질 길이 없을 것 같은 허전함"과 "고독감"을 느낀다. 하지만 시간이 흐르면서 자신들의 현실을 파악할 때 오히려 사랑을 낭만적 향수로 간직하고 있는 것이 바람직하다는 판단을 내린다. 그러면서 그가 새로 태어난 딸의 이름을 일본인 여자의 이름으로 지어주는 것은 상징적이다.

　"문징상(文澄祥)"이란 이름에서 "맑을 징(澄)"은 스미꼬를 상징하는 것이며, "상(祥)"은 "절개"를 의미하고 있다. 그리고 대영은 이름에 담은 원념이 무엇이냐는 아내의 질문에 "냉동어의 향수는 바다"에 있다는 발언을 한다. 여기에서 '냉동어'는 분명 문대영일 것이고 '바다'는 '맑을 징'의 스미꼬일 것이다. 거기에 '향수'라는 매개 관념을 사용하여 일본 여성에 대한 낭만적 사랑의 그리움을 추억하는 동시에, 냉동어가 생명을 얻을 수 있는 공간인 제국의 바다에 대한 염원을 의미화하고 있다. 이처럼 내선연애를 다룬 서사는 편견의 극복 과정을 플롯화하면서 민족 경계를 해체하고, 민족 간의 동화 가능성을 '사랑'에서 찾고 있었다.

2.3. '친화력'과 초월적 '미'의 경계 해체

낭만적 연애는 '인본주의'와 결합되면서 새로운 연애 문화를 창조하고 있다. 이양하의 글을 읽어보면 최재서가 '배빗트'의 책『루쏘와 낭만주의』를 번역했다는 사실을 알 수 있다. 배빗트는 '新人本主義'를 唱導하고 해명하는데 자신의 반생을 바친 사람이다. 신인본주의는 "현대를 그의 혼란과 위기에서 구제해내고 새로운 질서 새로운 문화를 건설하는 것으로 목표"를 삼는다. 이양하는 신인본주의의 의의가 "문화 옹호를 위한 혁명적 요소"에 있지 않고 "인간 자기 자신의 改造"54)를 통한 참다운 구원을 얻는 데 있다고 말한다. 이러한 신인본주의를 통해 결합하는 이민족간의 연애는 '친밀성'을 강조하는 낭만적 사랑으로 재현된다. 그리고 연애를 미로 인식하는 과정이나, 그밖에 미적 세계관을 강조하는 방식은 총체성의 회복을 통한 도덕적·정치적 조화의 가치를 주장하는 것이다. "파시즘은 절대적인 전체를 향해서 경험적이고도 일상적인 존재를 뛰어넘으려 했다는 점에서 '초월성'의 이념"55)을 간직하고 있다. 이는 일제 말기 구세대층의 사유에서 찾아지는 것으로서, 그들은 이미 일종의 구원적 사유에 사로잡혀 있었기 때문에 새로운 초월성을 내세운 파시즘을 맹목적으로 수용할 수 있었다. 이들은 의사―제국주의적 팽창주의를 통해 그 기대를 만족시키려 했던 것이다.

이효석의『벽공무한』은『창공』이란 제목으로 <매일신보>(1940. 1. 25~7. 2.)에 연재되었던 것이다. 이효석은 이를 다음해에『벽공무한』(박문서관, 1941)으로 개정하여 출판했다. 이 작품은 조선인 남성 '천일마'의 만주

---

54) 이양하, 「루쏘와 낭만주의」(<인문평론>, 1941. 4월 특대호), p. 93.
55) 김수용 외, 같은 책, p. 57 참조.

여행과 국제 로맨스를 중심으로 이루어졌다. "만주는 1931~1945년 동안 일본인의 상상력 속에서 몇 가지의 형식으로 취해졌는데, 그것은 유토피아에 대한 현대적 비전과 이국적이고 낭만적인 여행의 목적지로서 뿐만 아니라 식민지적 로맨스의 장소"[56]로 재현되었다. 이효석이 체험한 만주는 '새로움', '젊음'이 느껴지는 공간이었다.[57] 이러한 점들이 『벽공무한』에 소설화되어 제시된다.

천일마가 만주 여행의 주체라는 것은 정치적인 함의가 강한 지점이다. 일마가 조선에 남는 친구들과 거리가 생기는 지점은 단순히 여행자와 거주자의 차이가 아니라 "세계지도두 갈아 칠"할 제국적 남성으로 재형성되는 지점에서의 차이이다. 식민지를 여행하는 제국주의의 시선을 가진 여행자들의 모습은 제국주의와 식민주의를 논하는 대표적인 지표가 될 수 있다. 그 지표로서 식민지 조선의 남자인 천일마가 위치해 있다는 것은 의미심장하지 않을 수 없다. 피식민지 남성주체로서 부여된 정체성은 만주를 여행하는 가운데서 식민지 남성주체의 시선으로 변화할 수 있기 때문이다. 그가 어머니를 잃고 "외로운 몸"으로 남았다는 것은 오히려 새로운 탄생의 조건으로 재현되고 있다. 그래서 천일마에게는 "새로운 경영의 욕심이 불붙듯 가슴을 치밀어" 오르게 되며, 그에게 맡겨진 문화사절의 임무는 "새로운 출발"(p. 15)이 되는 것이다. 이 부분에서 일마가 행복을 느끼는 이유 역시 주체의 위상 변화를 확실히 인식했기 때문이라 할

---

56) Kimberly Tae Kono, 같은 논문, pp. 14~15. 이 당시 일본인과 식민화된 주체 사이의 로맨스가 대중 매체, 특히 영화에서 재현될 때 두 인물 간의 보답 없는 로맨스는 인기 있는 주제가 되면서 하나의 문화적 중요성을 상징했던 것으로 규명되고 있다.

57) 이효석, 「새로운 것과 낡은 것─만주여행 단상」(『滿洲日 日新聞』, 1940. 11. 26~27), (김윤식, 『일제 말기 한국 작가의 일본어 글쓰기론』, 서울대출판부, 2003, p. 293에 번역되어 실린 글 재인용.)

수 있다. 여행은 여행 주체에게 친근했던 것들을 재구상하고 낯설게 만드는 거리화를 가능하게 한다. 식민지 프로젝트와 관련한 제국주의 문학에서 여행은 타자와의 식민지적 조우를 가능하게 하는데 중요한 역할을 수행한다. 여행자로서의 천일마에게 비친 만주 사람은 '야만인'으로 표상되고 있다. 일마에게 만주의 벌판은 "살찐 벌판"이나 태양의 정기를 흠뻑 들이마시고 자란 힘찬 해바라기처럼 풍요로운 땅이다. 이 작품에서 "해바라기"는 러시아 여성인 '나아자'를 상징한다. 이를 통해 만주의 땅을 여성화하고 있음을 파악할 수 있다. 식민지 여행 서사 분석에 있어 여성화된 '땅'의 젠더적인 수사 전략은 이미 지적되어 왔던 점이다. 새로운 연애 대상이 될 수 있는 외국 여성을 재현하는 방식은 '꽃'이라는 비유로 이루어진다. "대륙의 꽃"인 '에미랴'와 '나아자'는 각각 "양귀비"와 "해바라기"로 대비된다. 아편에 중독되어 청춘을 소진하고 있는 에미랴는 '양귀비'로, 해를 바라보며 힘차게 솟으려는 건강한 의욕이 있는 나아자는 '해바라기'로 재현되고 있다. 천일마가 이 중 '해바라기'인 나아자에게 "햇빛"이 되려 한다. 이는 분명한 위계 구조가 설정되어 있는 구원의 몸짓이다. '꽃'으로 낭만화된 이국의 여성들은 그녀들이 지닌 "관능성이 제거되고 순결한 여성으로 표현"[58]되어야 한다. 이처럼 텍스트에서 조선인 남성들이 외국여성에게 끌리는 이유는 단지 이국여성이 지닌 성적 매력 때문이 아니다. 거기에는 '연민'과 '동질감'이 함께 존재한다. 연민의 정서가 이국 여성과의 친밀감을 자아내게 되는 것이다. 피식민지 남성주체들이 타자로서의 이국 여성들에게 불쌍하다는 연민의 정서를 느끼는 순간 자신의 주체 위계가 상승할 수 있다.

서로 마음이 통하고 "합의"된 일마와 나아자가 함께 본 <파리의 뒷골

---

58) 조지 모스/서강여성문학연구회 역, 같은 책, p. 174.

목>이라는 영화 역시 국제적인 로맨스를 주제로 다루고 있다. 이 영화에서 일마가 마음에 들어 한 것은 '아라비아 청년'과 '파리 소녀'와의 사랑이 조금도 어색하지 않게 전개되었다는 점이다. 게다가 영화 속 국제 로맨스가 "말과 피를 넘은 사랑"이기에 일마에게는 "아무데나 흔하게 있을 성싶지 않게 여겨"지는 사랑이 되는 것이다. 아래의 인용문은 일마와 나아자가 영화를 보고 난 다음의 감상 부분이다.

> 다음 영화가 시작되었을 때, 두 사람은 영화실을 나오면서 같은 이야기를 계속했다. 그날의 우연한 영화가 두 사람에게 뜻밖에 마음의 제목을 준 셈이 되었다. 에미랴의 일건으로 말미암아 단시간에 결속이 된 두 마음을 다시 그 영화가 같은 방향으로 인도한 것이었다. 「국경이 없다는 것이 얼마나 아름다운 생각이오? 야박스런 세상에서.」 「그래요. 나두 그렇게 생각해요.」 「사랑으로 밖엔 국경을 물리칠 수가 있소? ― 아라비아 청년이 파리 소녀보다 못할 것두 없구 파리 소녀가 아라비아 청년보다 날 것도 없구, 두 사람에겐 피차가 똑같은 구별없는 사람이 아니겠소? 그런 아름다운 세상이 또 있겠소?」 「제 눈에두 사람은 다 같이 일반으로 뵈여요. 구라파 사람이나, 동양 사람이나, 개인개인 다 제나름이지 전체로 낫구 못한게 없는 것 같아요.」 「각 사람이 편견을 버리구 그렇게 너그러운 생각을 가진다면, 세상은 얼마나 아름다워지겠수?」 꿈 같은 소리를 지껄이는 일마였으나, 즐거운 감동에 아이같이 마음이 단순해지는 것이었다.
> 나아자 역시 일마와 같은 감동으로 마음과 생각이 맞으면서 보조까지 일치된다. 아라비아 청년이 파리 소녀에게 느끼 듯 일마는 오늘 나아자와의 극히 가까운 것으로 느꼈다.(pp. 84~85.)

위의 인용문에서는 두 민족간의 연애에 '국경'의 유무가 개입되고 있음을 확인할 수 있다. 그런데, 일본 제국 주체와의 결연이 아닌 피식민지 주체들 간의 사랑을 통한 "인류 동화", '세계주의'를 표현하는 방식에는 일본보다 더 큰 대타자를 상정하여 피식민 주체의 제한된 경계선을 극복해 보려는 욕망이 있는 것이다. 차별없는 민족 간의 동등함을 유지하는 아름다움은 '구라파 사람'과 '동양 사람'이 차이 없는 전체로서의 지향을 꿈꾸게 된다. 이런 세계주의는 결국 전체주의이자 제국주의적 파시즘의 피식민지적 변용인 것이다. 게다가 『벽공무한』에서 피식민지 조선 남성인 천일마의 위계는 계급적 차원에서 다시 러시아계 이국 여성인 나아자와 같아진다. 이효석이 "혈족"이라는 민족의 동질성보다 "사회의 최하층"이라는 계급의 문제를 더 중요하게 생각하고 있음을 알 수 있다. "혈족의 단결이 쭉정이를 구해 주지는 못"(p. 260)한다는 사실은 식민지 자본 경제의 모순을 지적하는 것이다. 비록 서로 다른 이민족이지만 사회 계층 상으로 동급에 해당하는 일마와 나아자의 급속한 결합과 동화는 낭만적 사랑의 방식을 취한다.

『벽공무한』에는 '댄스'가 친밀성을 조성하는 한 양식으로 재현되고 있다. 텍스트 곳곳에 삽입되어 있는 춤추는 장면은 젊은이들과 대륙의 역동성을 보여주는 역할을 한다. "내전 시기 동안에 젊은 사람들의 삶에 변화가 있음을 볼 수 있다. 아마도 가장 중요한 것은 대중 영화의 성장이었다. 댄스 홀과 극장은 다른 젊은 사람들을 만나는 장소가 되었고, 이곳에서 젊은이들은 관계를 발전시키기 시작했다."[59] 현대적 징표인 춤을 통해 천일마와 나아자는 "국제인의 자격"으로 조화되고, 서로 간의 친밀감을 느낀다. 젊은이들의 문화 양식인 춤을 통해 인류 동화 방식을 취하고 있는 것이다. 나아자가 일하고 있는 <모스크바>라는 카페의 풍경에서 인종 간의 '친밀감'이 강조되고 있다. 그러나 댄스 홀에는 국제 연애의 유흥뿐만 아니라 "수다한 국적의 수다한 사람들" 속에서 친밀함이 아닌 "서먹서

---

59) Rex Stainton Rogers, 같은 책, p. 11. 참조.

먹함"과 "잡동사니의 분위기"도 발견된다. '친밀감'은 조화와 화합의 가능성인데, 국제인 간의 친밀감은 쉽게 형성되지 않는다. 이처럼 수다한 국적의 사람들 간의 부조화는 조선인 남성 천일마와 러시아 여성 나아자의 연애가 지닌 인종주의적 부조화스러움을 의미한다. 그러나 파시즘 문학은 이러한 이민족간의 부조화와 편견 극복을 서사화하는 것을 주목적으로 삼는다. 그래서 서사는 이들의 부조화를 '미'로 극복하려 한다.

"나두 이젠 조선을 잘 알게 됐어요"라는 나아자의 한마디는 일마를 놀라게 한다. 나아자가 "조선의 가장 아름다운 것의 하나"로 '한복의 미'를 언급한다는 것은 '서양미'를 추구하던 작가 이효석이 조선의 아름다움을 발견한 지점이기도 하다. 이처럼 작가는 '조선'과 '동양'의 표상을 미적 차원에서 주목하며 대동아공영의 논리를 펼치고 있는 것이다. 아래의 인용문은 동양미의 발견을 단적으로 잘 보여준다.

「일마의 꿈두 필경은 동양이었던 모양이지. 나아자의 얼굴은 아무리 봐두 동양의 얼굴이야. 눈이며 눈썹이며 코가 온순한 조선의 것이란 말야. 피부가 희구 머리카락이 노랄 뿐이지.」
「일마의 꿈이 우리의 꿈일 테니까. 우리 모두가 꿈꾸는 하나의 이상형일지두 모르지. 어떻든 장안에 일색 하나 더 늘었어. 내가 미인이로라구 뽐내는 축들이 나아자의 앞에서야 숨이나 크게 쉬겠나. 그 눈 그 별같은 눈망울.」 …… 「당신들의 그 꼴같잖은 서양숭배 그만들 둬요. 거지가 뭘 보구 침흘리 듯 서양이라면 사족을 못 펴구—야만인의 추태지 뭐란 말요?」 흥분하는 양이 통쾌해서 훈은 숭글숭글 웃으면서, 「누가 서양을 숭배하나. 아름다운 것을 숭배하는 것이지. 아름다운 것은 태양과 같이 절대니까. 서양의 것이든 동양의 것이든 아름다운 것 앞에서는 사족을 못써두 좋구, 엎드려 백 배 천 배 해두 좋거든. 부끄러울 것두 없구, 추태두 아니야」(pp. 183~184)

위 인용문에서도 볼 수 있듯이 이효석은 "아름다움"만이 민족 간의 간격을 초월할 수 있는 절대 진리에 해당한다고 말하고 있다. 나아자의 얼굴에 동양과 서양이 함께 공존한다는 것 역시 이런 경계를 무화시키려는 의지이자, 결국 이효석이나 등장인물들이 소원했던 구라파주의가 동양으로 귀결되는 논리이다. 경계를 무화시킬 수 있는 가장 좋은 절대진리를 '미'에서 찾는다는 점은 이효석의 작품 곳곳에서 드러나는데, 그것은 대부분이 조선적인 것의 아름다움을 재발견하는 형식을 취하고 있다. 따라서 국제 로맨스의 대상이 되는 러시아 여성 나아자는 조선의 아름다움을 발견할 줄 알고, 이해할 줄 아는 사람으로 재현된다. 이것은 천일마의 사랑을 받기 위한 나아자의 조건일 수도 있다. 동양과 서양의 간극을 넘어서는 절대 '미'의 지향은 민족도 제국도 아닌 '미'를 통한 초월을 의미한다. 즉, 동양이 서양보다 우세한 면을 보여주는 것을 작가는 아름다움과 미로 설정하고 있는 것이다. 이런 미적 차원에서의 인류 동화는 천일마뿐만 아니라 『청춘무성』에 등장하는 신여성들의 "음악사업"을 통해서도 드러난다. 즉, 이 작품에서는 "인류의 이상적인 사랑의 나라를 가장 수월하게 세울" 수 있으며 "화합"을 조장하는 것이 '음악'이라고 파악했던 것이다.

『벽공무한』에서 이민자 여주인공을 가정화시키고 귀화시키는 것은 문화 습속의 체화를 통해 재현되고 있다. 완전히 '조선식'에 익숙해진 나아자의 생활습속은 "온돌"을 세계적이라고 바라볼 만큼 그녀를 "온돌찬미론자"로 바꾸어 놓았다. 이런 그녀의 모습은 "극히 자연스런 것"으로 재현된다. 여기에서 조선 청년들이 느끼는 감상은 "머리카락이 검든 붉든 말소리가 다르든 같든" 이민족간의 결합에 문제될 것이 없다는 점이다. 즉, "굳은 사랑"이 "생활양식의 차이쯤"은 쉽게 극복할 수 있으며, "인류의 동화"(p. 340)를 가능하게 한다는 것이다. 이처럼 피식민지 파시즘 문학의 소설적 재현에 있어 '친화력'과 '미'적 관념은 낭만적인 동화의 원리가 되고 있던 것이다.

2.4. 소결: 애정 서사와 확대된 민족 구성

2절에서는 각 민족 간의 결합 방식에 사랑의 형식을 취하며 식민주의를 낭만화하여 동화의 논리로 삼고 있음을 살펴보았다. 이는 이민족 남녀 간의 낭만적 사랑이 인류 동화의 원동력이 되고 있음을 국제 로맨스라는 애정 서사를 통해 보여주고 있는 것이다. 로맨스는 대개 남녀가 뜻밖의 장애물 탓으로 그들의 사랑을 이루지 못하고 떠나는 대중소설의 중심 양식이다. 국제 연애를 중심으로 다루고 있는 소설들은 연애 주체 간의 차이를 지우는 애정 서사를 통해 민족 간의 장벽을 극복하고 인류애를 심미화하는 과정을 보여준다. 키쿠치 히로시(菊池寬)의 "현실주의 편중을 버리고 로만틱정신에의 전환이 第一이라고 생각한다. 로만틱주의라는 것은 인생의 可能을 믿는 것이다. 문학도 또 일본민족의 可能을 확신하고 새로운 열정을 가지고 그의 이상의 달성에 공헌할 것이다"[60]라는 말에서도 시사받을 수 있듯이, '낭만주의'가 일제 말기 신체제 문학의 창작 방법론으로 사용되고 있었던 것이다. 온전한 세계주의의 표방이 아니라 동아시아를 세계의 중심으로 한, 그 가운데서도 일본을 세계의 중심으로 지도를 그려나간 세계주의를 낭만주의와 결합시키는 가운데서 낭만주의가 제국주의적 속성을 지지하게 되었던 것이다. 이민족과의 연애를 다루고 있는 소설

---

60) 菊池寬, 「문학도 대전환─국가적 의의있는 제재를─」(<삼천리>, 1940. 12), p. 199.

에서는 '국경'에 대해 생각하지 않을 수 없다. '국경'에 대한 관념은 국가
와 국가 사이, 민족과 민족 사이의 경계를 설정하게 되는 것이다. 정비석
은 "오늘날 국경이라는 말은 어떤 절대적인 힘을 가지고 우리들의 생활을
지배하고 있"[61]는 것으로 파악한다. 그런데 '대동아전쟁'으로 부상된 '국
경'이라는 개념에서, 타자는 '미국', 즉 '서양'이었다. 따라서 민족 간의 낭
만적 사랑과 결혼은 인종의 위계 배치와 관련한다.

이때 인종의 배치 방식은 동화의 논리에 포섭되는 인종과 그렇지 못한
인종으로 구분되었다. 이러한 인종 배치의 중심은 대동아공영권을 통한
동양주의적 사고관이라 할 수 있다. 따라서 서양에 해당하는 것들은 인종
뿐만 아니라 문명자체도 배척되어야 할 것으로 간주되었다. "민족주의는
필연적으로 이방인혐오증의 요소가 있다. 다시 말해 이방인혐오증은 민족
주의 논리의 일부다. 그리고 또한 민족주의는 항상 반유태주의와 인종주
의를 불러들일 여지를 남겨 두고 있다."[62] 이러한 인종주의는 우생학과
긴밀하게 연관되어 있다. "혈통의 혼합은 시시한 인종을 전도시킬 수 있
는 문명화 방법을 대표한다."[63] 1941년 내선일체를 구현하려는 일본의 정
책은 "내선일체가 야마토민족의 순결성을 오염시키리라고 생각하는 사
람"을 "나치 독일의 민족지상주의를 모방하는 것"[64]이라고 비난하면서

---

61) 정비석, 「국경」(『국민문학』, 1943. 4. 日文) 김병걸·김규동 편, 『친일문학작품선
　　집2』(실천문학사, 1986, p.35.)에서 인용.

62) 마크 네오클레우스, 같은 책, p. 87. 일제 말기 비평 담론과 소설들에서는 유태인
　　에 대한 인종주의적 전형이 상당수 반영되고 있음을 확인할 수 있다.
　　이성갑, 백색의 魔神」(<조광>, 8권 11호, 1942. 11), p. 138.
　　고원섭, 「전쟁과 유태인재벌」(<조광>, 7권 5호, 1941. 5), p. 128.
　　노좌근, 「東亞를 노리는 猶太재벌」(<조광>, 5권 9호, 1939. 9), p. 278.
　　문장유, 「유태인과 국제동향」(<조광>, 제5권 5호, 1939. 5), p. 39.

63) Kimberly Tae Kono, 같은 논문, p. 87.

64) 오구마 에이지, 같은 책, p. 317.

독일의 '순혈민족론'과는 달리 절대적인 민족 개념이 없음을 주장한다. 그러나 이들은 식민지 조선을 후생성과 우생학을 통해 계도되어야 할 열등민족으로 보고 단종법이나 인구정책 등을 실현한다.

국제 로맨스를 통해 민족 간의 우열성을 다룬 것은 일제 말기의 소설텍스트에서 다수 찾아진다. 채만식의 『여인전기』에는 조선 남성과 일본 여성이 제국 주체인 아버지의 반대를 무릅쓰고 결합하여 '혼혈아'를 생산한다. 그리고 이광수의 『그들의 사랑』(<신시대>, 1941. 1~3. 日文)에서는 '니시모도박사'가 자신의 딸 '미찌꼬'를 유혹한다는 이유로 큰 모욕을 주어 내어쫓은 조선 청년 '이원구'의 성공담을 다루고 있다. 이 소설에서는 『진정 마음이 만나서야말로』에서와 마찬가지로 내지인 미찌꼬와 조선인 이원구의 사랑을 "그러할 수가 없"는, 불가능한 일로 제시하고 있다. 이처럼 민족 간의 연애를 다루는 애정 서사에서는 끊임없이 민족 간의 위계가 존재하고 있다. 이광수의 단편 소설 「대동아」(<녹기>, 1943. 12)에서는 일본인 여성과 중국인 남성 간의 사랑이 재현된다. 이 소설에서는 두 국가간의 관계를 적대 관계로 설정하고 있다. 따라서 '공동운명체,' '운명공동체'로서의 아시아 민족에게 대타적인 적은 "영미"와 "장개석"으로 재현된다. 이 둘 간의 연애에 있어 적극적인 포용성은 일본인 여성 쪽에 있다. 이처럼 아시아 제 민족을 통합하려는 대동아공영권의 논리는 아시아 내에서의 위계화 논리가 작용하는 것이었고, 자연 그 속에 그려지는 민족적 로맨스 역시 위계의 정립에서 벗어나 있지 못했던 것이다.

인종적 계층화는 '일본'의 위계적 구조 속에 포섭되어 인종 배치 지도를 그려나갔다고 할 수 있다. 당시 논단은 "백인의 개인주의적 자본주의적 문명"이 구주대전을 통해 결함이 있음을 폭로하고, "일본의 국제연맹 탈퇴"는 "동아에서의 구미인의 제국주의적 침략체계"를 파괴하는 일례로 받아들였다. "동아인은 언제까지나 백인이 그린 지도원리에 의해서 춤추지 않는다"[65]는 일본의 표명 아래, 중국이나 조선이 안정적인 지위를 획득하기 위해서는 동아에서 일본의 지위를 인정하지 않을 수 없었던 것이다. 이러한 인식 아래 "內鮮文士의 會同으로 문인협회"가 조직되었으며, 사회의 정신적 지주인 문인들이 "내선일체의 근본이념을 정당히 파악하고 이를 그 文筆 우에 반영"시킬 때 내선일체의 실천이 빠르게 진전될 것이라 생각했다. 그리하여 소설에는 '內鮮結婚'을 주제로 다루는 애정 서사가 등장했던 것이다. 아래의 인용문은 '내선결혼' 정책에서 사랑이 동화의 매개로 사용되고 있었음을 보여준다.

> 오인은 內鮮結婚을 주장하는 것이니 이는 인간적으로 서로 친해지고 가족적으로 한덩이가 된다면 여기 내선일체의 실현은 극히 용이하게 될 것이다. 그러나 결혼이란 보통 다른 것과 달리 정책적으로 되는 것이 안이오 애정이라는 것이 절대필요한 것이니 그럴랴면 이런 愛情의 情을 북도들 여기 내선남녀의 회합할 기관을 구성할 필요가 있다. 그런데 지금까지 내선인의 결혼한 예로보아 불행한 것도 없는 것은 안이나 대체로 행복된 것을 보면 애정이란 국경이나 민족이나 계급을 초월하는만치 여기 내선결혼의 조고마한 掛念이 필요치 안는 것이다.
> 결혼은 두사람의 생활을 단일화하고 두 사람의 생활의 세계를 잘 융화시키는이만치 여기 감정적으로 融化되는 부부가 나아가서는 혈족적으로 완전히 융화가 될것이므로해서 이 내선일체 운동의 적극적인 好結果를 내일것이라 믿어진다.[66]

위의 인용문에서도 알 수 있듯이 조선 민족이 일본 민족에 "혈족으로

---

65) 이각종, 「동아에서의 일본의 지위」(『시국독본』, 日文), 임종국 편, 『친일논설선집』(실천문학사, 1987, p. 106.)에서 인용.
66) 「내선일체와 신동아건설」(<조광>, 6권 1호, 1940. 1.), p. 119.

완전히 융화"되는 것이 '내선일체'의 목적이었다. 이러한 정책 수행을 위해 '내선결혼'이 강조된 것이다. '내선결혼'을 통한 "가족적" 연관은 "애정"을 수단으로 삼고 있다. "애정이란 국경이나 민족이나 계급을 초월"할 수 있기 때문이다. 또한 내선일체 관념은 "다같이 천황 陛下의 赤子가 된 이상 我等은 형제"[67]라는 '형제애'를 통해 가족애적 사랑으로 확장하며 민족의 범위를 확대시켰다. 이처럼 '가족 이미지'는 식민 주체와 피식민 주체의 "'자연적' 위계질서를 합법화하기 위해 사용된다. 가족이 상황에 따라 변하는 문화적 구성물이 아니라 '자연적' 발생으로 묘사되기 때문에, 가족적인 차원에서 제국에 대한 지배 역시 '자연'스럽게 받아들이도록 재현되는 것이다. 이와 유사한 방식으로, 일본 식민지 경영은 가족 이미지를 동원하여 식민지 조선에서 자신의 권위를 타당하게 만들고 정당화시켰다."[68] 그런데 인종 간의 위계에 있어 '내선일체'를 통해 일본 다음 가는 위계를 부여받은 조선은 의사 제국주의적 의식을 통해 '팽창주의'적 환상을 갖게 된다. 그래서 '만주'나 '남양'에 대한 관심이 새로운 개척지에 대한 동경과 관심으로 투영된다. 특히 <조광>의 「구주 항로의 로맨스」 특집[69]에 실린 글들을 통해서 볼 때, 제국주의적 팽창주의를 '로맨스'의 형식으로 파악하고 있음을 알 수 있다. 신체제기 소설에 오면 공간의 지각과 인종, 민족에 대한 지각 범위가 확장되어 있다. '만주'와

---

67) 윤치호, 「내선일체에 대한 이념」(<조광>, 6권 3호, 1940. 3), p. 48.

68) Kimberly Tae Kono, 같은 논문, p. 99~100.

69) 「구주항로의 로맨스」(<조광>, 4권 8호, 1938. 8), p. 210. 여운형, 「남양해상의 로맨쓰」(p. 168.), 이극노, 「인도양상의 비극」(p. 170.), 계정식, 「지중해상의 무도회」(p. 172.)
　　이 밖에도 "콜롬버스의 아메리카 대륙발견"의 의미를 소개하는 유종기의 「호주대륙의 발견」(<조광>, 8권 4호, 1942. 4. p. 124.)이나 1940년대 <조광>誌에서 「로빈슨 쿠르소의 표류기」를 소설화한 작품들이 게재되는 것을 통해서 제국주의적 팽창주의의 확산을 낭만화하고 있음을 확인할 수 있다.

'동경'의 주된 배경과 백인 여성, 일본 여성들의 등장을 통한 국제 연애와 결혼의 재현, 그리고 전쟁의 재현 등이 그것이다. 이 가운데 있는 인물들은 '만주'나 '전쟁'을 새로운 가능성의 세계로 인식하고, 그에 대한 정복감을 미적 아름다움으로까지 승화시키며 제국의 국민으로 호명받은 것처럼 행동한다.

유진오는 아오끼(靑木洪)의 작품 「아내의 고향」(<국민문학>, 4월호)을 분석하며 이 작품에서 다루어진 내선간의 연애를 '자연화'시키고 있다.[70] 민족 관념이 '피'나 '흙'에 대한 공감과 애착의 정을 본질로 삼고 있는 것은 자연화된 파시즘의 논리이다. 이것이 이성 이전의 본능에 중심을 두고 있다는 점은 파시즘의 '비합리주의'와 연결된다. 그러나 피의 동일성으로는 이민족인 일본과의 통합논리를 찾아 낼 수가 없다. 따라서 "운명의 동일성"과 "비합리주의적인 민족이론"을 통해서 민족간의 낭만적 사랑을 합리화하는 토대를 구축하고 있었던 것이다. 그러나 이러한 낭만적 사랑의 개념은 민족 간의 결합에만 허용되고, 조선인 신여성과 남성의 결합에서는 오히려 극복해야 할 것으로 제시되고 있다. 이를 통해 일제 말기의 '낭만적 사랑'은 이데올로기적으로 심미화되었음이 분명해진다. 로맨스와 결혼의 문학적 재현 방식은 '충돌'의 시기에 "확실히 비폭력적인 통합을 위한 비유로 제공"[71]된다. 따라서 일제 말기에 혼합된 민족 간의 로맨스

---

70) 유진오, 「국민문학이라는 것은」(<국민문학>, 1942. 11), 『친일문학작품선집2』(p. 49)에서 인용. 유진오는 "내선간(內鮮間)의 연애"를 다룬 작품으로 이효석의 「아자미의 장」을 비평하고 있다. 그는 이 작품에서 '내선'이라는 것이 별로 이렇다 할 의미를 얻지 못한 것으로 평가한다. 그가 생각하기에 '내선 연애'를 다룬 작품은 "풍속, 습관, 풍토와 정치적·사회적 지위 등의 차이에서 오는 여러 가지 마찰이나 갈등, 그리고 그것을 극복해 나가는 과정"을 취급해야 한다는 것이다.

71) Doris Sommer, *Foundational Fictions: The National Romances of Latin America* (Berkeley: University of California Press, 1991), p. 6.

와 결혼을 통해 민족 간의 통합을 시도할 수 있는 재현이 가능했던 것이다.

이광수는 친일이 진정 민족을 구하는 길이라고 주장했다. 그는 "조선민중의 진로는 황민화 이외에는 없다"는 사실을 인정하고, 일본 제국이 조선민중에게 "평등한 신민(臣民)의 자격을 허한다는 의미 표시"[72]로 '내선일체'를 바라보았다. 그러나 그가 조선 민족의 살길로 '내선일체'밖에 없다고 주장하는 가운데는 피식민지 조선의 사회·경제적 낙후성에 대한 비판적 시선이 자리하고 있었던 것이다. 제국의 문명에 지대한 영향을 받고 있던 그에게 조선은 개척되어야 하고, 그 민족은 개조되어야 할 대상이었다. 그래서 그는 급기야 조선인의 "얼굴이 변한다"면서 젊은 "내선 양민족이 이렇게 구별 못하게 되는 바로 그것이 양족 동혈(同血)의 살아있는 증거"[73]라고 주장하며 '민족 개조론'의 연장선상에서 파시즘을 수용하게 되었던 것이다.

이광수와 마찬가지로 이효석 역시 민족의 '문명'에 대한 가치 부여가 중요했던 작가이다. 그는 '구라파주의', '서구주의' 문화에 상당히 경도되어 있던 작가이다. 그러한 그가 '서양'을 타자로 삼으며 부각된 '대동아' 전시체제에서 작가로서 존립하기 위해 '동양주의'를 표방하며 '국민문학'을 창작했던 것이다. 1942년 1월호, <국민문학>의 앙케이트 「今後如何に書くべきか」(금후 어떻게 써야 하는가?)에 답한 글을 보면, "여전히 시정물(市井物)이며 애정물을 쓰려고 한다. 다만 종래의 단순한 시민으로의 생활이 국민으로서의 그것으로 앙양되어 있는 만큼, 스스로 정신적 태세의

---

72) 이광수, 「內鮮一體와 國民文學」(<조선>, 1940. 3. 日文), 이경훈 편역의 『친일문학전집Ⅱ』(평민사, 1995, p. 68.)에서 인용.

73) 이광수, 「얼굴이 변한다顔が變る」(<문예춘추>, 1940. 11. pp.19~21. 日文) 이 글은 이경훈 편역의 『친일문학전집Ⅱ』(pp. 139~142.)에서 인용.

상위(相違)는 없어서 안 될 것이다. 국민문학이라는 것을 매우 협애(狹隘)한 의미로 해석하여, 단순히 목전의 시국적인 것만을 쓰지 않으면 안 되는 것처럼 생각함은 무슨 까닭일까? 하나의 확고한 이념을 파악한 이상은 그 정신적 권내(圈內)에서 여유있고 관대하게 국민적 백반(百般)의 사상(事象)을 취급해도 좋을 것이다. 커다란, 넓은 눈으로 본 바의, 그리고 국민 전반에게 즐겁게 읽혀질 수 있는 문학이야말로, 진정 그 이름에 값할 만한 국민문학이 아니면 안 된다"[74]라고 자신의 창작 태도를 밝히고 있다. 그러나 임종국이 이효석의 국민문학에는 "황민으로서의 철저한 각오도 없었거니와, 그렇다고 민족적 긍지의 잠재적이요 날카로운 기백도 보이지 않는"(p. 331) 친일문학이라 평가했듯이, 이효석은 분열과 모방으로 혼성되어 있는 피식민 작가의 주체성을 그의 작품에 반영하고 있다. 그가 이런 양가적인 태도를 취할 수 있었던 것은 서구미나 동양미나 '미'이긴 마찬가지라는 초월적 미의식에서 비롯된 것이다.

---

74) 임종국, 『친일문학론』(p. 331)에서 인용.

3. 남성적 '우정'의 고결함과 결속의 논리

3.1. '건병(建兵)'과 지도자형 인물의 전형화

전쟁만큼 남성들의 결속력과 힘을 잘 보여주는 상황은 없을 것이다. "전쟁은 민족주의와 고결함의 연합"이다. "전쟁은 다른 사람과의 관계맺음을 넘어 우정이라는 형식을 띤 남성의 동지애 뿐 아니라, 섹슈얼리티에 민감하지만 섹슈얼리티를 제거하는 남성적 전형을 창출하는데 기여했다."[75] 이 당시 전쟁과 관련된 이입 담론들은 독일이나 프랑스의 나치즘과 파시즘을 번역 소개하며, 동지애와 민족주의를 결합하고 국가주의를 옹호하였다. "벤야민은 파시즘이 그 파괴적이고 비인간적인 속성을 장엄한 미학으로 은폐하는 가장 대표적인 광경으로 '전쟁'을 언급한다. '전쟁'에서 고통과 신음소리를 제거하고 화염과 폭발음을 '숭고'한 심미적 대상으로 환원하는 것은 바로 파시즘의 대표적인 대중 기만술이라는 것이다."[76] 일제 말기 전쟁 문학론과 전쟁을 다룬 비평문에서는 '전쟁의 미'를 발견하고 있다. "전장은 파괴의 산욕(産褥)을 통한 건설의 생산장"이라는 의식과 "전장의 미는 인간정신의 생명적 武裝美"[77]라고 반복하는 당시의 전쟁담론에서는 전쟁을 생명의 장으로 삼고 있는 파시즘의 논리가 그대로 투사되어 있다. 이러한 전쟁의 심미화는 반드시 군인의 실천성과 연관지어 설명되기 위해 야성적인 남성성[78]으로 재현되었다. 이때의

---

75) 조지 모스/서강여성문학연구회 역, 같은 책, p. 223.
76) 김 철, 신형기 외, 같은 책, p. 67.
77) 김용제, 「전장의 미」(<인문평론>, 1940. 1), pp. 66~67.

'남성미'는 현대적인 '모던뽀이'가 지닌 세련미가 아니라 원시적 야성미를 의미한다. 신체제 하 문학예술에서는 "勤勞型, 특히 肉體筋勞型이 嘆美"[79]되었다. 전쟁이나 개척 사업은 남성 집단의 결성을 중요하게 생각한다. 이 항에서는 남성성을 강조하는 병사와 지도자형 인물의 전형화를 살펴 볼 것이다.

이광수의 『봄의 노래』(<신시대>, 1941. 9~1942. 6)는 연재 중단된 한국어 장편소설이다. 이 작품은 '요시오'와 '도시꼬'로 창씨개명한 인물 및 농촌의 청년들을 대상으로 지원병과 농촌문제를 동시에 다루고 있다. 연재 첫 회에 실린 편집자 서문을 보면 "춘원이 심혈을 傾注한 不世出의 大作이요, 彷徨한 朝鮮의 文學을 國民文學의 正道에로 引導하는 첫소리"[80]라고 평가되고 있는 만큼 '국민문학'의 특징을 잘 보여주는 작품이다. 작품의 서사 구조는 주인공 요시오가 지원병이 되는 전과 후로 나누어져 있다.

이 작품은 지원병 '요시오'를 통해 군인의 신체적 건강함을 강조한다. 훈련소에 들어 온 훈련병들은 "소중한 군인이 될 사람들"이기 때문에 이들의 "몸은 나라의 보배"로 표현된다. 그래서 훈련병의 변화는 몸에서부터 시작된다. 신체적 완벽성의 추구는 파시스트의 정치적 기획 속에 명확하게 나타난다. 파시스트의 신체정치는 사회를 집합적 신체로 보는 시

---

78) 최정희, 「현대 남성미」(<인문평론> 1940. 1), p. 74.
79) 이광수, 「忍苦의 총후문화」(<매일신보>, 1941. 7. 6.), 이경훈 편역, 『친일문학전집Ⅱ』(p. 270.)에서 인용. "軍國의 남자는 모도 군인이 될만한 능력을 가져야 한다. 그럼으로 남자는 모도 군인과 노동자될만한 훈련을 밧게 된다. 이 힘은 육체적 근로에서 엇는다."
80) <신시대>(1941. 9.), p. 214. 본서에서 텍스트로 삼은 『봄의 노래』는 이경훈 편역의 『진정 마음이 만나서야 말로』(평민사, 1995)에 실린 것을 대상 텍스트로 삼아 분석하고 있다.

각을 통해 진행된다. 따라서 사회의 각 구성원들은 '사나이다움'과 '건강'을 유지해야 하며, 지도자의 신체는 이를 대표한다. "파시즘의 노골적인 반지성주의, 의지에 대한 찬양, 전쟁의 구상화는 신체에 대한 찬양"[81]에 결합되며 지도자의 신체를 구성하는 것이다. 섹슈얼리티에 대한 파시스트의 공포는 고결한 인간과 사회적 신체, 즉 '신체정치'의 위협에 기초한다. 『봄의 노래』에서는 '군대'라는 '단체생활'을 통해 규율 준수를 교육받는다. 요시오는 "단체생활의 요령은 저마다 규측을 지키고 명령에 복종하여서 제 직분을 다함에 있다. 이럴 줄을 모르는 백성은 국민이 되지 못한다. 'わがまま'는 나라를 망하게 하는 독이다"라는 훈계를 상관에게 듣는다. 'わがまま'는 '제멋대로'라는 뜻이다. 제멋대로의 행위는 단체생활과 규율을 중요하게 여기는 군대 같은 집단 사회에서는 배척되어야 할 요소로 취급된다. 그리고 훈련소에서 훈련병들에게 청결을 교육시키는 것은 군인으로서의 규율을 훈련시키는 동시에 신체 정치를 수행하고 있는 것이다. 이러한 신체 정치는 "건전한 정신은 건전한 육체"에서 비롯된다는 관념을 통해 "씩씩한 健兒"[82], 즉 '건병(建兵)'을 배양하는 것이 된다. 군대나 병사, 그리고 전쟁은 파시즘에 있어서 남성성으로 재현된다. 따라서 건강한 병사의 전형화 방식은 남성성을 재현하는 방식으로 이루어진다.

『봄의 노래』는 '적자(赤子)'로서의 건강한 병사를 강조한다. 파시즘은 군대를 모더니티의 산물로 이해하고 있다. 즉 전쟁을 민족적 신체에 나타난 쇠퇴의 구제 치료책으로서 이해하며, 군대를 민족적 교화의 중심에 위치짓는 것이다. 우생학과 군대 훈련은 강인한 정복자를 생산할 수 있다고 판단되었기 때문에 적극적으로 교육되었다. 전쟁과 영웅적 죽음에 대한

---

81) 마크 네오클레우스, 같은 책, p. 182.
82) 함대훈, 「지원병훈련소 一日入營記」(<인문평론>, 1940. 11) p. 158.

찬양은 "새로운 인간"을 창조하려는 욕망에 닿아 있다. 즉 '새로움'과 '혁명'에 대한 예찬 가운데는 "역사로의 후진보다 신세계를 향한" 파시스트의 돌격 욕망이 놓여 있는 것이다. "그 운동의 의도는 새로운 도덕성, 새로운 사회적 체계, 그리고 결국 새로운 국제 질서를 발생시킬 수 있는 인간존재의 새유형을 창조하려는 것이었다."[83] 이처럼 재생적 충동의 표현인 새로운 인간 창조는 전쟁과 긴밀히 연결되어 있다. 『봄의 노래』는 가문주의를 통한 계층의식이 우세하다. 구장이 요시오의 집 가문을 보고 요시오와 자신의 딸 '후미꼬'를 결혼시키려는 데는 이런 가문 의식이 지대한 영향을 미치고 있다. 게다가 요시오가 지원병에 참가하는 것은 "제국 군인"이 되는 것이다. 이것이 가문의 자랑거리가 될 수 있다는 것은 지원병을 특권화시키고 있다는 것이다. 적자로서의 지원병은 피식민지 조선인 청년 누구나가 될 수 있는 것이 아니기 때문에 지원병에서 배제되는 인간은 우생학적으로도 열등한 존재가 된다. 제국의 군인을 통해 "집 종자를 개량"하려는 구장의 의도에는 건병의 건강성을 보유하지 못한 자신의 집 혈통을 단종하고 적자로 태어나고 싶은 욕망이 포함되어 있는 것이다. 지원병이 다른 조선 청년들에 비해 우생학적으로 월등하며 '적자'로서의 특권이 부여되고 있음은 지원병을 소재로 다룬 여러 소설들에서 찾아 볼 수 있다.[84]

---

83) Thomas J. Saunders, "A 'New Man': Fascism, Cinema and Image Creation"(『*International Journal of Politics, Culture and Society*』Vol. 12. No. 2. 1998), p. 230.

84) 김용제의 「장정」(<국민문학>, 1942. 2. 日文은 사촌동생이 군인이 되는 사건을 다루고 있다. "구니모토군이 이번에 실시된 제일회(第一回) 징병에 적령이 되어 지난 사월에 제일 먼저 신체검사를 받았다. 그리고 내가 약하다고 걱정했던 것보다 좋은 성적으로, 제일을종(第一乙種)으로 합격되어 만사 제쳐놓고 군문(軍門)에 들어서기만을 기다리고 있었다. 갑종을 놓친 걸 못내 아쉬워하면서도 제일을종으로 자신을 얻었다고 기뻐하며, 앞으로 진정한 병사가 될 각오로 의기충천해 있는 구니모토군"(p. 151)의 내용을 통해서 볼 때 당시 징병제의 '신체검사'가 까다로웠음을 알

그리고 군대에서 문제 사건으로 제시된 지원병의 여자문제[85]는 총후 여성의 태도를 지적함과 동시에 섹슈얼리티를 문제 삼는 것이다. 일제 말기의 전쟁 참여는 향락과 사치, 허영 등의 퇴폐적인 사회 문화와 대조되는 고결함을 비유하며 남성다움을 발휘하는 행사였다. 군대는 이기주의를 배척했기 때문에 개인적인 환상과 열정은 허용될 수 없었다. 따라서 이 작품에서 군인에게 여성의 섹슈얼리티는 위해가 됨을 보여준다. 요시오의 전우인 '가나무라(金村)'는 새로 혼인한 아내 걱정에 전전긍긍하는 것으로 재현된다. 요시오는 가나무라를 걱정하던 와중에 그에게서 탈영할 낌새를 챈다. 탈영하려던 가나무라를 데리고 돌아와 요시오가 훈계하는 부분은 전우애와 동시에 철저하게 남성화된 군인정신을 살필 수 있는 부분이다. 아래 인용문은 이 텍스트에서 "男であります"를 반복하면서 군인의 '남자다움'을 전형화하고 있음을 살필 수 있다.

"もつと男らしくなれ"…
"僕は, もう夢から醒めたよ. 僕は男らしくなるぞ." 가나무라는 주먹으로 눈물을 씻었다. 이일이 있은 후로 가나무라의 태도는 돌변하였다. 그는 무슨 일이나 힘드는 일은 앞서 하였다. 교련에서 정신ㅅ긔가 있었다.
"牧野. 金村はよくなつたな." 어떤 날 교관이 요시오를 보고 이런 말을 할 때에, 요시오는,
"はい. 金村はいい男であります"하고 눈이 뜨거워짐을 느꼈다.
사개월의 훈련긔간이 지냈다. 총독 군사령관 임석하에 수업식도 끝이 났다. 천여명 제일긔생의 분렬식은 총독과 군사령관의 칭찬을 받았다.

수 있다. 이 신체검사에 통과하느냐 그렇지 않느냐의 여부에 따라 적자의 특권을 부여받느냐 아니냐가 달려 있던 것이다. (이 소설은 김병걸·김규동 편, 『친일문학 작품선집2』, pp. 149~160에 번역되어 실린 것을 참조.)
85) ≪前衛鬪士도 애인 가질가≫(<만국부인>, 1권 1호), p. 6. 김경재, 「일에 지장되면 無妻可」, 우봉운, 「애인은 거부할뿐」, 홍효민, 「애인을 가짐은 당연」, 박옥희, 「비밀을 위하야 불가」, 박원근, 「애인도 第一線에 선이면」

　　요시오나 가나무라나 다 처음 들어올 때 보다는 딴 사람이 되었다. 무엇 보다도 젖가슴이 두두둑해지고 팔이 굵어졌다. 요시오의 체중은 오 끼로나 늘었다. 눈들은 날카로아졌다. 일점을 응시할 때에는 무시무시한 긔운 까지 돌았다. 입은 꼭 다물어지고 몸은 꼿꼿하여졌다. 음성이 커지 고 분명하여졌다. 걸음걸이도 힘이 있었다.

　　요시오는 제 몸의 힘과 마음의 힘이 는 것을 느꼈다. 무엇이나 맡으 면 해 낼 것 같았다. 맡은 직무면 목숨을 안 돌아보고 할 것 같았다. 또 훈련중에 그러한 긔회도 여러번 있었으나 여러번 다 수행할 수가 있었 다. (pp. 264~265.)

위의 인용문에서 살필 수 있듯이, 훈련 전후(前後)를 기점으로 하여 남성 신체상의 현격한 변화가 강조되고 있다. 고난을 극복하고 군인의 몸으로 변화한 요시오와 가나무라는 진정한 ‘남자다움’을 표상하게 된다. 이런 요시오에게 매부감으로 소개된 ‘야마다’의 약한 몸은 요시오가 그를 긍정 적으로 평가할 수 없는 원인이 된다. 요시오는 “젊은 남자라면 어깨가 떡 버러지고 젖가슴과 팔뚝에 불룩하게 힘줄이 두드러지고, 아모리 힘드는 일이라도 죽기까지는 버티어 나갈만하여야 비로소 젊은 남자라고 할만하 게 보였”(p. 271)던 것이다. 이런 관점은 군인으로서의 몸과 건강한 몸을 통해 파시스트적 몸을 권장하는 것이다. 그리고 국민체위 향상의 적극적 운동 전개[86]는 파시즘적 인간형을 만들어내는 선전과 연결되었다.

『봄의 노래』에서는 지원병의 이니시에이션과 총후 여성의 자세를 서사

---

86) “국민체위향상은 전시하 일본의 가장 중요한 일이므로 경성부에서는 청소년의 체 위 향상에 대하여 적극적인 운동을 개시하기로 되어 그 구체안을 작성키로 우선 작년에 부대 각 청년단의 체력검사를 실시하였다. 금년에는 이것을 일반사회사람 에게도 적용하여 새해를 기하여 십오세부터 이십오세까지의 일반 府面에서 실시 키로 되었다. ○○○○을 작년과 같이 초급, 중급, 상급의 세종류로 나노아 합격자 에는 ○○의 합격증서를 배부키로 되였다. 그리고 대학, 전문, 중등 각 학교에서도 각기 실시키로 되여 府에서 그것을 적극적으로 원조할 방침이라 한다.”(「府民의 체력을 檢定―十五세―廿五세까지에 실시키로」, <동아일보>, 1940. 2. 6.)

화하고 있다. 이 작품이 중단된 작품이기에 요시오가 휴가를 마치고 다시 전쟁에 나가게 되는 뒷이야기는 어떻게 전개될지 알 수 없다. 단지 군대를 통해 새로 태어난 조선 청년 요시오가 귀향하여 농촌 청년들의 단결을 도모한다는 것 정도만을 제시한 채 소설은 중단되었다. 요시오가 교육받은 지원병의 임무는 자신의 직무를 철저히 하고 몸을 아끼지 않으며 명령을 제대로 수행해야 한다는 것이다. 이러한 교육을 통해 요시오는 자신감을 갖게 된다. 그래서 그는 "돈을 바라고" 혼인했던 아내 후미꼬에 대한 자기반성과 함께 훈련소에서 돌아온다. 그가 집으로 돌아왔을 때 그의 아내는 다른 사람의 아이를 임신한 채 친정으로 가고 없었다. 그럼에도 불구하고 요시오는 비관하지 않고 곧바로 농촌에 필요한 노동하는 몸으로 자신을 바꾸며 지도자로서의 태도를 취한다.

이 작품에서 군인의 몸만큼이나 노동자의 몸이 고결함을 띠고 있음은 '유덕 할아버지'의 '눈'을 통해 상징화된다. 일평생 농사를 짓고 사는 유덕할아버지의 눈은 "언제까지나 늙지않는, 그리고 언제까지나 늘 무슨, 기쁨의 희망을 내다보는 눈"으로 재현된다. 요시오는 이런 눈을 바라보는 것을 기뻐한다. 유덕할아버지의 눈은 '농촌'과 '흙'의 영원성을 의미하는 눈이기 때문이다. 그리고 요시오와 흙이 하나로 재현되는 장면에서 '흙'은 동시에 여성화되고 있다. "젖방울"로 표현되는 씀바귀의 액을 통해 흙을 모성화하고 있는 것이다. 이런 흙에 대한 예찬은 도시꼬같은 농촌의 바람직한 여성의 몸을 통해서 건강성과 연결된다. 논에서 일하고 있는 시즈에와 도시꼬는 아내였던 후미꼬와 대조되는 건강성을 지닌 여성들이다. 이들은 요시오에게 "頼もしい, 娘たちだ(믿엄성 있는 처녀들이다)"로 인식된다. 그리고 이들 여성은 요시오의 "힘있는 팔뚝"을 보면서 농촌에도 "힘있는 남성이 나타나야 이 논도 빛이 나는 것"이라 생각한다. 이 믿음

직스러운 농촌 청년의 지도자적 상징성은 세 사람이 우산 밑에 모여 비를 피하는 장면에서 찾을 수 있다.

파시즘 이데올로기의 구현에서 핵심 역할을 담당하는 청년은 군사의 형상뿐만 아니라 젊은 공동체를 형성하는 지도자의 형상으로 그려지며 특권을 부여받는다. 파시즘은 주어진 위기의 순간으로부터 대중을 안내할 강력한 지도자를 중요하게 생각했다. "지도자 정신을 강조하는 소설 (leadership novels)에서는 권위주의를 에로틱화된 형식으로 재현한다. 그리고 고대의 형식으로 돌아가려는 '향수'와 '반자본주의' 수사학, 인민주의와 엘리트주의, 개인주의와 집단주의의 양극화를 수반한다."[87] 나치스 국가 기구의 형성에 있어 "새로운 지도세력"으로 등장한 '히틀러'의 담론이 이 당시에 폭발적으로 쏟아져 나왔던 점과 그의 "지도자 원리"[88]가 보급되고 있었던 사실은 우연한 일이 아님을 알 수 있다.

3.2. '우생학'적 결연과 집단성의 심미화

남성 이상형은 가부장제와 전쟁, 혁명의 상황 속에 견고하게 유지되어 왔다. 남성성의 전형이 국가 안에서 제도화 될 수 있는 데는 교육이 결정적인 역할을 담당했다. "남성성의 사회적 기능에 관한 관심은 스카우트를 만든 강력한 동기"[89]가 되었고, 남성성의 이상이 지닌 미덕을 발견하려 노력했다. 여성은 이러한 남성성의 이상을 확산시키는 데 기여했다. 이러한 특성은 이기영의 『처녀지』를 통해 분석할 것이다.

---

87) Laura Catherine Frost, 같은 논문, p. 49.
88) 박극채, 「나치스의 국가사회」(<조광>, 7권 6호, 1941. 6), p. 79.
89) 조지L. 모스/이광조 역, 『남자의 이미지-현대 남성성의 창조-』(문예출판사, 2004), p. 234.

『처녀지』는 1944년 상·하로 나뉘어 '삼중당'에서 간행된 작품이다. 이 작품은 한 때 방탕한 삶을 살던 지식인 청년 '남표'가 "생활을 찾자"라는 모토 아래 '만주' 개척 사업에 뛰어들어 "의료보국(醫療報國)"을 사명으로 알고 실천하는 과정을 보여 준다. 이 과정 속에서 남표는 "지도자"로서 재탄생하며 그의 희생정신으로 결국 죽음을 맞게 된다. 따라서 스토리 전개는 남표가 "군중"의 진정한 지도자가 되는 과정에 무게 중심을 두며 진행된다. 이 작품은 '전쟁 서사'라기보다 '개척 서사'의 성격을 띠고 있다.90)

남표의 만주행은 "생활의 재출발이나 갱생할 도리"를 찾기 위해 궁리하다가 막연히 "만주나 들어 가보자"라는 생각으로 봉천행 급행차를 잡아타는데서 시작되었다. 이 만주행에서 남표는 "의사의 책임이 중대함"을 새삼 깨닫게 된다. 그가 생각하기에, "의사는 실로 귀중한 생명을 좌우하는" "신성한 천직"을 가진 자로서 "사회직책"이 큰 것이다. "더욱이 현하와 같은 비상시국에 있어서" 의사의 사회적 공기(公器)로서의 사명감은 더욱 중요한 것이었다. 따라서 남표는 전시체제라는 비상 시국에 "이기주의적인 낡은 사상을 떠러버리고 정말로 나라를 위하는 의료보국(醫療報國)을

---

90) 본 연구는 전쟁서사와 개척서사를 동일 범주에 포함시켜 논의할 것이다. 이러한 근거는 '전쟁'을 취급하는 작가들의 관점에서 찾을 수 있다. 작가들이 자신의 소설에 '전쟁'을 취급하는 태도는 「신문소설과 작가의 태도」(<삼천리>, 12권 4호, 1940. 4. p. 123.)에 밝혀져 있다. 이기영은 작품의 "재료를 만주 농촌에서 求한 것이니만큼 性質上 전쟁과는 무관함으로 취급할 수는 없으나 삽화로 황군의 비적토벌같은 것은 약간 너보랴고" 한 의도를 밝히고 있다. 그리고 김남천의 경우 "'전쟁'이 '테마'는 아니었으므로 '에피소드'정도로 취급하였고, 일상생활의 묘사에는 전쟁의 영향이 전반적으로 취급"되도록 하였으며, "작중인물의 자본가 한 사람에게 만주중공업과 聯絡시켜 조선재벌의 만주와 北支進出을 多少고려"했다. 이처럼 '만주'와 '북지진출' 개척 사업은 전쟁 소설 테마로 다루어지고 있었음을 확인할 수 있다. 이는 대동아전쟁의 특성상 중국 대륙 진출 역시 전쟁의 영역에 해당하기 때문이었다.

투철히 할 생각"과 "자기를 희생하는 고귀한 정신"을 가진 인물로 재현된다. "지도자" 남표의 만주 개척 사업은 "로빈슨 크르소"가 "신천지를 발견"하는 것과 같은 "새생활의 건설"(p. 210), "나폴레옹의 위대한 통솔력"(p. 222) 등으로 재현되면서 영웅화된다.

『처녀지』에서는 우생학적 개척 사업이 중요하게 다루어지고 있다. 1930년대 중반부터 식민지 조선에서는 우생학적 담론이 폭발적으로 증가하고 있었다. 조선의 열악한 신체 문제는 세계 각국의 형세와 비교되었고 생식의 제한을 통해 더 좋은 자손을 얻기 위한 방법으로 우생학이 제기되고 있었다. 이러한 우생학이 일제 말기 전시 체제에서는 '인구전(人口戰)'[91]의 문제로 제기되었다. 우생학적 관점에서 건강한 배우자를 선택하는 것은 민족과 민족의 장래를 위해 필수적인 것으로 생각되었다. 『처녀지』에서는 남녀 간의 연애 감정을 동지애적 결합으로 바꾸는데 있어 우생학적 이데올로기를 개입시킨다. 우생학 이론은 인종 혼합의 문제에서 현격히 드러나듯이 남성혈통을 강조하며 교육의 대상으로 여성을 내세우고 있다.

이 작품은 우생학 교육 실천을 중요하게 다루고 있다. 특히 우생학 교육의 중심을 '모성'에 둔다. 임신한 어머니들이 충분한 영양을 섭취하고, "주부 체조"를 해주어야 한다는 것은 농사일을 하는 농민들이나 개척민들에게는 실천되지 못하고 있는 사항이다. 남표는 이런 부인들의 "유련체조(柔軟體操)"뿐만 아니라 "국민체조"의 보급에 힘쓴다. 그 결과 아이들과 부녀자들이 학교 운동장에 모여 정기적으로 체조를 하게 된다. 여성들의 체조를 통해 집단성을 재현하는 장면은 생산 주체들의 의료적 관리를 의미한다. 즉 "근대의 국가권력은 개인을 극히 사적인 영역에 이르기까지 포섭, 관리하고 통제하기 위한 방편으로서 의료 영역의 확산을 이용했던

---

91) 고영환, 「전쟁과 인구—歐洲各國의 인구정책—」(<조광>, 7권 5호, 1941. 5), p. 32.

것이다."92) 이 작품은 "인구의 수가 중요한 것이 아니라 질이 중요"하다
는 우생학적 교육을 일본 제국과 연결지어 설명한다. 게다가 '건강한 어
머니'에서 "건병(建兵)"의 출산으로 직결되는 남표의 주장은 총력전체제의
전쟁 수행과 우생학이 직결되어 있는 것이다. 남표는 일본의 어떤 의학박
사가 독일에서 경험한 "모친상담소"를 근거로 삼아 개척민 여성들의 의
식을 발전시키려 한다. "유전-우생학에서 생각해 보면 유전적으로는 모
친편이 부친보다도 더 많이 아이한테 피를 가지게" 된다. 따라서 우수한
아들을 낳기 위해서는 우수한 어머니가 필요하다는 우생학적 논리는 좋
지 못한 형질의 아이를 '단종법'으로 제거하는 비인간성에 대한 비판을
자연스럽게 지워버린다.

우생학적 인식은 "연애·결혼의 우생학"(p. 621)에까지 확대된다. 훌륭
한 형질의 아들을 낳기 위해서는 연애와 결혼 역시도 우생학적으로 우등
한 형질의 남녀가 만나 가정을 이루어야 한다는 것이다. 그래서 『처녀지』
의 서사진행은 우생학적 연애와 결혼을 위해 '선주'를 죽음으로서 제거하
고, '경아'와 남표를 엮어주는 방식으로 진행된다. 우생학 논리는 젠더적
구조를 반영하고 있다. 우생학을 통한 인종의 선택, 배제는 남녀의 구조에
그대로 반영되면서 고결한 우정을 수호할 수 있는 여성과 그렇지 못한 여
성을 분류하게 된다. '선주'는 "요염한 육향을 발산하는 여자"이고 '경아'
는 "안존하고 청조한 순결을 보이는 여자"로 대조된다. 한때 남표의 약혼
자였으나 그를 배신하고 "유한마담"이 된 선주는 서사 진행 내내 남표에
의해 "악마"로 지칭된다. 선주의 '배반'과 '변덕'은 '우정'에 대척되는 것
이다. 여성의 '배반'이나 '변덕'은 남성집단에게 배신의 두려움이자 민족
와해의 두려움으로 확장되어 해석될 수 있다. 이에 비하여 경아는 헌신

---

92) 김진균, 정근식 편저, 『근대주체와 식민지 규율권력』(문화과학사, 2000), p. 175.

적으로 남표를 돕고, 그와 함께 개척 사업에 투신할 수 있는 인물로 재
현된다. 이 작품은 선주가 경아에 대한 질투심으로 간계를 써서 남표
와 경아의 개척 사업에 시련을 만드는 것으로 서사적 사건들이 창조
된다.『여인전기』에서 진주가 새로운 구애자들을 제쳐두고 예전의 의
리를 지키며 어린 신랑을 다시 받아들이는 것을 미화하는 방식에서도 이
런 논리는 통한다. 이선옥은 이 작품에서 "'사회심'과 '단체정신'을 우수
한 정신의 형질로, '개인주의, 향락주의, 육체적 욕망'을 열등한 정신의 형
질로 구분하는 당시 우생학의 분류를 남성과 여성의 계몽 관계로 치환한
것"93)이라 분석하고 있다. 남표라는 남성인물의 계몽에 포섭되는 여성과
배제되는 여성의 관계 역시 우생학적 분류를 따르고 있는 것이다. 이처럼
이 작품은 동지간의 '우생학적 결합'을 '우생학적 결혼'관을 통해 재현하
고 있다.

『처녀지』는 분열을 획책하는 무리들을 통합해 가는 방식으로 서사가
진행되고 있다. 지도자로서의 남표는 농민들을 계몽하는 과정에서 몇몇
농민들의 시기와 음해를 받게 된다. 이 과정에서 중상모략을 통해 분열을
획책하는 '당파'의 문제가 제시된다. 남표의 개척사업 지도에 있어서 문
제가 되는 인물은 '박만용'이다. "배상오는 전부터 그의 병정이지만은 그
밖에도 술을 사먹이며 젊은 애들을 꾀이였다. 그는 은연중에 패를 만드러
서 자기중심의 당파를 꾸미랴는 것이였다."(p. 318) 이러한 박만용 무리가
분열을 야기하려는 이유는 남표에 대한 '시기심' 때문이다. 시기심이나
질투는 사회적 분열을 야기시키는 것으로 생각할 수 있다. 남표는 박만용
의 계략에 의해 '순경청'에 호출을 받게 된다. 그리고 박만용은 '애나'를

---

93) 이선옥, 「우생학에 나타난 민족주의와 젠더 정치―이기영의『처녀지』를 중심으로
―」(같은 책), p. 93.

좋아하는 '허달'에게 남표와 애나의 사이를 의심하도록 만들기까지 한다. 같은 동지적 결속의 집단을 해체하려는 의도가 명백한 박만용 일당의 사건은 만주 개척 사업을 통해 청춘을 회복했던 남표에게 다시 의욕을 상실케 만든다. 그러나 서사는 이러한 시련을 통해 더욱 영웅화되는 '지도자' 남표와 그를 중심으로 한 청년단원들의 결속이 더욱 공고해지도록 진행된다. 결속력이 공고해 질 수 있는 것은 구성원들이 집단의 힘을 체감했을 때이다. 아래의 인용문은 이러한 사실을 보여준다.

> 과연 여러십명이 일심으로 공동경작을 하는 능률은 비상하였다. 하루 동안 한일이 품꾼을 그만큼 사 쓰면 몇일동안 할만큼 성과를 내였다. 군중의 운력이란 무서운 것을 그들은 비로소 깨다렀다. 그만큼 일꺼일는 벗적벗적줄어간다. (p. 380.)

인용문은 지도자 남표를 중심으로 "공동경작"을 통해 여러 명이 집단화될 때의 힘을 "군중의 운력"이라 표현하고 있다. 이 힘의 강력함을 비로소 농민 개체들이 깨닫게 된 것이다. 이 부분에서 "군중의 상상력"이 출현하고 있다. 르봉이 주장했던 군중의 시대에 있어 지도자의 "피암시성"과 군중의 "모방"[94]은 정치적 의미를 띠며 집단성을 보여주게 되는 것이다. 그런데 군중은 여성성을 지니고 있어서, 자신들의 이해에 따라 지도자를 의심하기도 하고 찬양하기도 한다. 만주 개척민들이 남표를 지도자로 만들어 가는 과정은 군중의 여성성을 잘 보여 준다. 그들은 자신들의 이익에 따라 남표를 영웅화하기도 하고, 의심하기도 한다. 지도자 소설은 지도자로서의 이니시에이션을 보여주기 위해 '난관'이 반드시 등장한다.

---

94) Mary Esteve, *The Aesthetics and Politics of The Crowd in American Literature* (Cambridge UP, 2003), pp. 2~4.

이러한 난관들을 극복하기 때문에 "훌륭한 개척촌"을 만들겠다는 남표의 이상이 빛을 보게 되는 것이다. 따라서 지도자 남표의 희생적 죽음은 '모범'이 되어 민중들을 통합할 수 있는 기제가 된다.

3.3. 전우애와 동지애의 통합 강조

일제 말기에 독일을 방문해서 그들의 문화를 견문하고 오는 경우는 비일비재했던 것으로 파악된다. 최일선은 자신이 직접 독일에 가서 '나치스 지도자 학교'를 방문했던 일과 감상을 적은 글에서 나치스 지도자 학교 학생들 사이의 '우정'과 '동지애'에 대해 적극적으로 강조하고 있다. 그는 이를 학생들에게서 찾아낸 '미덕'으로 간주하고 있다.[95] 이 당시의 장편소설에서도 '우정'과 '동무' '동지애'에 대한 강조가 현저히 드러난다. 그러나 이것은 전대의 '우정'이나 '동지애'와는 분명 구별된다. 이 항은 전쟁과 개척 사업에서 우정과 형제애, 동지애 등이 남성성과 관계하며 결속을 강조하고 있음을 살펴보려 한다. '우정'은 '연정'과 함께 언급되면서 동성애적 요소를 담고 있다. 따라서 작품 속에서 우정은 동성애적 성향을 띨 수 있다. 하지만 파시즘적 서사에서 동성애는 배제되고 전쟁을 위한 '전우애'만이 강조되어야 한다. 그것은 "전쟁의 문학이란 전쟁이라는 전체와 개인의 관련을 필연과 자연"[96]의 관계로 보고 친연성을 조장해야 하기 때문이다. "전쟁이란 것은 반드시 무기로 이기는 것"이 아니라 "전우애"와 같은 "아름답고, 높고, 굳센 정신의 힘"[97]에서 비롯되는 것이다.

---

95) 최일선, 「독일 나치스 지도자 학교 방문기」(<삼천리>, 13권 7월호, 1941. 7), p. 110.
96) 백 철, 「일본문학상의 전쟁」(<조광>, 5권 2호, 1939. 2), p. 61.
97) 김석원, 「실전담과 비상시국하의 각오」(<조광>, 5권 9호, 1939. 9), p. 116.

이는 '황군'의 고결한 정신적 자질이 된다. 따라서 '전우애'는 텍스트에서 "군인정신"98)의 한 표현으로 다루어지기도 한다. 전쟁의 경험을 보호하기 위한 '전우애'나 '동지애', '형제애'로서의 민족 관념 속에서 파시즘 이데올로기의 형식을 발견할 수 있다. 이 형식들은 "남성다움을 단합시키기 위한 친밀성을 조직화"99) 하고 남성들의 우정을 고결하게 만듦으로써 가능해진다. 그래서 함께 훈련을 받는 병사들 사이의 전우애는 민족애로까지 확장된다. 또한 전시동원체제에서 청년층의 동원은 전쟁에의 참여만큼이나 총후에 있는 청년들의 활동을 중요하게 생각했다. 이러한 정신은 전쟁서사와 청년 공동체의 개척서사를 다루고 있는 일제 말기 소설들에 투영되고 있다. 파시즘 이데올로기는 남성 집단성을 강조하기 위해 '우정'을 강조하게 된다. 이때 우정은 전쟁을 목적으로 한 '전우애'와 총후에서의 '동지애'로 변용되기 때문에 전쟁서사와 개척서사로 재현된다.

채만식의 『여인전기女人戰紀』는 <매일신보>에 1944년 10월 5일부터 1945년 5월 17일까지 101회에 걸쳐 연재된 작품이다. 이 작품은 여주인공 '진주'의 인생여정을 그리고 있는 소설로서, 그녀의 인생여정을 통해 한 여성이 '군국의 어머니'로 성화되어 가는 과정을 국민되기 플롯을 통해 재현하고 있다. 소설은 진주의 스토리와 아들 철이 보낸 군사우편이라는 스토리가 동시에 진행되고 있으며, 군국 어머니 되기와 아들의 군인되기 플롯이 교차하며 짜여진다.

전사, 병사와 직접적으로 관련한 인물들은 전쟁터에 참여하고 있는 인물들과 마찬가지로 전사화된다. 그래서 소설은 '군국의 어머니', '군국의

---

98) 則武三雄, 「군인정신」(<조광>, 9권 8호, 1943. 8), p, 26.
　　黑田省三, 「군인정신잡감」(<조광>, 9권 9호, 1943. 9), p. 48.
99) Sarah Cole, *Modernism, Male Friendship, and The First World War* (Cambridge UP, 2003), p. 4.

아버지', 군국의 아내들을 형상화해낸다. 전쟁에 나가 싸우는 것을 남자의 할 일로 규정하고 그것이 남자다움을 전형화하는 하나의 방식이라면, 이러한 아들의 사내다움을 유표화하고 신성화시키는 것이 당당하고 씩씩한 총후 어머니의 모습으로 전형화된다. 이러한 여성들은 "사람됨이 기개가 무던하고 성품이 괄괄"(p. 312) 하여 남성성에 가깝게 재현된다. 그리고 이는 체제적 입장에서 긍정적인 가치를 지닌 모성 상을 전형화하는 방식이기도 하다. 3인칭 서술자는 출정한 아들에 대한 진주의 마음을 '내지의 어머니'와 '조선의 어머니'로 나누어 대비시키고 있다. 비록 사랑하는 아들을 나라에 바쳤으되 슬퍼하지 않고, 눈물 흘리지 않는 것이 "군국의 정신"을 실현하는 것이다. 그러나 자기본위의 개인주의가 팽배한 조선의 어머니들은 이러한 군국에 대한 정신적 준비가 미비하다고 서술자는 평가하고 있다. 전지에 아들을 보내놓은 진주가 받는 아들의 군사우편은 아직 미비한 "조선의 어머니"인 진주를 "군국의 어머니"로 성장하게 하는 매개 구실을 한다.

철의 군사우편은 전쟁 상황과 병력의 부족, 죽음을 불사하고 용맹스럽게 싸우는 병사의 마음을 담아내고 있다. 징병을 다룬 소설들은 황군으로 나간 조선의 청년들이 이제 더 이상 조선이라는 피식민적 존재가 아니라 "용맹한 일본 군사"로서 재탄생하도록 재현하고 있다. 그러나『여인전기』에서는 전쟁터에서조차 일본 병사와 조선 병사 사이에 차등이 존재하고 있음을 재현한다. 전쟁터에서의 용맹성은 일본 군사의 자질로 규정된다. 피식민 조선의 병사들은 이런 자질을 지니지 못했다는 것이다. 조선인 병사 역시 일본인 병사와 동일한 자질을 지니고 있음을 증명하기 위해선 죽음의 심미화 과정이 필연적으로 따를 수밖에 없다. 군인정신은 투철한 희생정신에 기반해 있다. 그리고 군인정신의 예찬은 '우정'과 '전우애'를 통해 이루어지기도 한다. 어머니가 손수 만들어 보내주신 '약과'를 아들 철이 전우들과 나누어 먹는 장면은 이를 잘 반영하고 있다.

> "군대에서는 네것 내것이 없답니다. 더구나 내지 사람 병정들은 구경도 하여보지 못한, 그 달고 고소하고 맛있는 약과를 자랑하여 가며 나눠 먹을 일을 생각하면 미리부터 즐겁습니다. 그리고 그렇게들 귀한 음식이면 서로 나눠 먹고 할 만큼 우리는 의가 좋고 다정히 지낸답니다. 또 상관들도 우리를 퍽 애껴하며, 더욱이 부대장께서 소자를 귀애하기란 분에 넘치는 것이 있습니다. 그런 점도 어머니, 부디 안심하옵소서."(p. 317.)

위의 인용문인 철의 편지 구절은 군대에서의 전우애를 예찬하고 있다. 군대에서의 우정과 전우애는 내지 병사와 조선 병사의 구분을 지워 버리는 것으로 재현되고 있다. 이처럼 식민지 관계에 있어 '전우애'로서의 '우정'은 식민지 정책의 전략이 될 수 있다. 이 점은 이광수의 『그들의 사랑』에서도 확인 가능하다. 피식민자를 식민자의 정책에 동원하기 위해 사용되는 '우정'은 개체를 통합하는 데 있어 효과적일 수 있었던 것이다. 다음 작품은 우정이 '청년단' 결성에 있어 '동지애'로 변용되어 강조되는 점을 살펴 볼 것이다.

이무영의 장편 『향가』는 <매일신보>(1943. 5. 3~9.6)에 연재되었다. 이 소설에서는 집단의 결속을 위해 노력하는 지도자적 형상들이 많이 등장하는데, 이들의 단체는 '청년단'의 성격을 지닌 채 연대의식과 단합을 강조한다. 이 작품은 '흙'이라는 소재가 과거의 농민소설과는 달리 파시즘적 이데올로기의 반영물로서 사용되고 있다. 이는 일본이 식량 보충을 위해 파시즘의 한 경향으로 "土의 문학"[100]을 장려한 영향뿐만 아니라 '흙'

---

100) 「전쟁과 여성」(<삼천리>, 12권 8호, 1940. 9), pp. 46~47.

으로 민족성을 강조한 독일 파시즘의 영향이라 할 수 있다. 따라서 작품의 줄거리 역시 청년들의 애향운동과 이상촌 건설 과정과 그 성공을 다루었다. 이 작품에서 애향운동의 주도적 인물로 설정된 것은 귀향 지식인인 '성명옥'과 '엄준섭', 그리고 지도자적 소작인인 '엄달근'이다. '팔선동(八仙洞)'은 한강 상류 연안의 상·하 두 부락으로 되어 있는 농촌마을이다. 두 부락으로 나뉜 마을은 공간의 단순한 분할의 결과가 아니라 위계질서가 반영된 결과다. 타향 사람들이 옮겨 와 정착하게 되는 과정에서 '원주민'과 '이주민'의 양분법이 '윗말'과 '아랫말'을 나누는 기준이 된다. 그러한 논리는 "헌것과 새것 사이"의 알력이자 "좁은 경작지를 갈라 부쳐야"(p. 17) 하는 생존경쟁의 문제와도 관련되어 있다. 게다가 둘로 나뉘어 갈등한다는 것은 분열의 모습을 나타내기도 한다. 이러한 분열을 통합하려는 의지는 이주민을 배척하는 지주 '성낙중'의 권세를 꺾을 수 있어야 가능해진다.

성낙중과 대립적인 관계에 있는 엄달근의 아들 준섭은 농촌을 계몽하려는 의지가 있는 청년이다. 준섭은 만주 개척 사업에 뛰어들었다가 돌아오기까지 한 인물이다. 그러나 이 작품에서 애향운동의 지도자 형상은 준섭보다 성낙중의 딸인 성명옥을 통해 재현된다. 그 이유는 그녀가 여성 주체이자 계급 주체이기도 하기 때문이다. 농촌 진흥을 위한 여성의 노동력과 지주-소작인의 계층 관리는 농촌문제에 있어 상당히 중요했기 때문이다. 명옥은 서울에서 다른 청년들과 "농장을 경영하는 한편 도시의 치욕이요 조선의 치욕인 걸인과 고아들을 모아 육영사업(育英事業)을 계획"(p. 41)하기도 했던 인물이다. 그녀의 고향행은 그저 단순히 졸업을 했으니까 집으로 돌아가는 것이 아니라 "새 일터를 찾아가는 것"이다.

명옥과 준섭의 계몽으로 인해 팔선동의 변화가 "일대 혁명"으로 표현될 수 있는 것은 변화가 되기 이전의 모습을 통해 간접적으로 드러난다. 늘 수동적이기만 했던 팔선동민들이 자진해서 자연을 정복해 보려했다는 점뿐만 아니라 "폐쇄적이고 원시적인 생활"을 하던 이들이 문화를 개방하고 '전시(戰時)'의 흐름을 파악하게 되었던 것이다. 텍스트에서 서술자는 '전시'라는 시대적 상황을 무시하고 있는 팔선동민의 삶을 죄악시하고 있다. 그래서 마을 사람들이 같은 시각 다른 곳에서는 대동아 공영의 모토가 되기도 하는 "새로운 질서를 건설하기 위해서 싸우고 있다는 사실"조차 모르고 있다는 점을 상당히 미개한 것으로 취급될 요소라 평가하고 있다. 서술자는 이렇게 무지한 사람들에게는 "뚱겨주는 사람"인 '지도자'의 형상이 절실히 요구됨을 강조하고 있다.

『향가』에서 동지애적 결합은 두 지도자에서부터 비롯된다. 젊은 신세대층 지도자인 준섭과 명옥의 결합 방식은 오해의 풀림을 구조로 취하고 있다. 준섭은 자신보다 적극적인 명옥의 행동과 지주-소작인의 자식이라는 계층차이에서 비롯된 선입견 때문에, 명옥이 사업계획을 위해 만남을 청하는 것을 계속 미룬다. 준섭에게 명옥은 "대담한 여자"와 "요망한 계집"으로 생각되고, 게다가 그녀의 계획은 이상론으로밖에 보이지 않았기 때문이다. 명옥에 대한 준섭의 생각이 바뀌기 시작하는 계기는 그녀의 실천이 확고한 신념에서 비롯되었다는 판단이 서면서부터이다. 결국 준섭은 명옥에게 "협력"하겠다는 의지를 표명하게 된다. 그러나 이들의 협력과 결합은 남녀의 애정으로 이루어지는 것이 아니라는 점에 주의해야 할 것이다. "명옥이와 준섭이와의 접근은 단순히 수십 년 동안 척을 짓고 살아온 성낙중이와 엄달근네 집을 가로막고 있는 장벽을 털어버리는 데 그친 것이 아니고 자기네도 의식치 못하는 사이에 완전히 차단되었던 팔선동 아래윗말의 어색스러운 분위기를 깨뜨려 주었"기 때문이다.

서사 발단에서부터 이 둘 사이에 애정이 개입된 것이 아닌가 하는 마을 사람들이나 부모의 의혹과 소문은 지속적으로 반복 제시되며 문제시되지만 정작 당사자들은 이를 전혀 염두에 두고 있지 않는다. 파시즘 문학에서는 남자들간의 우정을 이성애보다 훨씬 더 우월하게 판단하고 있었기에, "남성과 여성이 그들의 사랑을 우정으로 변화시킬 것을 촉구"[101]한다. 청년단을 만들어 매일 활동하는 명옥의 모습을 "저것이 그만 사내녀석이 돼버렸으니"(p. 121)라고 남성화시키는 어머니의 발언은 단체 활동에서 "자기 향락에 취한 부잣집 따님", "기적을 창조하는 여성"이 "사내녀석"으로 남성화되고 있음을 보여주고 있다. "이탈리아 파시스트들은 '무장한 여성성armed feminity'을 상상하며, 여성 회원 군대와 여성 저항군의 출현을 실현하려 했다."[102] 젊은 청년 집단을 남성성으로 재현하는 방식 가운데는 청춘의 속성을 남성성으로 표상해 내려는 의도 또한 포함되어 있다. 노동력의 산출은 여성을 남성과 같은 생산력으로 전화시키기를 요구했기 때문이다. 이처럼 남성화된 청년 집단의 "연대 의식"은 농촌 개체들의 집단화를 꾀하면서 이상촌 사업을 수행할 수 있었던 것이다.

3.4. 소결: 전쟁 서사와 청년의 동원

3절에서는 '이성애'보다 더 우월하게 다루어지는 '우정'의 숭배에 대해 살펴보았다. 우정은 남성과 남성의 관계, 남성과 여성의 관계, 여성과 여성의 관계를 모두 남성성의 이미지로 전형화하면서 개체와 단체의 결속력을 강화시키고 있었다. '전쟁'과 '만주', '농촌'에 대한 주제는 남성적 힘

---

101) 조지 모스/서강여성문학연구회, 같은 책, p. 127.
102) Ruth Ben—Ghiat, 같은 책, p. 180.

을 필요로 한다. 따라서 전쟁서사와 개척서사의 주체는 남성성을 재현했으며, 그 남성성을 고결하게 유지할 수 있는 매개로 서사적 재현은 '우정'을 사용했던 것이다. 전쟁서사와 개척서사는 남성성을 재활시키며 개체를 집단적 주체로 변화시키는 방식으로 전개되어 나간다. 군대를 통한 피식민지 남성의 재탄생, 재생의 서사는 최재서의 「보도연습반」(<국민문학>, 1943. 4. 日文을 통해서도 살 필 수 있다. 이 작품에서는 "전쟁의 새로운 단계에 대처하기 위해 동원"된 "지식인 부대"를 등장시키며 지원병 주제를 다룬다. 지식인 '송영수'는 이 부대에의 참여를 통해 새로 태어나는 형국으로 재현되고 있다. 이 작품은 '군인'을 새로운 "젊은 조선의 모습"(p. 350)으로 표현하며 세대를 달리하는 인간형으로 제시하고 있다. 남성화된 우정과 민족주의의 결합은 병사와 지도자를 고결하게 만들며 그들에게 적자적(赤子的)인 주체의 위치를 배정하고 있었다. 피식민 남성이 병사가 되고, 지도자가 된다는 것은 남성성의 부활이자 파시즘적 주체로의 탄생을 의미했다. '군대'는 일본인과 차별 없이 형제처럼 지낼 수 있는 특권이 부여되는 공간으로 제시되고 있었다. 게다가 이런 군대 안에서의 우정은 곧 일본에 대한 우정과 충성으로 귀속되고 있음을 확인할 수 있다.

군대가 남성들 간의 결속력을 강화한다는 것은 군대 재현에서 젠더 이데올로기가 주입되고 남성성을 전경화시키는 점에서 발견할 수 있다. 이는 오영진의 「젊은 용의 고향」에서 여성을 남성보다 "지능이 낮"은 하등 생물로 취급하며, "남자로 태어난 건 굉장한 권리"이자 "여자보다 위대"한 것으로 신병들에게 교육시키는 분대장의 발언에서도 살펴볼 수 있다. 이러한 현상은 파시즘 문학에서 '전쟁'을 남성성으로 규정하기 때문이다. 『청춘의 윤리』에서 남성성에 대한 예찬은 남성들 간의 우정을 강조하는 것으로 제시된다. 최영득이 청혼하기 전에 연적인 주성호를 찾은 이유는 '우정' 때문이었다. 현주라는 일개 여자 때문에 남성간의 우정을 상하고 싶지 않다는 것이 영득의 생각인 것이다. 즉, "연애나 결혼은 어느 여자와도 할 수 있는 일이지만, 우정이야 어디 함부루 느낄 수 있는 것"이 아니라는 것이다. 이처럼 '연애'라는 사적인 감정보다 '우정'이 더 중요하다는 논리는 연애는 여성적이고 우정은 남성적이라는 등식도 가능하게 한다.

고도국방건설을 위해서는 국가를 형성하는 제반 여건의 총동원이 필요하다. 이때 동원력은 사회 구성원의 '결속력'103)에 달려 있다. 앞서 살펴보았듯이 파시즘 문학에서 사회 구성원의 중심축은 '청년'으로 상정되어 있다. 청년들의 결속력은 단체 구성과 활동을 통해 집단적 힘을 보여주는 방식으로 이루어져 왔다. 일제 말기 파시즘체제에서는 청년단을 "청년대(靑年隊)"104), "의학부대", "청춘부대"로 부르며 청년을 전사화 하고 있다. 게다가 이 당시 '히틀러 청년단'에 대한 소개를 상당수 받고 있었던 점과 1940년대에 '독일청년단'이 조선을 방문했었다105)는 역사적 사실을 통해 볼 때, 파시즘적 청년단 구성의 영향을 간과할 수 없다. 청년은 근대성의 지표로 등장하게 되고, 단체의 결속력을 지닌 사회 운동과 연결되면서 조직적 체계화를 갖추게 되었던 것이다.

징병제는 제국에 대한 특권의 부여와 연결되어 있다. 그래서 병사로 출정할지의 여부에 따라 계층적 위계가 달라졌던 것이다. 장덕조의 「행로」(『반도작가단편집』, 1944. 5. 25. 日文)에서는 '소년항공병'으로 아들을 전

---

103) 高橋참모장 연설, 「총력운동의 根基―참된 일치 결속을 요망―」(<춘추>, 2권 4
호, 1941. 5), p. 77.
104) 해야공, 「징병령기다리는 청년에게」(<조광>, 8권 10호, 1942. 10), p. 40. 이글을
통해 볼 때 '청년대'의 연령 대는 14세에서 30세까지로 대중이 없다.
105) 최주하, 「조선체육계의 당면문제」(<춘추>, 1941. 6), p. 179.

쟁터에 보내 놓은 신여성이 등장한다. 이 소설은 채만식의『여인전기』
처럼 아들의 편지를 통해 '군국모성'의 신성화를 형상화하고 있다. 전쟁
의 문제에 있어 여성들은 병사가 된 아들이나 제국의 남성에 의해 군국
화된다. 장혁주의「새로운 출발」(『國民總力』連載, 日文)에서 일본에 있
는 이주자로서의 조선인들은 '병역의 의무'를 하나의 특혜로 생각하고 있
다. 제국의 병사가 되기 위한 입소시험은 '신체검사'와 '학과시험'으로 편
성되어 있다.[106] 군대에의 입소여부로 정상과 비정상을 가르는 기준이 되
었기 때문에 조선인으로서의 모멸감과 동시에 정상적이지 못한 신체를
지닌 남성성의 문제가 걸려 있기도 했다. 따라서 당시 징병의 기회와 입
소시험에서의 합격은 모멸감을 제거하고 남성성을 확인받을 수 있는 좋
은 기회가 되었던 것이다. 이광수의「병사가 될 수 있다」(<신태양>,
1943. 11)에서는 이것을 '구원'받은 것으로 표현하며, "다음 세대에 태어나
는 아이들은 행운"이라고까지 말한다. "조선에도 내지와 똑같은 징병제를
실시하기로 된 것"은 항상 "선망의 눈으로 보고 있는 저 내지 출신의 제
국군인과 대오를 같이하여 늠름한 그 자태"[107]를 나타낼 수 있는 것이며,
"황민화의 실현을 현실에 있어서 수행"할 수 있게 되는 것이다. 이밖에도
징병제 실시가 일본인과 조선인 사이의 차별을 지울 수 있는 수단으로 생
각했었다는 점은 여러 글에서 찾아 볼 수 있다. 징병제의 실시는 "병역의
무의 분담"에 의해서 "동아의 지도자라는 우위(優位)를 나누어 받는 일"[108]

---

106) 징병제도의 실시에 있어 '체격등위의 결정'은 남성성과 제국적 권력관계에 따라
　　분류되고 있음을 잘 보여준다. 군인이 될 남성의 신체는 甲乙丙丁으로 나뉘며 정
　　상과 비정상으로 분류된다. 당시 체격등위는 병역법시행령 68조에 의해서 엄격히
　　검사되고 있었다.(최신해,「징병령과 체격검사」, <조광>, 8권 11호, 1942. 11, pp.
　　37~38 참조.)
107) 양주삼,「적국의 학생병을 치자」(<매일신보>, 1943. 11. 8), p. 280.
108) 서　춘,「징병제 실시와 반도인의 감격」(<조선>, 1942. 7), p. 263.

로 인식했던 것이다. 따라서 일본제국군인이 되는 것은 "황군용사들이 혈전을 거듭하는 머언 남방"에 함께 갈 수 있다는 제국주의의 팽창주의적 인식과 결합된다. '제국군인'이 되면 "거리우엔 허우적거리는 나태하고 서글픈 반도의 청년은 한 사람도 없을 것"[109]이라는 생각이 그것이다. 징병에의 참여는 "聖代에 몸을 둔 사나이로 태어나 陛下의 御馬前에 몸을 바치는 영광의 大路"에 들어 선 것이자, "국민 최고의 특권"과 "숭고한 의무"를 부여받은 것이다. 따라서 징병제 실시는 피식민지 남성도 "대동아공영권확립戰의 전사가 되어, 자손의 행복을 위하여 새 세기의 猛者로서 칼을 잡고 흔연히 일어날"[110] 수 있는 것으로 파악했다.

서춘은 "이만한 신뢰가 주어진 이상은 세상없어도 그 기대와 신뢰를 배반하지 않도록 몸으로써 표시하지 않으면 안 된다"고 말하며, "이 광영에 대해 보답하는 길은 우선 반도의 전 청년이 정강(精强)한 황군의 일원이 될 자격을 충분히 구비함"에 있다고 주장한다. 게다가 "내지인과 다름없는 정병(精兵)"이 되려면 체력, 기술적 요소, 그리고 "일본정신"이 필요함을 주장한다. 이런 병사와 청년단의 모델은 독일의 '히틀러—유겐트'의 영향을 상당수 받은 것이다. 이 당시는 일반 가정과 사회생활에 필요한 과학연구를 하고 있는 '독일남녀청년단과학연구소'나 '전기절약 여자청년단', '소년단'의 조직 구성과 활동이 소개되고 있었다. 뿐만 아니라 강인한 국민 배양의 원리인 精·肉 일체를 청년의 체육운동을 통해 강조한다. 전

최남선, 「보람있게 죽자」(<조광>, 9권 12호, 1943. 12), pp. 54~57. 이밖에 <학병진출訓>이라는 주제로 김두헌의 「오천 학병 가는 곳」, 牧山軒求의 「천재일우의 때」, 天城活蘭의 「뒷을은 우리가」, 具家滋玉의 「전선에서 진가발휘」, 장덕수의 「한마음 한뜻으로」 등이 있다.
109) 서정주, 「스무살된벗에게」(<조광>, 9권 10호, 1943. 10), p. 61.
110) 金光政雄, 「징병령과 반도청년」(<조광>, 8권 10호, 1942. 10), p. 43.

쟁에서 남성의 신체 건강함은 상당히 중요한 일이기에 파시즘이 소설화될 때 남성 신체의 이미지는 중요하게 처리되고 있었다. 이는 '전쟁과 스포츠'와의 관계가 떼려야 뗄 수 없는 관계임을 파악하고 "체위의 향상이 일국의 盛衰에 중대한 영향"111)을 미친다는 인식에서 비롯된 것이다. 이에는 독일의 체육교육에 대한 정보가 많은 영향을 미쳤다. "햇빛을 쪼여라! 浩然의 氣를 養해라! 자연에 친해라! 민요를 노래불너라! 전설을 도로차저라! 조국의 지리를 알어라! 조국의 흙속에서 자라나는 혼을 깨달어라! 협력하여라 단결하여라! 국가는 한낫 독일국. 민족은 한낫 독일민족"112)이라는 표어 아래 독일은 모든 운동에 '청년의 의기'를 중요시 여겼던 것이다.

그런데 독일에서의 청년 교육에서도 파시즘적 인간형의 배제와 포섭 원리가 적용되고 있었다. "독일서는 나치스 통일의 국가건설을 목적으로 하기 때문에 소학교로부터 대학교에 이르기까지 철저히 나치스화, 독일화의 교육을 시키고 있다." 이 계획에 의하면 독일청년은 "청년운동에 관계 해본 경험을 갖지 않고서는 누구나 獨逸官吏가 될 수 없고 십세로부터 십사세까지의 소년소녀는 전부 소년단의 일원이 되지않으면 안될것이며 여기서 四個年間 계속적으로 훈련을 받은 후 가장 우수한 자만이 히틀러 청년단에 가입케 되는 것이다. 히틀러 청년단에서 4개년간의 훈련을 다시 받은 후에 비로소 國粹社會黨의 일원이 될 수 있는 것인데 히틀러 청년단에 가입케 못된 소년소녀라도 다른 특별조직에 가입케 될 수 있으며 또 시민으로서 훌륭한 인물임에는 틀림없지마는 다만 국민의 정치적 지도자인 소질을 缺한 것으로 보게 되는 것뿐이다. 그러나 장래 당이나 국가의

---

111) 최주하, 「조선체육계의 당면문제」(<춘추>, 1941. 6), pp. 170~181 참조.
112) 北歐學人, 「독일부흥과 청년단 활동」(<삼천리>, 10호, 경신년. 11.), pp. 15~16.

지도자 될 사람은 히틀러 청년단이 될 것이다."[113] 이 말에서도 볼 수 있 듯이 독일의 히틀러 청년단 역시 특권화된 엘리트 청년단임을 알 수 있 다. 이런 식의 특권화는 국가총력전체제 하 청년의 최전선 배치와 연결된 다. 식민지청년을 재훈련하기 위하여 일본 제국은 청년훈련소 청년단을 증설하고 小中학교원을 총동원하여 국민정신총동원연맹강화의 정책을 내 세운다. "總力戰은 武力戰이며 經齊戰이며 思想戰이다. 靑年은 국가총력 전의 第一線"에 서 있기 때문에 "농진운동 혹은 방공운동과 함께 조선민 중의 향상 발달"에 대한 책임과 의무를 지니게 된다. 청년들이 "혹은 애 국반원으로 혹은 精動促進隊員으로 힘껏 활약하여 반도의 정신적 무장에 물샐틈이 없도록 힘쓸 것"과 "시국관계의 단체에 가입하여가지고 단체훈 련을 꼭 받을 것"[114]은 자신의 주체 지위를 변형시킬 수 있는 계기가 되 기도 했던 것이다.

전쟁터 이외에 청년이 단체를 형성해야 할 긴요한 공간으로 '농촌'과 '만주'가 등장하고 있음을 소설 분석에서 확인할 수 있었다. '흙,' '국토'에 대한 관심에는 민족주의 이데올로기가 반영되어 있다. 일본은 '土의 문학' 이 성립될 정도로 땅과 자연에 대한 관심을 표방했다. 국토와 향토가 민 족주의에 의해 재발견되었던 것처럼 풍경으로서의 자연이 재발견되면서 '전원'으로의 관심이 심미화되었다. 농촌은 도시와 대비되는 공간으로 설 정되고 있는데, 이는 파시즘에서 도시를 자본주의의 불건전함이 배태되는 공간으로 치부하고 있는 것과 동일선상에서 이해할 수 있다. 따라서 농촌 운동을 지도하기 위해 귀농하는 것은 "도시인으로써의 불건전성을 구하 기"[115] 위한 행위가 된다. 뿐만 아니라 전시 체제하에서 식량공급지로서

---

113) 「독일의 청년 교육」(<신동아>, 6권 7호, 1936. 7), p. 177.
114) 현영섭, 「내선일체와 총후청년의 임무」(<조광>, 6권 5호, 1940. 5), p. 194.

농촌의 중요성이 부각되었던 점도 한 몫을 했던 것이다. 이 당시 일본에서 '土의 문학'이 주창되고 있었는데, 이는 전쟁문학과 더불어 '총후문학'[116]으로 생각되어졌기 때문에 식민지 조선에 수입되었다. 전쟁과 총후의 긴밀한 관계에서 비롯된 흙의 문학은 지도자들의 귀농[117]을 형상화하기 시작했다. 그리고 총후의 생산성을 강조하는 농민문학론은 청년과 여성의 노동력을 창출하기 위한 파시즘적 전략을 소설화했다.

> 문학이 인간일생의 사업으로 적은것인지 아닌지는 단정키어려우나 어쨌든 한사람의 문학가로서 비록 한가지일에라도 집착하고 싶다. 여러 가지 의미에서 오늘날을 「신세대」라고 한다면 「문학의 신세대」는 무엇보다도 在來의 편협한 문단분위기를 털어버려야할 것을 요구한다. 전체적으로는 자체에 대한 통절한 반성이다. 홍수처럼 범람해진 소극적인 소비적인 문학과 결별하는 것은 은둔과 추종에서 벗어나는 문학적 신세대의 당연한 과제다. 시대적인 생활적인 문학의 길을 찾아갖자. 그의 하나로서 흙의 문학－농민문학을 힘껏 쥐고 늘란다. 흙위에 버티고서서.[118]

자본주의의 소비주의를 자극하는 문학과 결별한 "시대적인 생활적인 문학"이 "흙의 문학", "농민문학"이라는 점과 그것을 재현하는 주체가 '신세대'라는 점은 농촌의 결속을 재현하고 있는 앞의 소설들이 파시즘적 목

---

115) 한흑구, 「도시의 鄕友에게－歸農생활보고－」(<조광>, 제5권 제8호, 1939. 8), p. 283.
　　이헌구, 「도시와 농촌의 춘정제태」(<조광>, 제5권 제8호, 1939. 8), pp. 28~36.
　　「농촌인구도시집중의 원인」(<조광>, 제4권 제4호, 1938. 4), p. 68.
116) 임 화, 「일본농민문학의 동향－특히 「土의 文學」을 중심으로－」(<인문평론>, 1940. 1), p. 11.
　　권 환, 「농민문학의 제문제」(<조광>, 6권 9호, 1940. 9), p. 92.
117) 홍효민, 「귀농운동의 관념화 －『흙』의 제구성의 양상－」(<인문평론>, 1941. 1), p. 78.
118) 박승극, 「생활적인 문학」(<조광>, 6권 1호, 1940. 1), p. 166.

적을 지향하고 있다는 것을 확인할 수 있게 한다. 조선인구의 대부분을 차지하는 농민의 문맹상태를 퇴치하는 것은 "제국의 一 領域으로서의 半島의 지위를 향상"[119]시키는 일이었다. 따라서 국내 농민 문학은 농민문학의 대상인 농민의 계몽과 국민 사상의 보급을 형상화하는데 주력했던 것이다. 그리고 '土의 문학'='생활문학'='생산문학'의 관계가 성립되면서 소설에서 '생산장면'[120] 재현에 주력하는 '생산소설론'이 등장하게 된다.

이러한 흙의 문학은 국외 농촌 공간인 '만주의 농촌'을 다룬다. 만주라는 '대륙'의 자연은 협소한 조선의 농촌을 확대시킬 수 있는 방도로 간주되었다. 만주에서의 조선인의 지위는 일본 제국주체의 주체 지위를 모방하며 또 다른 지위를 부여받게 된다. 만주는 야만의 땅이자 개척대상이며, 이를 담당한 조선인은 피식민 주체에서 식민지 주체로 상승할 수 있었던 것이다. 소설 속에서 이러한 측면은 만주의 땅을 '문명'과 '야만'의 이분법으로 구분하는 논리에서 살펴 볼 수 있었다. 게다가 야만의 특성으로 분류되는 개척지는 '처녀지'로 여성화된다. 결국 땅은 민족주의와 결부되면서 농촌의 흥망성쇠와 조선의 운명을 동궤에 놓을 수 있게 된다. 이러한 의미에서 "농촌의 심장이오 혈관이며 前衛이오, 또 先驅로서 농촌을 지배하고 운전할 처지에 잇는 청년들"[121]의 임무와 직책의 중요성을 부각시키는 것은 당연한 일이 될 수밖에 없다. 청년들에게 요구되었던 의무는 농촌을 지키며 재건하는 취지하에 '흥농운동'을 적극 추진하는 것이었다. 이를 위한 청년의 직책은 '조직운동'과 농촌 '문화운동'을 지도할 수 있는 지도자의 역할을 담당하는 것이었다. 히틀러가 "靑年은 靑年으로하

---

119) 인정식, 「조선농민문학의 근본적 과제」(<인문평론>, 1939. 12), p. 21.
120) 임　화, 「생산소설론―극히 조잡한 覺書―」(<인문평론>, 1941. 4월 特大號), pp. 8~11.
121) 조만식, 「농촌청년의 임무」(<조광>, 제3권 1호, 1937. 1), p. 31.

여금 지도되지 않으면 안된다"[122]고 말하였고, 그 까닭에 "힛틀러靑年團의 지도들은 모다 젊은 靑年들"이었다는 점은 파시즘의 청년단 결속에 있어 젊은 지도자층의 중요성을 강조하고 있는 대목이다. 이무영의 『향가』와 이기영의 『처녀지』는 전쟁이 아닌 농촌사업에서 결속력을 강조하며 파시즘의 생디칼리즘적 특성을 그대로 반영하고 있는 작품이라 할 수 있다. 앞에서도 밝혔듯이, 청년단의 성격이 바뀌게 된 중요한 계기는 전쟁이었다. 전시체제하에서 청년단은 "일원화 조직 실천적 운동"[123]에 봉사할 수 있는 조직사업을 지도방침으로 삼아야 했던 것이다. "도시에서나 촌락에서나 靑年團을 조직하며 防護團을 결성"하는 이유는 청소년들에게도 "勤勞報國"[124]에 주력하도록 하기 위한 것이었다.

"농촌생산력 확충은 고도 국방국가 완수 상 중대요소이며 어떻던 해나가지 않으면 안 될 중대문제"[125]였다. 戰地에 나가 있는 청년들과 마찬가지로 농촌에서 생산을 담당한 청년들은 銃後의 임무를 완수해야 했다. 따라서 신체 건강한 일군의 청년은 戰地로 보내지고, 일군의 엘리트 청년들은 농촌으로 귀향하여 농업 생산력 확충에 기여했던 것이다. 이를 통해 볼 때, 우정으로 표상된 청년단의 협력과 실천성은 청년들의 전투력과 노동력을 동원하기 위한 수단으로 전략화 되었음을 알 수 있다. 파시즘의 결속 논리는 '유기체'적인 국가관념에서 비롯된다. 그러나 식민지 파시즘에 있어 이러한 유기체적 국가관이 그대로 받아들여지기 어렵다는 것은 일제 식민지 체제 아래에서도 파악하고 있었던 부분이다. 이민족간의 유

---

122) 「독일의 장래를 등즈고있는 힛틀러 靑年團이란 어떤 것인가」(<청색지>, 1939. 5), p. 25.
123) 백 우, 「신체제와 기독교청년회」(<청년>, 제28호, 1940. 11~12), p. 1.
124) 채필근, 「결실기를 당하야―청년들에게」(<청년>, 제6집, 1938. 10), p. 6.
125) 近藤一馬, 「농촌과 청년」(<춘추>, 1941. 5), p. 193.

기체적 국가관 성립은 모순된 부분이 있었기 때문이다. 따라서 '동아협동체론'을 '운명'이라는 개념과 결부시키며 결속의 논리를 창출하게 된다. 혈통과 언어와 풍속을 달리하는 이민족간의 결합체는 '운명'에의 자각을 매개로 한 "변증법적인 결합"만이 가능하다고 주장하게 되는 것이다. 이는 "피의 직접성에 의해서 한 개의 결합을 기도하는 비합리주의적인 원리에 의해서가 아니라, 『個』의 高度의 自覺을 거치어서 절대의 타자가 하나가 되는 변증법적 통일에 의해서만 이 같은 결합"이 가능하다고 보는 것이다. '유기체설적인 전체주의'의 한계를 "개체의 참된 개체의식을 土台로 하는 변증법적 전체주의"[126]를 통해 극복해 보려는 노력은 민족, 전우, 동지 간의 '운명'적 결합을 강조하게 된다. 따라서 운명공동체로 결속되는 구성 요소인 '우정'은 자연스레 신동아건설의 사상적 무기가 되었던 것이다.

이기영과 이무영은 프롤레타리아 사회주의 문학론에 심취해 있던 작가들이다. 이들이 '우정'을 통한 지도자와 민중의 결속·단결을 주장하며 파시즘적인 소설을 재현할 수 있었던 것은 신체제기의 문학을 '국민문학'[127]으로 파악했기 때문이다. 그래서 '민중'을 '국민'으로 대체하면서, 그들의 진실되고 건전한 삶을 그리려는 취지는 별반 달라져 있지 않은 것이다. 이 두 작가에 비하여 채만식은 신체제기의 문학론을 분명히 표방했던 작가다. 그는 초기에 세태소설을 쓰면서 저항적인 성향이 강했던 작가

---

126) 박치우, 「동아협동체론의 一省察」(<인문평론>, 1940. 7), p. 21.
127) "국민의 건전성은 국민의 진실성에 기다릴밖에 없고, 이 진실성은 바르게 아름답게 그리고 강하게 살아나가려는 국민의 의욕―생활의 결과일 뿐 다른 것은 아니다. 그 바르게 아름답게 강하게 살아가려는 의욕, 여하한 폭력 앞에 당도할지라도 정의의 앞 진실 앞에는 태산과도 같이 움직이지 않은 바 진실성, 이 보다 훌륭한 표현이 보다 훌륭한 문학이요 보다 훌륭한 국민문학이기도 할 것이다."(이무영, 「문학の 진실성」, <매일신보>, 1942. 3. 17~21), 임종국의 『친일문학론』(p. 308)에서 인용.

다. 그러던 그가 "문학이란 건 그가 서식하는 시대에 대하여 반드시 순응을 하지 않지 못하는 생리를 타고나는 것"[128]이라고 하며 체제 순응적인 창작활동을 시작했던 것이다. 방민호는 당대 사회와 채만식의 '허무주의'[129]의 연관성을 살피고 있다. 채만식은 「大陸經綸의 壯圖 그 世界史的 意義」(<매일신보>, 1940. 11. 22)에서, "어떤 한 우수한 민족이 다른 어떤 우수치 못한 민족에 비하여 보다 높은 지위가 요구되는 것은 마치 성인이 소아에게 비하여 보다 많은 식량이 요구되는 것"처럼 "지극히 자연한 현상"이기에, "그 우수한 민족이 우수치 못한 다른 민족을 사회적으로 영도(領導)를 하게 되는 것"도 "지극히 자연한 현상"이라고 말하고 있다. 이는 그가 세태소설을 창작할 때부터 사회를 우생학적 관점에서 바라보던 사고 방식이 그대로 전유되고 있는 것이다. 이러한 양상은 그의 장편소설 『금의 정열』에서도 확인가능하다. 세태에 대한 허무주의적 인식은 우생학적 인종주의와 우열 구조에 결합했던 것이다.

4. 여성적 '문화사업'의 이상화와 건설의 논리

4.1. '문화사업가'와 유혹자형 인물의 전형화

　1940년대 '문화'[130]와 '사업'의 담론은 파시즘의 문화정책을 살피는 데

---

128) 채만식, 「시대를 배경하는 문학」(<매일신보>, 1941. 1. 5)

129) 방민호, 『채만식과 조선적 근대문학의 구상』(소명, 2001), p. 231.

130) 이 '문화'라는 개념은 신체제기를 '건설기'로 파악하면서 20~30년대의 문화적 성격과 달리 정치적 성격을 함의하게 된다. "우리 주위의 정치인이 문화의 실력을 기를 필요를 느끼게 된 것은 이 事變이 第二의 新段階에 드러간 때부터라고 생각하는데 말하면 第一段階의 破壞的 工事가 완료되고 第二의 새 질서를 건설해가는

있어 상당히 중요한 매개 개념이다. 이 두 개념은 전시체제 하 '총후'의 영역에서 파시즘의 정책 수단이 되었다. "문화의 건설 논리는 전체화된 미학적 작품과 전체주의적 공동체의 모델을 실현하려는 이념이다. 이것은 건설에의 힘과 형식의 완전한 혼합으로서 예술의 유기체적 작업에 대한 이상을 모델화하고 있다. 따라서 문화와 예술은 묵시론적, 전체주의적 정치의 비전을 지지하는데 사용될 수 있다."[131] 이 항을 통해서 문화 정책이 파시즘 이데올로기를 어떻게 반영하고 있는가를 살필 수 있다. 즉 문화와 교양 시민의 탄생이 파시즘 이데올로기가 구현하는 인간형과 문화를 어떻게 재구성하는지를 살핌으로써 일제 말기 문화정책은 민족 재건 의지를 띤 파시즘의 형태임을 조사할 수 있다. 이것은 어떻게 중간 계층, 공적 영역의 신여성이 국민화되는가의 문제이다. 그리고 이는 다양한 여성 국민을 현대화하는 결과를 초래한다. "민족주의는 가부장적 가족 관계에서 여성의 생물학적, 문화적 노동을 통해 여성 주체를 민족의 표상으로 위치 짓는다. 그러나 이중적으로 개별적인 여성의 가정화를 더욱 공고히 하며 젠더 구조를 명확히 한다. 젠더화된 역할을 국민화로 방향 지시하는 민족적 캠페인은 문학에서 가정의 위치를 확대시킨다. 민족적 결속을 재강화하고 통합을 보존하기 위해 여성은 항상 가정화되어 왔다."[132] 그러나 어떤 특정 여성들에게는 '가정'에서 '사회'로 진출할 것을 권장하는 파

道程에 와서 建設期엔 문화의 역할이 얼마나 중대한가를 인식하게 된 것이다……
지나의 그 同憂具眼의 相携하는 문제라든가 또한 나가서 지나 국민이 우리 제국
의 眞意를 이해해서 제국의 협력에 應하는 문제 같은 것이 建設期의 중심문제인
데 이 중심문제의 실천을 위한 수단이란 역시 정치가 아니고 문화의 힘이라고 생
각되는 것이다."(백   철, 「今後엔 문화적 사명이 중대」, '인문평론', 1940. 7, p.
101.)

131) David Carol, 같은 책, p. 12 참조.

132) Lydia Indira Fisher, *"Domesticating the Nation: American Narratives of Home Culture"* (Washington University, Ph. D, 2000), p. 316.

시즘적 문학 재현이 있다. 그러한 현상이 '신여성'으로 대표되고 있는 것이다.

<신시대>에는 명조체로 "일하지 안는 者는 국민이 아니다"(p. 136.)라고 적혀 있다. 그리고 그 '卷頭言'에서는 「일아니 하는 자는 국민이 아니다」라는 제목 아래 "총후전국민의 奮鬪와 奉公"을 요구하며, 이를 가장 잘 드러내는 방식을 "국내의 생산을 강화시키는, 國民皆勞"로 제시한다. "장병은 전선에서 총을 잡고 싸우고, 총후국민은 총후에서 광이와 마치를 들고 職域에서 싸우고, 그리하여 제국 억만년 대계"를 힘써 이루는 것이 "臣民된 도리"로 파악하고 있는 것이다. "근로를 하는 것을 마치 제국군인이 총을 잡고 전선에 서는 기분과 각오"[133]로 하라는 것은 총후의 기능 역시 전선의 기능과 같다는 것을 알 수 있다. 총후의 기능은 주로 여성의 몫이기에 가정의 영역만을 여성의 활동 공간으로 영역 지울 수 없게 되었다. 따라서 여성과 '직업'은 중요한 관련을 갖게 된다. "씩씩한 젊은 여성들은 모름직이 직장을 찾아 나갑시다"[134]라는 표어는 신여성의 사회적 직분을 재강조할 수밖에 없게 된다. 1930년대에 여학교 교육을 받은 여성들의 수가 급증하면서 이제 '신여성 되기'는 자라나는 여성들의 당연한 목표가 되었다.

<청색지> 제1집(1938.3.1) 첫 페이지에는 李秉仁이 그린 <미인도>와 월탄 박종화가 쓴 「미녀도」란 글이 있다. 그림은 한복차림의 처녀를 그린 것이다. 그 옆에 박종화가 "「모던껄」 단발머리 쥐잡어먹은듯한 「코티」발은 샛밝안입술 洋風이 회호리바람처럼 휘덥는 이세상에도 다시한번 이러

---

133) '卷頭言', 「일아니하는 자는 국민이 아니다」(<신시대>, 제1권 10호, 1941. 10.), p. 18.
134) 이상호, 「여성과 직업」(<여성>, 3권 8호, 1938. 8), p. 30.

헌 處子를 맞난다는 것은 古典的이기보다도 가장 유연한 情緖를 흔들어 주는 殉靑的이기도하다.”(p. 5)라는 표현을 하고 있다. 그는 한복차림의 여성을 예찬하며 ‘모던’ 걸과 대비시키고 있다. ‘모던걸’을 사치와 자본주의의 표상으로 보는 이 당시의 미적 기준은 다시 전통적인 여인의 복색차림을 미화시켰다. 신체제 하의 신여성은 ‘모던걸’을 혁신하여 ‘현대여성’으로 거듭나야 하는 사회적 요구를 받아들일 수밖에 없었다. 따라서 새롭게 거듭나는 ‘현대여성’은 ‘과학주의’와 ‘문화주의’를 표방하며 ‘사업’의 주체로 등장하게 된다.

이태준의 『청춘무성』(<조선일보>, 1940. 3~8)에는 ‘원치원’과 ‘고은심’, ‘최득주’가 등장한다. 이 작품의 주된 갈등은 고은심과 최득주라는 두 여학생과 원치원이라는 목사 사이의 엇갈린 연애관계에서 비롯된다. 이러한 연애 갈등은 계몽의 구조로 변화한다. 최득주가 원치원을 계몽시키고, 원치원이 고은심을 계몽시키는 단계로 확산되는 것이다. 그래서 ‘돈’의 공론화를 통해 원치원이 종교인에서 사회사업가로 변신하고, 서양문명의 찬미자였던 고은심을 사회학 교수로 변신시킨다. 또 원치원의 원조를 받아 타락한 신여성형 인물인 최득주가 사회사업가로 변신을 겪게 된다.

이 작품에서는 문화 개발을 위해서 ‘돈’이 필요하다고 주장한다. 최득주의 “창자 밑바닥에서 부르짖어 나오는” ‘돈’ 예찬론은 물질주의에 대한 예찬론이 아니다. 그것은 계급의 문제뿐만 아니라 문화 사업과 민족의 문제를 해결할 수 있는 “현실적 힘”의 보유를 주장하는 것이다.[135] 원치원

---

135) 이 당시 ‘경제’와 ‘윤리’와의 결합을 주창한 신역사학파의 관념은 독일 윤리 국가의 본질을 이입했던 식민지 조선의 문학에서도 찾아진다. 신역사학파의 입론은 경제생활 전반이 국가와 더불어 “민족정신의 具象物”이라는 것이다. 따라서 “이들의 제 생활부면은 항상 一體가 되여 「자기충족적 전체」로서 파악되여야 할 것이고 경제생활만을 遊離시켜서 이해하는 것은 불가능하다. 경제학은 「민족정신」의 流出的 結晶인 경제생활을 이들의 諸領域과의 상호관련에서 이해하지 않으면 안

이 신여성인 최득주와 고은심을 통해서 금욕만이 아름다움이 아님을 깨닫고 자연스럽게 섹슈얼리티를 수용하는 과정은 종교적 인물이었던 원치원을 현실적 인간으로 교화시키는 과정이기도 하다. 현실적 인간이 된 원치원이 수리사업에 성공해서 재벌이 된다는 것은 '돈'의 힘을 문화사업에 구현하기 위한 것이다. 이 작품은 원치원이 "무쏠리니"로 비유된 "적극적인 현실 생활자"가 되기 위해 재벌 사회 사업가로 성공하기까지의 노력을 수리 사업의 건설과 함께 상세히 보여주고 있다.

『청춘무성』에서 주체 재건의 주요 인자는 섹슈얼리티의 처리 문제와 '현실'에 대한 처세방식이다. 서사 전반에서 과도한 성적 열정을 가진 최득주는 '팜므 파탈형'의 신여성으로 전형화된다. 그녀는 학생의 신분임에도 불구하고 선생인 원치원을 성적으로 유혹하려 들뿐만 아니라, 은심과 원치원의 사이를 질투해서 모함을 하기도 한다. 이와 같은 최득주는 다른 학생들에 비해 원숙해 보이도록 재현되고 있다. 그것은 그녀가 다른 학생들에 비해서 현실의 문제를 일찍 겪었음을 강조하기 위해서이다. 원치원은 종교의 힘으로 최득주의 유혹을 뿌리치려 노력한다. 그런데 서사는 현실적인 최득주가 오히려 관념형 인물인 원치원을 생활자로 계몽하는 쪽으로 진행된다. 이러한 최득주가 원치원의 경제적 지원을 받아 여급들을 구원하는 사업을 하게 된다. 최득주가 기획하는 "재락원" 사업은 여급들의 복지시설을 확립하는 사회사업의 성격을 함축하고 있다. 이 작품은 하

되며 또 이 민족정신의 발전에 있어서 경제생활의 발전을 보지않으면 안된다. 그리하여 윤리국가는 자본가의 「이기심」에 「이타심」, 「협동심」을 對置하야 독일민족 전체의 유기적 발전을 지도하는 임무를 가진다."(박극채, 「나치스의 국가사회」, <조광>, 7권 6호, 1941. 6. p. 76.) 독일적인 역사철학에 있어 '독일적 경제관'은 '독일적 사회관'이자 '독일적 국가관'의 개념이기도 했던 것이다. 이는 곧 경제생활과 국가와의 관계를 설명하고 있는 부분이다. 전체를 위한 바람직한 경제활동에 대해서는 원치원의 '돈'의 공론화를 통해 살필 수 있다.

위주체인 여급들의 삶을 통해서 여성의 심각한 사회 문제를 제시한다. 그리고 여성 사회사업의 주체로 여급이 된 최득주를 내세우고 있다. 아래의 인용문은 최득주가 여급의 사회문제가 지닌 심각함을 자각하고 사회복지 사업에 투신하려는 의지를 표명하는 부분이다.

> '나로서 해낼 수 있는 최대한도의 일을 허자! 청춘! 낭만! 내 일신의 연정(戀情)에나 소비해 버리겐 너무 아깝지 않으냐! 어두운 골목들, 어두운 골목에 들어찬 어두운 인생들! 예배당 종소리는 이들에게선 너무나 거룩하고 너무나 멀다! 일년에 한번씩 크리스마쓰 때나 돼야 무슨 액매기하듯 쌀되씩이나 들구 나와 돌르는게 예수의 정신은커녕 얼마나 불행한 사람들을 모욕허는 거냐? 이들에게도 정신이 있고, 정신이 있으면 밥 한끼보다는 몇백배 심각한 정신상 고민이 있는 거다! 일허자 약한 사람 편이 되자! 고민 있는 사람을 위해 일을 허자! 청춘이란 인생의 최대의 가능성을 함축한 정신이요 육체일 것이다!'……'자금! 모다 먼저 자금이 필요헌 거다!' (p. 298.)

국가주의 문학은 계급, 인종, 민족성과 젠더의 구분에 토대한 민족적 분열 위기의 해결방안으로 여성의 가정화를 상상한다. 이 과정에서 서사는 어떤 방식으로든 민족적 재구성을 위해 작동한다. 이 작품에서 최득주의 경우는 여성 섹슈얼리티의 위협에 대한 반응으로서, 민족 통합을 위해 그녀를 사업으로 투신케 하고 있는 것이다. 신여성의 문제와 함께 "자의식적 개인이나 주체적 서사 배치의 문제가 출현하면서, 가정화의 과정에 개별적 여성을 다루는 방식이 필요"136)하게 되었다. 여성 자아의 개인적 욕망과 여성을 가정화시키려는 제도나 이데올로기 사이의 충돌은 민족적 서사를 새롭게 구성하게 했던 것이다. 따라서 서사는 최득주라는 신여성

---

136) Lydia Indira Fisher, 같은 논문, p. 317.

의 비국민성 각성과 창녀 구원하기로 진행된다. 신여성의 민족 재구성 프로그램에서 섹슈얼리티 없는 아름다움은 고결함으로 대체되어 여성을 구제하는 것이다.

파시스트가 주장하는 '교화'는 국가를 기술 사회적 계획의 추동력이자 "거대한 외과 시술의 의미에 의해 처리된 유기체"로 표현된다. "파시즘은 국가가 파시즘의 목표를 이행하기 위해 방향 전환할 수 있는 적극적 에너지를 창조하며 이탈적인 퇴폐적 충동을 치료하기 위해 중재할 수 있다고 생각했다. 이 관념은 사회적, 과학적, 그리고 문화적 정책의 배열이 민족적 신체의 재생을 고무하기 위해"[137] 출현했다. 이 작품에서 민족의 재생은 타락한 여성의 구제 사업을 통해 재현된다. 현실적 빈곤감에서 여급생활을 하게 된 최득주가 여급을 구제하는 '재락원'사업을 시작하면서 자신역시 구제되는 것이다. 이처럼 유혹자형 신여성의 민족적 재구성에는 섹슈얼리티가 제거되고, 고결함이 개입되는 것이다. 득주가 원치원의 도움을 받아 설립한 재락원 사업은 여급의 사회문제를 해결해준다. 이 "교화기관"인 재락원은 "암흑사회에 광명과 범죄방지를 위한 훌륭한 사회 교화정신"을 발휘할 수 있는 기관으로 설립된 것이다.

또한 일제 말기에 신여성들에게 중요하게 부각되는 직업에는 '공학자'가 있다. 이 당시 공학자에 대한 관심은 일본의 대동아전쟁과 상관이 있다. 이광수의 『그들의 사랑』(<신시대>, 1941. 1~3.)에서는 "가솔린 한 방울이 피 한 방울이라는 오늘날, 맘보가 뒤집힌 미국이 일본에, 비행기용 가솔린 수출 금지를 한다는 오늘날"(p. 102) 가솔린을 대용할 인조연료의 제조법 발견은 상당히 중요한 문제로 취급되고 있다. 이 당시 전쟁 무기는 과학기술이 상당히 필요함을 전쟁의 주체들이 체감하고 있었다. "敵

---

137) Ruth Ben—Ghiat, 같은 책, p. 5 참조.

米英을 격멸할 諸方策의 해결은 모두가 과학자 기술자의 掌中에 있는 것"[138)으로 파악하기에, 이들 공학자의 배출은 중요한 시국현안이 되고 있던 것이다. "과학, 과학, 하면서 신문잡지가 연성 학계의 새로운 발명과 논쟁을 취급하고 新兵器의 활약을 소개하고 한다. 세상 사람들은 그것을 화제삼으므로 과학지식을 얻은양으로 생각을 한다." 그러나 이러한 과학 지식은 전쟁 무기의 발명에 그치는 것이 아니라 국민들의 실생활에 체화 되어야 함을 강조하였다. 이는 국민의 일상생활을 과학화하자는 것이다. 총후 국민의 연성은 곧 전쟁과 연결되기 때문이다. "배운 과학지식을 힘 써 활용시켜야 한다. 그렇게만 하면 국민의 참된 과학지식은 한걸음 진보 가 되어 나갈 것이다. 그리하여 그것이 직접으로는 국민이 과학병기를 다 루는데 큰 이익이 생기고, 국방능력을 증대시키는 동시에 장차는 우리나 라의 과학발전의 온상이 될 것이다"[139)라는 구절을 통해서도 알 수 있듯 이 과학의 생활화 강조에는 '과학지식'→'과학병기'→'국방능력 증대'→ 조선의 '과학발전'으로 확대되는 인식구조가 작용하고 있다. 이는 파시즘 에의 동조를 통해 자민족의 발전 역시 수반되고 있다는 인식이 자리하고 있는 것이다.

「몸에 지녀진 과학지식」에서 강조하고 있는 것처럼 국민의 과학화, 가 정의 과학화 역시 총후의 문제로 중요하게 취급되었다. 이것은 여성들을 공학자로 만드는 데서 가능하다. 뿐만 아니라 '과학주의'나 '문화주의'의 교육은 신여성이 담당할 수밖에 없었다. 따라서 이무영의 『세기의 딸』이 나 채만식의 『냉동어』에서는 "퀴리부인"이 등장한다. 『냉동어』 같은 경우 는 일본여자의 이름을 붙여준 딸이 미래에 '퀴리부인'이 될지도 모른다는

---

138) 塚原盛, 「과학결전단계의 긴급문제」(<신시대>, 제3권 12호, 1943. 12), p. 34.
139) 吉永義尊, 「몸에 지녀진 과학지식」(<신시대>, 제1권 10호, 1941. 10), pp. 83~84.

희망을 담화로 제시하고 있다. 이 당시 "과학과 여성을 말하랴면 저 유명한 「마리아·큐리」부인과 「쏘니아·크바레프스카야」부인을 연상하지 않을 수 없"는 것처럼 여성에 있어서 "과학적 교양"[140]의 필요성이 부각되고 있었던 것이다. '퀴리부인'과 같은 여성 물리학자나 "크바레프스카야" 같은 여성 수학자의 등장은 과학주의 교육을 통해서 가능했던 것이다. 이 과학주의의 필요성이 현대생활을 영위하는 이상 무시할 수 없는 영역이었음을 당대인들은 전시체제 하에서 실감했던 것이다. 여성 공학자의 탄생은 비상시라는 전쟁의 상황을 통해 "대일본 제국의 평등한 국민"이라는 논리 속에서 하위주체의 지위를 벗어날 수 있는 것처럼 선전된다. 따라서 "전쟁에 나간 남자들을 대신하여 공장이 비였으면 공장으로" 가서 "엔지니어"가 되고, "회사가 비였으면 회사로 드러 가서" 일하는 "직업여성"이 되는 일을 신여성 담론에서 강조했던 것이다. 이와 같은 연장선상에서 모윤숙은 국가비상시 "여자비행사"[141]도 있어야 함을 주장하기까지 하였다.

4.2. 신여성의 국민화와 '히틀러'적 미의 심미화

이태준의 『별은 창마다』는 <신시대>(1942. 1~43.6)에 분재되어 실렸던 장편소설이다. 이 작품은 '건축기사' '어하영'과 여성 '건축사업가' '한정은', 그리고 '주익형'이라는 세 남녀의 삼각관계를 중심으로 서사가 진행된다. 작품의 전반부에서는 건축학을 전공하는 어하영과 피아노를 전공하는 한정은의 연애 서사가 중심이 되어 전개되지만, 후반부로 가면서 이들

---

140) 정근양, 「과학과 조선여성」(<여성>, 제3권 3호, 1938. 3.), p. 78.
141) 모윤숙, 「여성도 전사다」(<대동아>, 1942. 5), pp. 112~115 참조.

의 연애는 동지애로 승화되고 피아노를 전공했던 한정은이 '건축사업가'
가 되어 문화사업을 하는 것으로 종결된다.

"국가적 문화운동"의 일익으로서 "새동리운동"(p. 215) 사업을 계획하는
정은에게 '건축'에 대한 관심은 '결혼'과 '연애'라는 사적인 영역보다 우
선시된다. 하지만 문화사업가 한정은이라는 인물이 처음부터 사적 영역의
감정들과 무관했던 것은 아니다. 문화주의를 표방하는 소설들에서 남성들
은 여성의 문화사업을 지원하는 원조자이자 신여성들을 각성케하는 계몽
교사가 되고 있다. 비록 정은의 건축에 대한 관심은 그녀가 사랑했던 어
하영을 통해서 비롯되었지만 '건축사업가'로서의 한정은은 더 이상 건축
가 어하영과 계몽적 사제 관계에 있지 않다. 여성 사업가로 등장하는 한
정은에게 '사랑'은 중요하지 않고, 그녀는 오로지 "같은 이상"과 "같은 정
렬을 품은 것" 자체만으로도 충분히 어하영을 "동무"로 받아들일 수 있는
대등한 위치에 서게 된다.

이렇게 '사랑'을 승화시키면서 "일동무"이자 "동지"가 된 어하영은 정
은에게 문화 사업의 매개가 되는 인물로 등장한다. 서사의 전반부에서 한
정은은 "부홋집 영양"이자 신여성으로서 화려한 의복 차림에다가 "악보"
와 "컵"에 사치할 수 있는 취미를 지니고 있는 인물로 재현된다. 정은의
인생관이 차츰 변화를 겪게 되는 것은 어하영을 사랑하게 되면서부터이
다. 어하영은 가난한 고학생이지만 '토목기사'로서 시구정리(市區整理) 공
사에 참여하여 학비를 조달할 만큼 자립심이 강한 청년이다. 어하영은
"사내다운 건강한 키에, 서늘한 눈, 이마, 우뚝한 콧날과 두툼한 입", "애
착이 솟는 얼굴"(p. 24)을 지닌 남성성의 전형으로 제시되고 있다. 게다가
평소에 서구의 "문화주택"에만 관심을 갖고 있던 그가 정은의 집에서 조
선집의 아름다움을 발견할 줄 안다. "조선건물에서의 생명력"을 느끼고

스케치를 하는 어하영의 모습은 정은에게 감동을 준다. 그리고 한정은의 병원 체험은 "직업여성"에 대한 예찬으로 그녀의 가치관을 변화시킨다. 자본주의의 사치를 상징하던 한정은의 미적 감각은 간호부의 옷차림과 행동에서 "동적인 스타일"의 "현대미"를 발견하고, "대도시의 운행과 속력의 한면을 담당"하는 "뻐스껄"에게서 "진실한 생활"을 깨닫게 되는 것이다. 정은이 예찬하는 직업여성의 미는 "행동적"이며 "명랑한" '현대미'이다. 그런데 정은의 '현대미' 발견이 실천적 행동으로 변화되는 계기는 '전쟁'에서 찾아진다.

거리에서 정은이 마주치는 '전시(戰時)' 광경은 그녀의 행동에 영향을 미친다. 이 전시 기분 속에서 그녀가 자신의 구두를 내려다보는 행위는 주체의 자기반성을 의미한다. '구두'는 그녀의 신체 일부이지만 "몸 전체를 싯고 땅을 밟는 것"이기에 그녀의 몸 전체를 의미하는 것이다. 정은은 실용성에서 "신발의 진실"을 찾게 된다. 이 작품은 "진실이 없이 미가 있을 수 있는 건가"라는 주인공의 반성을 통해 '진실'과 '미'를 같은 범주로 묶는다. 이는 '미'의 전형에 윤리적 가치를 부여하는 것이다. 전시체제 하에서 여성의 미가 진실을 얻기 위해서는 전시체제에 부합하는 미의 구현이어야 함을 의미한다. 따라서 전시 기분을 체감한 한정은이 장식성보다 기능성과 실용성을 추구하는 미적 가치로 변화를 추구한다. 그녀는 화가 '밀레'가 추구했던 '진정한 미' 역시 전원의 자연 속에 노동하고 있는 건강한 근로여성의 신체에서 찾아졌음을 상기한다. 아래의 인용문은 '현대미'에 대한 자각이 이루어진 정은의 변화를 보여주는 것이다.

정은은 유쾌한 새 신을 신고 다시 은좌를 걸었다. 신에 취미가 덜러지자 의복에도 입던 것에 실증이 생긴다. 가만히 진열창 유리에 자기

양복을 비취여 볼 때, 단초들이나 포켙들이나 모다가 너머나 장식적이
였다. 정은은 길 우에서 문뜩, 히틀러의 사진을 생각해 보았다. 그 위
엄, 그 활동적인 것, 얼굴의 기상뿐으로만 아니었다. 굵직 굵직한 단
초가 띄염 자리를 켱겨달린 것은 가슴의 건강과 면적을 얼마나 확
대시키는 것이며, 선을 강조시켜 볼록 울려솟는 큼직한 포켙들은 또
얼마나 기능과 함축을 강화시켜 보히는 것인가? 정은은 더 주저할
것 없이 양재점으로 뛰여 드러가 복장에 대한 자기의 포부를 설파하였
다.(p. 121.)

　인용문에서 볼 수 있듯이 정은의 "새 의상철학"은 "히틀러"를 모방한
것이다. 그녀가 히틀러의 사진에서 본 의상은 활동성과 기능을 강조한 것
이다. 정은이 기능성을 중심 가치로 둔 '구두철학'과 '의상철학'은 이 당
시의 새로운 미적 전형을 보여준다. "정제미(整齊美)"와 활동성이 '현대미'
로 중요해지고 있던 것이다.[142] 인간 육체를 재발견하려는 노력은 독일의
민족주의에서도 강하게 나타났다. 19세기 초반 독일 체육인들은 "자유로
운 활동을 위해 만들어진 유니폼을 입었다." 그들이 이 유니폼을 옹호한
근거는 "그리스 운동선수들로 표상된 육체의 아름다움이었다." 이러한 19
세기 말엽의 육체에 대한 재발견은 "관능과 섹슈얼리티가 완전히 제거된
육체미의 예로서 여전히 그리스의 조각상을 끌어들였다."[143] 그래서 이런
배경 아래에 '몸뻬 예찬론'[144]도 등장할 수 있었던 것이다. 결국 정은의
의상 변화는 정신적 차원의 변화를 의미한다. 정신상의 변화는 '음악'에
서 '건축'으로의 관심 변화로 나타난다. 활동적인 의상을 갖춘 여성 주체

---

142) 윤규섭, 「제복의 미」, <인문평론>, 1940. 1.) p. 69.
143) 조지 모스/서강여성문학연구회 역, 같은 책, p. 99.
144) 채만식, 「몸뻬 시시비비」(<반도지광>, 1943. 7.) 『채만식전집 10』(창작과 비평사,
　　 1989, p. 461)에서 인용.
　　 김극청, 「몸뻬와 치마의 문제」(<조광>, 10권 12호, 1943. 12), p. 22.

가 건설의 주체로 변화한 것이다. 아래의 예문은 정은이 양재점을 나와 "마루젠"에 들러 제도용 "사무 도구"에 관심을 갖는 행위에서 건설 주체로 변화되는 양상을 발견할 수 있다.

> '공업, 그 중에도 건축. 도시란 아모리 위대한 거라도 건축의 집단이 아닌가? 뉴—욕의 큼도 먼저 큰 건축들이 있기 때문! 방학때 나갈 때마다 부산서부터 한심스러운건 무엇 때문인가? 그 집들 때문이다. 그렇다면 문화란 먼저 우수한 건축 운동이 병행야 될 것 아닌가?' 정은은 작년 가을에 '메지로' 문화촌을 거닐던 생각이 난다. 크리스마스 카드에서 보는 것 같은 아름다운 주택들이 경사진 언덕의 조용한 숲을 배경으로 마치 무슨 생물들처럼 눈이나 깜박이듯 귀엽게 놓여들 있었다. '아름다운 마을! 아름다운 도시! 아름다운 국가! 아름다운 세계!' 그리고 정은은, '음악은 귀의 문화, 건축은 눈의 문화, 아니, 몸 전체의, 아니, 생활 전체의 문화다!' 생각하였다. (p. 126.)

음악과 건축의 상관성은 음악을 전공하던 정은의 관심이 건축으로 옮겨가는 것을 가능하게 한다. "음악가에게 있어 오선지나, 건축가에게 있어 제도지가 한 가지로 그들의 창작을 표현하는 원고지"라 할 수 있기 때문이다. 이를 통해 그녀는 "문명을 건설하는 기구들"인 측량 도구와 "제도하는 기구"에 대한 새로운 애착을 갖게 된다. 정은이 모범으로 삼은 건축은 일본의 "메지로 문화촌"이다. 그리고 그녀가 동경에서 방학을 맞아 조선에 올 때 조선의 집에서 느낀 한심함은 단순히 피식민 주체의 열등감에서 비롯된 것이 아니라 오히려 식민지 주체의 눈으로 피식민 주체를 바라본 한심함이다. 따라서 "아름다운 마을"에서 '도시', '국가', '세계'로 확대된 건축학적 구도는 제국주의적 구도와 맞물린다. 그리고 하영이 방학하면 정은에게 보여주겠다고 약속했던 자신의 꿈도 스스로 제작한 "모형

도시"였다. 이 두 사람은 동경에 있다가 방학에 조선으로 돌아갈 때마다 조선의 건축이 지닌 비루함에 환멸을 느끼곤 한다. 그리고 외국인이 조선의 건축을 경멸스럽게 바라보는 것에 대한 부끄러움은 어하영과 정은의 공통된 감정이었다. 결국 피식민지 주체의 열등감이 "아름다운 문화촌 건설"에 대한 "이상의 합치"를 이루게 한 것이다. 그런데 하영이 피식민지 주체의 열등감에서 비롯된 꿈으로 만든 "모형도시"는 "가장 국가적이요, 가장 생산적이요, 가장 실제적이면서 아름다운 집이요 동네"(p. 175.)를 이상으로 삼은 것이다. 뿐만 아니라 다만 열집이라도 자신의 손으로 건설해 보고자 하는 하영의 꿈은 조선을 지방성으로 바라보고 있는데서 제국 주체의 열망으로 변화하고 있다. 그가 조선이라는 "지방에 가장 적합한 건축"이라고 고안해 낸 집은 전쟁용으로 설계되어졌기 때문에, "폭탄을 맞아도" 견딜 수 있어야 할 뿐만 아니라 "국가적" 차원에서 국민의 "정서교육"에 까지 영향을 미칠 수 있도록 제작되어야 했다. 그런데 서사는 이 국가적 사명을 띤 문화사업의 주체로 어하영을 내세우지 않고, 국민화된 신여성 주체 한정은을 통해서 사업화하고 실천하도록 구성된다. 여기에는 국가적 건설 사업에 여성을 소급하기 위한 정책적 의미가 담겨져 있는 것이다.

4.3. '교양'과 '사명'의 조화 강조

등장인물이 어떠한 계층인가에 따라서 그가 속해 있는 문화의 독특성이 설명될 수 있다. 일제 말기에 등장하는 소설들에는 지적 교양과 문화 수준이 높은 문화 사업가가 등장한다. '문화사업가'로 등장하는 인물들은 문화인과 문화사업에 특수한 자질과 소양이 있어야 한다고 주장한다. 이

항에서는 문화인의 동화 자질로 '교양'과 '사명'이 강조되고 있음을 살펴볼 것이다. "헤겔은 교양과 국가를 변증법적 관계로 설정하였는데, 이 '교양'의 정치적인 기능은 주관적인 의지를 객관성으로 변화시키는데 있었다. 여기서 객관성이란 다름 아닌 윤리적 이념의 현실화"145)를 말하는 것으로 국민의 실천적 과정을 의미한다. 개체가 필연적으로 국가의 일원이 되어야 하기 때문에 스스로를 교양하는 것은 국가에 대한 주체의 당위적인 순응 과정이라고 할 수 있다. 최재서는 교양을 의미하는 영어와 불어 'Culture'의 어원을 "경작" "재배"에서 찾았다. 그는 이 말의 의미가 물질적 의미와 병행해서 정신적 의미로도 쓰임을 강조한다. 다시 말하면 "그것은 경작을 의미하는 동시에 소위 심전(心田)의 개발, 즉 교양을 의미"하는 것이다. 따라서 최재서가 생각하는 교양은 사회 전체의 확장을 수반하면서 인간성의 조화적인 확장을 의미한다. "그러니까 교양을 뜻하는 사람은 그 자신과 동시에 다른 사람들도 완성의 목표로 끌고 가면서 사회 전체의 인간성을 확장하는 노력을 아끼지 않게 된다." 그리고 교양은 진선미를 구현하려는 노력이기 때문에 기성 상태에 안주하지 않고, 끊임없는 발달과 생성에 더 많은 의의를 두기에 "존재보다도 생성(生成)"에 더 흥미를 갖게 된다. 따라서 교양은 주체의 "외면적인 완성보다도 내면적인 완성을 추구하려는 노력"146)이다. 이런 '교양'이 전시체제에 등장하는 이유는 무질서를 극복하고 조화와 평화를 모색하기 위해서였다.

동양의 신질서 건설과 문화적 정체성의 문제는 민족의 문제와 연결되면서 대동아공영의 논리에 중요한 변수가 되었다. 따라서 당시는 "동양의 신질서는 문화의 안정성을 기초로 하여서만 가능할" 수 있다는 생각이 지

---

145) 김수용 외, 같은 책, p. 143.
146) 최재서, 『교양론』(박영사, 1963), pp. 11~14.

배적으로 자리하게 된다. "문화전체"와 "문화권을 형성하고 있는 개인"의 문제는 "전체적인 문화의 운명"을 좌우하는 사안이었던 것이다. 이런 민족 문화의 운명을 "개인의 책임과 운명에서 생각하는 것이 교양의 정신"이라고 보았다. 그리고 "현대는 무엇보다도 개개인의 교양이 문제되는 시대"[147]라고 파악했다. 이처럼 일제 말기에는 '문화인'의 '교양 정신'이 정책적으로도 중요해졌다. '교양'을 전체주의 문화와 연결지을 수 있었던 것은 당시의 교양이 전체주의 논리를 변용하며 의미를 구축하고 있었기 때문이다.

"교양은 궁극에 있어서 개성에 관계되는 문제"이다. 그런데 교양 개발의 동인(動因)은 문화와 사회적 자극이다. "개성은 문화를 吸收하야 자기의 숨은 제능력을 개발하고 발달"시키면서 교양을 형성하는 것이다. 이 당시는 "청소년의 교양과 집단적 생활을 어떻게 조화"시킬까하는 것이 현대 문명국가의 공통된 번민임을 지각하고 있었다. 이러한 고민은 교양이 집단적 생활과 양립할 수 없다는 것을 인식하고 있었기 때문이다. 따라서 최재서는 "개인주의와 교양은 문제의 존재가 수준을 달리하는 것이니 비교가 되지 않고 만일 교양과 연결하야 생각할 것이 있다면 그것은 휴-매니즘이 될 것"이라고 주장한다. 휴머니즘이 그 근저에 있어서 인간적 가치의 옹호, 증진을 목표로 두고 있다면 그것은 개인적 교양 없이는 성립

---

147) 권두언, 「문화인의 책무」(<인문평론> 2집, 1939. 11), p. 3. 일제 말기에 '교양론'에 대한 관심은 최재서를 필두로 해서 <인문평론>誌에서 『교양론 특집』(pp. 24~43.)까지 다루어졌다. 교양론은 문화문제와 함께 등장했던 것으로 살필 수 있다. 『교양론 특집』에는 최재서, 「교양의 정신」, 박치우, 「교양의 현대적 의미」, 이원조, 「조선적 교양과 교양인」, 유진오, 「구라파적 교양과 작가」, 임화, 「교양과 조선문단」, 최재서, 「교양의 정신」이 실려 있다. 이밖에는 신남철, 「문화창조와 교육」(<인문평론> 2집, 1939. 11. p. 4.)과 이원조, <교양론>(『문장』제1권 1집, 창간호, 1939. 1. p. 133.)이 있다.

될 수 없다고 판단했기 때문이다. 최재서는 개인이 교양을 소화하는 과정에는 현실생활에 대해서 어느 정도의 "초월적 태도"[148]를 취해야 하는 것이 당연한 일이라고 지적하면서 현대생활에 있어 교양의 중요성과 교양인의 현실태도에 대해 강조하고 있다.

이 '교양'은 현대적 취미와도 관련 있다. '취미'의 개발은 개인의 자기발전을 의미하기 때문에 교양과 관련 있는 것이다. 이 당시는 "沒趣味의 生活"[149]은 부패와 타락으로 몰아 넣는 첩경이라고 생각했으며 무위생활과 몰취미의 생활이 건강상으로도 좋지 못하다고 평가하고 있다. 이처럼 교양론은 분열의 상황을 통합하고 새로운 창조적 발전을 이루어나갈 수 있는 방법이었다.

이태준의 『행복에의 흰 손들』(<조광>, 1942. 1~43. 6)은 銃後 여성의 기능에 대해 잘 그리고 있는 소설이다. '흰손'에 대한 상징은 학생시절과는 달리 화장을 하게 되고 치장에 신경을 쓰게 된 신여성을 비유한다. 이 작품은 대가족이라는 "구식 제도의 가정"에 살고 있는 '민화옥'과 소설가 지망생 '유소춘', "가장 현대적인 동적미(動的美)의 주인공"이자 "남녀 평등애의 욕망"이 어려서부터 그의 가슴속엔 불붙고 있는 C일보사 여기자 '차순남'이라는 세 명의 신여성이 각기 총후 여성으로 소급되는 모습을 재현하고 있다.

작품의 발단은 여고를 졸업한 뒤 다섯 달 후 파고다공원에서 만나기로 약속한 세 처녀가 만나는 장면에서 시작한다. 학교를 졸업하고 인생을 설계하는 인생 초입의 처녀들의 생활은 졸업 후 많이 달라져 있다. 작품은 학교에서 배운 것이 아닌 "현실에서 배운 것"을 '교양'의 범주에 넣고 있

---

148) 최재서, 「교양의 정신」(<인문평론> 2집, 1939. 11.), p. 24 참조.
149) 김윤경, 「건전한 취미와 오락」(<삼천리> 13권 4호, 1941. 4.), p. 229.

는 "앙드레 지드"의 말을 인용하면서 새롭게 교양을 쌓아 가는 신여성들의 삶을 재현하고 있다. '신여성'이 "새성격의 여성"으로 완성되어야 한다는 인물들의 발언을 통해 볼 때, 일제 말기는 신여성보다 '현대여성'으로서의 자리가 더욱 새로운 위치를 점유하고 있었음을 짐작해볼 수 있다.

이 작품은 자신의 권리를 주장하지 못하는 여성이 오히려 어리석다는 비판과 함께 여성이 자신의 권리를 주장하는 행위들의 필수조건으로 "생활력"을 제시하고 있다. 그래서 "전투의식"을 "생활력"과 연결짓고 있으며, 전진하는 생활을 이상적인 여성의 삶으로 재현한다. 이러한 현대 여성의 '생활력'은 '사회'에서 얻어지는 것이기 때문에 여성의 활동 공간을 '가정'에서 '사회'로 옮겨 놓을 수밖에 없다. "가정이 여성만을 위한 처소가 아니 듯 사회두 남성만을 위한 처소가 아니"(p. 46)라는 의식은 신여성의 사회 진출을 정당화한다. 게다가 남성과 대등한 사회활동은 신여성에게 주어진 "특전"[150]으로 제시된다. 이 소설에서 여성의 현실 경험과 대응 태도를 교양의 소치로 바라보고 있는 관점은 신여성을 사적 공간에서 공적 공간으로 이동시키고 있다. 이때의 공적 공간은 '사업'에 대한 "사명감"과 책임감이 필연적으로 수반되는 공간이다. "使命이란 다른 것이 아니라 과거적인 필연성을 자기의 것으로서 負荷한채로 미래적인 가능성을 현재에까지 끌어단기려는 강렬한 자각"을 의미하는 것이다. 이 때문에 "사명의 시간성은 현재"이며, 그렇기 때문에 가장 "현실적인 명"이자 가장 "윤리적인 명"이라고 할 수 있는 것이다. 이처럼 "운명의 使命化・倫理化"[151]의 문제에서 대동아전쟁의 논리를 찾아낼 수 있다. 따라서 사회

---

150) 김활란, 「남자에게지지 않게―황국여성으로서 사명을 완수―」(<매일신보>, 1943. 12. 25)(정운현 편, 같은 책, 1997, p. 284에서 인용.)

151) 박치우, 「동아협동체론의 一省察」(<인문평론>, 1940. 7), p. 15. 박치우는 '숙명', '운명', '사명'의 시간성에 대해 언급하고 있다. 숙명이 주어진 어떤 것이라면 운명

에서는 '교양'과 '사명감'을 젊은 사람들이 지녀야 할 청춘의 윤리로 강조했다. 그런데, 이때 체계적인 학문을 가진 사람이 반드시 '교양인'은 아니다. "문제는 그의 인간성이 지적으로 훈련되고 수양되어 있어야 한다"[152]는 것이다. 그러므로 교양은 자기 초월성을 필요로 하게 된다. 이러한 자기 초월성은 사명감과 자기 희생정신을 통해 가능한 것으로 인식되었다.

'교양'은 신여성의 '사랑'법에도 영향을 미친다. 사랑은 구속이 아니라 '창조'적인 힘을 가지고 있어야 한다는 논리는 작품에서 사랑이 사업을 위한 원동력이자 기반이 되고 있는 것에서 확인할 수 있다. "교양 있는 신여성"은 "남자의 사업욕을 자기의 애욕으로서 질투"하는 것이 아니라 "선과 용기와 사업욕의 자극"이 되어야 한다. 이를 통해 교양은 신여성의 사랑을 '선(善)'이 되게 할 수 있는 것이다. 신문사 전무 '조영진'이 여기자 '차순남'을 사랑하는 이유는 그녀에게 "교양의 근거"가 있다는 이유 때문이다. 즉, 순남의 성격이 표면상으로는 "말괄량이 같으나 두고 보면" "총명한 여자, 명랑한 여자, 의지의 여자"(p. 172)임을 알 수 있다는 것이다. 게다가 이 작품에서 '사랑'을 '사업'으로 바라볼 수 있는 능력이 "현대청년"된 자의 자격으로 부여되고 있다. 따라서 신여성인 순남에게는 감상성보다 현실의 사업욕이 더 크게 작용한다. 그리고 『행복에의 흰손들』에서는 결혼 역시 신여성들에게 주어진 하나의 건설 사업으로 제시된다. 신여성들의 결혼이 단지 연애를 통한 결혼이 아니라 신여성의 사회적 사명감을 실천하기 위한 방법으로 제시되었던 것이다. 아래의 인용문은 신여성에게 부여된 사회적 사명감이 잘 드러나 있는 부분이다.

은 언제나 획득되는 어떤 것이기 때문에 숙명의 시간성은 과거임에 반하여 운명의 시간성은 미래에 해당한다. 박치우는 숙명과 운명의 중간에 '사명'이 있다고 본다.

152) 임 화, 「교양과 조선문단」(<인문평론>, 2집, 1939. 11), p. 48.

물론 아직도 우리 사회환경은 여자에게 손이다. 이것이 두려워 고름을 품은 채 썩는 여자가 우리 신여성들 속에도 얼마나 많을 것인가? 자기의식이 몽롱한 구여성들보다 그 썩는 아픔이 얼마나 심각할 것인가? 집에서는 사람 아닌 대우를 받으면서 밖에서는 남편의 비행을 슬슬 덮어가면서 그 비굴한 생존을 계속하는 신여성이 캐여본다면 얼마든지 있을 것이다. 그러니까 남자들은 결코 반성하지 않을 것이요 그런 남자들이라면, 그들의 주장으로 무슨 건전한 사회 명랑한 가정이 건설될 것인가? 가정은 사회의 세포다. 우선 황과 나의 가정은 속임과 어둠으로 들어찼다. 사회의 한 세포가 이 지경인 것이다. 이런 가정에 아이들이나 있다치자. 그 아이들의 성격은커녕 표정부터도 건강스럽고 명랑한 것으로 문밖을 나서게 될 리 없다. 한 무책임한, 방종한 남편이나 아버지 때문에 가정이나 그 가정이 범위되는 사회환경까지가 얼마나 그 명랑성과 건전성을 잃어버리는 것인가. 자기 자신의 행복을 잃어, 가정 본래의 생명을 잃어, 사회에 암영을 끼쳐, 그러면서 무엇하러 참아야 할 것인가? (p. 120)

구여성들처럼 인내를 미덕으로 삼고 사는 것을 여성의 부조리한 면으로 파악한다는 점에서 신여성의 혁신이 있는 것이다. 즉, 구여성들처럼 "썩어들어오는 것을 참고 견듸는 것"이 미덕은 아니라는 것이다. "가정은 사회의 세포"라는 유기체적 세계관에 입각해서 볼 때, 이 세포 하나의 부패는 국가라는 신체 전체를 썩어들게 하는 요인이 될 수 있다. 사회의 한 세포로서의 가정은 "명랑성"과 "건전성"을 가지고 있어야 하는데, 무책임하고 방종한 남성들은 가정 본래의 생명을 잃게 하는 암적인 존재인 것이다. 그럼에도 불구하고 남성들의 비행을 묵인하는 '신여성'들도 많다는 것이 문제로 지적되고 있다. 이 작품의 여성인물들은 신여성으로서의 자존심을 지키는 길은 권위와 폭력의 남성 질서에 비굴하게 복종하지 않고 새롭게 인생을 개척해야 한다고 주장하고 실천한다. 그래서 소춘은 이런 신여성으로서의 자존심을 지키기 위해 황순필과 이혼을 한다. 소춘의 부정적인 결혼생활과 달리 화옥의 결혼생활은 건설적인 서사로 제시된다. 화옥은 기본적으로 가정이란 가정 살림을 꾸려나가는 주체인 여성이 "생활의 건설"이라는 이상을 가지고 이루어지는 것인데, 그것이 구세대의 억압에 의해 막힌다는 것은 있을 수 없다고 생각한다. "새생활", "건설욕"은 구여성과 반대되는 신여성의 가정생활에 있어 필수적인 요소가 되고 있다. 화옥은 "근본적으로 가정생활을 하자면 더욱 여자인 경우엔, 더욱 주관을 버릴 수 없는 현대여성인 경우엔 살림에 대한 자기애착과, 자기정렬과 자기이상이 없이는 살 수가 없는 것이니까 근본적으로 살림의 실권을 가져야겠다는 것"을 주장하고 자신의 생활에 적극적으로 실천한다.

이혼녀 소춘이 사회화되는 과정에는 "중일전쟁"의 충격이 개입되어 있다. 서사 전반부에서 펼쳐졌던 결혼과 사랑에 대한 개인의 갈등은 이 전쟁을 계기로 사회화되기 시작한다. 소춘이 신문사에 취직해서 전쟁 소식을 전달하며 "문화운동의 제일선"에 참여하여 "세계를 문견하며 민중을 앞서 모든 것을 비판해 나간다는 것"에서 "직책의 중대함"을 느끼게 되는 장면은 여성을 공적 영역으로 투입시킨 것으로 볼 수 있다. 그리고 "북지 파병"을 통해 세 여성들이 '전쟁'의 필요성과 '힘'에 대한 예찬론자들이 되는 것은 세 신여성들을 전쟁 주체가 되게 하는 것이다.

소춘, 화옥, 순남의 문화사업은 '화장품' 사업으로 재현된다. 이 작품에서는 전시 물자 확충으로 인해 세금이 오른다는 말을 듣고 화장품을 미리 많이 사두려는 여성들의 재현을 통해 여성에게 화장품 사업이 얼마나 중요한 가를 제시하고 있다. 여고시절 '최선생'이 했던 화장 강의는 세 여학생에게 시사하는 바가 컸다. 최선생은 화장도 복식과 함께 인체의 미술이자 인체의 문화라고 생각한다. 그는 "전문 정도의 여학교에선 졸업반 일년쯤은, 가정과 사회에서 하는 화장과 물색옷을 허락해서 연습을 시켜 지도해 내보내는 것이 타당할 것이다. 이건 사치를 의미하는 것이 아니라, 오히려 사치를 금하고 가장 경제적인, 우생학적인, 미적인 생활문화의 하나일 것이다. 교육이란 크게 보아 문화운동이다. 문화란 별것이 아니라 생활 만반에 있어 미적이기를, 효과적이기를 계획하는 것 이외에 다른 것이 아닐 것이다"(pp. 164~165)라고 주장하며 올바른 화장을 문화운동으로 제시하고 있다. 그런데 그는 여학생들에게 올바른 화장 기술 강의가 필요한 원인을 "서양흠모"에서 찾고 있다. "동양사람"이면서 "서양사람"으로 꾸미려 하는 점이 문제였던 것이다. 그래서 영화 포스터의 서양여자처럼 강렬한 색채로 화장하는 조선 여성들의 비정상성을 비판하고 있다. 이러한 비판은 '유행'에 민감한 현대여성의 특징에서 드러난 문제이다. "고상한 취미로부터 오는 아름다운 색채나 스마—트한 옷맵씨의 유행"은 "문화생활의 청신제(淸新劑) 역할"을 하기도 해서 바람직하다고 평가된다. 그러나 "유행의 황홀한 의장과 요염한 화장에 세련되지 못한 서투른 표정의 흉내는 불량녀나 매소부로 밧게 보이지"[153] 않는 사회적 문제가 되고 있던 것이다. 아름다운 장식 속에도 '교양'은 존재하고 있음을 알 수 있다. 그래서 최선생은 예술에 감동했을 때 발견되는 얼굴의 미처럼 "정신으로 하는 화장"이 가장 이상적임을 제시한다. 화장에 대한 여성의 이러한 관심을 사업화하는 것은 차순남에 의해 구체화된다.

게다가 순남의 화장품 포장에 대한 태도 변화는 총력전을 염두하고 있는 변화이다. 실용성을 강조하는 측면과 무소용한 사치에 대한 규제가 총력전에서 총후의 소비 기능으로 강조되고 있는 측면이기에, 화장품을 "포장본위"가 아닌 "내용본위"로 해야 한다는 주장이 나오게 되는 것이다.

---

153) 윤성상, 「유행에 나타난 현대여성」(<여성>, 제2권 제1호, 1937. 1), p. 48.

"자기 손으로 개척 경영하는 사회적 존재"로서 "사업에의 야심"을 갖고 있던 순남은 여성의 화장 문화를 지도하겠다는 취지아래 사업을 시작하게 된다. 국민의 절반인 여성의 문화생활을 개선하는 사업은 국가적 차원에서 큰 이익이 되는 것이다. 이는 "좋은 안해, 좋은 어머니, 좋은 국민이 되도록 지도"(p. 176)하는 주체로 신여성을 포섭하고 있는 것이다. 따라서 이 작품의 결말은 세 신여성의 공고한 사회적 지위 확보로 끝나고 있다. 순남이 세운 "여성문화사"는 "개인리익본위를 떠나, 여성일면에 국한하여 서나마 국가의, 인류의, 공동복리를 위한" "사업이라 당국에서 기꺼히 보호하였고, 지식층 여성들이 솔선하여" 이용하는 기관이 되었다. 그리고 소춘도 신문사를 그만두고 여성문제를 다루는 명망있는 소설가가 되며, 화옥은 "신식 주부로, 민활한 애국반장으로, 이웃에 영명을 떨치기 시작"(pp. 178~179)했던 것이다. 여기서 여성 문화 행동양식을 의미하는 '교양'은 개인적 관계에서 사회적 관계로, 계급적 관계에서 민족적 관계로 바뀌어 가는데 중요한 역할을 하고 있음을 확인할 수 있다. 이덕상은 "인류의 형질을 優化함에는 유전과 교양이 상반하는 것이 아니라 유전과 교양이 相補하여야 비로서 완성할 수 잇다"[154]고 주장한다. 이처럼 우생학적 차원과 연결될 수 있는 '문화'와 '교양'은 국민들 가운데서도 특수 집단인 엘리트의 슬로건이라는 특징을 가지고 있었다.

4.4. 건설의 서사와 총후의 구성

4절에서 신여성을 '문화사업'의 주체로 다루고 있는 서사들은 '건설의

______

154) 이덕상, 「우생학과 우경학—유전·환경·교양 등에 관하야」(1), <조선일보>, 1937. 6. 11.)

서사'로 구현되고 있었다. '건설의 서사'로 구현되는 텍스트들은 건설의 계기를 개인의 교화에서 민족의 교화로 확대 전이시키는 과정을 삽입하고 있다. 이때 '교화(reclamation)'라는 개념은 파시스트 모더니티 담론에 매우 중요하다. "처음에 이 용어는 습지를 경작지로 전환하는 것을 가리키면서 문화적 용어로 사용되었다. 그런데 땅 교화는 모든 사회적 문화적 병리현상을 지닌 민족과 국가를 정화하려는 파시스트 욕망의 가장 구체적인 표명을 구성하게 된다. 파시즘의 '농경문화적 교화', '인간 교화', 그리고 '문화적 교화' 캠페인은 퇴보와 싸우고, 불순한 인자를 제거하면서 사회를 빨리 재생시키려는 포괄적 기획이 되었다."155) 세 텍스트에서 '건설'은 식민지 조선의 낙후한 문화의 새로운 구성을 의미한다. 이 때 새로운 구성은 '낭만'적인 사업과 재건 주체의 이상화를 통해서 구현되고 있다.

민족 구성원의 서사에서 '신여성'은 여성의 위치를 더욱 가정에 공고히 배치시켰다. 여성이 가정 내에서 아내와 어머니로서 기능한다면 가정 밖의 여성은 사업의 주체가 될 때만 인정될 수 있었다. 루(Tonglin Lu)는 20세기 전환 이후 중국 지식인들에게 '여성 구제'의 테마는 하나의 강박관념이었다고 말한다. "이때 구제는 위계질서를 함축한다. 상징적으로 구해진 후에 여성들은 항상 새로운 계층구조의 최하층으로 되돌아간다. 그 위계질서는 또 다른 방식 속의 가부장제이었던 것이다. 여성은 자신의 구원자의 이데올로기를 구현하는 화자로서 기능하기 때문에 그녀 자신의 목소리를 가지고 있지 않다. 이 구원자의 이데올로기는 기본적으로 남성 권위적 열망이 내포되어 있다. 사회진화론과 여성 교육을 주장하는 평등 관념은 국가 재산과 권력을 보호하기 위한 남성들의 여성 교육 프로그램이

---

155) Ruth Ben—Ghiat, 같은 책, p. 4. 참조.

었다"156)는 것이다. 이와 같이 가부장적 권위는 고결한 여성을 지지하고 방종한 여성을 비난하는 것으로 섹슈얼리티를 재구성한다. 따라서 일제 말기의 신여성은 더 이상 연애관계 형성에 집중하지 않는다. 이전 시기의 작품들은 "신여성들을 주인공으로 등장시켜 자유연애에 대한 그들의 불완전한 인식이 현실사회 속에서 어떤 저항을 받으며, 그 결과로 그들이 어떤 비극적 결과에 도달하게 되는지를 그림으로써 그 시대를 증언"157) 하고 있었다. 그러나 일제 말기의 신여성들은 '국민'으로 호출되며 총후를 구성하는 주체로 재현된다.

앞의 텍스트 분석을 통해서 파시즘 체제는 불온한 인물들, 즉 여성과 이념적인 조선 청년들에 대한 통제 방식을 '구제'의 방식으로 취하고 있음을 확인 할 수 있다. 파시즘 시대에 여성에게 주어진 역할과 여성에 대한 정의에 주목한다면 여성에 대한 차별 또한 포괄적인 의미에서의 인종주의 범주에 해당될 수 있다. 파시즘에서 유태인과 흑인이 인종주의에 의해 위협이 되었던 것과 같은 방식으로, 팜므 파탈형의 여성을 위협적인 유형의 여성으로 생각하며 배제시키려 하였다. 파시스트는 "모더니티의 부패를 여성의 타락으로 은유화하고 있다. 이는 비생산적인 섹슈얼리티, 즉 아이를 생산하지 않는 섹슈얼리티로서의 이미지로 재현되는 것이다."158) 일제 파시즘 아래 여성의 동원력은 전략적으로 상당히 중요

---

156) Tonglin Lu, *Gender and Sexuality in Twentieth–Century Chinese Literature and Society* (Sate University of New York, 1993), p. 25.

157) 김경수, 같은 책, p. 263.

158) "파시즘 문학에서는 여성, 동성애자, 그리고 유태인이 지닌 근본적으로 생산적인 생식성의 상실과 타락을 연관지으며, 젠더와 인종의 측면에서 모더니티의 타락을 지속적으로 특성화한다. 이는 참된 남성의 이데올로기적 특성이 되는 '힘'과 '창조성'을 고려하고 있는 것이다. 이런 측면에서 전체주의 공동체에 대한 성적이고 정치적인 환상은 파시스트 '남성 환타지'의 완벽한 예로 보인다."(David Carol, 같은 책, p. 160 참조)

했다. 따라서 국가적 통제와 여성의 관계는 여성의 섹슈얼리티를 통제하는 방식으로 나타난다.

신여성이 국민화되는 과정에는 '사업'이 중요하게 작용하고 있었다. 여성 엘리트 지식인 계층에 해당했던 신여성을 동원하기 위해 파시즘이 표방했던 정책은 '문화주의'와 '과학주의'로 나타났다. 문화는 "국가나 민족의 정신적인 무기"이기 때문에 "전쟁처럼 힘찬 문화"가 한 국가에 필요하다는 인식은 이 당시 팽배해 있었다. 그런데 "신체제 아래에서의 문화는 과거의 자유주의, 개인주의적인 것을 이념하던 것과는 다른, 어디까지고 이 대동아신질서건설의 이상과 一致相符하는 것이어야할 것이다. 즉 제국을 정신적으로 東亞天地에서 長者이게 할 수 있는 문화인 동시에, 대동아 공영권 全域의 黃色民族을 리―드할 그러한 문화이어야 할 것이다"[159]라는 체제의 관념은 신여성을 대동아신질서 건설의 주체로 소급하면서 문화정책에 동원했던 것이다.

신여성에게 사업의 주체 위치를 부여하는 것은 신여성에게 부여된 특권이다. 조선의 여성들을 지도할 수 있으며 부인의 생활문제 개선뿐만 아니라 전시 하 국가정책의 수행자가 될 수 있는 자격이 엘리트인 신여성에게 부여되었다. 이러한 신여성의 지도력은 독일의 "여인 히틀러"[160] 역할을 했던 '크링크'를 통해 구현되고 있다. '나치당 부인부'를 설치하고 히틀러의 권력 대행 역할을 했던 이 여성의 소개는 신여성의 활동성에 영향을 미쳤을 것이다. 비상시라는 시국의 인식 아래 여성들의 활동 공간은 '가정'에서 '사회'로 넓혀지고 있음을 알 수 있다. 이는 전시체제 아래 '총

---

159) 「시국과 문화문제」(<신시대>, 제1권 10호, 1941. 10), p. 19.
160) 피타 엥게르만, 「(삼천만 독일여성을 움직이는) 여인 히틀러」(<조광>, 7권 3호, 1941. 3), p. 260.

후'의 구성이 중요해지면서 사회와 국가에 대한 희생정신을 '멸사봉공'의 정신으로 무장시켰기 때문에 발생한 현상이라 할 수 있다. 문선호의 글을 통해서도 당시 신여성들 간에 '사업'을 하는 것이 유행이었음을 알 수 있다. 문선호는 여성도 남성과 마찬가지로 사회사업을 할 수 있다는 점과, 이 사회사업이 신여성의 "사명과 특권"임을 주장한다. 이 당시 신여성은 "가정"에서 "사회"로 활동 공간을 넓혀 자신이 "사회에 어떠한 영향을 주고 받을 것을 인식하고 적어도 사회적 연대책임감 下에 움직이어야 할 것"161)으로 촉구되었다. 이효석의 『벽공무한』에서 녹성음악원의 탄생을 세상이 놀랄 만한 것으로 지적하는 것도 "여자들끼리만의 문화기관"이라는 점 때문이다. 게다가 타락한 여성에게 사회사업의 임무를 맡기는 것은 타락한 여성들을 사회로 편입시키는 방식이기도 하면서, 동시에 '신여성'을 통제하며 동원하는 방식이기도 했다. 이때 통제의 기제가 '교양'과 '사명감'으로 이루어지고 있었던 것이다.

『별은 창마다』에서 여성 건축 사업가가 된 한정은이 음악공부를 했었다는 사실은 단순히 그녀의 감상성에 국한시킬 수 없다. 정은이 동경에 와서 좋아하게 된 '밤하늘'과 '유리'는 "우주"의 "무한"과 "영원"을 배울 수 있는 것들이었다. 게다가 그녀의 악보와 유리 그릇에 대한 취미는 조화를 추구하는 그녀의 예술감각과 관련된다. 시대마다 사람들에게 차이는 있을지언정 "우주의 질서정연한 배치와 운행가운데서 그들은 공통으로 저 유명한 사상 즉『하모니-』-수학적이며 음악적인『조화』-이 조화의 사상을 얻어낸 것이다." '조화' 내지 '질서'는 철학에서 이데아의 사상이고, 윤리사상에 있어서는 중용과 절제의 사상과 같은 형식인 것이다. 따라서 "희랍적 교양이 명랑하고 아름답되 허트러짐이 없이 언제나 均整을 얻

____

161) 문선호, 「여성과 사회사업」(<춘추>, 1941. 5), p. 225.

고 있는 것"162)은 '조화'를 추구하고 있기 때문이다. 이러한 사유에 기반하여 『벽공무한』에서는 교양으로서의 '음악'이 인간 영혼을 정신적으로 고양, 심화, 그리고 순화시키는 기능을 수행하고 있다. 조화로운 인간성의 회복을 위해서 미적 교양과 인격도야를 관련시키는 것은 공동체적 목적 수행을 위해 반드시 선행해야 할 사항으로 다루어진다. 따라서 교양은 미적 교양국가의 형성이자 개인의 국가에 대한 순응 논리로 읽힐 수 있다. 카이저(Kaiser)는 "자유주의 국가 이론과 문화적 민족주의의 경쟁적 관계를 화해시키려는 미적 영역이 영국과 독일 낭만주의 시기 동안에 출현했다"고 보며, 이 미적 영역이 "심미적 국가주의aesthetic statism"와 연결된다고 주장한다. "이 심미적 국가주의는 통합적인 상징에 호소하는 정치영역에서 발생하는 충돌을 화해시키려는 기획이다." "심미적 국가주의에 따르면, 개별적 주체와 정치 국가, 그리고 특별한 민족 문화와 보편적 이성 사이의 조화로운 관계가 낭만적 상징으로 구현되는 개별성과 보편성의 화해를 내포한다."163) 심미적 국가주의의 전제는 낭만주의적 주체성을 강조하고 있다. 국가주의의 낭만적 주체성은 신여성의 이상을 의사-페미니즘의 형식을 통해 도구화하고 있었던 것이다.

사업의 주체로 여성을 호명하기 위해서 여성 주체에게 주어지는 자질은 '미(美)의 표준'에 변화를 주는 것에서 발견되었다. 일제 말기 미의 표준은 "現代女性의 美의 標準은 부분 부분을 종합한 즉 윤곽의 아름다움 건전한 체질 발육된 근육 이것이 잘 조화되고 여성 독특의 곡선미를 표현"하는 데 있었다. 이것은 "건전한 체격"과 "발육된 근육", "생김생김의

---

162) 박치우, 「교양의 현대적 의미」(<인문평론>, 2집, 1939. 11.), p. 33 참조.

163) David Aram Kaiser, *Romanticism, Aesthetics, and Nationalism* (Cambridge UP, 1999), pp. 1~3 참조.

자연스러운 표현"이 중요해졌음을 의미한다. 자연히 이 시대와 사회가 요구하고 바라는 여성상은 "활발한 여성", "건강한 여성", "똑바른 체격을 가진 여성"으로 전형화된다. 이 당시 여성의 비교 표상으로 자주 등장하는 것이 '스파르타'[164]의 여성이다. 이들은 건강한 육체와 노동력을 가진 국가적 여성의 표상으로 제시되고 있던 것이다. '시대가 요구하는 여성'이 되기 위한 선결 조건이 남자 이상 활동할 수 있는 '체격'과 '활동력'이기 때문이다. 그래서 "운동을 일상생활 속에 습관"[165]화시켜야 한다는 표어가 정책적으로 내세워진다. 정비석의 「寒月」(<국민문학>, 1942. 2), 최정희의 「2월 15일의 밤」(<녹기>, 1942. 4, 日文)나 「장미의 집」에서는 여성의 '미적 표준'을 소설의 중심테마로 형상화하고 있다. 이들 작품에서는 시대에 따라 '미의 표준'도 바뀌어야 하는 것처럼 '대동아전쟁' 같은 전시체제 하에서는 "퇴폐미"가 "씩씩하고 건전"한 '미'로 바뀌어야 함을 주장하고 있다. 신여성의 활동성을 미적 표준으로 삼음은 '체육'의 보급뿐만이 아니라 여성을 남성화시키기까지 한다. 1941년 조선총독부에서 발간한 『靑年女子 鍊成敎本』이라는 책은 젊은 여성들의 총후활동과 전쟁방책에 대한 지침서이다. 이 책에서도 볼 수 있듯이, '靑年'이라는 단어는 단순히 남자에게만 국한되어 쓰이지 않고 전시체제 하에서 젊은 여성을 동원하는데도 사용되었다. 총력전체제는 여성을 "생활혁신의 전사"[166]로 호명하면서 제국의 주체이자 파시즘적 주체로 재탄생시킨다. 전방과 후방의 동시적 전시화를 꾀하려는 의도는 총후의 여성적 기능을 강화시키게 된다. "戰線, 銃後의 구별은 없을 터이다. 누구나 第一線에 선 戰士다. 직

---

164) 박봉애, 「여성체격 향상에 대하야」(<여성>, 제2권 제1호, 1937. 1), p. 32.
165) 김태호, 「여성계 스포츠 소론」(<여성>, 제2권 11호, 1937. 11.), p. 57.
166) 上田勇男, 「증병제와 조선어머니에게」(<조광> 8권 6호, 1942. 6), p. 34.

업을 갖인 여성이나, 가정에 있는 부인이나 죄다 第一線에 선 鬪士임에 틀림없다"167)라는 말에서처럼 '전방'과 '후방'의 분리와 그 유대의 긴밀함을 강조하는 것은 총후 여성의 생산성 강조로 확대되어 나아갔던 것이다. 이것이 장편소설에 있어 신여성들의 문화사업과 총후의 직접적인 "애국반" 활동으로 재현되었음을 앞의 텍스트 분석에서 살필 수 있었다. 이처럼 일제 말기는 대동아전쟁의 승리를 '총후여성'의 희생정신에서 찾으며 여성의 모성과 노동력을 창출하고 있었다.168)

파시즘에서 섹슈얼리티를 통제하면서 동양신질서의 건설 대목표 수행 주체로 신여성을 소급하는 방식은 파시즘을 반영하는 "문학의 건설적 역할"이 "새로운 질서에서 탄생되는 새로운 성격" 창조였던 것과 동궤에 놓여 있다. 이는 신여성을 총후의 건설 주체로 위치 배정함으로써 "전선에 舊鬪하는 戰士에 뒤지지 않는 위대한 건설적 행동"169)을 창출케 하는데서 형성된다. 그러나 단적으로, 「처녀지원병」170)이라는 야담에서도 확인할 수 있듯이, 여성은 남성적 역할을 수행할 수 있을지라도 남성 주체와 대등한 위치에 서지 못하고 가정적 영역으로 귀속된다. 여기서 "새로운

---

167) 前朝鮮總督 宇垣一成, 「전쟁과 여성」(<삼천리> 권 8호, 1940. 9),p. 45.
168) 『決戰 下의 반도여성운동』(<대동아>, 14권 3호, 1942. 5)이란 주제 아래에 김활란, 「여성의 무장」, 임효정, 「미몽에서 깨자」, 임숙재, 「가정의 신질서」, 박순천, 「국방가정」, 허하백, 「총후부인의 각오」, 모윤숙, 「여성도 전사다」, 최정희, 「군국의 어머니」가 실려 있다.
　　德川仁果, 「필승의 신념」(<조광> 8권 2호, 1942. 2), p. 120.
　　天成活蘭, 「여성의 무장」(<조광> 8권 2호, 1942. 2), p. 112.
　　박인덕, 「동아여명과 반도여성」(<대동아> 14권 3호, 1942. 5), p. 90.
169) (권두언), 「건설과 문학」(<인문평론>, 1939. 10.), p. 2.
170) 申鼎言, 「(장군야담) 처녀지원병」(<야담>, 1942. 5.), pp. 25~36. 이 작품은 젊은 여성이 남장(男裝)하고 전쟁에 참여하여 혁혁한 공을 세운 뒤 나라에서 공훈을 높이 평가받지만, 그녀는 바로 가정으로 귀환하여 일반 여성과 동일한 삶을 사는 것으로 종결짓는다. 이를 통해서 볼 때 엄격한 성별분할이 이루어지고 있음을 알 수 있다.

파시스트 인간"의 탄생에 대한 파시스트 개념에서 발생하는 모순적인 젠더의 양가성을 확인할 수 있다.

1930년대 이태준의 '조선주의 문화운동'은 파시즘 사상과 동질성을 공유하고 있다. 국수주의적 성격을 띤 조선주의 문화운동은 민족의 지도원리로서의 '민족주의' 수립과 긴밀히 연결되어 있기 때문이다. 이태준은 민족주의가 "개인주의·가족주의·세계주의를 모두 버리고 민족을 '큰 나', '우리'라는 단일체로 인식하는 주의"171)라 주장하였다. 박헌호는 이태준의 이러한 인식이 "일제가 주장하던 대동아공영권의 논리와 흡사한 인식을 공유"172)하고 있다고 주장한다. 이처럼 이태준의 고전과 민족에 대한 관심은 모더니티와 결합하면서 파시즘의 논리와 연결되었다.

---

171) 이태준, 「조선민족의 지도원리」(<동아일보>, 1932. 12. 27)
172) 박헌호, 『이태준과 한국 근대소설의 성격』(소명, 1999), p. 97.

제4장 파시즘의 일상화와 젊음의 정치학

친일적인 파시즘 문학을 창작하는 작가의 창작 방법은 반드시 국책을 전면적으로 다루거나 정치선동에 나서는 것에만 있지 않다. 파시즘 이론에서 '군중'은 그 심리가 변화무쌍하고 변덕스럽다는 의미에서 여성화되어왔다. 이런 군중을 선동해야 할 의무를 파시즘 문학이 수행해야 할 때 그 접근 방법은 현실주의적이기 보다 오히려 낭만주의적이고 신비주의적인 방식을 취하는 것이 더욱 효과적일 수 있다. 특히 그 대상이 청년층일 경우는 이러한 현상이 더욱 지배적이다. 앞서 살펴보았듯이 이러한 인식은 일제 말기 작가들도 고려했던 사항이다.[1] 파시즘 정책은 전시국민생활의 체제를 확립하기 위해 소비계급의 낭비를 억제하고 건전한 생활신

---

1) "비상시의 문인이라고 해서 반드시 시국물이나 군가, 군담적인 것만을 쓰는 것이 총후봉공은 아니다"라는 인식은 대중적 소설을 쓴 작가들에게 지배적인 생각이었다. 이광수는 "구구한 이데올로기적, 프로파겐다적인 것이 아니라 오히려 종교적, 신앙적인 것"이 "국민의 혼을 근저에서부터 흔들어 분기"시킬 수 있다고 주장한다.(이광수, 「文學の國民性」, <경성일보>, 1939. 11. 14, 16, 17. 日文.) 이경훈 편역, 『친일문학전집 II』(p. 57)에서 인용.

체제를 목표로 삼았다. 파시즘 문학 역시 "奢侈品視하는 경향"을 시정하고 "국민의 士氣를 진흥"[2]시키는 기능을 담당해야 했다. 따라서 "회고적 감상적 怨嗟的인 기분을 청산"하고 "희망과 영광에 환희하는 감정을 기조"로 문학이 창작되었다. 이는 "맑시즘은 말할 것도 업거니와 歐米式인 모든 개인주의적, 향락주의적, 신변잡기적, 병적인 그러한 조류에서 탈출"하여 "新生, 新興, 國民의 문학다운 문학을 건설"[3]하는 것이다. 한마디로 말하면 서구 자본주의적 근대성의 산물을 지양하는 것이 파시즘 문학의 당면 목표였다. 그러나 서사는 반동적 모더니티의 특성을 지니고 있었다. 소설로 형상화될 때 사용되었던 '청춘', '연애'와 '결혼', '우정', '문화 사업' 같은 주제는 지극히 자유주의, 자본주의적 근대의 산물이면서, 청년들의 일상 생활문화에 귀속되는 것이다. 3장에서는 이러한 주제들을 다루면서 일상의 문화 속에 파시즘 이데올로기가 개입하고 있음을 살펴보았다. 이러한 주제들은 기본적으로 낭만주의와 결합하면서 대중적인 성격을 지니고 있다. 독일 파시즘에서 방법론으로 삼았던 "鋼鐵낭만주의"의 차용으로도 볼 수 있는 소설적 재현은 대중 문화 속으로 침투해들어 갔던 것이다. '정열', '희생정신', '힘', '친화력', '미', '우정', '교양'과 '사명감' 같은 주제는 개체를 통합하고 유기적 인간을 창조하며 자연스럽게 일상을 지배하였다. 그리고 전시 체제를 통해 강조된 청소나 청결같은 위생관념과 우생학 교육으로 일상화된 파시즘은 피식민지 조선인의 일상을 규율·통제하였던 것이다.

들뢰즈와 가타리는 "파시즘을 위험하게 만드는 것은 미시 파시즘"이라

---

2) 권두언, 「문학의 自肅」(<인문평론>, 1940. 10), p. 5.
   서인식, 「문학과 윤리」(<인문평론>, 1940. 10), p. 6.
3) 이광수, 「황민화와 조선문학」(<매일신보>, 1940. 7. 6.) 이경훈 편역, 『친일문학전집 II』(p. 77.)에서 인용.

고 주장하고 있다. 그들이 말하는 미시 파시즘은 중앙 집중적인 거대한 구조가 아니라 "농촌의 파시즘과 도시의 파시즘 또는 도시 구역의 파시즘, 젊은이의 파시즘과 퇴역 군인들의 파시즘, 좌익의 파시즘과 우익의 파시즘, 커플, 가족, 학교나 사무실의 파시즘"[4] 등과 같은 구조를 지녔다. 이들의 파시즘 논의에서 파시즘을 구성하는 힘은 '군중'의 욕망으로 다루어지고 있다. 즉, 군중의 내부에 억압받고자 하는 욕망이 존재하고 있다는 것이다. 들뢰즈와 가타리는 "히틀러나 무솔리니의 파시즘 같은 과거의 권위주의적 정치현상"보다는 "우리의 일상적 사고와 행동 속에 움트고 있는 파시즘, 특히 자본주의의 사회적 조건에 의해 왜곡된 욕망으로서의 파시즘"[5]이 더욱 위험하고 문제적임을 지적하고 있다. 국가주의의 권력 행사에 있어 이러한 미시 파시즘적 접근이 오히려 더욱 강력해질 수 있기 때문에, 일제 말기 국가주의적 파시즘은 각 국민의 생활과 내면으로 침투하는 방식을 취했던 것이다. "오늘과 같이 정치라는 것이 우리들의 생활에 전면적으로 관련을 깊게 하는 시대는 없다고 생각된다. 평상시에도 정치를 떠난 우리들 국민의 생활을 생각지 못함은 명백한 일이겠지만 시국의 緊迫과 함께 戰時體制란말이 臨戰態勢란 말로 바뀌어 놓인 오늘같이 정치에 관심을 크게 한 때는 없으리라"[6]는 판단에서처럼 일제 말기는 정치와 국민의 생활을 긴밀히 연결짓고 있었다. 총력전 체제는 전쟁을 위해 모든 국가적, 사회적, 사상적 동원을 경주하는 것이었으므로 국민 일상생

---

4) 질 들뢰즈·펠릭스 가타리/김재인 역, 『천개의 고원－자본주의와 분열증 2』(새물결, 2001), p. 408.

5) 전경갑, 『욕망의 통제와 탈주: 스피노자에서 들뢰즈까지』(한길사, 1999), p. 240.

6) 박민천, 「시국과 영화」(<신시대>, 제1권 10호, 1941. 10.), p. 134. 이글은 영화가 가진 정치성의 중대함에 着目하여 그것을 思想戰의 무기로써 이용한 국가가 소련, 이태리, 독일같은 전체주의국가들임에 주지하고 있다. 뿐만 아니라 문학과 영화의 정치적 대중 동원력에 대해 분석하고 있다.

활의 전시화(戰時化)를 도모했던 것이다. "聯盟발표의 개선기준을 徹底 勵行하자"[7)는 표어와 "일상 생활의 戰力化"[8)라는 프로파간다는 국민을 "特攻隊"로 호명하고, "생활의 황민화, 생활의 합리화 그리고 생활의 임전화(臨戰化)"[9)라는 3대 강령 아래 국민 생활을 혁신하고자 했다. 제국의 전쟁 수행을 위해 동원되는 국민의 일상은 자연히 파시즘적 정책 수행의 도구가 되었던 것이다. 이러한 정책들의 선전 표어들은 당시 국민의 일상생활을 지배하는 헤게모니였기 때문이다. 전쟁 수행을 위한 생활 임전체제의 헤게모니는 피식민 주체에게 "인위적으로 조장된 견해가 아니라 "자연스러운 것"으로 받아들여질 수 있는 "내면화된 통제"[10)가 되었던 것이다.

파시즘 권력자들은 대중동원을 목적으로 모든 사회 심리적 동기를 유발시킬 수 있는 매체를 사용한다. 총동원을 목표로 사용된 대중매체 가운데 라디오나 영화는 중요한 수단이 된다. 일제 말기에 문화 정책으로서, 독일의 파시즘 영화를 다수 수입해 상영하고, 일상생활에서 '전황 뉴쓰'를 접할 수 있게 했던 것은 바로 이런 목적에서 수행된 것이다. 여기에는 알튀세가 말하는 이데올로기적 구조가 존재하고 있다. 국가권력은 알튀세가 말하는 이데올로기적 구조 혹은 국가 이데올로기 장치를 이용하여 마치 시민들의 내면적인 동의를 확보하고 있는 것처럼 보이게 만든다. 알튀세는 사실 주체에게 선택권이 없으면서도 스스로 선택한다고 느끼게 만

---

7) 「혼례, 장례의 신체제」(<반도の光>, 제60호, 1942. 11), p. 24.
8) 「나아가자!! 一億 特攻隊」(<신시대>, 제5권 1호, 1945. 1), p. 10.
   有馬賴寧, 「신체제와 국민의 각오 − 職場의 몸으로 政治에 參畫」(<삼천리>, 12권 10호, 1940. 12), p. 76.
9) 「반도민중의 애국운동」(<매일신보>, 1941. 9. 3~5.)
10) 피터 베리/한만수 외 역, 『현대문학이론 입문』(시유시, 2001), p.279. "그람시는 지배와 헤게모니를 대비한다. 전자는 필요할 때 무력을 동원하는 직접적인 정치적 통제를 가리키는 반면에, 후자는 그 사회를 지배하는 구체적인 의미, 가치, 신념 같은 것들을 통해 이루어지는 끊임없는 사회적 과정을 의미한다."

드는 '속임수'를 일컬어 '호명'(interpellation)이라고 불렀다. "호명은 개인이 스스로를 사회권력으로부터 완전히 자유롭고 독립적인 존재라고 생각하도록 만드는 방법"[11]이다. 파시즘 이데올로기 안에서 군중은 스스로 "합의에 의한 지배"를 욕망하는 주체라고 여기며, "불안과 절망과 고립감으로부터의 탈출을 파시즘적 통제에 대한 맹목적 복종 가운데서 구하게 된다."[12] 그 가운데서 개인은 획일적으로 통합되면서 '무주체성(無主體性)'을 지니게 되는 것이다. 피식민지 주체가 제국의 파시즘을 내면화해서 받아들일 수 있는 것은 제국의 파시즘을 통해 자신의 불안과 공포 심리나 욕망을 해결할 수 있다는 오인에서 비롯된다고 볼 수 있다. 일제 말기 피식민지민의 일상 생활에까지 파고들어 내면화된 파시즘 이데올로기는 제국의 '병점기지' 기능으로 식민지 조선을 동원할 수 있었다. 피식민지 주체가 식민지 파시즘을 일상으로 내면화해 받아들일 수 있는 이유는 '전쟁'의 함의 때문이었다.

신체제는 전시체제에서 비롯된 것이기에 '전쟁'을 중심으로 모든 사안이 모아졌다. 태평양전쟁을 위시하여 근대화의 새로운 시작을 꾀하려고 시도한 '근대의 초극'[13]은 대동아전쟁을 통해 아시아를 각성하는 계기가 되었다. 일본의 태평양 전쟁이 서양을 타자로 설정하고 있기 때문에, 대동아전쟁을 다루는 작가들은 "동양적인 문학의 창조"[14]에 주력해야 했다.

---

11) 피터 베리/한만수 외 역, 같은 책, p. 280.
12) 마루야마 마사오, 같은 책, p. 348.
13) 일본의 근대에 대한 회의에서 나타난 이 사상의 흐름은 "청일전쟁 뒤의 근대문명이 낳은 사회모순에 직면함으로써 한층 깊어지고", "러일전쟁에 걸쳐서는 '근대' 대 '반근대'의 상극을 넘어서려는 사상적 혹은 예술론적인 주장을 놓았고, 그 위에 마르크스주의의 자극을 받아서 '근대'를 하나의 시스템으로 파악하여, 그것을 넘어서려는 다양한 사상적 영위"를 만들어 냈다. (스즈키 사다미/김채수 역, 같은 책, p. 472 참조)
14) 권두언, 「동아작가대회를 제창함」(<인문평론>, 1940. 10), p. 3.

당시 파시스트들은 동아시아 諸民族의 단결력이 이 동양문학 건설에 달려있다고 생각했던 것이다. 그리고 전쟁은 과거의 삶과 현재의 삶을 가르는 분기점으로 파악되고 있었다. 따라서 "전쟁이라는 현실에 직면"해서 식민지 조선인들에게 요구되었던 것은 "신문화로서의 국민문화 창조와 새로운 사태에 부응하는 새로운 인간형성"[15]이라는 두 가지 측면이었다.

일제 말기 파시즘 이데올로기가 민족과 국가 전체를 용이하게 지배할 수 있었던 것은 공통된 '사회적 신화'의 형성 덕택에 가능했다. 파시즘 이데올로기에 있어서, "사회적 신화는 도덕적 금지와 미래에 대한 상상에 의거해 대중을 모으는 동원력으로 작용"하면서 민중의 "행위를 조장하고 의지"[16]를 끌어들이는 역할을 했다. 일제 말기 파시즘 이데올로기에 의해 형성된 사회적 신화를 몇 가지의 특징으로 살펴볼 수 있다.

첫째로, 일제 말기 파시즘이 구성해 낸 사회적 신화는 '전쟁'이라는 상황과 그로 인한 '대동아주의'의 표방이었다. 일본의 경우도 대동아 전쟁은 국민 대중에게 있어서 "만·몽은 일본의 생명선"이라는 의식 아래 "왕도낙토의 건설"[17]에 대한 기대를 품는 계기가 되었다. 대동아 전쟁은 동

---

15) 고승제, 「신문화と인간형성」(<국민문학>, 1943. 9, 日文, 인용자 역), p. 6.

16) 마크 네오클레우스/정준영 역, 같은 책, pp. 37~38. "사회적 신화의 효과는 이미지들의 통일체로 구성되어야 한다. 그것은 어떤 사려깊은 분석이 행해지기 이전에 직관 그 자체만으로도 감성의 덩어리라는 분리할 수 없는 전체를 일깨울 수 있다. 그리고 이런 감성은 사회주의가 추진한 전쟁에 관한 갖가지 선언들과 대응한다."

17) 都築久義 「<국책>と문학の실태」(<국문학>, 32권 10호, 8월호, 학등사, 1987, 日文, 인용자 역), p. 66. "詔和 전쟁시대는 8년 만주사변을 시작으로 12년 지나사변으로 본격화되어 16년 대동아 전쟁이라는 총력전으로 발전하여 20년 패전으로 막을 내렸다. 이 기간 동안, 11년 8월에 히로타 고우키 내각이 「국책의 기준」을 결정, 일본의 근본 국책은 <…대동아대륙에서 제국의 지반을 확보함과 동시에 남방 해양에 진출하는 것에 있다>라고 정했다. 히로타 내각은 2·26 사건 후 군부가 대두함과 동시에 탄생했고, 「국책의 기준」도 군부대신 현역무관제 부활 하에 기초로 해서 결정했다."라고 말하며 일본의 대동아 전쟁이 서구 제국주의의 모방으로 자연히 발생한 제국침략으로 평가하고 있다. 세계적인 대공황으로 도시에는 실업

아시아의 협동체를 구성하여 서구 열강의 침략으로부터 동아시아 諸國家
의 안전을 보호한다는 취지 하에 일본 제국의 침략을 옹호했던 것이다.
따라서 일본은 제국의 순수한 정체성을 지키며 전쟁의 타당성을 얻을 수
는 없었다. "근대 세계사에 있어서의 소위 제국주의로부터 大地域的 超民
族主義로 일본은 추진하지 않으면 아니된다. 신동아건설은 이런 관계 下
에 있어서의 한 필연적 사실이고 따라서 우리는 진실한 인격주의 인간주
의 문화주의 등을 역사의 현단계 下에서 極力 추진시키지 않어서는 아니
된다"18)는 당시 일본 평단의 시각처럼, 일본의 제국주의 침략정책은 기존
의 방식과 달리 추진되어야 했던 것이다. 피식민 주체로서의 조선인은 대
동아전쟁의 의미를 '초민족주의'적 제국주의의 외피를 통해 이해하고, 식
민지의 위계 변화에 대한 환상을 갖게 되었다. "편협한 민족주의를 초극
하여 諸民族이 大同團結하므로 말미아마 각민족의 고유한 사명과 이익을
도모"하기 위해서 "신질서건설은 오로지 民族協和의 표어로 하여금 실질
적인 정치원리가 되도록"19)해야 한다는 주장 속에는 피식민 주체의 위계
가 은폐되어 있던 것이다. 아래의 인용문은 일제의 대동아공영 논리를 역
사적인 진보 상으로 파악하고 있음을 확인할 수 있는 대목이다.

　　　그런 의미에서 지금 동양의 현실은 우리 문화인들 앞에, 아무리 이성

　　　자가 넘치고 농촌의 피폐가 극에 달했던 이 시대 국민 대중에게는 공산주의자의
　　　혁명이라는 환상이나 지식인의 제국주의 비판보다도 관동군의 "만·몽은 일본의
　　　생명선"이라는 쪽이 설득력이 있었고 왕도낙토의 건설에는 꿈과 현실성이 있었다.
　　　그 때문에 신문은 만주사변을 지지했고, 많은 국민이 이듬해의 만주국건설에 기대
　　　를 품고 히로타 내각은 대륙에의 농업이민을 가장 중요한 국책으로 내걸고 다음
　　　해부터 대대적인 이주계획을 실현시켰다."
18) 杉森孝次郞, 「二千六百年論」(<인문평론>, 1940. 4), p. 63. 이 글은 <인문평론>지
　　에서 '일본평론'에 실린 글을 재인용하여 '시국논단'으로 게재한 것이다.
19) 「신질서와 문학」(<인문평론>, 1940. 6), p.2.

으로 더듬어 찾아 봐도 방향을 알 수 없는 숲 속에 갇힌 우리 문화인들 앞에, 하나의 방향을 개척해 줄는지도 모른다. 우리가 여러 해 동안 계속하여 시(詩)의 멸망, 문화의 위기를 부르짖어왔으나, 여전히 침체에서 벗어나지 못한 현재의 문화가 이번에 정치의 힘을 얻어, 의외로 비약할 수 있을지도 모르는 일이다. 그리고 사실 우리는 이번의 사변을 통하여 동양의 봉건적 성문(城門)이 무너지는 광경을 눈앞에 보면서, 동양의 역사가 세계사적 의의에까지 높혀지며 비약하는 것을 느끼지 않는가? 그런 의미에서 지금의 동양의 현실에 대하여 나는 적극적인 의의를 생각하는 것이다.[20]

인용문에서 볼 수 있듯이, 대동아전쟁은 방향을 알 수 없던 피식민 주체에게 "하나의 방향을 개척"해 줄 수 있는 미래안이 되고 있다. 백 철은 전쟁을 식민지 조선의 침체된 문화가 비약할 수 있는 계기이자 '동양'이 세계적으로 비약하는 계기가 될 수 있는 것으로 파악했다. 대동아 전쟁은 "亞細亞 諸民族을…현재의 노예적 상태에서 구출하여서 공영의 신체제에 오르게"할 수 있는 것이다. 이것이 성사될 때 아시아 "諸民族은 신생명, 신활기를 어더서 皇道의 지도 미테 신문화를 창출하게 될 것"이니 "이 일을 위하여서 一億 국민은 각자로 兵士가 되자는 것"[21]이 이 당시 파시즘의 회유 논리였다. 신체제는 오리엔탈리즘적 사유를 전유해서 옥시덴탈리즘의 사유가 부상한 정책이라고 할 수 있다. 대동아공영권의 논리에 있어 동양/서양의 양항대립은 기존의 주변/중심에서 중심/주변으로 위치를 변화시키는 정치학이 반영되어 있다. 이는 서양의 오리엔탈리즘과 유사한 방식으로 동양의 제국주의 지배 전략이 작동했던 것임을 알 수 있다. 샤

---

20) 백 철, 「시국과 문화문제의 행방」(<동양지광>, 1939. 4.) (김병걸·김규동 편, 『친일문학작품선집 I 』, 실천문학사, 1988, p. 243에서 인용.)

21) 이광수, 「心的 新體制와 조선문화의 진로」(<매일신보>, 1940. 9. 4~12.) 이경훈 편역, 『친일문학전집 II 』(p. 111.)에서 인용.

오메이 천은 "서양의 오리엔탈리즘과 동양이 자신의 특정한 정치적 목적을 위해 서양을 자의적으로 해석하는 옥시덴탈리즘의 사례들은 혼재되어 있다. 즉 서양이 제국주의적 목적을 위해 동양을 타자화했다면, 동양 또한 자신의 정치적 목적에 부합되게 서양을 '타자'로 설정"22)하고 있음을 지적한다. '내선일체'는 동아시아에 있어 식민지 조선이 다른 아시아권의 식민지들과 차별화될 수 있다고 생각할 수 있는 지점이었다. 그래서 친일적인 파시즘 소설에서 주체들은 끊임없이 차이를 표상화하고 지우는 과정을 반복, 차연시키며 의사—제국주체의 지위를 모방하고 분열하는 양상을 재현한다.

둘째, 피식민 파시즘의 사회적 신화는 '모더니티'의 문제와 밀접하게 연결되어 있다. 그것은 서구 파시즘론의 적극적 수용이 제국의 파시즘에 대한 동원력이 되기도 하면서 동시에 피식민지 민족의 재건 원동력이 되기도 했기 때문이다. 일제 말기에 식민지 조선의 지식인들이 독일을 견문 탐방하고 오는 경우는 비일비재했다. 강세형은 조선의 여러 곳을 다니며 '나치스독일'을 소개하는 강연을 하기도 한다. 이 순례기는 독일을 표본으로 삼아 식민지 조선의 발전상을 구상하려는 의식이 강했기 때문이다.23) 이 당시에 나치스 독일을 발전의 표본으로 삼은 이유는 전후 나치스의 빠른 회복과 경제 성장 때문이다. 따라서 파시즘에 관련된 담론들은 나치스의 국가사회주의 경제정책에 대한 설명이 만연하게 된다. 아래의 예문은 독일의 자본주의에 대한 반기로 등장한 나치스 정권의 의의를 제시하고 있는 부분이다.

---

22) 샤오메이 천/정진배·김정아 역, 『옥시덴탈리즘』(강, 2001), p. 256.
23) 강세형, 「조선문화만보」(<춘추>, 42. 2), p. 138 참조.)
　　北歐學人, 「전후 독일의 부흥과 청년단 활동」(<삼천리>, 10호, 경신년, 11.), p. 15.

나치스 즉 국민사회주의는 이러한 환경과 조건하에서 육성되었으며 발전하였다. 이것은 히틀러에게 인도된 새로운 국민적 정치운동의 형태를 띠고 나타난 것이다. 그 경제적 地盤은 산업의 지도자가 파멸의 위기에 瀕한 국민경제를 공황의 荒波에서 구출하여 맑시즘의 魔手로부터 옹호하기 위하야 모든 수단을 히틀러에게 양도하였다는 사실에 차저야 할 것이다. 종래에 있어서는 국민경제가 개개의 기업가 내지 자본가에 의하야 지도되여왔다고 볼수있었는데 이 개별적 無統制的 지도는 이미 국민경제라는 전체를 지도하는 능력을 상실하고 있었다는 엄연한 사실에서 지도계통의 단일화가 요청된 것이다.[24]

인용문에서도 볼 수 있듯이 '히틀러'는 자본주의 경제의 위기를 맞은 국민경제를 전체적으로 통제할 수 있는 국가권력의 역할을 대리하는 표상체로 제시되고 있었다. 박극채의 파시즘적 경제 부흥에 대한 설명에는 "지도계통의 단일화"를 통한 경제정책의 확립과 식민지 경제의 부활 요청이 반영된 것이다. 피식민지 경제 부흥을 꾀하려는 의도는 민족 재건의 의지 표명이기도 하다. 이 당시 파시즘 논의에 있어 나치스 독일의 발전 원동력으로 삼고 있는 것은 '민족주의'였다. 파시즘은 "'극단적 민족주의의 혁명적 형태'로서, 몰락하고 있는 민족을 구원하기 위해 새로운 엘리트가 취하는 극단적인 행위에 대한 온전한 지지를 확보하기 위해 대중을 동원하는 일종의 '대중주의(populism)'의 차원"[25]을 내포하고 있다. 팽창주의적 입장에 있는 파시즘은 국가의 경계를 확장하기 위해 "억압적 강제를 통해서 뿐만 아니라 사회와 역사의 비전을 선전하며 대중의 합의를 고무

---

24) 박극채, 「나치스의 국가사회」(<조광>, 7권 6호, 1941. 6), p. 73. 이 잡지에서는 ≪나치스 특집≫을 싣고 있다. 전승범, 「나치스의 경제정책」, 강세형, 「나치스문화정책」
25) 김용우, 「파시즘이란 무엇인가?—"새로운 합의"의 성과와 한계—」(<서양사론>, 제75호, 2002), p. 121.

하는 능력을 통해서 성취되었다.” 그것은 “신성한 공동체로서 이해되었
던” “민족 재생의 이데아가 강력”했기 때문이다. 따라서 파시스트들의 민
족 문화를 위한 “새로운 시작의 신화는 급진적 변화를 향한 충동에서 작
동하며,”26) ‘유토피아’ 개념을 통해 대중에게 미래에 대한 환상을 갖도록
할 수 있었던 것이다. 이광수는 신체제 하 조선문학의 진로가 “新生의 諸
面”27)에서 제재를 취하여 민족 재건의 의지를 표명해야 한다고 주장했다.
이처럼 구생활의 몰락과 신생활의 창조 의식 가운데는 ‘파시스트의 모더
니티 지향’이 반영되어 있다. “모더니즘은 예술 작품이 미학적인 것뿐만
아니라 도덕적, 정치적 풍토를 바꿀 수 있다고 주장한다. 이탈리아 아방가
르드는 팽창주의적인 정치 의사의 실현을 촉진하기 위해 정신과 문화적
재생을 계획했다.” 그래서 “민족적 재생의 의미로 전쟁에 대한 신념을 다
루는 것이 아방가르드 문화의 일반 테마이다.”28) 민족 담론은 곧바로 유
기체적 전체주의 담론과 결합하면서 ‘신체제’의 구성원리가 된다.

서구 파시즘의 고도국방체제를 답습한 신체제 구성은 “세계신질서에의
일계단으로서 爲先 대외적으로는 日滿支을 일체로 한 동아협동체를 건설
하는 것”과 “대내적으로는 국내의 정치 경제 질서를 새로운 통제원리 우
에서 재편성한다는 것”을 정치, 문화적 과제로 삼으면서 전체주의를 그
구성원리로 취한 채 사회 전반에 침윤되도록 담론을 형성했다. 그러나
“고도국방국가건설”을 목표로 하는 ‘신체제’의 사상은 파시즘의 ‘전체주
의’를 전유하면서 “황도주의”로 변용된다. 즉, 자유민주주의를 통한 개인

---

26) Charles Burdett, “Italian Fascism and utopia”(『History of The Sciences』Vol. 16. No. 1. 2003),
    pp. 94~96 참조.
27) 이광수, 「心的 新體制와 조선문화의 진로」(<매일신보>, 1940. 9. 4~12.) 이경훈 편
    역, 같은 책(p. 110.)에서 인용.
28) Ruth Ben-Ghiat, 같은 책, p. 5.

주의의 배척을 기반으로 삼은 '전체주의적 정치체제'는 독일이라는 대타
자를 일본으로 바꾸면서 차별화된 파시즘 구성안을 제시하게 되었던 것
이다. 이때 "신체제에의 집합통합"이 "'팟시스트'의 이태리나 '나치스'의
독일과 같이 一國 一黨의 형식"을 취한 "전제적 의사에 의한 권력적 강제
가 아니오 국민생활의 복잡한 현실적 土台를 기초로 한 一君萬民의 일본
주의를 근본원리"29)로 삼았다는 주장은 신체제가 계층적 위계 없는 평등
한 원리임을 강조하기 위한 것이다. 권력 중심은 "일본주의"라고 하는 '천
황'이 자리하고 있었다. 당시는 신적 존재로서의 천황에 대한 복종이 "권
력을 기초로 하는 지배와 복종의 문제"가 아니라, 종교적 차원의 "경신을
근저로 삼은 교화나 봉사의 문제"30)로 취급되면서 피식민 주체가 제국
주체와의 위계변화를 추구할 수 있다는 이데올로기적 환상을 가졌던 것
으로 추론할 수 있다.

　일제 말기에 있어 사회적 신화는 '현실'이라는 시간 개념을 통해 구조
화되면서 파시즘적 경향을 띠게 된다. "유토피아는 현재라는 시간 속에서
중요한 경향들을 분리하고 발전"31)시키며 미래적인 시간관념 속에 놓여
있다. 물론 때때로는 고전주의의 황금시대 같은 신화적인 과거의 시간에

---

29) 정진섭, 「신체제운동의 필연성」(<인문평론>, 1940. 10), pp. 69~72.

30) "まつろふ文學"의 개념 설명은 이를 잘 반영하고 있다. 'まつろ末路'는 한 생애의
　　초후, 만년, 끝을 의미한다. "まつろふ는 귀순과 복종을 의미하는 단어이지만 그
　　것은 원래 'まつろふ'에 계속을 뜻하는 조동사 ふ가 첨가된 단어인데, 만엽집에는
　　'まつろはぬ'를 '不奉仕'라고 쓴다. 즉 '봉사하지 않는다'는 뜻이다. 이처럼 まつ
　　ろふ는 권력을 기초로 하는 지배와 복종의 문제가 아니라, 경신을 근저로 삼은
　　교화나 봉사의 문제라는 것이 이미 어원적으로도 암시되어 있다."(최재서, 「まつ
　　ろふ文學」, <국민문학>, 1944. 4, 日文, 인용자 역, pp. 11~12.) 김윤식은 "まつろ
　　ふ文學"을 "받드는 문학"으로 번역하고 있다. (김윤식, 『일제 말기 한국 작가의 일
　　본어 글쓰기론』, 서울대출판부, 2003, p. 195 참조)

31) Elizabeth Boa, J. H. Reid, *Critical Strategies —German Fiction in the Twentieth Century—*
　　(McGill—Queen's UP, 1972), p. 139.

그 이상적인 가치를 두기도 하지만, 기술적인 문화의 측면에 있어서는 모더니티 지향의 미래적 시간관념을 우선시한다. 그리고 이상적인 사회로서의 유토피아는 전쟁이나 전체주의 사회 질서에 대한 매혹을 통해 구현되며 파시즘의 매개가 된다. 소렐(Georges Sorel)의 신화이론은 일제 말기 파시즘 이론 소개에서도 이미 등장하고 있었다. 아래의 인용문은 대중의 비합리적 산물들인 감정, 본능, 의욕 등을 사회변혁에까지 가장 효과적으로 이끌어 갈 수 있는 방법으로서의 '신화'에 대한 관심을 잘 보여준다.

> '미래의 푸로그람은 단연코 불필요하다' —쏘렐은 이렇게 말하고 있다. 미래는 설사 단할발자욱의 앞일이라해도 미리 이것을 내다볼 수는 없다. 미래와 현재와의 사이에는 아무러한 통로도 열려저 있지 않다.
> 오직 순간 순간의 창조적 행동의 비약에 의해서만 사람은 미래를 자기의 것으로 할 수 있는 것이다. 그리고 대중을 이 같은 창조에 뛰어들지않고는 못백이게 하는 것은 우에서 말한 '신화' — 사회적 신화인 것은 물론이다.
> 이것이 쏘렐의 행동지상주의인 비합리주의의 개요인데, 어떻든 행동의 至上權을 확보하자는 것이 이 비합리주의의 終始一貫한 의도였으며, 이때문으로해서 그는 打算의 기술인 '理知'를 어데까지든지 배격하는 것이며, 또 그렇기 때문에 주저와 태만의 정신을 일체의 예견을 대담히 말살해 버리는 것이다.32)

박치우는 소렐의 사회적 신화를 '행동지상주의', '비합리주의'와 연결짓고 있다. 그는 "미래를 지향하는 대중의 의욕의 표현"인 '신화'는 '토마스 무어'류의 이지적인 이상향 즉 '유토피아'와 준별되어야 한다고 주장한다. 왜냐하면 이지의 소산은 "변혁을 위하여 一路 突進하려는 모처럼인 대중의 突進力을 무디게할 위험"이 다분히 있기 때문이다. 박치우는 "신

---

32) 박치우, 「동아협동체론의 一省察」(<인문평론>, 1940. 7), p. 19.

질서의 창조"적 의미로 '비합리성'을 들고 있으며, '운명'론을 통해 '현재성'을 연결짓고 있다. '사실수리론'에 기반한 '운명'론과 '현실'이라는 주제의 반복 재현은 일제 말기 소설 텍스트 전반에 걸쳐 다루어지고 있다. 이런 주제의 반복 재현은 신세대들에게 자기 최면에 빠지도록 하면서 파시즘 이데올로기를 수용하게 만들었다. 이 '현실'관념은 주체를 호명의 단순기제로 만드는 원동력이 되었다. '현실'이라는 타자성의 투사를 통해 제국주의적 파시즘을 승인하는 방식은 '대동아공영권', '전쟁'이라는 공동의 목적을 만들면서 제국주의적 폭력을 가리게 했던 것이다.

'현실'이라는 관념 속에서 파시즘의 시간관이 드러나고 있다.[33] 루카치도 자본주의 국가 안에서 대중들이 갖는 '체념'의 관념이 파시즘의 원동력으로 사용되고 있음을 간과하지 않고 있다.[34] 비상시라는 '현실'에 대한 '체념'적 정조가 대중을 동원하는 파시즘의 원동력이 되면서 이 당시 소설에서는 '현실', '사실'을 '수리(受理)'하도록 조성했던 것이다. 이러한 가운데서 무기력함과 패배자 의식에 빠져 있는 피식민지 주체에게 '전쟁'

---

33) '현실'이라는 것이 어떤 구조를 지니고 있는가를 마루야마 마사오는 세 가지 특징으로 분류해 놓았다. "첫째, 현실의 소여성(所與性)"이라는 것이다. "그것은 쉽게 체념으로 전화"되면서 파시즘에 대한 저항력을 안으로부터 무너뜨려 간다. 두 번째 특징은 "현실의 일차원성"이라 할 수 있다. "현실의 다원적 구조는 이른바 '현실을 직시하라'든가 '현실적 지반에 입각하라'는 식으로 질타하는 경우에는 대체로 간단하게 무시되고 현실의 한 측면만이 강조되는 것이다." 이는 당시 파시즘에의 순응을 단성적으로 취할 수 있는 매커니즘이 되었던 것이다. 세 번째 특징은, "그때 그때의 지배권력이 선택하는 방향은 훌륭하고 '현실적'이라 생각되며, 그것에 대한 반대파가 선택하는 방향은 쉽게 '관념적' '비현실적'이라는 딱지를 붙이기 십상이라는 것이다."(마루야마 마사오(丸山眞男)/김석근 역, 같은 책, pp. 218~224. 참조.)

34) 게오르크 루카치/변상출 역, 같은 책, p. 857. 루카치는 "히틀러가 '체념'을 사회의 당면 상황을 열어 가는 데 있어 유리한 출발점으로 보았던 반면에 현재의 직접 변론은 바로 사회적 체념이 생겨나는 것을 막으려는 모순을 보여주었다"고 평가한다.

은 새로운 도약이자 '힘'의 우열논리로 받아들여졌다. 정비석의 「삼대」에서 형 '경세'가 구주전쟁의 정세에 대해서 어떻게 생각하는 가를 물었을 때, '형세'가 "모두들 영토적 안심에서 나오는 침략과 그 침략을 물리치려는 대립과 두 가지로 난울 수 있으니까 결국 힘 센자가 이길따름"(p. 155)이라는 견해를 피력하며 "정복의 아름다움"에 심취하는 행위는 '힘'에 대한 열망을 드러내고 있는 단적인 예가 된다. 신세대인 형세가 비판하고 있는 '2+3=5'의 시대는 합리성을 추구하는 근대를 의미한다. 이 작품에서 근대의 한계를 깨닫고 근대에 염증을 느껴오던 군중은 "2+3=5가 되는 질서를 파괴하는 비상시라는 것을 무의식중에 갈망"하는 것으로 제시되고 있다. 아래의 인용문은 파시즘 정책에 있어 '현실'이 중요하게 다루어지고 있음을 보여준다.

> 그러므로 이 새로운 계기는 史實에서가 아니라, 현실에서 과거에서가 아니라, 현재에서 파악되여야 한다. 이리해서만 史實과 현실은 합치되고, 또 史實은 현실을 전진시키는 중요한 자극제가 될 수있을 것이다.……요컨대 민중에게 제시하는 내선일체의 이념은 항상 현실에서 증명되여야한다. 민중은 현실의 일상생활을 통해서만 그들의 운명과 노선을 가장 정확하게 인식할 수가 있기 때문이다. 이러한 견지에서 史實과 현실을 종합하고 체계화하는 것이 내선일체이론의 당면한 과제라고 나는 믿는다. 또 이 당면한 과제는 조선의 문화인의 雙眉에 실린 금후의 중요한 임무인 것은 더 말할 필요도 없다.[35]

민중은 "현실의 일상생활을 통해서만 그들의 운명과 노선을 가장 정확하게 인식"할 수 있기 때문에 이념을 "현실에서 증명"해야 한다는 사유는 '현실'을 피식민 주체의 실존적 상황으로 수용하고 있다. 이태준의 『청춘

---

35) 인정식, 「내선일체의 문화적 이념」(<인문평론>, 1940. 1.), p. 4.

무성』에서는 이러한 '현실'주의가 '무솔리니'와 결합하면서 파시즘의 논리로 재현되고 있다. '현실'을 실존적 상황으로 받아들이고 있는 '비상시'는 '현재'라는 시간관념이 지배적으로 구조화되고 있는 것이다. 민중, 사회, 국가의 운명이 미래에서 결정되는 것이 아니라 현재에서 결정되는 것으로 판단되기 때문이다. 이런 '현재'라는 시간을 파시즘이 강조하기 위해 그 철학적 기반으로 삼은 것이 '생철학'이다. 생철학 역시 '생(生)'과 '현재'를 동시적으로 파악하고 있다고 할 수 있다. 손정수의 논의를 빌려 볼 때, "일제 말기 역사철학은 '생철학'을 기반"[36]으로 하고 있다.

생철학은 자본주의나 문화의 위기로 출현한 "제국주의시기의 일반적 산물"[37]로 평가되어 왔다. 루카치는 "변증법과 관계하여" 생철학의 역사를 "잠재된 위기가 현실의 위기로 나타나는 이데올로기 발전 과정의 역사"로 보았다. 아래의 인용문은 '생(生)'이 '지성'과 '현실'의 변증법으로 도출되고 있음을 보여준다.

> 그렇게 생각할 때에 나는 여기에 지식인이 적극적인 태도로서 지성과 현실의 양면을 통일하는 장소를 생(生)의 문제에 찾고저 한다. 지식인이 조화적인 것을 상망하고 현세에 긍정적인 것을 구하야 하나의 적극적인 것을 찾으되 지식만이 해결 못하고 육체적인 것 역시 불가능한 것을 이 생의 문제에서 보고자 하는 것이다. 생은 지식도 아니고 육체도 아니니 대신에 그 두 가지 분수를 통일하는 공분모이다. 이 시대에 있어 문학의 정열도 오직 이 생의 문제와 결탁하여 그 생을 해결하고 애착을 가지는 데서 현대적인 문학을 이룰 것이라고 생각이 된다.[38]

---

36) 손정수, 『개념사로서의 한국근대비평사』(역락, 2002), p. 163.
37) 게오르크 루카치, 같은 책, pp. 466~472.
38) 백 철, 「지식과 육체와 생의 문제－지식계급론 6」(<조선일보>, 1938. 6. 9)

생철학은 지식인의 현실 대응 태도를 문제 삼고 있다. 당시 유행하는 '지성론'이나 '지식 계급론'이 그것을 생의 철학과 관련시키고자 했던 사실은 지식인의 문제가 심각하게 부각되었음을 알 수 있게 한다. 이는 '사실의 세기'에 접어들면서 '지식'의 한계성을 깨달은 데서 비롯된 문제이다. 김남천은 이러한 문제점을 해결하기 위해 "이지성(로고스)인 것의 위에 감정성(파토스)인 것을 덧씌우는 데 의하여 지성의 유지와 신장을 꾀해 보자"고 주장한다. "인식은 지적인 것만으로는 불충분하다는 데 지성을 생의 철학과 관련시키는 근거가 있"[39]던 것이다.

'체념'주의적인 '현실'관념, 그리고 '파토스'와 '로고스'의 변증법적 통합은 '전환기'라는 시대인식과 긴밀하게 연결되어 있다. '사실의 세기'와 '전체주의'를 강조하는 파시즘과의 만남은 파시즘적인 '새로운 인간형'을 탐구하게 된다. 당시는 "역사적 전환기마다 一見 迂遠한듯 보이는 인간문제가 가장 절실한 문제로서 사상가와 철학자의 푸로그람"[40]이 되었다는 인식이 지배적이었다. 이처럼 일제 말기의 역사적 '전환기' 의식이 세대 전환을 요구하게 되었던 것이다.

> 현재는 모든 부문에 있어 역사의 전환기라 한다. 전환기란 구질서가 棄揚되고 신질서가 건설되려는 과도기를 말함이다. 이때를 당하여 구질서를 창조 내지 유지하여오든 구세대가 퇴장하고 신질서를 건설할 운명에 있는 신세대의 등장이 요망된다는 것은 당연한 일이다. 새로운 질서에는 새로운 사고양식이 필요하고 새로운 사고양식은 새로운 세대에만

---

39) 김남천, 「논단 시감—지성과 생의 철학—」(<동아일보>, 1938. 6. 29.)
40) 「신질서와 인간문제」(<인문평론>, 1940. 3.), p. 2. 신남철은 2개의 인간형태를 구별해 논의하고 있다. "그 하나는 완성된—안정된 시대의 인간형태이고 다른 하나는 과도 전형의 시대에 있어서의 인간형태"다. (신남철, 「전환기의 인간」, <인문평론>, 1940. 3. p. 7 참조.)

기대할 수 있기 때문이다. 이것이 세대논의가 보여준 하나의 중요한 점
이다.

정치에 보수와 진보의 두 면이 있는거와 마찬가지로 문화에는 전통과
前衛의 二面이있다. 문화의 첨단에 나서서 새 시대를 여는 것이 前衛의
기능이라면 역사적 진행에 일보 뒤쳐서 반성하고 정리하고 형성하고 질
서화하는 것은 전통의 임무이다. 역사가 前者를 缺如할 때 그것은 廢朽
하고, 後者를 결여할 때 그것은 蹉跌한다.[41]

위의 인용문에서도 확인할 수 있듯이 '신세대론'의 대두와 역사 발전의
관념을 함께 놓고 보는 것은 신세대를 신질서 건설의 주체로 만들어 "前
衛"의 기능을 맡게 함으로써 민족 "재건"의지를 표명하기 위해서다. 당시
문단은 신세대론의 대두를 "역사가 우리의 문학으로 하여금 무엇인가를
새로히 창조시키랴 함"으로 파악하고, "이 위대한 창조의 전야를 당하여
구세대와 신세대"는 각자의 직무를 인식하고 노력해야 한다고 주장한다.
동아신질서 건설에 있어 문학 역시 "건설적인 역할"을 담당해야 했는데,
"우선 새로운 질서에서 탄생되는 새로운 성격하나를 창조하는 것만하야
도 戰線에 투쟁하는 戰士에 뒤지지 않는 위대한 건설적 행동"[42]으로 파
악되었던 것이다. 일제 말기에 제시된 새로운 인간형은 '청년'이었다. 일
제 말기 장편소설에서 형상화된 파시즘의 일상화는 '젊음'의 정치학을 통
해 청춘 세대인 청년을 동원하는 방식이 되었던 것이다. 청춘세대의 일상
을 파시즘화하는 소설적 구현은 '세대문제'를 전경화하면서 '신생활'의
신국면을 부각시킨다. 이것은 단순히 소설적 재현의 차원에 그치는 현상
이 아니라 사회적 메타담론에서도 역시 '신세대' 담론의 형성을 통해 정
치적 헤게모니로 자리하고 있었다.

---

41) 권두언, 「세대론의 眞義」(<인문평론>, 1940. 2.), p. 2.
42) 「건설의 문학」(<인문평론>, 창간호, 1939. 10), pp. 2~3.

3장에서 다룬 '청춘', '연애', '결혼', '우정', '문화사업'이란 주제는 모두 세대 문제를 전경화하고 있다. 세대 갈등의 양상을 살피면 우선, 연애와 결혼의 문제를 통해 드러난다. 『전망』에서는 "30대의 불행"을 결혼으로 표상하고 있다. 이때의 결혼은 전통관에 입각한 결혼을 의미하는 것으로, 구습에 얽매여 결혼했던 불행한 세대를 '30전후'라는 연령으로 구분하고 있는 것이다. 『청춘의 윤리』, 『냉동어』, 「삼대」에서도 이러한 양상이 찾아진다. 결혼관의 차이에서 빚어지는 세대론은 '내선결혼'에서 더욱 명료하게 제시된다. 『여인전기』와 『진정 마음이 만나서야말로』에서는 구세대와 신세대 사이의 차이를 내선연애와 결혼으로 재현하고 있다. 정인택의 「껍질」(<녹기>, 1942. 1, 日文)에서는 조선인 아들이 구세대인 아버지와 절연하고 일본인 여성을 선택하는 극단적인 방법을 취하기까지 한다. 그것은 피식민지 남성주체에게 하나의 "껍질"을 벗는 행위로 재현되면서 "현대성"으로의 새로운 진입이자 구세대와의 완전한 결별을 선언하는 것이 된다. "식민지 담론에서 현대와 일본의 융화 때문에, 피식민지인의 행동은 일본인이 되기를 시도하는 것처럼 해석될지도 모른다. 그러나 인물의 욕망은 '현대' 일본 사람의 특권에 접근하는 것이다."43)

둘째, 세대 문제는 '교육'의 차이를 통해서도 재현된다. 전통적인 유가교육을 받은 세대와 신교육을 받은 세대의 갈등은 가장 보편적인 세대 갈등의 재현으로 나타난다. 『전망』과 『처녀지』에서 신·구세대를 나누는 기준은 '과학'교육이다. 이 작품들은 미래적 대안으로서 과학주의를 제시하고 있는 것이다.

셋째, '사실의 세기'에 대한 신세대와 구세대의 현실 대응 문제가 재현

---

43) Kimberly Tae Kono, 같은 논문, pp. 36~37.

된다. '현실'로 재현되고 있는 '사실의 세기'는 일제의 신체제 수용의 적극성과 관련된다. 이런 새로운 질서의 수용 여부에 따라 구세대와 신세대의 구분이 이루어지고 있다. 구세대는 이 '사실의 세기'에 부적응하는 인물로 재현되는데 비해 신세대는 이 '사실의 세기'에 필요한 새로운 담당 주체로 재현되고 있다. 이러한 문제는 채만식의 『냉동어』나, 최재서의 「보도연습반」, 정비석의 「삼대」에서 다뤄지고 있다.

파시즘을 구현하는 서사는 이분법과 차이의 구조를 통해 이데올로기화되고 있다. 새로운 전형성을 창조하면서 차이와 경계를 지우려는 내선일체와 인류의 동화 논리 속에는 오히려 더욱 엄격히 위계화된 계층구조가 존재한다. 그리고 이분법적 구조는 젠더, 계급, 민족을 구분하는 기준이 되기도 하지만 세대를 구분하는 기준도 된다. 이 세대론적 사고는 파시즘 이데올로기를 정의할 때 중요한 요소가 된다. 이탈리아의 무솔리니는 파시스트 정치적 드라마의 주인공으로 젊은이를 등장시켰다. 파시스트는 "젊고, 앞으로 전진하는 정치적 힘의 이미지"를 창출하였고, 대중 출판물은 지배 계급을 "새로운 계급, 새로운 지배 엘리트, 그리고 새로운 정부와 대체하려는 파시즘의 의도"를 반복적으로 선언했다. '젊음'은 "민족에 대한 파시즘적 재생의 상징"으로 제공되었으며, 독재체제에서 행해진 "젊음의 정치학은 계급 경계를 재강화하는 기능"을 했다.[44] 파시즘 체제 하에서 "신시대 도입의 역할을 하는" 젊은 "인텔리는 시대의 선구자, 지도자가 되어야 하는 것이 원칙"[45]으로 받아들여졌던 것이다. 이처럼 '젊음'의 정치학에는 분명한 차별 메커니즘과 모더니티가 작동하고 있었다.

---

44) Ruth Ben-Ghiat, 같은 책, p. 94.
45) 이광수, 「心的 新體制와 조선문화의 진로」(<매일신보>, 1940. 9. 4~12.) 이경훈 편역, 『친일문학전집Ⅱ』(p. 102.)에서 인용.

일본 제국주의의 시스템 안에서 나뉘어진 분류와 구분을 통해 피식민지 주체들을 나누어 통제하려는 제국주의의 포지션 배치 방식은 파시즘 이데올로기에 적합한 '새로운 인간형 창조'작업과 연결된다. 그래서 '청춘'의 찬양과 '정열'의 의지를 반복적으로 주입시키며, 이에 적합한 인간형의 담론으로 나온 것이 '청년'담론이다. 그런데 제국주의 담론의 형식이 항상 이분법적으로 이루어지고 있는 것에서도 알 수 있듯이, '바람직한 청년상'의 표상 방식은 '바람직하지 못한 청년상'의 대타적인 배치 방식으로 이루어진다. 그래서 활기에 넘치는 청년들이 등장할 때는 항상 비활력적이고 무기력과 권태에 빠져있는 청년들이 함께 등장한다. 식민지의 문제적인 청년들은 하나같이 높은 학식을 지닌 엘리트들이다. 이들의 엘리트주의는 시대 상황 속에 우월한 자신들의 수용여부를 문제 삼으며 천황제 파시즘의 폭력적인 동일화에 자발적으로 복종하는 현상으로 구체화된다.46) 일본 제국주의 시스템 안에서 만들어진 피식민지 주체의 위계에

---

46) 일본 작가 다나카 히데미쓰(田中英光)의 작품 『취한 배』(1948년 11월~1949년 12월, 이 작품은 유은경 역, 『일본현대문학대표작선12』, 한림신서, 1999를 참조.)는 1942년 11월에 대동아문학자회의가 도쿄에서 열렸고, 거기에 참가했던 일행을 경성에서 맞이하여 조선문인협회와 일본작가들의 교환 모임을 개최한 사실을 배경으로 삼고 있다. 이 작품에서 조선인 작가들이 친일에 협력하는 이유는 "문학과 명성"이라는 문학자적 엘리트의식에서 비롯되고 있다. 이와 같은 연장선상에서 생각할 수 있는 것이 이석훈의 「고요한 폭풍」(<국민문학>, 1941. 11~1942. 11, 日文)이다. 이 소설은 소설가이자 동반자작가였던 박태민이 문인협회 주최로 시국강연회에 참여하게 되는 사건을 통해 문학자의 친일 논리를 표방하고 있다. "어지럽게 돌아가는 소용돌이 속에서 그는 작가로서의 자신의 존재를 발견하지 못하고 고뇌하고 있었다. 그는 동경에 있는 어떤 작가처럼 신체제라고 해서 지금까지의 자신의 창작태도를 바꾸지는 않겠다고 말할 수 있는 처지가 못 되었다. 이 나라에서 작가로 살아가기 위해서는 이런 거친 시대의 폭풍을 극복하지 않으면 안 되었다. 이를 위해서는 그저 무의식적으로 생활해서는 안 되었다. 의식적으로 시대를 호흡해야 했다. 먼저 소승적인 민족적 입장을 일단 포기하지 않으면 안 된다."(이 부분은 김재용·김미란 편역의 『식민주의와 협력:일제말 전시기 일본어 소설선1』, 역락, 2003, p. 58에서 인용.) 이러한 입장이 이태준의 「해방전후」(조선문학사, 1946), 채만식의

대한 구분은 강제되었는데, 이러한 강제의 방식은 전체주의 속에 수용된 엘리트와 그렇지 못한 엘리트의 배치 방식을 통해 이루어진다. 사회에 편입되지 못하고 소외된 엘리트의 모습은 이전의 지식인인 '전향자'를 끌어오면서 구체화된다. 파시즘에서 요구하는 최전선의 신진그룹 배치의 특권화와 그에서 탈각된 그룹의 배치 방식은 분열과 모방의 혼종성을 낳는다. 피식민지 지식인의 엘리트주의는 의사—제국주의적 환상을 통해 "파시즘적 엘리트"[47]형으로 재구성된다. 이와 반대로 이전의 구세대 지식인 담론은 적자/비적자의 관계에서 '전향자'로 표상되는 비적자의 위치를 부여받고, 스스로 그 포지션을 받아들이도록 조성되었다. 뿐만 아니라 비적자에게 주어진 포지션은 주체가 체제에 수용되지 못했기 때문에 발생하는 '체제에의 열망'을 통해 체제 귀속을 욕망하도록 만든다.[48] 이러한 배치 구

「민족의 죄인」(＜백민＞, 1948. 15호)에서는 "살고 싶다"는 실존 의식이나 글을 쓸 경우 그 주제가 "전체주의 파씨슴을 합리화시킨 논문"이 아니고는 안 되었던 상황에 대한 재구로 재현되고 있다. 이처럼 일제 말기에 작가가 문학을 한다는 것은 정치적 색채를 표명하는 것임과 동시에 문학자로서의 권력을 얻는 것이기도 하였다.

47) 이 개념은 권명아가 「전시 동원 체제의 젠더 정치」(방기중 편, 『일제 파시즘 지배 정책과 민중생활』, 혜안, 2004, p. 290.)에서 사용한 용어이다. 이 용어는 기성의 지식인 엘리트에 대비되는 "파시즘적 엘리트(청년)"을 의미한다. 권명아는 이 논문에서 일제 말기 '청년 담론'을 "신일본의 재조직화", "전시동원체제 구축을 위한 요구", "세대론적 인정투쟁의 담론"(p. 289.)으로 분류하고 있다. 본서에서도 '엘리트'의 성격이 사회주의 경향적 엘리트에서 파시즘적 엘리트로 바뀌었다는 의미에서 이 개념을 차용해 쓰고 있다.

48) 전쟁으로 인한 지식인 엘리트의 위치 배정은 일본에서도 문제화되었다. "韶和史에서 지식인의 동향을 생각한다면 1941년 12월 8일 일미 개전은 1930년대의 전향과 비견할 만한 시금석이었다. 전향은 막시스트의 내부에 일어난 동요였던 것에 반하여 일미개전은 모든 지식인에게 국가란 무엇인가, 민족이란 무엇인가라는 문제를 제기했기 때문에 스케일이 훨씬 컸다. 12월 8일, 민족주의자, 자유주의자, 전향문학자들이 현전하는 사실에 똑같이 서게 되었다는 것은 메이지 이래 일본 근대의 의미가 무너지는 것이었다."(神谷忠孝, 「日米開戰と知識人」, 『국문학』, 32권 10호, 8월호, 학등사, 1987, 日文, 인용자 역, p. 60.)

도의 전략은 적자와 비적자를 모두 통제 관리할 수 있는 효과를 거두게
된다.

그런데 적자로서의 위치를 부여받은 청년층은 의사―제국주의적 환상
에 의해 정복과 지배를 하나의 '가능성'과 '희망'으로 인식하며 전체주의
를 실현했던 것이다. 따라서 이들의 파시즘 실현은 문화적 민족주의나 의
사―제국주의의 실현을 담당한다는 엘리트주의에서 비롯된 것이라고 할
수 있다. 일제 말기 천황제 파시즘의 폭력적인 동질화에 의해 이루어진
이와 같은 구분 전략은 '엘리트주의'를 이용하여 이루어진 것이다. 이것
이 세대의 갈등으로 표상되는 '신세대 담론'을 형성하며 파시즘적 인간형
의 창조를 민족 재건의 선결문제로 받아들이게 했던 것이다.

청년을 군국주의화하고 다양한 방식으로 젊음을 조직하는 가운데도 협
력과 화해의 과정이 수반된다. 다양한 정치적 당파를 통합하려는 데 젊음
을 조직하는 중요한 의의가 있다. 사회 이론가들의 지적처럼, "청년은 거
대 집단과 사회에서 발생하는 혁명과 투쟁 속에서 사회적 변화의 선도자
가 된다. 따라서 청년운동은 위기와 급진적 변화의 시기에 현저하게 사회
경제적, 정치적 현대화의 과정을 발생시킨다."[49] 이러한 시나리오는 일제
말기 전시체제라는 신체제 아래 경제적 침체 시기이자 민족주의 위기감
을 극복해보려는 파시즘 이데올로기가 신세대를 호명했던 것과 동궤의
것으로 이해될 수 있다. 파시즘의 미래형으로 젊은이들이 중요한 자리를
차지한다는 것은 파시즘 이론에 있어 보편적인 것이다. "민족과 국가의
중요한 임무는 미래적 정치와 지식인 엘리트의 창조였다. 따라서 파시스

---

49) Sandra Souto Kustrin, "Taking the Street: Workers' Youth Organizations and Political
Conflict in the Spanish Second Republic"(『European History Quarterly』vol 34. Nu 2, April
2004.), pp. 131~138 참조.

트 자신은 분리주의적 담론의 생산 조건을 창조했다.” “‘젊음youth’의 구성은 민족적 신화를 동원하고 통합함으로써 계급과 인종에 행했던 동일한 방식으로 파시스트 입장에서 수행”[50]되었다.

1940년을 전후해서 가장 활발히 전개된 논의가 세대론이다. 이 세대론은 40년을 전후로 하여, 신세대와 30대 간의 문학 정신의 순수와 비순수를 중심 문제로 놓고 벌인 논쟁이었다. 일제 말기 세대론은 단순히 문단 양 진영 간의 순수와 비순수 논쟁에 그치지 않고, 사회 전반적인 논의로 확대되었다. 따라서 자연히 ‘세대’에 대한 개념 규정도 앞다투어 경주하게 된다.[51] 일제 말기 세대의 기준은 ‘삼십대’를 전후로 신세대와 구세대가 나뉘고 있다. 치오울스키는 서구 문학의 한 시기에 등장하는 ‘서른 살 thirty age’의 의미를 사회—문화사적 의미에서 분석하고 있다. 아래의 예문은 일제 말기 문학이나 비평에서 ‘서른 살’은 중요한 분기점이 되고 있음을 파악할 수 있는 글이다.

> 삼십대가 이십전후였을 시절에는, 그가 거기에 공명했거나 안했거나를 무를 것없이 어쨌든 경향사상의 영향 밑에서 정신적 호흡을 아니할 수 없었든 것이니, 以來 십여년간 삼십대는 그것을 정신적 지주로하여 시대에 대처해 온 것이다. 그러나 금일 새로운 사태 즉 「事實의 世紀」라고 불너지는 우연한 혼란은 그만 그 정신적 지주를 여지없이 꺽어버리고 말았다. 따라서 정신적 지주를 상실한 삼십대가 새로운 사태를 대함에 스스로 자기의 무력을 폭로하게 되었음은 당연한 일이다. 여기서 신세대의 문제가 등장된 것이다.[52]

---

50) Ruth Ben—Ghiat, 같은 책, pp. 29~31. 참조.
51) 서인식, 「세대정신」(<조선일보>, 1939. 4. 25.)
    김오성, 「신세대의 개념」(<조선일보>, 1939. 4. 19.~28.)
52) 김오성, 「신세대의 정신적 지표」(<인문평론>, 1940. 2.), p. 49.

‘삼십대’는 “경향사상의 영향”을 받던 시대로서 사회주의 사상이 팽배하던 시기의 세대를 말한다. 그러나 당면하는 시대는 ‘새로운 사태’ 즉 ‘사실의 세기’이다. 이 ‘사실의 세기’가 “신세대의 문제가 등장”하게 된 배경으로 설정되고 있다. 김오성은 전세대의 유산을 재창조, 재건할 주체인 신세대의 자질에 대해 언급하고 있다. 첫째는 전세대가 이론적 근거로 삼았던 것이 “葬知性的 도그마틱한 것”임에 반하여 신세대의 원리는 “지성적인 근거” 위에 서야한다는 것이다. 그리고 둘째로 전세대가 “몇 세대에 걸쳐 축적된 유산을 그대로 향수”해왔음에 비하여 신세대는 “전세대의 사상적 기초가 되었던 제도와 문화를 다시 제작해야 할 것이며, 또 아직 선조(先祖)들이 착수해 보지 못한 ‘處女地도 개척’해 보아야 할 것”이라고 주장하고 있다. 이것을 위해서는 커다란 “결의”와 “노력”, “모험심”뿐만 아니라 역사의 미래를 투시할 수 있는 일종의 “예지자적 지혜와 총명”[53] 이 있어야 한다고 말한다. 이 부분에서 파워 엘리트로서의 신세대 자질은 모더니티와 제국주의적 팽창주의에 긴밀히 연결되어 있음을 알 수 있다. 이처럼 세대문제는 당시의 문단뿐만 아니라 사회 문화 전반적으로 주목을 끌고 있었으며, 문화활동에 관여하고 있는 지식계급의 집중적인 관심의 대상이었다. 그렇다면 세대문제가 왜 당시의 논제로 등장하게 되었는가를 파악해 보아야 할 것이다. 이 부분에서 일제 말기 문화 전반의 세대론의 전경화에 내포되어 있는 파시즘의 정치적 무의식을 살필 수 있다.

1939년부터 논제에 오르기 시작한 신세대론이 점점 치열해지자 조선일보사에서는 『신세대의 정신』이라는 제목으로 논문 현상모집까지 하였다. 1940년대로 오면서 신세대론을 정리하려는 노력들이 보이는데, 이 작업은 기존의 논의에 대한 반성과 함께 “어째서 이러한 신세대론이 지금 새삼스

---

53) 김오성, 같은 글, (<조선일보>, 1939. 4. 29.)

럽게 문제가 되느냐하는 그 배경의 사정"과 발생 원인에 대한 탐구를 수
반한다. 김오성은 신문학이 생겨난 30년간 문단은 벌써 3세대의 교체를
경험하고 있다고 말한다. 즉 "육당 춘원 등으로 대표되는 일세대, 경향문
학의 일세대, 금후의 신세대"[54]가 그것이다. 이처럼 세대의 수명이 단급
(短急)한 이유를 그는 역사의 '전환기' 의식에서 찾고 있다. "전환기란 구질
서가 棄揚되고 신질서가 건설되려는 과도기를 말함이다. 이때를 당하여
구질서를 창조 내지 유지하여오든 구세대가 퇴장하고 신질서를 건설할
운명에 있는 신세대의 등장이 요망된다는 것은 당연한 일이다. 새로운 질
서에는 새로운 사고양식이 필요하고 새로운 사고양식은 새로운 세대에만
기대할 수 있기 때문이다. 이것이 세대논의가 보여준 하나의 중요한 점이
다"[55]라는 말에서도 제시되듯이 어떠한 민족의 문화사에 있어서든 세대
가 문제되는 것은 신구세대가 교대하는 '과도기'이다. 처음 세대론이 등
장했을 때는 "시대의 정신적 분위기와 사상적 경향"의 변화는 현역작가
나 평론가들의 사상과 작품, 평론의 경향도 변화시키기 때문에 '세대'가
"一國의 정신사에 관계된 개념"[56]이라고 보았다. 그러나 현실적으로 "신
인들이 자기네를 기성층과 구별하여 하나의 뚜렷한 신세대로 주장할만한
첨예한 정신적 표어를 내여 세우지 못하는 것"이 문제 제기되었다. 왜냐
하면 "한 세대가 형성됨에는 무엇보담도 한 개의 정신적 지주가 필요"[57]
할 뿐만 아니라 신세대가 나오면 나올수록 구세대의 임무가 더욱 중요해
짐을 주장하게 되기 때문이다. 그렇다면 이러한 논의 속에서 구세대는 어
떠한 특성으로 파악되고 있는가를 알아야 할 것이다.

54) 김오성, 「신세대의 정신적 지표」(<인문평론>, 1940. 2), p. 50.
55) 卷頭言, 「세대론의 진의」(<인문평론>, 1940. 2), p. 2.
56) 서인식, 「세대론 등장의 사정(세대의 문제)」(<조선일보>, 1939. 11. 28.)
57) 서인식, 「신세대의 형성과정(세대의 문제)」(<조선일보>, 1939. 11. 29.)

구세대들은 '현재'에 정신적으로 정체상태에 빠져있다는 것이 문제제기 되었다. 그 이유는 그들이 "과거로부터 계승한 정신적 교양과 현대의 의미와의 사이에는 어느 점으로 보던 타협할 여지가 적기 때문이다." 다시 말하면, '현재'는 그들이 "청춘시대로부터 물려받든 정신적 重荷를 그대로 짊어지고는 이 시대의 「좁은 문」을 통과하기 어렵게" 되었다는 것이다. 그러나 구세대가 비록 '현재'와 거리를 두었을지라도 그들은 '현대'가 지닌 매력에 관심을 갖고 있었다. 아래의 인용문은 이러한 사실을 보여주고 있다.

> 첫째, 과거는 旣成한 것으로서 움죽이지 못하는 것임에 반하여 현재는 생성하는 것으로서 끗업시 「따이나믹」한 것이기 때문이다. 이곳에서는 조흔 의미에서든 나쁜 의미에서든 새것이 나타날 무수한 가능이 포진되어 잇다. 이곳에서는 어느 의미에서는 「유토피아」와 기적을 待望할 수 있다. 뿐만아니라 둘째 옛 세대에 속하는 작가들은 자기네가 갓고잇는 작가적 모랄을 「살」리기 위하여서도 현대와 접근하지 안을수 업다. 그들의 『모랄』을 살릴곳은 좃턴 굿턴 현대의 사실의 세계뿐이다. 현대의 사실의 세계를 떠나서는 작가는 자기네의 세계관을 형상화할 곳이 업다. 뿐만 아니라 그들은 현대의 사실의 묘사로 통하여 기성의 『모랄』을 살리는 동시에 더 나아가 현대의 사실 속에서 새로운 『모랄』을 발견하게까지 되지 안흐면 안될 것이다.[58]

기성세대이자 구세대인 30대가 '현대'로 표상되는 '모더니티'를 지향할 수밖에 없는 것은 그 자질이 "생성"과 "역동성", "새것"을 통한 "유토피아"적 창조를 기대할 수 있게 했기 때문이다. 이것은 파시즘의 유토피아적 기획으로 제국주의적 모더니티가 동원되는 방식과 유사하다. 그리고

---

58) 서인식, 「구세대의 약점(세대의 문제)」(<조선일보>, 1939. 11. 30.)

"모랄"이라는 작가의 세계관과 윤리의 실현 장은 당면한 '사실의 세계'에 서밖에 형상화할 수 없다는 실존적 문제로도 '현대'를 매력적인 것으로 바라볼 수 있었다. 그러나 문제는 구세대가 '사실의 세계'인 '현대'에 대해 매력을 갖고 있을지라도 그에 적합하지 못한 인물형이라는 것이다. 이 것이 구세대의 약점으로 파악되었다. 당시는 "시대를 육신으로써 여실히 체험하는 것이 모든 문학적 의식의 선행조건"이기 때문에 "시대의 파토 쓰적 문제"를 체화하는 것이 무엇보다도 필요했다. 그런데 구세대는 말로 는 과거로부터 받은 일체의 것을 버리고 현 시대를 체화하자고 하지만 실 제로는 '사실'을 대하는 그들의 의식 속에 아직도 과거의 것이 존재하고 있다. 이 때문에 신세대 옹호론자들은 구세대와 신세대의 체험 내용에 있 어 '파토스'라는 정서적 유대의 편차가 생길 수밖에 없는 것으로 파악 한다. 김오성은 "삼십대에 있어 가장 결여되어 있는 것은 감성과 정열"이 라고 판단한다. 그의 입장에서 주체는 시대를 "감각"과 "정열", "情意的", "육체적"59)으로 체험할 수 있어야 한다. 그러나 30대는 그러한 감각과 정 열을 체험할 수 없고 오로지 '지성'만을 갖고 있는 것으로 파악되었던 것 이다.

　30대의 정신적 지주는 '경향사상'이었다. '사실의 세기'에 정신적 지주 를 상실한 30대가 "새로운 사태를 대함에 스스로 자기의 무력을 폭로"하 게 되었다. 게다가 30대는 "경향사상에 대신할만한 아무런 사상적 기반도 찾지 못했다. 이리하여 신세대의 문제는 신세대 자체의 내부에서 제기되 지 못하고, 삼십대에 의한 '신세대 대망론'으로 문제될 수밖에 없게 된 것 이다. 즉 30대가 감당할 수 없는 과제를 신세대에게 위촉하려는 심정으로 신세대의 문제가 나와진 것이다." 다시 말하면 신세대론은 구세대의 "현

---

59) 김오성, 「신세대의 정신적 지표」(<인문평론>, 1940. 2), p. 56.

대적 탐구의 의욕이 신세대의 현대적 의욕의 탐구에까지 발전한 것"[60]이다. 이러한 발전은 그들이 현대를 알기 위해 신세대를 알아야 했던 모순에서 비롯된 것이다. 그래서 "이즘의 신세대론은 신세대 자체에서 제기된 것이 아니고, 낡은 세대에 속하는 사람들에 의하여 제기"[61]되었던 것이다. 강병탁은 신세대론이 발생한 조건에 대해 분석하고 있다. 그의 말에 따르면 신세대론은 "현대의 지식인은 역사의 주류에서 완전히 유리 되여 잇다는 것으로 모든 것이 설명"된다. 그리고 신세대론이 "待望論으로 提起"된 이유는 "무능하고 무력한 구세대는 자라나는 신세대에 대하야서나마 자기가 달성치 못한 숙원을 희망하여보자는 슬픈 염원"[62] 때문이었다는 것이다.

김우종은 세대론의 원점으로 돌아가서 "조선의 자칭 지식인"들이 무슨 까닭으로 신세대 문제를 제기했는지를 살펴보고 있다. 그는 일본의 어떤 평론가가 '사실의 세기'에 형성된 신세대를 "「昭和의 르네쌍스」"라고 단정했음을 지적한다. 아래의 인용문은 이와 같은 논리로 김우종이 신세대를 "형이상학적 세대"라고 파악하면서 "헤겔"의 형이상학론을 이끌어 오고 있음을 보여준다.

> 최고 능력의 구현자는 헤겔의 형이상학자여서는 아니된다. 그 형이상학적 예지와 직관력을 초극한 또한 包含할 수 잇는 능동적인 인간이여야 되는 것이다. 그것은 『포리테이카』적 인간이여야 되는 것이다. 『포리테이카』적 인간이라면 곧 정책을 논하는 인간은 아니다. 내가 말하는 『포리테이카』적 인간은 근본적으로 사상이 다른 세계관을 갖고 서루 질시하고 잇는때에 그 사상에 대하야 종합적 또는 합법칙적

---

60) 서인식, 「새로운 체험과 논리를(세대의 문제)」(<조선일보>, 1939. 12. 1)
61) 김오성, 「신세대의 정신적 지표」(<인문평론>, 1940. 2), p. 50.
62) 강병탁, 「신세대론의 최후」(<조선일보>, 1940. 2. 15~18.)

인 태도(규정)를 내릴수잇는 인간 즉 기술가를 말하는 것이다. 현대는
이 참된 『포리테이카』인 기술자의 ○出을 희구하는 것이다. 이 『포리
테이카』는 연령, 생리적 조건 사회적 세력의 우열 또는 경제적 역량의
多寡에 의해서 규정되는 것은 아니다.[63]

　김우종은 현세대에 "『다이나믹』한 행동"이 요구된다고 생각한다. 이러
한 생각은 그가 주장한 '정치적 인간형'의 요구와도 연결된다. 분열된 사
상을 종합할 수 있는 "『포리테이카』적 인간"은 당시의 분열된 사상을 종
합할 수 있다는 것이다. 그러나 그는 "포리테이카적 인간"을 "기술자"로
정의하고 있다. 이 기술자는 "현대", '모더니티'와 연결되고 있다. 그는
이러한 인간형이 신세대에게 요구되는 인간형으로 파악했던 것이다. 이
는 기존의 신인 또는 기성인들 속에 있는 "『페시미즘』과 懷疑"를 억제
하고 "들끓는 듯한 『파토스』"를 지니도록 하는 새로운 주체성의 제기이
다. 김오성은 위기와 혼란의 시기에 젊은 세대가 "의거하여 의탁할만한
정신적 지주를 갖지 못"하기 때문에 "퇴폐와 자조와 절망의 현상"이 생기
는 것이라고 말한다. 이러한 페시미즘적 인식은 당대 식민지 젊은 지식인
들에게 지배적인 정조였음은 소설 속에서도 찾아 볼 수 있는 일반적 현상
이었다. 따라서 젊은 지식인들은 페시미즘을 극복할 수 있는 길을 국가
재건을 위한 새로운 엘리트 형성에 참여하길 욕망하는 것 이외에는 없는
것으로 파악했던 것이다. 그리고 기성세대의 국가 재건과 모더니티 열망
은 신세대를 통해 실현되기를 욕망하는 정치적 입장과 연결되었다.

　이러한 정치적 현상은 "<청년>이라는 말은 조선에 대하여 각별한 의
의와 시사를 주는 것이다. '일한합병'이라고 하는, 저 위대한 역사공작이
벌써 30년이 지났고, 그 년령과 더불어 실질적 발전을 이루어 이미 청년

---

63) 김우종, 「현세대의 新機軸」(<조선일보>, 1940. 3. 13~16.)

기에 들어선 것이다. 그런데 이 청년기의 내선일체사에 결정적인 마무리 작업을 해야 하는 것은 조선의 젊은 세대에 부과된 존귀한 사명인 것이다"[64]라는 발언에서처럼 식민지사(史)를 "청년기"와 연결지으면서 정책적으로 '젊은 세대'에게 그 역사적 사명을 부과하고 있었기 때문에 가능했던 것이다.

---

64) 한상건, 「조선청년의 나아갈 길」(<동양지광>, 1939. 9.) (최원식 편, 같은 책, p. 233에서 인용.)

제5장 결 론

　본 연구는 파시즘의 대중 소설적 재현에 관심을 갖고, 일제 말기 소설에서 낭만적 파시즘의 창작 방식을 통해 구현되는 '청춘', '젊음'이 의미하는 바가 무엇인가를 살펴보았다. 이를 통해 일제 말기에 나타난 '청춘'과 젊음의 개념이 전시체제라는 역사적 컨텍스트에서 민족 문화 재구성의 매커니즘으로 작동하는 방식이었음을 알 수 있었다. 즉, 시대적 상황에서 '협력'에 대한 구세대의 각성이 '청춘'을 수단으로 하여 민족을 재상상하는 방식이 되었던 것이다. 이처럼 젊음에 대한 담론은 민족의 재구성을 서사화하는데 있어 중요한 수단이 된다. 전환기의 위기 상황 속에서 식민지 조선을 재구성하는 가운데 젊음의 정치학이 사용되고 있었다. 특히 일제 말기 구세대 지식인들에 의해 소급되는 '신세대'와 '청춘'의 담론은 신체제라는 전환기적 시대 상황과 맞물리며 민족주의를 재해석하는 계기가 되었다. 일제 말기 소설은 일제 파시즘 체제인 신체제에 적합한 '새로운 인간형'의 탄생을 '청춘'으로 표상화하면서, '연애', '결혼', '우정', '문화

사업' 등의 일상적 범주를 파시즘적 정책에 동원되도록 재현하고 있었다. 파시즘은 전체주의에 입각해서 개인주의적인 '청춘' 세대를 통제하고 재창조하면서 전체주의적 인간형으로 재탄생시키고 있었던 것이다.

　파시즘은 엄격한 분류체계와 배제정책을 통해서 아웃사이더들을 통제했다. 파시즘 정책은 사회 질서를 파괴하는 사람들에 대한 중재와 간섭을 정당화하기 위해 민족의 유기체성을 활용한다. 또한 국가의 목표를 이행하기 위해서 요구된 민족은 내적 통합과 국외적 팽창주의의 연결에 있어 적극적으로 강조되었다. 따라서 국가는 민족적 신체의 효율적인 기능화를 방해한다고 생각되는 사회적 집단을 규율하기 위한 방법을 총동원하였다. 피식민지 작가의 소설에서 다루어지는 전형화는 제국과 식민지의 관계, 젠더, 계급, 인종의 관계 등을 통해 새로운 전형을 창조하며 타자를 분류하고 배제하였다. 이러한 재현이 가능하기 위한 파시즘의 분류 기준은 남성성이다. 따라서 파시즘은 늘 존재해왔던 남성성의 여러 측면을 확장하고 미화하며 그 정치적 구조를 강화하기 위해 남자다움을 하나의 이상으로 삼고 실천방식으로 이용했다. 1930년경, 이탈리아 파시스트 청년 조직의 구성에 있어 "건강한 육체와 건강한 정신", 그리고 "대의를 위한 희생과 봉사"를 남성 이상형의 정의에 사용했던 것처럼, "남성 이상형에 대한 요구"는 전쟁의 수사rhetoric 속에서 표현되었고, "전쟁은 파시스트 남성의 형성과 목표 설정에 커다란 기여를 했다."[1] 그런데 피식민지에서 성 정체성의 혼란은 피식민지 남성의 여성화와 여성의 남성적 재현을 통해 이루어지고 있었다. 파시즘은 전쟁 수행을 위해 새로운 전형 창조를 통해 젠더 트러블을 통제했던 것이다. 여성과 남성을 통제하기 위한 공통항으로 제시된 것이 '젊음'이다. 파시스트 이데올로기의 중심으로 증명된 젊음에

---

1) 조지L. 모스/이광조 역, 같은 책, pp. 268~269.

대한 예찬은 세대론적 사고에서 기원한다. '젊음'의 '재생 수사'와 '교화 수사'는 정치적이고 인구학적 재생에 대한 국가주의적 계획뿐만 아니라 파시스트적 인간형 창조 프로그램의 특징이 된다. 전쟁에 따른 사회적 문화적 변화는 세대 구분을 더욱 명확하게 하면서 세대 의식의 확산을 강화시켰음을 일제 말기 작품과 당대 '신세대론'에서 살필 수 있었다. 본서는 파시즘의 소설적 구현 양상을 '청춘', '연애'·'결혼', '우정', '문화사업'이라는 네 가지로 주제로 나누어 3장에서 살폈다.

3장의 1절에서는 당시 소설텍스트와 비평담론에서 '정열'과 '희생정신'으로 '청춘'을 강조하는 것이 지식인들의 무기력함을 다시 쇄신하여 신시대에 걸맞는 '시대적 정열'을 지닌 새로운 인간형의 창조를 도모하기 위한 전략이었음을 규명해 보았다. 이것의 단적인 예는 기존의 지식인을 비판하는 재현들에서 살필 수 있었다. 일제 말기에 생활이 없는 지식인들은 대개 '창백한 인텔리'라는 이름을 달고 다닌다. 게다가 전시체제 하에서 학문적 연구에만 몰두하는 인간형은 소극적 인간형으로 지시되면서, 텍스트 곳곳에서 비판을 받는 대상이 된다. 이성과 생각만 많은 지식인을 풍자하는 머리만 큰 '기형'의 비유는 행동성이 부족한 지식인을 비판하는데 동원된다. 이 점이 무기력한 지식인의 비판으로 차용되면서 그 무기력성에 대한 대안으로 행동성을 강조했다. 따라서 '정열'을 공적 감정화하고 이를 행동성으로 소급해 나가는 방식은 '청춘'을 동원하는 방식과 밀접하게 연결되어 있는 것이다.

2절에서는 각 민족 간의 결합 방식에 사랑의 형식을 취하면서 식민주의를 낭만화하여 동화의 논리로 삼고 있음을 살펴보았다. 민족 간의 낭만적 사랑과 결혼은 인종의 배치와 관련하고 있었다. 이때 인종의 배치 방식은 동화의 논리에 포섭되는 인종과 그렇지 못한 인종으로 구분되었다.

이러한 인종 배치의 중심은 대동아공영권을 통한 동양주의적 사고관이었다. 대동아전쟁으로 부상된 '국경'이라는 개념에서, 이 국경의 타자는 '미국', 즉 서양이었다. 내선결혼이라는 통합은 두 가족, 그리고 두 민족의 연관을 표상했고, 일본과 조선을 하나의 신체로 묶는 내선일체, 내선조화가 되었다. 결혼과 가족 담론은 그들의 권위를 단언하는 식민지 프로젝트를 조장할 수 있는 식민지 경영에서 하나의 방법을 대표한다. 내선결혼을 법규로 만들면서 식민지 경영은 식민지 프로젝트를 상징적으로 타당하게 만들었다. 합법성의 이런 형식은 문학의 영역에서 역시 나타난다. 식민화하고 식민화된 주체의 '자연적' 위계질서를 합법화하는 가운데 가족 이미지를 차용했다. 가족이 그것의 컨텍스트에 따라 변하는 문화적 구성이기보다 오히려 '자연적' 발생으로 묘사되기 때문에, 가족의 측면에서 제국에 대한 논의 역시 '자연적'인 것처럼 제국주의적 지배를 그려낼 수 있다. 따라서 유사한 방식으로, 일본 식민지 경영은 가족 이미지를 동원하여 식민지 조선에서 자신의 권위를 타당하게 만들고 정당화시켰던 것이다.

3절에서는 '이성애'보다 더 우월하게 다루어지는 '우정'의 숭배에 대해 살펴보았다. 우정은 남성과 남성의 관계, 남성과 여성의 관계, 여성과 여성의 관계에서 모두 남성성의 이미지로 전형화되면서 개체와 단체의 결속력을 강화시키고 있었다. 그리고 남성화된 우정과 민족주의의 결합은 병사와 지도자를 고결하게 만들며 그들에게 적자적(赤子的)인 주체의 위치를 배정하고 있었다. 남성이 병사가 되고, 지도자가 된다는 것은 피식민지 남성성의 부활이자 파시즘적 주체로의 탄생을 의미하는 것이다. 일본인과 차별없이 형제처럼 지낼 수 있는 특권이 부여되는 장소는 군대였다. 이처럼 징병제는 제국에 대한 특권의 부여와 연결되어 있었다. 그래서 병사로 출정할지의 여부에 따라 계층적 위계가 달라졌던 것이다. 게다가 군대의 우정은 곧 일본에 대한 우정과 충성으로 귀속되고 있음을 확인할 수 있었다. 일제 말기 파시즘체제에서는 청년단을 '청년대(青年隊)', '의학부대', '청춘부대'로 호명하며 청년을 전사화하고 있다. 게다가 '히틀러 청년단'에 대한 소개를 상당수 받고 있었던 점과 1940년 '독일청년단'이 조선을 방문했었다는 역사적 사실을 통해 볼 때, 식민지의 청년 담론이 파시즘적 청년단 구성의 영향을 직접적으로 받고 있었음을 알 수 있다. 청년은 근대성의 지표로 등장하게 되고, 단체의 결속력을 지닌 사회 운동과 연결되면서 근대 조직적 체계화를 갖추게 되는 것이다. 일제 말기 소설에는 근대적 조직 체계가 필요로 했던 '군대'라는 집단과 전장이 '회춘'의 장소이자 '청춘'의 정열을 쏟아 부을 수 있는 장소로 재현되고 있다. 병사들이 함께 훈련을 받고 야영지에서 함께 천막을 치는 행위들은 단합을 요구한다. 남성다움을 단합시키기 위한 친밀성의 조직화는 남성들의 우정을 고결하게 만듦으로써 가능하다. 그리고 병사들의 전우애를 민족애로까지 확장시킨다. 그래서 많은 지원병들 스스로가 전쟁을 개인과 국가의 재생을 위한 도구로 생각할 수 있었던 것이다.

4절에서는 파시즘 체제가 불온한 인물들, 즉 '허영심'과 자본주의의 산물인 '신여성'에 대한 통제 방식을 '구제'의 방식으로 취하고 있음을 확인할 수 있다. 파시스트는 모더니티의 부패를 여성의 타락으로 은유화하고 있다. 파시즘 시대에 여성에게 주어진 역할과 여성에 대한 정의에 주목한다면 여성에 대한 차별 또한 포괄적인 의미에서의 인종주의 범주에 해당될 수 있다. 그런데 일제 파시즘 아래 여성의 동원력은 전략적으로 상당히 중요했다. 따라서 국가적 통제와 여성의 관계는 여성의 섹슈얼리티를 통제하는 방식으로 나타난다. 신여성이 국민화되는 과정에는 '사업'이 중요하게 작용하고 있음을 탐구할 수 있었다. 여성 엘리트 지식인 계층에 해당했던 신여성을 동원하기 위해 파시즘이 표방했던 정책은 문화주의와 과학주의로 나타났다. 일제 말기의 전체주의와 전시동원체제는 '銃後' 여성의 노동성과 결속에 상조하는 방향으로든지 퇴폐주의를 일소하는 방향으로 성과학의 보급과 성교육을 여성들에게 실시했다. 남성의 성(性)은 가부장적 권위주의와 동일한 구조를 취하는 전체주의의 권위 속에서 고정되어 있는데 비해, 여성의 성은 끊임없이 교육의 대상이 되고 있다는 것은 피식민지 주체인 여성이 피식민지 남성에 의해 이중으로 식민화되었음을 보여 주는 사실이다. 이러한 특성이 일제 말기에 접어들면서 강조점을 두는 지점은 연애보다 결혼이 더 우위에 있다는 사실이다. 일제 말기로 오면서 전통적인 결혼방식을 통한 문제도 많았지만, 연애에 의한 결혼을 통해서도 불미스럽고 행복하지 못한 가정파탄이 사회적 문제로 제기되었다. 그래서 급상승한 이혼률은 사회에서 시급히 처리되어야 할 문제로 부각되고 있었다. 이광수는 이러한 현상을 근대에 이르러 가정의 직능이 사회화됨에 따라 남녀간에도 합리적인 생활추구가 많아져 소외와 여러 사회 문제를 낳는 것으로 이해했다. "개인화되어 버리는 인간들의 유대관계를 맺어 인류의 행복을 유지할 수 있는 공간"창조를 위한 결혼의 강조는 부부의 성적 향락보다 "자녀의 건전과 행복을 主"로 한 "순수한 생물학적, 도의적, 정신애적 결합"으로 이루어진 '가정'을 사회적 기능으로 재영역화하게 된다. 따라서 "신성한 조직체"[2]의 구성 의무감이 결혼에 부여된다. 이러한 결혼 담론은 어머니의 모성을 강조하는 담론으로 나아가며 유전—우생학의 혈통성을 중시하게 된다. 이때 여성 교육의 지도자로서 특권 부여되는 것이 신여성이었고, 그녀들은 이런 특권에 의해 통제되었던 것이다.

---

2) 이광수, (女大學) 「결혼론」(<여성>, 1권 1호 1936. 4. 창간호), pp. 6~7.

'총력전체제'하에서는 노동력 통제가 강화되어, 노동력에 대한 계획적 조직화를 위해 여성이나 아동, 특히 청소년층의 노동력에 대한 착취가 보다 강화되었다. 겉으로 드러나는 파시즘의 목적은, 한편으로는 남자답고 건강한 새로운 인간형을 창조하는 것이다. 그러나 그 목적의 이면에 놓인 것은 파시스트적 인간형을 계발한다는 발상 아래 포섭되지 못하는 인간들에 대해서는 엄격한 배제와 폭력이 이루어진다는 것을 의미한다. 모든 파시스트들이 새로운 인간형의 창조에 대해 말하고 있기 때문에, 결과적으로 배경이 되는 배제된 인물형이 존재할 수밖에 없다.

파시즘 이데올로기의 출현은 집단의 위기에서 비롯된다. 이러한 위기의식과 전환의식은 일제 말기를 지배하고 있었다. 최재서는 현대의 문화적 위기의 일반적 원형과 전환의 필연성을 "합리주의정신의 부적합, 사회관에 있어서의 실증주의적 설명의 불가능, 민주주의의 무력화, 세계경제의 파종, 개인주의 문학의 窘塞"에서 나타난 것으로 파악했다. 그는 이러한 상황 아래에서 현대문화가 취할 전환의 목표는 "문화의 국민화"라고 말하며, "문학정신의 전환도 이 전체적인 전환과 방향을 가치"[3]해야 한다고 주장한다. 이런 새로운 것의 모색은 역사추진의 원리와 원동력에도 변화를 요구한다. 인정식은 역사의 새로운 추진력을 둘로 해부하고 있다. 첫째는 '계급' 개념을 극복하고 "신일본주의, 내선일체에로의 민중의 자발적 참여"이다. 둘째는 종래의 편협한 '민족' 개념을 극복하고 보다 통합적인 '민족' 개념에로 포섭되는 것이다. 따라서 "종래의 민족의 구심이 「서울」에 있었다면 이 전체주의적 『민족』의 구심은 「동경」에 있게 되는 것"[4]

---

3) 최재서, 「문학정신의 전환」(<인문평론>, 1941. 4), p. 5.
4) 인정식, 「조선사회와 新日本主義－역사의 새로운 추진력－」(<청색지>, 5집, 1939. 5), pp. 21~23. 참조.

이었다. 이와 같이 전체주의에 입각한 파시즘 논리는 계급과 민족뿐만 아니라 젠더를 이용하며 '국민문학'이라는 파시즘 문학을 형성하였던 것이다. 결국 국민 문학의 성립 논리는 위기의 상황에 대한 불안을 극복하기 위한 피식민자의 노력이 전체주의와 국가주의가 지닌 유기체적 관념에 투신하는 길 밖에 없었다는 논리로 귀결되고 있었던 것이다.

앞의 분석에서 '청춘'은 역사적 주체이자 군국주의화된 주체를 의미하고 있었다. 이러한 청춘의 재현 방식을 통해 살펴 볼 때 이들 청춘의 대상인 지식인 청년들은 '현실 수리론'과 '운명론'을 반복적으로 재현해 자기 최면을 걸면서 현실을 받아들이게 된다. 식민지 청년 지식인들은 '현실' 수리를 통해 민족주의의 굴절된 형태로 파시즘을 받아들이며 체제에 자발적으로 순응하거나 일면 순응하고 내면화되지만 완전히 동화되지 못하는 분열된 양상으로 동원되고 있었던 것이다. 이것은 피식민지 파시즘이 지닌 모방과 분열이라는 양가적 현상 때문이라고 할 수 있다. 왜냐하면 '피식민 파시즘'은 '친일 파시즘'이자 '민족 재건 파시즘'으로서, 전도된 민족주의를 발현했기 때문이다. 이런 현상이 일어날 수밖에 없었던 이유는 대동아전쟁의 모토인 '대동아공영'의 논리와 내선일체를 통한 평등에의 환상 창출이 피식민 주체 형성에 오인을 불러일으켰기 때문이다. 따라서 피식민지 작가가 구현한 파시즘 소설은 계급, 피식민 남성과 여성의 평등에 대한 일본 천황제 파시즘의 유혹을 재현할 수 있었던 것이다. 새로운 것을 창조하려는 전체주의적 비전과 제국주의적 기획의 모더니티는 전세대의 부정 위에 선 신세대의 모더니티 구현과 연결된다. 그리고 이 모더니티 기획은 국가와 민족의 재건을 기획하는 차원에서, 민족주의적 의식과도 긴밀히 연관시켜 볼 수 있다. 그런데 아이러니한 것은 이런 식민지 시기, 국가의 재건을 기획하는 신세대의 모더니티 기획이 제국의 모더니티 기획과 연결되어, 청년 스스로 동원되는 전도된 민족주의의 발현을 보이는 대상이자 주체가 되었다는 점이다.

국가의 경계를 확장하려는 파시즘의 팽창주의적 의도는 개체의 억압된 강제를 통해서 뿐만 아니라 사회와 역사의 비전을 제시하여 대중의 합의를 얻어내는 데서 성취될 수 있다. 따라서 파시스트는 대중사회에서 반근대성만을 고집하지 않고 체제의 재생산에 기여해야 하는 권위적인 전제 아래 오히려 새로운 정보 기술, 대중동원을 현대화하려고 시도한다. 식민화와 정복에 대한 파시스트의 프로젝트 역시 하나의 모더니티 추구라고 할 수 있다. 파시즘은 사회 경제적 영역에서 혁명을 지지하기 위한 새로운 가치를 산출해야 한다. 확실히, 파시즘은 모더니티에 대한 반동작용적인 요소를 많이 지니고 있다. 이처럼 파시즘적 모더니티가 팽창주의를 통해 민족 재생의 강력한 개념이 될 수 있었던 것은 일본의 '대동아공영주의'가 낳은 유토피아적 관념 속에 동일화되려는 피식민지 주체의 모방 욕망을 통해서였다. 소영현은 "대아시아주의와 근대의 몰락에 관한 논의가 한국 지식인들의 친일을 합리화해주는 수단이라기보다는 오히려 그런 논의에 의해 사전에 정당화된 것이 친일로 나가게 하는 것"[5]이었음을 지적하고 있다. 1930년대 말기의 민족주의는 국가팽창주의에 입각해 있는 서구의 파시즘 논리와 유사하다. 그러나 자민족중심의 독일, 이탈리아의 파시즘과 달리 대아시아주의를 표방하는 일본 파시즘의 수용은 식민지 파시즘의 양상을 서구 유럽의 파시즘과는 다른 경향으로 이끌어 갔음을 일제 말기 파시즘 문학 논의와 작품분석을 통해 살필 수 있었다.

---

5) 소영현, 「1940년 전후 동양담론 분석」(상허문학회, 『1930년대 후반문학의 근대성과 자기성찰』, 깊은샘, 1998), p. 176. 소영현은 이런 논리가 사이드가 말한, "지식이 권력을 추후에 합리화하는 것이 아니라 오히려 지식이 권력을 사전에 정당화한다는 논리와 일맥상통하는 것"으로 해석하고 있다.

앞으로 파시즘에 대한 연구는 다각도로 이루어져야 할 것이다. 일제 말기 소설의 경우도 파시즘의 소설적 경향은 모더니티 지향의 특성만을 갖고 있지 않다. 다른 한편으로, 반근대적 속성을 지니고, 신화적 과거를 찬양하는 것이 파시스트 이데올로기의 핵심이 되기도 한다. 파시즘 문학에서 역사소설의 검토는 이러한 측면에서 상당히 중요해진다. 그리고 김동리의 「황토기」를 연구했던 김철의 논의와 '전향소설'을 연구했던 필자의 논의[6]에서도 볼 수 있듯이, 파시즘적 특성은 '비합리주의', '신화', '생의 애착'과 '활력주의'도 찾아진다. 남성적인 생식력과 자연의 생명력 그리고 강자로서의 힘에 대한 지향과 더불어, 젠더 지향적인 연구의 주제가 되는 전향론은 파시즘의 논리와 일맥상통하는 구석이 있다. 무생활자이자 목표 없이 무기력하게 살아가는 전향자들의 삶에 필요로 하는 것은 '활력', '힘'으로 재현된다. 무기력과 비활력의 재현을 통해 비정치적 위치의 전향자들을 여성성으로 재현하는 것은 오히려 더욱 강력한 남성성의 요구로 직결된다. "사회적 다위니즘에 영향을 받은 우승열패의 구조는 생존 경쟁의 논리를 민족 간 국제 경쟁의 장으로 옮겨 놓았다. 유기체적 민족 이론은 민족을 구성하는 개개인의 구체적 삶을 민족 자체의 추상적 삶으로 대체"하였고, 그 속에서 "민중은 주체가 아니라 민족을 구성하는 대상으로만 존재하였다."[7] 따라서 개체의 세계에 대한 '우승열패' 인식은 민족으로 확산되어 구성되고 있던 것이다.

일제 말기의 파시즘적 응전을 살피는 작업은 해방 이후의 연구와도 연계될 수 있다. 해방 이후 청년 운동에 관한 기존의 연구는 주로 분단시대

---

6) 졸 고, 「1930년대 후반 전향 소설에 나타난 남성 매저키즘의 의미」(한국여성문학학회, 『여성문학연구』, 10호, 2003), p. 276.
7) 임지현, 『이념의 속살』(삼인, 2001), p. 119 참조.

라는 특수성 속에서 우익청년단체와 그 조직을 중심으로 하는 실증적 차
원의 서술이 대부분이며, 우익청년운동과 좌익진영의 청년단체들이 지닌
특성을 '자유주의'와 '공산주의'로 나누는 피상적 수준에 그치고 있다. 해
방 이후 청년층은 일반적으로 "진취적"이며, "용감하고", "진리와 정의를
사랑하는" 가장 정확한 "안테나"요,[8] "정의의 부대"로 기능하는 세대적
특성을 본질로 하고 있다. 뿐만 아니라 "청년들의 움직임은 군대의 움직
임"[9]에 비유되면서 건국의 중심체로 지시되었다. 이처럼 일제 말기 파시
즘에서 구사된 젊음의 정치학은 세대적인 정치적 무의식을 통해 해방 후
에도 그 연장선상에 놓여 있었던 것이다.

　마지막으로 파시즘의 다양한 연구 방향 설정에 있어, 시학적인 연구 가
능성을 개진해 볼 수 있다. 파시즘이 문학 속에서 어떻게 민족주의 이데
올로기와 민족주의 미학으로 존재하는 가를 고찰하기 위해 캐럴(Carol)은
"문학적 파시즘"이라는 개념을 사용하고 있다. 이 개념은 "정치적 '외부'
로부터 결정되는 형식인 파시스트 이데올로기를 문화에 적용하는 것이
아니라 문학과 파시즘의 '내적' 관련에 관심"[10]을 갖는다. 문학적 파시즘
은 문학뿐만 아니라 예술 작품이 부분 조합이나 직조 기술 양식을 통해
구성된 특성과 문학 자체에 함축된 총체화의 경향이 지니고 있는 미적 특
성을 탐구하는 것이다. 캐럴은 이런 미학화의 논리에 초점을 맞추고, 문학

---

8) 김명진, 「청년과 건국」(<신시대>, 창간호, 1946. 3), p. 93.

9) 정진석, 「청년과 정치」(<신인>, 창간호, 1946. 7~8), p. 3.

10) David Carol, 같은 책, p. 7. 캐럴은 발터 벤야민이 파시스트 '정치의 심미화'라고
　　불렀던 것에 기초하여 예술과 문학의 특별한 역할에 관심을 갖는다. 그는 파시즘
　　을 "인민이나 국가의 직조fabrication나 유형화 fashioning가 목표인 사람들의 이데올
　　로기"로 정의하고, "이러한 정치는 예술로서 제시된다. 그러므로 다양한 지식인들
　　과 작가의 파시즘적 실천을 이해하는 것은 정치적 문제만큼이나 미학적 문제이기
　　도 하다"(p. 6.)라고 주장한다. 이는 미학과 정치가 구성—시학적으로 긴밀히 연관
　　되어 있음을 시사하는 것이다.

파시스트 미학과 정치학 양자 사이의 기초에서 예술과 문학에 대한 가정에 초점을 맞춘다. 이 개념에는 파시즘의 정치학이 언제나 문학적·미학적 차원으로 치환된다는 문제의식이 내포되어 있다. 뿐만 아니라 문학의 사조로 등장하는 미래주의와 큐비니즘적 예술운동은 파시즘과 모더니티 간의 긴밀한 연관성을 드러내는 미적 장치다. 새로운 질서를 당면 목표로 삼고 있는 이들 유파는 정치운동을 표방해 오면서, 예술적인 구현 속에 파시즘적 경향을 반영하고 있다. 구성물로서의 문학이 지닌 파시즘의 시학적 연구 가능성은 문학 연구에 있어서 새로운 연구 방향으로 설정될 수 있다. 따라서, 일제 말기 소설에서 역사소설이나 비합리성을 추구하는 반근대적 속성을 지닌 파시즘적 특성과 해방 후의 역사적 맥락에 따라 달리 변용된 파시즘적 특성을 규명하고, 더 나아가 한국 파시즘의 시학적 특성을 탐구하는 일은 앞으로 남은 과제이다.

제2부

파시즘의 미학

제1장 1930년대 후반기 전향소설에 나타난 남성 매저키즘의 의미

— 김남천과 한설야를 중심으로

1. 서론

전향문제는 우리문학에 있어서 1930년대 중·후반을 지나 해방직후 표출되어, 정치적 체제선택으로까지 연결된다는 점에서 주목할 만한 문학사적 의의를 갖는다. 일반화되어 있듯이, 전향의 중심에는 권력이 놓여 있다. 사회의 한 횡단면에 자리하는 욕망은 권력과 교호하는데, 전향에는 전화(轉化)라는 즉, 변신이라는 내재적 형식이 존재한다. 그것은 욕망의 변신이자 이동이다. 개인적 욕망과 공동체적 욕망 사이의 변증법적인 역학 관계는 주체의 욕망을 변화시킬 수도 있으며, 주체가 자유로이 욕망을 변화시킬 수 없을 때는 히스테리적인 부적응 현상이 발생할 수도 있다. 물론 전향소설의 경우는 주체의 욕망이 권력에 의한 강제력에 의해 형성되는 것이거나, 자기 성장에 의한 사상의 굴절로 형성되는 것에 따라 행위자인 전향 주체와 각기 다른 양상으로 합치된다.

일본의 전향이 주체적, 능동적 轉化를 의미하는 것이라면 우리나라의 경우는 1930년대 '권력의 강제'에 의한 수동적인 轉化를 의미한다. 이점은 전향소설을 이해하는데 있어 매우 중요한 지점이다. 강제성은 억압과 그로 인한 트라우마, 그리고 정치와 문학의 괴리를 통한 주체 분열 등이 수반될 수밖에 없다. 1930년대 후반에 주체의 정립과 재건에 대한 수사가 남발했던 것은 당대의 문학정신이 불안 가운데 방황하고 있었다는 근거가 되는 것이다. 1935년 프로문학의 구심체였던 카프가 해산되고, 1937년 중·일 전쟁을 기점으로 더욱 악화되는 정세 속에서 작가들은 어떻게든 자신을 추스릴 수밖에 없는 상황을 맞게 된다. 이전과는 전혀 새로운 상황에서 작가들은 와해된 주체를 정립하는 것이 우선하는 문제였고, 악조건 속에서 자기를 지킬 수 있는 문학적 방법을 모색하면서 창작활동을 전개해야 했다.

기존의 전향문학 연구는 일본에서의 개념 정의에 의거해 전향소설 유형화를 시도한 것[1], 김남천·이기영·한설야 등 카프 소속 작가들의 개별 연구에서 1930년대 후반기 작품을 다룬 것[2], 이 시기 현실을 형상화하려던 프로작가들의 한 시도로써 전향소설을 파악한 것[3], 그리고 종래 심리주의 소설로 기법 면에서 주목을 받아 온 '단층'파 소설을 전향 지식인의 내면을 그리고 있다는 점에 착목하여 전향소설의 맥락에서 고찰한

---

1) 김윤식, 「전향사상과 전향문학」, 『한국근대문학사상사』(한길사, 1984)
　　　　, 「1930년대 후반기 카프 문인들의 전향 유형 분석」, 『한국 현대 현실주의 소설 연구』(문학과 지성사, 1990)
2) 김윤식, 『박영희 연구』(열음사, 1989)
　조수웅, 『한설야 소설의 변모양상』(국학자료원, 1999)
　장석홍, 『한설야 소설 연구』(박이정, 1997)
　김외곤, 「김남천 문학에 나타난 주체 개념의 변모과정 연구」(서울대 박사논문, 1995)
3) 권보드래, 「1930년대 후반의 프롤레타리아작가 소설 연구」(서울대 석사논문, 1994)
　김인옥, 『한국 현대 전향소설 연구』(국학자료원, 2002)

것4) 등으로 대별할 수 있다. 기존의 논의를 살펴 볼 때 대체적으로 전향 소설 속의 주체 정립 문제에 대한 논의가 중심 문제였으며, 이들에게 있어 이념성과 대치되는 생활의 발견이라는 문제가 얼마나 긴요한 자리에 있었는가를 해명하는 방향으로 진행되어 왔음을 알 수 있다. 그러나 이러한 기존 논의는 프로문학으로서의 전향론에만 중점을 두고, 표상적인 변모 과정만을 탐구하였다고 할 수 있다. 따라서 본서는 전향 주체의 형성에 근원적인 영향을 미쳤던 원리가 무엇인지에 대한 문제의식을 제기해 보려는 목적을 갖고 시작한다. 전향이라는 정치적 행위에는 전향자인 주체의 이데올로기뿐만 아니라 양심, 불안 등 심리적인 제반의 사항들이 밑그림으로 자리하고 있다. 이러한 정치적 무의식들은 전향소설가들의 소설이라는 재현을 통해 표상체계로 부상한다. 표상체계에 대한 이해는 재현가이자 재현된 대상물의 인식기반에 대한 이해에서 출발해야 할 것이다.

한국의 전향은 특히 '권력의 강제에 의한 전향'에서 권력의 주체가 다름 아닌 일본이었기 때문에 전향한다는 것은 지식인으로서 치명적인 양심에 반한 행동으로 규정될 수밖에 없었다. 그래서 대부분의 지식인들은 실제적으로는 전향했으면서도 내면적으로는 비전향이나 준전향적 태도를 고수하며, 중립적 가치와 양가적 태도를 취한다. 식민주의에서 쉽게 벗어나기 어려운 것은 식민지인인 주체가 제국의 이미지적인 권력에서 스스로 벗어나지 못하는 가운데 있으며, 제국주의가 또 다른 남근적 권위로서의 이데올로기와 합세하여 식민지 남성 주체의 정체성을 형성하기 때문이다. 전향자로서의 등장인물이자 곧 작가이기도한 주체의 위상은 양심적 삶과 생활 사이에서 심리적인 불안과 양가성을 지닌 채 동요했을 것이다. 완전 전향자가 아닌 이상, 경계선 상에 서 있는 주체는 갈등과 열망의 이

---

4) 이상갑, 「한국 전향소설 연구」, 『한국 근대문학과 전향문학』(깊은 샘, 1995)

중적인 태도를 취할 수밖에 없다. 주체의 갈등(anxiety)은 갈등이자 동시에 반대항에 대한 열망을 전제로 하고 있는 것이다. 따라서 경계선적인 존재의 심리적 불안과 열망은 전향자인 주체 형성의 중요 인자가 될 것이다.

본 연구는 전향 주체 형성의 원리를 젠더 문제로 접근해 보려한다. 젠더는 일반적으로 사회적 관습에 의해 구성된 성별화를 의미하는데, 이러한 관습적 구성에는 몸과 섹슈얼리티가 개입하게 마련이다. 문학 텍스트에서 남녀의 등장은 당연지사라 할지라도 그것이 대립적 구도로 배치되고, 게다가 그 배치에 정치적 이데올로기의 관념이 반영될 경우는 남녀의 배치 역시 지나치게 정치적 성향을 띨 수밖에 없다. 우연찮게도 전향소설들이 이런 성향을 몸과 섹슈얼리티로 재현하고 있고, 그로 인해 남성인물들의 주체성이 구성되고 있다는 것은 연구해 볼만한 가치가 있는 문제이다.

따라서 본서의 목적은 제국주의 권력 아래 수행된 전향에 작용하는 전향자의 권력과 욕망의 무의식이 소설에서 어떻게 담론화되어 주체를 구성해 내고 있는지를 살핌으로써, 더 나아가 전향론의 주체 구성에 젠더 문제가 어떠한 메커니즘으로 작동하고 재구성되는지를 살피려는 데 있다. 대상 텍스트는 1930년대 후반기 전향소설을 기점으로 한, 김남천과 한설야의 단편소설을 중심으로 논의하고자 한다.5) 이는 일제에 의한 강제적인 카프해산과 그 이후의 행보, 특히 전주 사건을 통한 감옥체험이 두드러지게 나타나거나 텍스트 상 전향한 요소들이 분명히 드러나는 것들로 한정짓기 때문이다.

---

5) 본서에서 다루는 대상 텍스트는 『한국근대단편소설대계』(태학사, 1988) 출판 시리즈물에 실려있는 것으로 한다.

2. 젠더 지향적 서사 구성과 매저키즘적 주체 형성 방식

한국 근대 전향소설의 대부분은 전향작가에 의해 창작되었다. 이 사실은 전향소설이 작가의 전향과 매우 밀접한 관련이 있음을 시사하는 것이라고 할 수 있다. 남성 관찰자이자 전향자의 시각으로 서술되는 전향소설의 권위적 플롯팅은 라캉이 말하는 상징계적 질서인 '아버지'에 대한 부정과 타협을 통한 새 시대의 모색을 전개해 나간다. 그리고 양항대립적 구조를 통해 여성혐오증적인 방식이나 남성주의에 대한 병적 집착을 드러난다.

타자로서의 일상적 삶에 대한 수용은 '아버지 되기'라는 윤리적 주체를 정립하게 되고, 타자성을 수용하기 위한 주체의 노력 즉, '주체의 희생'이 중심에 부각된다. 이들은 자신이 예전에 부정했던 일상적 삶으로 쉽사리 나아갈 수 없다는 자의식으로 인해 그와 거리를 유지하고자 한다. 이러한 현실과의 대결 의식은 작품 속에서 '아버지' 혹은 '가족'이라는 매개를 통해 표출되고 있다. 일상적 삶은 가족이라는 형태로 타자화되어 나타나기 때문이다. 그러므로 전향자에게 있어 '아버지'는 곧 '생활'이자 억압적인 '현실'이다. 구체제의 문화·정치적 규약의 붕괴에 뒤따른 폭력을 제거하기 위해 혁명 공동체는 대리 희생자에게 죄의식을 전가해야 했는데, 일종의 '괴물 같은 대역'이 이러한 희생양 역할을 했다.[6] 정치적 오이디푸스 삼각관계에서 여성의 역할은 어느 정도의 중요성을 부여받아 왔다. 여성들은 남성들을 무죄로 만들거나 남성의 존엄성과 권위를 재확인하기 위해, 그리고 위기의 상황에 성적 경계선이 흐려지는 것을 제거하기 위해

______

6) 린 헌트, 조한욱 역, 『프랑스 혁명의 가족 로망스』, 새물결, 2000, pp. 30~32. 참조.

도구로 활용된 것이다.

카프문인들이 '가족'의 발견을 통해 생활에 복귀하고, 현실을 재인식할 수 있는 계기로 삼게 된 연유는 가족이 가지는 의미에서 비롯된다. 대부분의 카프 문인들이 사상문제로 구금되었다가 전향자로 출옥했을 때 그들에게는 자신들이 그토록 애정을 가지고 대했던 대중들은 어떤 실체로든 남아있지 않고, 가족만이 기다리고 있음을 발견하게 된다. 대중들에게서의 고립감과 동시에 외면해 왔던 가족과 생활의 발견은 그들의 여러 대응방식을 낳을 수밖에 없었을 것이다.[7] 그것은 아들로서, 아버지로서, 남편으로서의 권위에 대한 불안을 발생시키고, 그를 동일한 패턴으로 재현한다.

2.1. 신체 권력 : 육체의 타락화와 건강성 혐오

대부분의 전향소설은 추상적인 현실을 작품에 구현할 때, 그 현실의 표상체로 '신체'나 '여성'을 다루고 있다. 젠더와 신체, 그리고 섹슈얼리티는 당대 사회의 규범과 밀접한 관계를 맺으며 주체를 구성하는 방식으로

---

7) 전향의 내적 요인에 주목한 사람이 요시모토 다카아키(吉本隆明)이다. 그는 권력에 의한 외적 강제를 전향의 주 요인으로 보는 종래의 전향론에 대하여 '대중으로부터의 고립감'이야말로 전향의 가장 큰 요인을 형성했다고 주장하였다. 그는 전향이란 '일본의 근대사회의 구조를 총체적 비전으로 파악하고자 시도하다가 실패했기 때문에 인텔리겐챠 사이에서 일어난 사상변환'이라 규정한다. 그 구체적 동인이 바로 대중과의 연대감으로부터의 고립이다. 일본 지식인의 경우 국민 대다수와의 연대감에서 고립된다는 형이상학적인 의식면에서의 두려움이 탄압, 박해, 고문 등과 같은 형이하학적인 요인보다 우위를 차지하고 있다는 것이다. 요시모토의 '고립감'은 전향의 주요 매개고리가 될 수 있는데, 이러한 점이 우리 전향소설에서도 역시 주체 형성의 주요 인자로 작용하고 있다.(吉本隆明, 「轉向論」, 『예술적 전향과 좌절』, 미래사, 1959, p. 168 참조.)

관여한다. 인간의 본능적 욕망조차 문화적으로 구성되는 것이라면 젠더, 신체, 섹슈얼리티는 복합적으로 교직되어 주체를 형성하는 주요 동인이 된다. 푸코의 말대로, 이 가운데는 권력이 있다. 전향소설에서는 한때 전향자이었거나 지식인인 남성 서술자가 관찰자의 입장에서 변질된 전향자를 바라보며 해석의 권력을 행사한다. 푸코가 말한 감시의 체제 아래 놓여 있는 신체는 권력의 장으로 이용되고, 규율 체계 속에 생체를 해부해 들어간다. 식민지 제도적인 규율체제에 따라 종속된 신체에 대한 언급은 「처를 때리고」에서 찾아 볼 수 있다. 「처를 때리고」가 라디오 체조의 호령 소리에 혼란스러워하는 차남수의 모습을 묘사하면서 끝을 맺고 있듯이, 차남수는 신체를 제도의 관습이 기록되는 장소로 만드는 ‘체조’의 호령소리에 따라 몸을 움직여야 한다. 이러한 생체 권력적인 신체는 이미 강압적으로 카프 해체를 맞이해야 했던 전향자들의 현실이었다. 따라서 육체에의 가치 부여는 윤리적 문제와 밀접히 연관되어 있었던 것이다.

남성 신체를 통한 전향의 표상은 「경영」「맥」에서 오시형의 ‘국민복’이라는 옷의 변화를 통해 드러내고 있다. 의복에 의한 신체·정신의 변화 재현은 「포화」에서도 나타난다. 결핵으로 건강이 좋지 못한 ‘나’는 “이런 때일수록 우정이 필요하네”라고 반복해 말하는 그의 친구인 김기범의 변화를 ‘국민복’으로 제시하고 있다. 김기범은 ‘전향자대표’로 ‘국민복’을 입은 ‘뚱뚱한 몸집’의 사내다. 그런 친구이자 동료를 바라보는 ‘나’는 ‘현기증’이 일 것 같다. 주인공 ‘나’가 느끼는 그러한 이질감은 이제 김기범을 ‘육중한 국방색의 몸뚱아리’로 사물화해서 언급하는데 이른다. 남성 대 남성으로 재현될 때 전향자의 몸은 비전향자에 비하야 기름지고 육중한 체격을 갖고 있다는 점을 발견할 수 있다.

한설야의 경우, 「태양」(<조광>, 1936. 2)은 그가 출옥 후 발표한 첫 작품으로 감옥에서의 상황과 출옥 후 귀향하기까지의 심경이 비교적 상세하게 묘사되어 있다. '저안'으로 표현되는 감옥에서의 생활은 "한조각의 햇볕에도 예민해지는" "몸뚱이 없는 커다란 머리만 가진 한 개의 괴물"과도 같은 것이었다. '나'는 높이 날아오를 듯이 팔도 휘저어보고, 팔자걸음도 걸어보면서 일년 반만에 다시 찾은 "너른 세상의 자유"를 실감한다. 비록 한때는 사상에 경도되어 세상의 변혁을 꿈꾸기도 하였지만 일년 반의 수감생활은 그에게 예상치 못한 고통이었다. 구속과 수감이 가져온 삶의 변화는 모든 것이 기능적으로 이루어지던 조직생활로부터 고립을 뜻하는 것이었고, 이는 극도의 소외감과 '혼자'라는 외로움이었다. 그러나 '저안'에서 그토록 햇볕과 넓은 세상을 소원한 나의 형편은 그곳을 벗어났다고 해서 그다지 달라지지 않는다. '나'는 마당 한 귀퉁이에 자리하고 있는 닭장 안의 닭들에게서 자신의 모습을 떠올리며 닭장문을 열어 닭들을 풀어준다. 이는 감금으로 억압되어 있던 신체에 대한 해방을 재현하는 것이다. 전향자의 몸과 비전향자의 몸은 그 건강 여부로 나뉘어지고 있음을 알 수 있다.

젠더의 문제라는 측면에서, 남성우월성의 절대화된 이데올로기가 여성에 대한 심층적인 두려움을 어떻게 극복하려 하는지의 징후를 찾기는 어렵지 않다. 남자다움을 위협하는 모든 것에 대한 공격은 우선 여성의 신체에 대한 가시적·비가시적 폭력에서 초래한다. 그런데 전향소설에 등장하는 아버지이자 남편인 남성 주체는 나약하고 생활력도 없는 존재로 표상되고 있다. 남성은 활동적 주체이지만 여성은 수동적 대상이라는 젠더 지향적인 이분법의 관계가 역전된다면 그 의미론적 층위 역시 달라질 것이다. 가령, 남성은 나약하거나 여성화되어 있고 여성은 강한 경우, 게다가 남성은 관찰만 하고 행동의 주체는 여성인 경우가 그런 전복적인 관계의 구조화일 것이다. 물론 식민지 상황 전체를 총괄해 볼 때 이런 전도적 젠더 구조는 많은 곳에서 발견된다. 그러나 이러한 특성과 전향소설에서의 그것에 차별을 지을 수 있는 점은 이념적 타락과 전향의 자기 애증을 여성이라는 대상에게 투사한 자기 연민의 심리적 구조에서 발생한다는 점이다.

김남천의 경우, 전향의 타락상을 여성의 신체에 비유하여 표현하는 작품들이 있다. 「소년행」 계열에선 주로 '누이'의 신체를 통해 그 타락상을 비판한다. 소년은 순수한 시절의 누이가 생활로 인해 타락한 신체와 정신을 갖게 된 데에 혐오와 증오의 태도를 표출한다. 그리고, 독서회 사건으로 집행유예를 선고받은 경력이 있는 「제퇴선」의 박경호는 의사시험 준비도 중단한 채, 기생인 향란과 '치정 관계'를 맺고 있다. 그러나 그는 향란과의 관계가 그녀의 모르핀 중독을 치료하기 위한 것이며, 이는 또한 현실에 대한 일종의 항의라고 자기를 합리화한다. 그에게 향란의 몸은 타락한 현실의 한 징표로 읽혀지고, 경호 자신이 선도해야 할 대상인 것이다. 이외에도 한설야의 소설에서 뿐만이 아니라 대개의 전향 작품에서는 양항대립적인 젠더 구조의 형식을 취하며 남성/여성의 신체를 '비전향/전향', '순수/타락'의 형식으로 나타낸다. 대표적으로 「임금」, 「이녕」, 「종두」에서 살펴 볼 수 있다. '뚱뚱한 품/가난뱅이', '지방질적인 안해', '안해의 무지하게 뚱뚱한 몸집, 전진벽 고집통으로 생겨먹은 오골배지 이마패기 혈색 진한 벍어이드르한 낯바대기/손가락만씩한 주름이 엉겨잡힌 이마'에서 보여지듯 기본적으로 아내와 남편은 신체상의 대조를 이루고 있다. 단순히 신체상의 대조를 묘사적으로 처리하는 것이 아니라 이러한 양항대립적 대조는 서사 진행에서 나약하고 약질인 남편의 무능함과 거세고 억센 아내의 생활적임을 병치적으로 구성한다. 전향자인 남성의 시각에서 볼 때 이러한 여성들의 '지방질적'인 신체는 생활력이 강한 것이기도 하지만 동시에 그들의 관념상 세속화된 신체이다. 그리고 건강한 신체는 부끄러움의 징표인 것이다. 이러한 특성이 「파도」에서는 건강 담론에 대한 부정으로 제시된다.

> 그는 무심코 앞에 걸린 거울을 드려다 보았다. 파리한 얼굴이 그안에 있다. 이전에는 그래도 기름끼가 돌고 볼편에 살이 조곰 붙어있었는데 안해를 얻고, 제 살림이라고 차리게된— 그러니까 마땅이 이전보다 편안해야 할 오늘에와서 더욱 갸름하게 된 것이다. 하나 어덴지 모르게 그의 맘을 끌어단이는 얼굴이다. 침울한 표정, 그것도 하고이찮다. 맑게 개일 택이 없는 오늘의 얼굴인 것이다. 그는 거이 무의식하게 웃통을 벗었다. 갈비가 앙상하게 들어났다. 배가 홀쭉하고 허리가 흐릿하다. 하나 도야지같은 무리와 건강이 없는 것이 당행이었다. 그몸은 역씨 탐스러운 것이다. 그는 끝내 바지까지 벗어버렸다. 사루마다 하나만 걸친 날나리뼈가 앙상한 사나이 하나가 거울 속에 있었다. 그는 자기요 또 자기가 아니었다. 그러나 볼꼴없는 이 사나이가 보기좋게 저자신을 탁 들어 내논 것이 여간 통쾌하지 않다. 그는 부지중 빙긋이 웃었다. 그리며 그는 자기의 몸을 이리저리 돌려가며 거울에 비처보고 있었다. 자기로도 엽때 보지못하든 첨보는 몸인양 싶도록 차곡차곡 자기의 몸을 유심히 들여다 보고 있는 것이다. (767)

인용문에서도 볼 수 있듯이 '파리한 얼굴'은 '맑게 개일 택이 없는 오늘의 얼굴'이다. '건강이 없는 것'을 다행으로 생각하는 것은 전향자의 몸이 자신의 양심과 윤리적 가치에 닿아 있다는 것을 의미한다. 그래서 주인공은 성찰의 도구인 거울을 매개로 하여 '뼈가 앙상한 사나이'인 자신의 모습이 보기 좋고 흐뭇하기까지 한다. 이러한 건강에 대한 담론이 부정적으로 제시되는 것은 「술집」에서도 역시 드러난다. '한민'은 건강으로 표현되는 육체를 죽이고 있다. "이 건강이란 놈이 나자빠질 때까지, 거꾸러질 때까지 술을 마셔라"라고 하며 자기의 건강을 미워하지만, 그의 과음은 도취의 지경에 이르지는 못하고 자신의 육체적 건강을 파괴할 따름이다.

근대 이후로 여성의 신체는 윤리적 타락의 징표로 읽혀져 왔다. 이는 이데올로기의 전향을 여성의 신체 타락으로 표현해 내는 전략과 맞아떨어진다. 여성이라는 타자를 타락화하는 과정은 "제국주의적, 남성우월주의적 주체의 순결성·완전성에 대한 옹호"[8]이자 동시에 타자화된 주체의 타락을 구제해 줄 수 있는 것은 오로지 제국주의적, 남성권위주의적 이데올로기라는 것을 강조하는 것이기도 하다. 현실에서 패배한 남성 주체 자신의 주체 재정립은 사도—매저키스트적 쾌락을 통해 다시 세우기 전략으로 나아간다. 여기에는 반듯이 성적 권력 관계의 역학이 중요하게 다루어진다.

2.2. 성 권력: 주체의 무력화와 섹슈얼리티 혐오

전향소설에는 지식인이 대거 등장하고 있는데, 그들은 주로 문학에 관심이 많거나, 글을 쓴다. 문제는 그들이 한결같이 무능력하고 무기력한 사람들이라는 데 있다. 삶의 현장에 있어서 그들은 방관자에 불과하고 지식인으로서의 사회적 역할을 담당하고 있지 않다. 지식인임에도 불구하고 온당한 사회적 역할 분담이 주어지지 않고 그에 따른 정당한 대우가 없는 사회에서 지식인의 내면세계는 심히 불안과 초조와 신경질적인 반응이

---

8) David Spurr, 『The Rhetoric of Empire』, Duke UP, 1993. 참조

서로 상충할 것이다. 그러니 그들이 바라보는 삶의 현장에 대한 시각은 냉소적이고 냉담할 수밖에 없다. 생활을 발견한 전향자인 남성이자 남편들이 천편일률적으로 생활의 문제보다 아내의 성 문제에 초점을 맞추어 이야기하고 있다는 점은 주의깊게 바라봐야 할 것이다. 사회적인 남성성의 부재는 가족 내 아내와의 성 관계에서 성적 의욕의 상실과도 연결된다. 무기력과 우울, 불안과 초조는 급기야 심리적인 박탈감과 신경성 질환 증세의 증후군들로 발전하여 나타난다. 문학 작품에서 신체적 또는 정신적인 병이 사회병리학적 현상을 상징하고 있는 것처럼, 이런 증상이 현실에 대한 냉소와 냉담으로 표출되기도 한다.

김남천의 「처를 때리고」의 주인공 '남수'는 변호사인 허창훈을 패트런으로 삼고 옛날의 동지인 '준호'와 함께 출판주식회사를 계획하고 있다. 그가 준호와 아내의 관계를 의심하여 부부싸움이 벌어지자 아내는 남편을 철저히 비판한다. 아내에게 "애는 운동에 방해가 된다구 수술을 해서" "불구자를 만들"어 놓은 뒤 성애마저 불구가 되어 버린 이 부부관계는 관계만 남은 꼴이다. 그러한 그녀가 남편 남수에게 성애를 느끼지 못하는 것은 당연한 귀결 같다. 남수는 자신의 동지인 '허창훈'이 아내에게 느꼈던 섹슈얼리티는 모든 남성이 느끼는 본능적인 것으로 환원하여 정당화하려 노력한다. 남수가 조명한 남성들의 섹슈얼리티란 그 어떤 관계도 무시되는 본능에의 충일성이다. 그런 본능의 정당성은 동료인 허창훈을 정당화하고, 그에게 도움을 받아온 남수 자신의 무력함을 정당화한다. 남성중심주의적 민족주의나 파시즘에서 섹슈얼리티는 거부의 대상이다. 이들에게 중요한 것은 형제애이자 동료들 간의 동지애가 우선시되어야 하기 때문이다.[9] 그런데 사회주의 운동의 이념상 아이 생산을 거부하고, 감옥

---

9) George L. Mosse, 『Nationalism and Sexuality』, Howard Fertig, 1997, pp. 66~80 참조.

에서조차 섹슈얼리티를 거부하는 철저한 운동가의 면모를 지녔던 남수가 도리혀 감옥 밖의 세계에서는 '의처증'을 보일정도로 섹슈얼리티에 경도되는 불건강한 성을 보여준다.

「이런 안해 (혹은 이런 남편)」에서 아내인 '난주'가 침묵으로 일관하는 남편과 의사소통을 시도하기 위해 유혹하지만, 남편인 '나'는 미동도 하지 않는다. '나'는 뭇 남성들이 사모하는 미모의 영화배우인 아내의 몸에 시선을 빼앗기지 않는다. 이는 그에게서 남성성과 성욕이 부재함을 의미한다. 그나마 목소리가 부재하고 오로지 시선만으로 생활하고 의사소통하는 그이기에 아내가 그의 시선을 붙잡지 못했다는 것은 전혀 매혹의 대상이 될 수 없다는 것이다. 주인공 '나'에게 이러한 불감증이 처음부터 있었던 것은 아니다. 지방으로 순회하던 극단에 있던 난주의 몸은 순결성을 지니고 있었기에, 그에 대해 '나'는 어떤 거부감도 느낄 수 없었다. 그러나 현재 난주의 육체에서는 "불순한 감각"이 느껴지고, 밤마다 불쾌와 질투를 느끼지 않을 수 없다. 이제 '나'에게 난주의 몸은 몸서리가 처질 정도의 혐오감을 느끼는 "고깃덩어리"일 뿐이다. 따라서 그녀에게 성적인 감각을 느끼는 것은 불가능하며, 또 이들의 전도된 관계는 "계집이 할 것을 사내가 하는" 것으로 살필 수 있다.

한설야의 「파도」(<인문평론>, 1940.11)에서는 "아직 어디서 솟는지 언제 미쳐버릴지 알 수 없는 머질줄 모르는 정열이 자기의 몸에는 남아 있는"데도 그 열정을 아내와의 치정 싸움에 탕진해 버리는 주인공이 "제가 시방 볼꼴없이 무엇에게 패배당하고 있는 것은 가릴 수 없는 사실"로 실감하고 있다. 선배의 주선으로 돈 많은 이혼녀와 결혼을 한 명수는 외부와의 접촉을 끊고 폐쇄적인 생활을 한다. 그는 누구의 방문도 허락치 않고 심지어 아내의 외출마저도 금지하는 심각한 의처증을 보인다. 반평생을 누구에게도 정 붙이지 않고 운동에만 힘써 온 명수로서는 새로운 생활을 시작한 이상 완벽하게 변신하고 싶은 것이다. 이러한 명수의 태도는 자신의 새로운 생활에 대한 불안심리에 기인한다. 명수의 불안감은 자신의 생활에 대해 스스로 당위성을 부여하지 못함으로써 생기는 것으로, 그는 이를 아내에 대한 병적인 집착으로 나타낸다.

> 그래서 갔다왔다거니 안갔다왔다거니해서 끝내 맞드리쌈이된다. <u>말하자면 이것은 사랑쌈인데 그도 해갈수록 심해져서 첨은 기껏해야 안고뭉개든 것이 차차 손찌검이 되고 낭중은 머리채를 잡아채고 또 머리를 박박 쥐어뜯기까지해서 안해의 머리가 아닌게아니라 칠월칠석날 까치대가리처럼 어설피게 되었다.</u> 그러다가 결국은 무슨 짓을 해서든지 기운이 시진해서 나자빠지게되고야 명수는 직성이풀린다. ……그리며 명수는 그만 어쩔바를 모르는 사나운 감정에 사로잡힌다. 그래서 <u>제몸이겠든지 안해의 몸이겠든지 하여간 어느 것이든지 양단간 으스려줄 듯이 제몸에 힘을 주고 이까지 악물어본다. 하나 그러면 그럴수록 안해는 점점 더이뻐보이고 귀여워진다. 오랫동안, 실로 오랫동안 아무데도 기우릴 수 없었고 또 불붙어도 보지 못하든 제가슴에 불을 달아서 보기좋게 태여버리고 싶도록 명수는 모진 충동을 받는다.</u> (「파도」, 763~764)

명수의 의처증은 하다못해 집 앞길을 지나가는 행인에게로까지 확산되어 항시 마음 편할 날이 없다. 이 작품은 현실에 순응하는 자괴감이 의처증으로 나타난다. 아내에 대한 주인공의 병적 집착과 가학적 행위는 자신의 의지가 실현될 통로를 차단 당한 데에서 기인한다고 볼 수 있다. 그리하여 가학적 사디즘은 "양단간 으스려즐 듯"이 "제가슴에 불을 달아서 보기좋게 태여 벌이고 싶"은 매저키즘적 충동과 긴밀히 연결되어 상호작용한다.

「종두」에서 남편은 성적으로 아내를 만족시키지 못하고, 아내는 이를 노골적으로 요구하고 불만을 토로한다. 주인공 '경구'는 명시되어 있지는 않으나 인텔리로서 감방에서 출소한 인상을 갖게 한다. 집안에 틀어 박혀만 있는 것이 미안한 생각이 들 때면 아내가 하는 일을 종종 도와주었고 바느질 솜씨도 아내보다 훨씬 좋다. "계집이 할 일을 단지 돈벌이 못하는 탓으로 대가리 커다란 사내 대장부가 하고 있는" 열등감과 무력감은 경구 자신의 무의미함을 드러낸다. 이렇게 자기 무의미성에 빠져있는 인물이기에 아내와의 성관계에 있어서도 열정적일 수 없다. 아내와 경구의 욕망의 수위는 상반되는 방향으로 나아가고, 그런 아내에 대한 의무감은 경구를 자굴감에 빠지게 한다. 그 까닭은 경구가 실질적인 생활력에 그다지 관심을 보이지 않으며, 그의 아내가 모든 생활의 불만을 종국엔 '골골한 남편'의 성적 기능에 대한 불만으로 표출하기 때문이다.

「이녕」에서의 '민우'는 "거기서 나온지도 벌써 거이 반년"이 된 전향자이다. 그런 민우에게 아내는 "남의 일 다 알안곳 할것없이 집안일"에만 신경쓰라고 하며 "살아갈 연구"에 힘쓸 것을 종용한다. 민우는 "남편들이 민우와같이 나랏밥술이나" 먹고 '보호관찰소'의 주선으로 대개 직업을 가지고 있는 전향자들의 아내들과 자신의 아내가 하는 이야기를 엿듣곤 한다. 그러면서 민우는 끝없이 아내와 이웃여자들을 세속화시킨다. 기본적으로 아내와 민우는 성격상으로도 맞지 않는다. 그는 세속화된 아내를 '약자'라고 부르고 업신여긴다. 아낙들은 "생각하면 참으로 고마운 곳"으로 감옥을 생각하며, 전향을 긍정적으로 바라본다. 따라서 비록 취직운동을 하는 중이기는 한 민우이지만 동시에 아내에 대한 부정성을 갖고 있게 된다. 아내가 에로틱하게 굴라치면 "민우는 까닭없이 이마에 핏줄이 선다." 그는 아내의 유혹을 방어하기 위해, 일부러 몸이 아프다고 하며 거부할 방법을 강구한다. 이런 민우가 원하는 것은 '따뜻한 가정'이라는 막연하고 추상적인 관념이다. 거기에서는 "달과 같이 차고 수정과 같이 맑은" 그 위에 이루어질 정렬과 인정과 풍속이 있다. 민우가 원하는 것은 결국 관능적인 성이 아닌 승화된 성이다. 따라서 이를 알 까닭이 없는 아내와 민우는 자연히 성 트러블이 생길 수밖에 없다.

전향소설에 등장하는 주인공들은 일반적으로 육체적 정신적으로 허약한 인물들이라는 점에서 공통점을 지닌다. 먼저 주인공들은 작품에서 2년에서 7년 간의 옥고를 치르고 출감한 인물들로 그려지고 있다. 전향소설에서 주인공들이 전향자임을 파악하게 되는 것은 바로 이들이 이와 같이 투옥의 경험을 가지고 있다는 점 때문인데, 이들은 이와 같은 투옥으로 인한 후유증 때문에 육체적으로 건강하지 못한 인물들로 나타나고 있다. 뿐만 아니라 정신적 후유증 역시 심각한 양상으로 제시되고 있다. 이미 앞에서 살펴본 바와 같이 전향자들은 소시민 지식인으로서의 허약성이나 유약함을 공통된 성격적 특성으로 지니고 있는데, 이와 같이 허약하거나 우유부단한 성격의 근본원인은 물론 전향이라는 외적 강제, 즉 전향 체험에 의한 후유증에서 비롯된 것이라 할 수 있다. 「속요」의 한 장면은 전향자들의 이러한 정신적 후유증을 구체적으로 보여주는 예이다.

> 그는 벌써 십년 가까이되는 옛일이지만, 학생시대에 사회운동관계로 새벽에 경관에게 수색을 당한 이래, 이렇게 갑자기 누가 소리를 치든, 또 난데없는 발자국소리나 칼자루소리가 나면, 깜짝깜짝 놀래는 버릇이 있었든 것이다. 그러니까 이렇게 욕탕속에서 누가 알은 채를 해도, 경덕이는 그것이 마치 경관인양, 그리고 자기가 십년전 옛날처럼 무슨 사상관계에 관련하고 있는 양, 심한 착각을 맛보게 되는 것인데, 이것은 그 자신이 아무리 노력하여도 좀처럼 없어지지 않는 부끄럽고도 또한 몸에 해로운 버릇이었다.(김남천, 「속요」, 『광업조선』, 1940. 1, p. 133.)

고문이나 구금에 대한 공포와 강박증은 전향 후에도 여전히 주체의 신체에 남아 그의 '몸에 해로운 버릇'처럼 반복적으로 나타난다. 뿐만 아니라 작품에 등장하는 전향자들이 술과 아편, 매음에 탐닉하는 등 도덕적으로 타락한 인물로 그려지고 있는 것은 매우 주목할 만하다. 그것은 바로 주인공들이 정신적으로 훼손된 상태임을 보여주는 것이라 할 수 있다. 이와 같은 주인공들의 정신적 허약성 또는 불건강성은 생활 세계 속에서의 모색이 좌절되어 가면서 더욱 심화되어 나타난다. 지나친 자의식 또는 현실에 대한 패배감이나 회의로부터 자기방기나 심한 우울증, 불안감, 증오감 심지어 광기증세까지 보이는 등 병적 자의식과 환멸감이 주인공의 의식을 지배하고 있다. 그래서 대개의 전향자적 인물들은 산책자의 기능을 하며 자신 이외의 속물인과 전향자들을 관찰한다. '어슬렁어슬렁 거닐기를 좋아하는' 나약한 남성 전향자들의 무기력함은 갈등과 열망의 복합적인 감정이 뒤섞여 의식의 혼란과 심리적 불안을 야기시키는 것이다.

3. 활력vitalism의 윤리학: '강한 주체'에 대한 열망

남성적인 생식력과 자연의 생명력 그리고 강자로서의 힘에 대한 지향과 더불어, 젠더 지향적인 연구의 주제가 되는 전향론은 파시즘의 논리와 일맥상통하는 구석이 있다. 그런데 파시즘은 남성우월주의적 이데올로기의 압축된 형식이라고 할 수 있다. 전향소설에서 전향자인 남성은 나약하고 여성성을 지닌 여성화된 남성의 이미지로 그려진다. 이들은 여성성이나 여성의 신체를 이용해 실패한 남성을 다룬다. 이들의 권력 관계 속에는 '매저키즘과 여성혐오증의 신비한 혼합'이 있는 것이다. 전향자이자

서술자인 남성 관찰자들은 매저키즘적인 서술을 통해 식민지적 억압을
드러낸다.

　문학 비평은 대개 두 가지 일반적인 방식 중 하나로 여성성과 남성 매
저키즘 사이의 관계를 기술한다.[10) 매저키스트적 인물에 대한 첫 번째 방
식의 독서는 고전 정신분석학 이론으로부터 왔다. 성적 자극으로서의 매
저키즘에 대한 프로이드의 논의에 따르면, 우리는 자신의 분명한 남성성
에도 불구하고 어떤 매저키스트적 남성 인물이 가부장적 문화의 이분법
적 구조를 반영하는 젠더의 구조에서 여성적인 입장을 차지한다는 결론
을 내려야만 한다. 다시 말하자면 그는 프로이드가 여성적인 매저키즘이
라 부른 것을 체현한다. 남성 매저키스트에 대한 두 번째 독서 방식은 사
회사에 대한 페미니스트 서술에 닿아 있다. 이런 노선의 독서를 할 때, 우
리는 방어적 움직임으로 남성 매저키즘을 해석한다. 매저키스트적 남성
인물은 여성의 잔인성과 남성의 허약성에 대한 가부장적 신화 내에서 여
성의 존재가 폭력적으로 억압된 것을 정당화한다. 또 다른 경우에, 남성
매저키즘은 여성 학대와 폭력에 대한 이미지를 분명히 감춘다. 따라서 매
저키즘의 묘사에서 모든 에로틱화된 고통은 여성 쪽에 위치한다. 이는 극
단적인 차이의 재현 아래 남성의 감추어진 여성 혐오를 노출시킨다. 남성
주체의 매저키스트적 욕망은 타자로서의 여성에 대한 부정성이라는 비판
적인 시각을 제공하며, 나르시즘적으로 이행해 가는 것이다. 따라서 남성
작가이자 인물들의 매저키즘적 글쓰기는 전향소설에서 남성주체를 비정
력적이고 생기없는 인물군으로 표현한다.

　전향 소설에서는 억척스런 아내와 나약한 남편 상이 두드러진다. 감방

---

10) Carol Siegel, 『Male Masochism─Modern Revisions of the story of Love─』, (Indiana UP,
　　1995), p. 23. 참조.

체험의 수용 이후, 일제의 사상통제로 말미암아 계급성의 표출이 제한 당하면서 전향작가들의 인물이 가정에 칩거하지 않을 수 없게 됨에 따라 여태껏 세계의 문제에만 관심을 쏟아왔던 이들이 경제적 현실에 직면하게 되자 무능을 드러낼 수밖에 없었다. 이와 같은 경제적 능력의 부재는 가정내의 역학관계에서의 부권의 실추를 초래한다. 전향자들은 생활 세계 속에서 무기력하고 권태롭게 생활을 영위하며, 생활적인 것에서 도태되어 있다. "감옥에서 나온지두 벌써 삼 년이 되건만 쌀 한 말"(「처를 때리고」, p. 331) 사오는 법 없으며, "옛날에는 그래도 무슨 회니 무슨 모임이니 강연이니 대회니 허고 쏘대니"(「임금」, pp. 77~78)더니, 이제는 거리의 방랑자요, 룸펜이 되어 있다. 이들의 아내들은 "남들은 콩밥술이나 먹고 나오면 오히려 정신을 버쩍 차리고 살 일에 골몰"(「숙명」, p. 727) 하는 것처럼, 자신들의 남편들도 생활 궁리에 빠지길 원한다. 「임금」의 남편은 "우리와 같은 처지에 있는 사람"이라며 매음부에게로 가는 것을 합리화하려고 든다. 여기서 매음부와의 동일시는 돈과 성적 거래를 하는 매음과 이념과 생활과의 교환을 동일시하고 있는 것이다. 그리고 아내가 가난을 한탄하고 짜증을 내기라도 할라치면 "이년아 그게 내죄냐 세상의 죄다. 나를 미워하지 말고 세상을 미워할 줄 알아라."라며 자신의 책임을 벗어버리려 한다. 이러한 무생활자이자 목표없이 무기력하게 살아가는 전향자들의 삶에 필요로 하는 것은 활력, 힘같은 것들이다.

소렐Sorel은 파시즘의 이데올로기적 뿌리가 비합리적 힘에 대한 믿음에 있음을 말한다. 그에 따르면, 삶의 모든 조건 속에서 본능을 강조하는 경향이나, 인간의 욕망, 정열, 정신적 활동을 바꿀 수 있는 즉각적인 행동에의 소망 등이야말로 파시즘 이데올로기의 한 원천이다. 강렬한 관능과 야수성, 이것을 통해 전면화 되는 것은 어떠한 합리적 설명도 불가능한, 파괴와 소모의 충동이며 허무에의 지향이다. 이 운명론적 허무주의, 비합리적 힘, 파괴를 통한 새로운 질서의 건설에 대한 강렬한 충동 역시 파시즘 미학의 주요한 특성이다. 이런 이론적 특성들과 함께 김철[11]은 병적인 남성주의에의 집착과 여성혐오증, 비합리적 충동에의 이끌림 등을 파시즘 사회가 보이는 병리적 현상들로 소개하고 있다. 「숙명」에서의 무생활자인 치술이 "뼈가 휘어지더라도 버티는 근기"를 염원하는 것이나, 「포화」에서 살아있음을 감각적으로 느껴보고 싶은 충동 같은 것은 치열한 살아 있음, 생에의 욕망들이다.

> 치술은 제몸을 돌로 칵 메따박고 싶도록 어디랄게 없이 군질군질 한 것을 느꼈다. 어째서 살려고 살려고 버티고 버티다가 뼈가 휘어지더라도 버티는 그런 근기가 없을가. 치술이 자신도 그렇게 끼지는 오죽지 않은 위인은 아니나 워낙 해바래기처럼 대를 만나야 기를 페고, 안해와 같이 언제 어느때 무슨 일에든지 줄기차게나가지 못하는 것이다.(「숙명」, 734)

> 나는 종로를 스스로 걸어 보고 싶었든 것이다. 내 발로 아스팔트를 차면서 그리고 내 옆을 지나가는 늙은이 젊은이, 게집 사나히의 체취를, 내 코로 직접 맡어 보고 싶었든 것이다. 그것은 반다시 내의 건강을 시험해 보고 싶은, 그런 욕망뿐만은 아니었다. 내가 얼만큼이나 살어있는가, 내가 살아있듯이 남들도 얼마나 아름답게 살고있는가, 그것을 감각해 보고 싶은 그러한 충동이 더 심각하였다.(「포화」, 130)

이 밖에도 많은 전향 소설 텍스트들은 모두 싸우고 싶은 충동들을 통해 강렬한 생의 욕구를 열망하는 남성들의 심리를 재현하고 있다. 이들은 "약한 성격을 가졌기 때문에 삼십년동안 세상에서 받은 체험"에 울분을

---

11) 김철, 「김동리와 파시즘―<황토기>를 중심으로」(『현역중진작가연구』, 국학자료원, 1999) p. 251~270.

토하며, "자기의 약한 성격을 찢어발기고" 싶어하며(「이녕」, p. 42~43) "찢어발기고 싶다고 할까" "죽이고 싶다고 할까"하는 "잔인한 충동"(「파도」, p. 753), "싸우고 싶은 충동"(「모색」, p. 120) 같은 광기적이고 폭력적인 충동을 욕망한다. 또, 「이녕」과 「보복」에서는 "범 잡아먹는 주지가 되어라"라는 구절이 반복해서 제시된다. 이처럼 강자, 우열한자에 대한 예찬은 우생학적 담론의 폭증을 이룬다. 1930년대 중반부터 우리 나라에서는 우생학적 담론이 폭발적으로 증가하고 있었다. 우생학적 논리의 확산과 국민 우생법의 제정은 근대적 의료화가 초래한 정상과 비정상의 경계 확정 문제를 극단적으로 강화시켰다. 특정의 유전성 질환자만이 아니라 빈민, 실업자, 불량아들조차도 우생학적 관점에 의해 악질 소질의 보유자로 낙인찍히게 되었다.[12] 우생학적이고 강자만이 살아남는 현실 속에서 강력한 힘에 대한 열망은 극단적인 방식으로 광기적인 폭력의 형태로 표출되어 재현되기도 한다. 「보복」에서 종태는 사랑하는 일곱 살 난 딸 순이를 잃어버린 뒤, 돈도 없고 경찰도 믿을 수 없는 상황에서 광기적인 폭력 행위를 자행한다. 그는 권세 있는 집의 어린아이를 유괴하여 목졸라 죽이려 한다. 이 작품에서 종태가 보이는 증오는 생의 욕구에 대립되는 것이 아니라 그것에 수반하는 것이다.

사회적 소외 그룹으로서의 전향자들의 불안, 궁지에 몰린 이들의 현실에 대한 증오, 상실 의식에서 비롯되는 불특정 다수에 대한 증오와 속죄양을 향한 맹렬한 적의로 희생양을 요구하는 파시즘의 혁명적 대안은 이러한 증오와 적대감을 여성의 역할에 부과하는 전향의 이중성 및 남성권위주의의 전략이 된다. '남성'이 되기 위한 어떤 남성의 실패는 '남성성'의 온건한 비전으로 부활하기 위한 모색의 시도였던 것이다. 전향자들은

12) 김진균·정근식, 『근대주체와 식민지 규율권력』, 문화과학사, 1997, p. 212~215.

분열적이고 이질적인 요소들뿐만 아니라 나약하고 여성적인 것들에 대한 저항으로 정력적이며 강인함을 요구한 것이다. 이런 관념이 심미화되는 방식은 「이리」를 통해 살필 수 있다. 이 작품은 액자형식을 취하며, 어느 후미진 뒷골목에서 벌어지는 인신매매 세계를 그리고 있다. 이 작품은 도시의 한 귀퉁이에서 횡행하고 있는 당시 현실 사회의 어두운 면을 통하여 인간 내면에 숨쉬고 있는 본성 문제를 파헤쳐, 인권문제와 더불어 현대인들의 심리 밑바닥에 잠들어 있는 악에 대한 강렬한 욕구를 탐구하고 있다.

> 악(惡)이든 선(善)이든 간에, 세상을 송두리째 삼켜 버릴 듯한 그러한 성격을 가진 사람을 대하고 싶다. 반드시 피로한 신경이 파격적인 자극이거나, 충격이거나, 그러한 색다른 맛을 구하여 보고 싶다는, 엽기적(獵奇的)인 호기심에서 나오는 것만은 아닐 거라고 생각하면서 나는 오랫동안 그러한 성격을 탐구하기에 내심으론 적지 않은 노력을 거듭하여 보았다. <u>악의 아름다움, 혹은 선의 아름다움—그것보다 악이라든가 선이라든가, 그러한 모랄이 개입될 여지가 없도록 우선 강렬한 걷잡을 수 없는 성격의 매력—그렇게 나는 막연히 생각해 보는 것이다. 그리고는 잠시 동안이나마, 이러한 매력에 휩쓸려서 나 자신을 송두리째 그 곳에 파묻고 의탁해 보고 싶은, 그러한 욕구</u>—(138)

‘나’는 영화 <페페 르 모코>를 보고 나오다가 친구인 신문기자 ‘박군’을 만나서 신문기사거리감이 될 만한 이야기를 듣는다. 그는 계집 장사를 하는 ‘권가’와 ‘서가’의 섬뜩한 싸움을 이야기해 준다. 박기자는 ‘나’에게 성적 대상으로서의 여자를 갖기 위해 치열하게 칼부림을 한 권가와 서가의 이야기가 소설이 될만하느냐고 묻는다. 그 말에 ‘나’는 “두 사람의 성격이 합친 것만큼 강렬한 놈, 그런 것이면 나도 흠빡 반해 보겠는데” 라고 읊조린다. 이 말을 들은 박기자는 바로 그 강렬한 성격에 대한 갈망이라는 게 현대인의 피곤한 심경이라고 단언한다.

'악에의 매력, 강렬한 성격'에 대한 지향은 삶의 미학화를 통해 열정적이고 생기 있는 삶을 지향하는 것이다. 미를 주체 구성의 중심 매개로 삼는 심미주의적 주체의 구성은 무기력과 비정력적인 삶에 생기와 활력, 소생을 복권시키려는 이데올로기가 된다. 식민지 권력은 식민지의 주민들을 통치대상으로 전락시키면서, 동시에 식민지적 질서 속에서 각 개인들을 스스로 그것을 유지, 재생산 할 수 있는 주체로 만들려고 시도하였다. 1930년대 전반기로부터 중반기로 넘어가는 시기의 각종 규율들의 추이를 분석해보면, 근대적 규율은 점차 군사적, 경제적 총동원체제의 형성에 필요한 사회적 기반의 형성과 결합되어갔다는 것을 알 수 있다.[13] 당시는 카프 시기의 사회주의 이념이 가지고 있던 절대성을 대신하여 파시즘이 또 다른 하나의 이념으로서 절대성을 대신하게 된 상황이었다. 민족주의적이고 계급주의적이었던 카프의 정신적 기반은 여전히 전향자와 비전향자들에게 끊임없이 양심의 문제로 남아 완전한 주체의 성립에 균열을 남겼을 것이다. 그러나 카프 해산 이후 명목적인 운동이 억압된 상황 아래에서 당면한 생활의 문제는 가족 안의 남성이자 가장으로서 주체를 발견하게 했다. 그러한 배치 속에서의 주체 재정립은 결국 절대성을 가졌던 카프 시기 이념의 자리를 다른 강력한 이념으로 메우지 않을 수 없게 한다. 따라서 파시즘적 미학은 남성 주체의 권위 불안과 새로운 권력에 대한 열망에 합세하며 활력·정력의 수사로 공허와 허무를 채워 넣었던 것이다.

---

13) 김진균, 앞의 책, p. 25.

4. 결론

전향소설의 중심인물은 대개가 남성 전향자이다. 그리고 그 남성 주체들은 하나같이 무력하고 심리적인 불안을 지녔다. 위기의 상황 속 남성 주체는 여성에게 권위를 빼앗길 것에 대한 두려움을 지니고 있다. 이러한 남성 주체의 권위 불안은 남성 매저키즘적인 자학의 방식으로 식민지적 충격을 다룬다. 그리고 전향소설은 '아버지'가 지배해온 전통적인 부계 사회와의 단절을 받아들이느냐, 거부하느냐의 문제와 연결되어 있다. 전향소설에서는 대개 아버지가 부재하며, 존재한다하더라도 현실과의 타협이나 전향의 지표로 등장한다. 타락한 아버지에 대한 결별 선언과 새 세계에 대한 아들의 꿈은 아버지와 아들의 권력 관계를 역학적으로 보여준다. 이러한 역학 관계 속에서 매개적인 역할을 아내나 누이같은 여성들이 맡아 권력장의 형성을 오이디푸스적으로 재현한다.

전향 작가나 비전향 작가들은 전략적으로 자기의 고발과 정당화의 방어기제를 '갈등'과 '열망'이라는 이중적 욕망의 투사를 통해 구성해 내는 양가성을 지닌 채 주체 불안과 위기감을 극복하려 한다. 따라서 이러한 위기 담론 속에 전향한 주체는 새로운 주체성으로 재정립되었다가 해체되고 무력감 속에 병적 자의식으로 침잠하기도 하는 양상들의 심리적인 딜레마 속에 빠져 있다는 명제를 끌어낼 수 있다. 이러한 주체성은 섹슈얼리티, 신체, 젠더와 권력의 상호 교차 속에 형성되는 방식을 취하고 있다.

전향소설에서는 여성 주체를 남성 전향자이자 등장인물들의 주체 형성에 중요 인자로 삼고 있다. 여기에서 여성의 신체는 그저 물질성의 재현으로 취급된다. 앞에서 살펴 본 것처럼, 전향자이자 남성인 관찰 서술자는 여성의 신체와 섹슈얼리티에 대한 '저항'과 '타락화'의 수사를 취하고 있다. 이로써 가부장적 남권주의와 제국주의적 식민지라는 이중의 권위 속에서의 주체 불안은 여성의 신체와 섹슈얼리티에 대한 폭력적 이미지로 재현됨을 알 수 있다. 이러한 남성 주체들의 권위에 대한 불안과 열망은 그들이 타자화 하는 여성 주체에 대한 지배 형식을 통해 드러났던 것이다. 그런데 이들을 드러내는 방식은 남성 주체 자신에게 가해지는 매저키스트적인 글쓰기와 위장된 순응주의적 글쓰기를 통해 이루어지고 있다. 즉 자신들을 무력하고 병적인 자의식의 실패한 남성들로 그리면서 역으로, 더 살아야 할 실존의 의의를 얻었던 것은 아닐까. 그러니 자연히 유약하고 여성화된 남성은 활력과 야수적인 파시즘 미학을 소원했던 것으로 보인다.

제2장 이효석의 전향소설에 나타난 젠더의 정치학

— 「수난」, 「장미 병들다」, 「해바라기」를 중심으로

1. 서론

역사와 성, 정치, 그리고 신체는 정치적 플롯화에 의해서 배제적이거나 대항적이자 혁명적인 글쓰기를 수행해 왔다. 프레드릭 제임슨에 의하면 서술의 행위는 '현실' 혹은 '역사'의 알레고리적 형상을 통해 역사적 문제를 '상상적'으로 해결하려는 '사회적으로 상징적인 행위'이다. 그는 외부적 현실을 문학텍스트의 내적 형식으로 끌어들임으로써 역사에 대한 이야기를 들려주는 것으로 예술을 파악하며, 서술의 행위는 의식의 행위가 아닌 무의식의 산물이라고 주장한다. 따라서 문학 텍스트는 현실(역사)의 문제를 여러 가지 무의식의 전략을 통하여 해결하려고 하는 것이다. 식민지이래 지금까지 한반도에서의 사회적 삶은 강력한 파시즘 체제의 지배 아래 놓여 있었다. 일반화되어 있듯이, 그 원형적 파시즘은 일제의 천황제 파시즘으로 소급해 볼 수 있다. 식민지 파시즘이라는 역사적 상황 속에서

강제되는 이념과 현실의 변화는 주체의 재건을 필요로 하게 되었다. '재건'은 기존의 것에 대한 것을 강제적이든 자발적이든 부정하면서 이루어져야 하는 것이기에, 확연히 구분되는 체제의 변화나 이념의 변화를 보일 수밖에 없다. 그렇다면 문학 텍스트는 이러한 부정과 재건의 변화를 어떠한 상징적 방식으로 다루어 상상적인 해결과 타협을 보았을까. 본서는 이 문제에 접근하는 한 단계로, 한국에서의 전향소설이 갖는 독특한 성격을 논의해 보고자 한다.

한국문학사에서 1930년대 후반기는 매우 특이한 성격을 띠는 시기이다. 1920년대 중반에서 30년대 초반에 이르기까지 문단의 주류를 형성하면서 강한 이데올로기 지향성을 내세웠던 프로문학이 일제의 가혹한 사상 탄압과 자체 내의 제 모순으로 인해 퇴조하게 되고 민족주의 문학 역시 객관적 정세가 악화됨에 따라 침체상태에 놓이게 됨으로써, 30년대 후반기 한국 문단은 일종의 轉形期를 맞게 된다.[1] 카프작가들이 창작방법과 세계관을 상실한 후 새로운 방향을 모색하는 과정에서 1차적으로 등장하는 것이 전향소설로, 이는 30년대 후반기 소설의 중심범주를 이룬다고 할 수 있다.

전향소설은 일반적으로 '전향한 작가의 작품 중에서 전향문제를 다룬 소설 또는 전향문제를 주요 제작동기로 한 소설'이라 규정된다.[2] 전향을 체험한 지식인의 고민과 생활을 다룬 이와 같은 소설양식은 1930년대 중반 이후부터 40년대 암흑기에 이르는 기간동안 많이 발표된다. 직접적인 전향의 대상이었던 구카프작가들에 의해 전향소설이 집중적으로 창작되었다. 이들에게 있어서 전향문제는 단순히 사상의 변화나 문학적 경향의

---

1) 김윤식, 『한국근대문예비평사연구』(일지사, 1982), p. 202 참조.
2) 김동환, 『한국소설의 내적 형식』, (태학사, 1996) p. 107.

변화만을 의미하는 것이 아니라 식민지 지식인으로서의 윤리성의 문제, 즉 양심적 삶의 문제와 직결된다는 점에서 반드시 넘어서지 않으면 안 될 정신적 과제에 해당되었다. 굳이 카프작가가 아니었더라도 사회주의 이념에 동조하면서 독자적으로 활동해온 동반자작가의 경우에도 전향문제는 바로 그러한 점에서 이 시기의 주요 관심사로 떠오르게 된다. 그러므로 카프와 직접 관련이 없는 몇몇 동반자작가들도 전향문제를 다룬 전향소설을 창작하게 된다.

본 연구는 동반자 작가들 가운데 전향 문학론에서 소홀히 다루어져 왔던 이효석을 분석 대상으로 삼는다. 이효석의 작품 가운데 전향소설에 속하는 것으로는 「수난」(1934), 「장미 병들다」(1939), 「해바라기」(1939)가 있다. 이효석의 전향소설은 김윤식에 의해 이른바 '후일담문학'으로 분류된 바 있듯이 과거 좌익사상운동을 한 바 있는 인물들의 '그 후의 삶'에 관한 이야기다. 전향 이후의 뒷이야기를 다루는 작품들은 자연히 사전적인 정보와 지식을 필요로 하는 수사적 구조를 취하는 알레고리적인 서사 구조를 구성한다. 그런데, 한국 전향소설의 가장 큰 특징은 '전향'이라는 사실 자체가 작품 내에서 극히 피상적이고 간접적인 방식을 통해 드러난다는 것이다. 서술자, 더 나아가 서술자와는 잘 분리되지 않는 작가의 무의식은 직접적인 방식보다는 이러한 간접화의 방식을 통해 드러난다고 할 것이다. 이러한 간접화의 방식은 분석을 통해 그 기저에 놓여 있는 전향자의 무의식에 담긴 '상상적 해결' 욕망의 실체를 탐구할 수 있을 것이다. 따라서 본서는 제국주의 권력 아래 수행된 전향에 작용하는 전향자의 권력과 욕망의 담론이 소설에서 비유적으로 어떻게 주체를 구성해 내고 있는지를 살핌으로써 더 나아가 일반론적으로 전향론의 주체 구성이 어떠한 메커니즘으로 작동하고 재구성되는지를 살피려 한다.

2. 전향소설의 내적 형식

2.1. 동반자 작가의 측면에서 '전향'의 의미

1930년대 한국 전향소설은 시대적 산물인 '轉向'이라는 특수한 현상에 의해 내용 규정되는 개념이기에 그 논의에 있어 '전향'에 대한 이해가 전제되어야 한다. 이러한 이해는 우선 그 기원이 되었던 일본의 전향과 식민지 한국의 전향이 어떻게 다른지에 대한 이해에서 비롯되어야 할 것이다. 역사적·체제적 특수성으로 인해 일본과 한국의 전향론은 다르게 수용될 수밖에 없었다. 전향은 우선적으로 治安維持法을 중심으로 하는 일본의 思想統制過程에서 생겨난 思想犯取扱方法이라는 측면에서 파악될 수 있다. 명치유신 이후 급속한 근대화를 추진하던 일본 정부가 근대화 수행의 최대 장애로 등장한 과격사상을 탄압하기 위해 1925년에 제정한 치안유지법은 사상범을 억압한다는 정치적 목적과 사회를 진정하고 통합에로 향하게 하는 윤리적 목적을 함께 소유하고 있다. 그러나 사상범들 중에는 정부당국자와 같은 엘리트 코스인 帝國大學生이 많았고 또한 이들은 기존권위체제의 일원이었으므로 전통적인 형사수속을 재고해야 할 필요성이 대두되었다. 전향은 이러한 필요성과 자백과 갱생을 기본으로 하는 일본 법체계의 전통이 결합되어 등장한 제도이다.[3] 이 경우의 기본 요소는 '국가 권력의 강제'라 할 수 있는데 실제 운동과정에서는 폭력행위, 심리적 고문 등으로 나타난다. 이 권력의 강제는 사상범에게 사상의

---

3) R.H.Michel, 김윤식 역, 『일제의 사상통제』(일지사, 1982)

동요를 일으키거나 사상에 대한 회의를 갖게 되는 동기를 부여함으로써 결국 사상의 포기에 이르게 한다. 이런 측면에서의 전향의 개념은 '국가권력의 강제에 의해 공산주의 사상을 포기' 하는 것으로 규정된다.

전향을 일반적인 현상으로 볼 때는 사상개조라 할 수 있는데 이 사상개조는 '외부로부터의 협박과 개인의 자발성'의 양 측면을 통해 이루어진다. 그러나 당시 일제에 의해 시도된 사상개조의 궁극적 목표가 '천황제에로의 회귀'임을 감안하면 식민지 한국의 지식인들에게서는 '자발성'의 측면을 거의 기대하기 어렵고 '외부로부터의 협박'이 주된 요인으로 남게 된다. 한국에서의 전향논의에 있어 일차적인 어려움은 바로 이점에 있으며 따라서 '자발성'이 정당하게 받아들여지는 일본에서의 전향논의와는 그 맥락이 다를 수밖에 없다.

1930년대 한국 전향소설의 특징을 살피는데 있어 다음으로 생각해봐야 할 점은 카프작가와 동반자작가의 입장에 있어 전향에 대한 수용태도일 것이다. 그러한 분별점이 없이 하나로 묶어 전향소설의 특성을 살피다보면 텍스트에 산재해 있는 그 미세한 무의식적 망들을 무시해버리기 쉽기 때문이다. 그런데 동반자작가에게 전향이란 무엇이었는가 하는 문제와 같은 동반자작가들의 전향의 실체를 파악하는 것은 그리 쉽지 않다. 카프소속작가들의 경우에는 권력의 강제라는 구체적인 전향의 동기가 있었으므로 그에 의한 사상의 포기로 전향문제가 압축되지만, 동반자작가의 경우는 전향의 동기가 그처럼 단순하지 않기 때문이다.

구카프작가의 경우 카프 1차·2차 검거사건을 통해 실제적으로 모두 전향자로 공인 받기에 이르렀기 때문에 전향문제를 객관적으로 바라볼 수 있는 여력이 없었다. 이들에게 전향은 필연적으로 군국주의 파시즘에의 귀착을 의미하는 것이었기 때문에 실제 전향자임에도 불구하고 심리적으로 자신의 전향을 인정하지 않으려는 모습을 보여 준다. 따라서 전향소설에서도 전향하느냐 전향하지 않느냐 하는 전향문제 자체에 대한 고민과 갈등은 취급되지 않고 전향한 인물이 전향이후 맞이하게 된 생활세계에서 갈등과 방황의 과정을 거쳐 어떻게 새로운 삶을 모색해 가는지 전향문제의 극복에 초점이 맞춰져 있다. 이에 반해 동반자작가의 전향소설은 전향으로 인한 고민과 갈등을 직접적으로 다루고 있지 않다는 점에서는 동일하나 전향한 과거에 대해서는 비교적 자유로운 모습을 보여 줄 뿐만 아니라 전향문제에 대해서도 보다 객관적인 자세를 보여 준다.

그렇다면 동반자 작가의 성격은 무엇인가. 한국에서 동반자작가의 성립은 그 명칭의 사용과 밀접한 관련이 있다. 동반자작가 및 동반자문학이라는 말은 일찍이 구소련에서 시작된 말로 소련의 10월 혁명 후에 생긴 말이다. 트로츠키에 의하면 동반자작가는 혁명적 예술가의 '동반자' 예술가이다. 그들의 정신적 태도는 혁명을 통해서 형성되었으며, 그들 모두 혁명을 받아들이고 혁명에 호의를 가지면서도 스스로 혁명을 지도하거나 성취한 투사도 아닌 동시에 자기의 생명을 걸고 혁명을 수호하며 최후의 승리를 위해 모든 악전고투도 마다하지 않는 굳은 신념도 없는 인물들이다.[4] 즉 혁명의 당위성을 인정하면서도, 그 혁명에 직접 가담하지 않고 일체의 사회적 정치적 구속을 거부하면서 자유로운 개성의 창조에 문학적 이념을 두었던 자유주의적인 인텔리 출신의 문학가를 지칭한다.

동반자작가라는 용어는 카프 측에서 사용하기 시작한 개념이며, 그 기준이 카프와의 연대, 즉 당파성, 실천성 같은 조직적 성격을 띠고 있었다. 김인옥은 동반자작가들의 경우 카프작가들처럼 권력에 의한 직접적인 강

---

4) 김인옥, 『한국 현대 전향소설 연구』, (국학자료원, 2002), p. 156.

제는 아니지만 간접적인 강제력이 전향의 동기를 이루는데, 그러한 직접
적인 요인 외에 카프에 대한 불만이 복합적으로 작용하여 전향의 동기가
마련됐을 것으로 생각한다. 지나친 관념성과 당파성을 강요하는 카프에
대한 불만은 문예 사조 상으로 휴머니즘, 모더니즘, 순수문학을 배태시켰
다. 문학적 특수성과 개성이 강했던 동반자 작가들의 작품 경향으로 보아
도 그들의 전향에 카프에 대한 불만이 개입되었으리라는 추측은 일견 타
당해 보인다. 카프에 대한 불만이 동반자작가들의 전향의 동기를 마련하
는데 어느 정도 기여했다라는 것은 윤리적 측면에서 중요한 의미를 갖는
다. 카프작가들의 경우 전향이란 권력의 강제에 의한 사상의 포기 또는
실천적 운동의 포기로 윤리적 비난을 모면하기 어려웠다. 왜냐하면 그 권
력의 주체가 일본 제국주의였기 때문이다. 그러나 동반자작가의 경우 간
접적 강제력 외에 카프에 대한 불만이라는 요인이 어느 정도라도 전향의
동기로 작용했다라고 하는 것은 그들의 윤리적 부담을 다소 덜어 주는 것
이 될 수 있기 때문이다. 윤리적 차원에서 다소라도 벗어난다라고 하는
것은 카프작가와는 다르게 전향의 양상이 다양한 모습으로 나타날 수 있
음을 시사한다.

2.2. 가족 로망스와 정치적 고아의식

전향에는 전화(轉化)라는 즉, 변신이라는 내재적 형식이 있다. 그것은 욕
망의 변신이자 이동이다. 개인적 욕망과 공동체적 욕망 사이의 변증법적
인 역학 관계는 주체의 욕망을 변화시킬 수도 있으며, 주체가 자유로이
욕망을 변화시킬 수 없을 때는 히스테리적인 부적응현상이 발생할 수도
있다. 물론 그 변이 가운데 있는 욕망은 주체의 욕망이자 타자의 욕망으

로, 우울증적인 형식을 취하며 주체와 합치된다. 전향소설의 경우는 주체의 욕망이 강제력에 의해 형성되는 것이기에 그렇다. 이러한 수행적 정체성을 버틀러는 젠더의 정체성을 설명하며 언급하고 있다. 그녀의 논의에서 젠더가 수행적이라는 의미는 젠더가 내적 본질의 핵심을 가진 것이 아니라 사회 문화적으로 시공간적 상황에 따라 무대 위의 공연처럼 가변적으로 구성된다는 의미이다.[5] 이 논의에서 취해올 수 있는 점은 가변성의 반복에 의해 구축되는 정체성의 개념일 것이다. 전향의 내적 논리에 있어서 역시 하나의 주체가 상주하던 위치에서 다른 곳으로 위치를 바꾼다는 것, 아니면 방향을 바꾼다는 것은 수행적인 반복에 의한 정체성의 재확립으로 볼 수 있다. 게다가 버틀러는 정체성이 이질적 타자를 불완전하게 자신의 몸에 합체하는 우울증적 방식으로 나타난다고 하였다. 젠더 정체성은 자신 안에 있는 금기시된 성욕의 일부를 금지함으로써 형성되는데, 역설적이게도 그 금지야말로 주체를 구성하기 위한 전제조건이 된다. 전향소설 역시, 금기시되는 이념에 대한 '부정성'으로서 주체를 구성하는 원리를 취하고 있다. 전향의 내적 형식을 버틀러의 젠더 정체성에서 착안해 볼 수 있다면, 한 걸음 더 나아가 전향 형식에 개입된 근대적 기획의 논리를 살필 수 있다.

김윤식[6]은 '전향소설이 과도기적 인간형에 관련'되고 있다고 보았으며, 권보드래[7]는 1930년대 후반 프로작가에 의해 창작된 여러 경향의 소설들을 세가지 유형으로 나누어 고찰하는 가운데, 그 세 가지 유형 가운데 하나인 '전향소설'은 카프시대의 이념으로서는 현실을 제어하거나 해석할

---

5) 조현순, 「주디스 버틀러의 환상적 젠더 정체성과 안젤라 카터의 『서커스의 밤』 연구」, 경희대 박사논문, 2001.
6) 김윤식, 『한국 근대문학 사상사』, 한길사, 1984.
7) 권보드래, 「1930년대 후반의 프롤레타리아 작가소설 연구」, 서울대 석사논문, 1993.

수 없다는 두려움을 느끼게 된 프로작가들이 새로운 인식틀을 모색하는 과정에서 주체 재정립의 노력을 보여준 소설들로 규정한다. '과도기적 인간형'으로서의 전향을 수행하는 주체는 기존의 이념이나 체제에 대한 공포와 두려움이 형성되기 때문에 새로운 이념이나 체제의 주체가 되려 모색하게 된다.

역사적으로 살펴보면 근대 기획은 공통적으로 '전통' 부정의 방식을 취한다. 근대는 과거와는 다른 것으로 자기를 규정하는 유일한 시대이다. 이러한 전통의 부정은 아비 부정이라는 가족 로망스로 드러난다. 근대적 주체의 정체성을 구성하는 중요한 특질 중의 하나이자 고유한 성격인 '정치적 고아의식'은 이러한 가족 로망스를 통해 아비를 부정하고 스스로를 고아 또는 서자로 규정하는 근대 가족 로망스의 산물인 것이다.[8] 근대 기획을 관통하는 가족 모델에 대한 연구는 근대를 재검토하는 작업을 통해 활발하게 진행되고 있다. 이러한 연구는 가족 관계 속에서 개인의 정체성이 어떻게 형성되는가에 대한 프로이트의 '가족 로망스' 연구 성과가 확대 재생산된 것이다. 프로이트의 가족 로망스에서 중심은 아버지를 사이에 둔 어린 아이와 어머니 사이의 애정 갈등이고, 남근적 권위의 질서에 대한 복종의 문제이다. 가족 관계 속에서 어린 아이의 정체성 형성 과정을 연구한 프로이트는 이 과정에서 작동하는 메커니즘이 예술가와 혁명가의 정체성 서사에서도 같은 방식으로 작동한다는 것을 암시하고 있다. 예술가와 혁명가가 기존의 것을 부정하면서 기존의 것과는 다른 새로운 자기 정체성과 세계상을 마련하는 과정과 어린 아이가 기존의 부모를 상상적으로 부정함으로써 자기 정체성을 찾아가는 '거짓말하기'의 과정이 동일하다는 것이다. 프로이트는 이러한 가족 로망스가 표면적으로는 현실의

---

8) 권명아, 『가족 이야기는 어떻게 만들어지는가』(책세상, 2000), p. 23.

부모를 부정하는 것처럼 보이지만 사실은 아버지를 제거하려는 것이 아니라 높이려 한다는 점을 강조하고 있다. 상징적 이데올로기의 힘을 발휘하는 권위로서의 남근에 대한 프로이트의 숭상은 아버지적인·가부장적인 중심 플롯 속에 오이디푸스 같은 아들이 어떻게 정체성을 형성해 가는가를 보여준다. 개인이 근대라는 체제 속에서 자신의 정체성을 구성하는 과정을 분석하는 데에서 가족 로맨스에 대한 프로이트의 연구는 주요한 이론적 토대가 되고 있다. 이전 시기(체제)와 결별하고 그것과는 다른 어떤 것(새로운 것)으로 자신을 규정하는 근대의 자기 구성 방식은 바로 현실의 부모를(상상적으로) 부정함으로써 자기를 구성하는 어린아이의 가족 로맨스에 작동하는 무의식과 동일하게 구조화되어 있다.

한국의 전향은 특히 '권력의 강제에 의한 전향'에서 권력의 주체가 다름 아닌 일본이었기 때문에 전향한다는 것은 지식인으로서 치명적인 양심에 반한 행동으로 규정될 수밖에 없었다. 그래서 대부분의 지식인들은 실제적으로는 전향했으면서도 내면적으로는 비전향이나 준전향적 태도를 고수하며, 중립적 가치와 양가적 태도를 취하게 된다. 탈식민주의에서 쉽게 벗어나기 어려운 것은 식민지인인 주체가 제국의 이미지적인 권력에서 스스로 벗어나지 못하는 가운데 있다. 제국주의가 또 다른 남근적 권위로서의 이데올로기와 합세하며 식민지 남성 주체의 정체성을 형성하기 때문이다. 여기에서 문제가 되는 것은 윤리적이거나 양심적인 문제들로 인한 심리적 동요라 할 수 있는데, 이러한 죄의식은 권위에 대한 불안과 교호하며 양가적인 태도를 취해간다.

한국근대 전향소설의 대부분은 전향작가에 의해 창작되었다. 이 사실은 전향소설이 작가의 전향과 매우 밀접한 관련이 있음을 시사하는 것이라고 할 수 있다. 남성 관찰자이자 전향자의 시각으로 서술되는 전향소설의 권위적 플롯팅은 여성 혐오적인 방식으로 드러난다. 다음 장에서는 이러한 현상이 어떠한 수사적 특성을 가지고 전개되어 가는가를 논의할 것이다.

3. 신체의 비유적 구성과 제국의 수사

대부분의 전향소설은 추상적인 현실을 작품에 구현할 때, 그 현실의 표상체로 '신체'나 '여성'을 다루고 있다. 젠더와 신체, 그리고 섹슈얼리티는 당대 사회의 규범과 밀접한 관계를 맺으며 주체를 구성하는 방식으로 관여한다. 인간의 본능적 욕망조차 문화적으로 구성되는 것이라면 젠더, 신체, 섹슈얼리티는 복합적으로 교직되어 주체를 형성하는 주요 동인이 된다. 푸코의 말대로, 이 가운데는 권력이 있다. 근대는 시선이 과잉 발전된 시대이다. 근대를 만들어낸 것은, 지리상의 '발견'을 포함한 여러 과학적 '발견'이었다. 전통적으로 주체의 시선은 주체를 대상과 분리시켜 주체가 대상에 대하여 권력을 가질 수 있도록 하는 능력[9]의 상징이었다. 근대의 시선은 자기와 다른 곳, 혹은 다른 것을 발견하면서 그들과 자기를 분리하고 그들에 대하여 권력을 행사하기 시작했다. 주체의 시선은 몸을 통하지 않고는 존재할 수 없는 것이다. 몸은 구체적이고 개별적이며 편파적인 유기체다. 도나 해러웨이(Donna Haraway)는 우리의 몸은 물적인 몸이면서 언어적인 몸이며, 물질성과 언어성이 합친 존재(material−semiotic entity)[10]라고 말한다. 그러한 몸을 통하여 주체의 시선에 비추어진 모든 사물은

---

9) 조주현, 『여성 정체성의 정치학』, (또 하나의 문화, 2000), p. 279.
10) 조주현, 앞의 책, p. 277.

사물 그 자체가 아니라 시선에 의해 번역된 사물이다. 텍스트에서 시선의 위치는 내포적 작가의 위치, 서술자의 위치, 그리고 인물의 위치로 나누어 살필 수 있다. 각각의 주체는 다른 층위의 시선을 보유하며 권력을 행사할 수 있다. 그 권력의 장에서 독자는 텍스트의 시점을 따라 움직이며 의미를 해독해 가는 초-시점hyper-perspective을 지닌다. 전향소설에서 한때는 전향자이었거나 지식인인 남성 서술자가 관찰자의 입장에서 변질된 전향자를 바라보며 해석의 권력을 행사한다.

　식민지 권력의 위기적이고 억압된, 불안정한 컨텍스트는 편집증자의 복화술처럼 많은 다른 목소리들이 있는 담론의 흩어짐을 만들어 낸다. 식민지적 담론은 상징적 질서를 정연하게 제공하면서도, 실제로 식민지적 권위 아래 분열하도록 만드는 일련의 파편들처럼 산발적인 다수의 수사학적 형식을 가정할 수 있게 한다. 로만 야콥슨은 친밀감에 대한 보편적인 진술의 구조로서 양항적인 작업을 말한다. 로만 야콥슨의 입장에서 모든 의사소통 행위는 발신자와 수신자라는 요소로 구성된다. 이런 구조주의적 패러다임은 인간 사회의 역동성을 문법 상의 알레고리적인 재현으로 유지한다. 거기에는 역사적인 명료성이 발견된다. 즉, 남성은 활동적 주체이지만 여성은 수동적 대상이라는 젠더지향적인 인식이 발신자와 수신자의 문법과 등가적이라는 것이다. 문법에서 보여지는 알레고리는 설득과 유혹의 이분화를 개념상의 기질로 갖고 있다. 그런데 오히려 이 이분법의 관계가 역전된다면, 그 알레고리적 구조의 의미론적 층위 역시 달라질 것이다. 가령, 남성은 나약하거나 여성화되어 있고 여성은 강한 경우, 게다가 남성은 관찰만 하고 행동의 주체는 여성인 경우가 그런 전복적인 관계의 구조화일 것이다.

3.1. 애정의 갈등과 '저항' : 「수난」

「수난」에 나타난 여성 이미지는 카프 슬로건과 이데올로기를 실현했던
계급투사형의 관념적 이상적 여성상이 나약하고 변하기 쉬운 여성상으로
변화한다. 이 소설은 과거 좌익 사상운동을 한 바 있는 여성이 그 후 연애
관계에 대한 복잡한 소문과 오해로 인해 결국 죽음에까지 이르게 된다는
이야기이다. 여성으로서의 '수난'을 견디지 못하고 희생된 여성의 삶을
화자인 '나'가 회고하는 형식으로 이루어져 있다.

> 그가 받은 수난의 한 토막을 기록하려는 것이 이 소설의 목가적이나 세
> 상에는 부당한 수난—더구나 여자인 까닭으로 이유없이 받는 당찮은 수난
> 이 많은 것 같다. 자유의 행동에 공연히 비난과 구속을 받게 되고 그러므
> 로 마음의 자유를 충분히 표현하지 못하고 빛나야 할 모처럼의 생활을 가
> 엾게 말하지 않으면 안 될 경우가 있는 듯하다. 더구나 연애의 행동에 있
> 어서의 이러한 부당한 수난의 희생은 심히 가엾은 것이다. <u>유라의 꼴이 한
> 없이 측은하다. 나는 부당한 수난에 항의하려는 것이다.</u> (243)

여기서 화자는 여성으로서 '유라'가 당한 수난, 즉 부당한 현실에 저항
하기 위해 유라의 삶을 기록하는 것임을 밝히고 있다. 남성중심 문학에서
는 여성을 처녀/마녀, 성녀/창녀 등으로 이원화시켜 남성에게 순종, 헌신
하는 여성처럼 가부장제에 기여하는 인물을 천사형으로 긍정하고 성취욕,
물욕 등 자기 욕망이 강하고 남성사회를 위협하는 여성을 마녀형으로 부
정하고 있다. 수동적—공격적, 직관적—논리적, 소유욕이 강한—헌신적인,
물질적—정신적, 냉담한—육욕적과 같은 근거없는 대립쌍들은 남성의 타
자적 존재로서 여성을 불리하게 만들었고, 여자를 초자연적이거나 유아적
으로 묘사하여 남자 이상이거나 남자 이하라는 성차별적인 모습으로 재

현해 왔다. 이러한 이분법적 구도는 「수난」에서도 암암리에 재현되고 있다. 화자인 나는 유라에게 소설 창작을 가르치며 유라에게 끌리기도 하지만 계속 일정한 거리를 유지하려드는 이중적인 태도를 취하고 있는 인물이다. 따라서 그는 적극적인 애정공세나 비판을 행하지 못하고, 늘상 객관적이려 드는 거리두기 입장을 취한다. 그 원인은 유라를 둘러싼 복잡한 애정 갈등과 그녀의 변모에서 기인한다.

　과거에 학교의 동맹 파업을 배후에서 지휘·조종한 이유로 투옥된 바 있었던 유라라는 인물은 잡지사 편집기자로 일하면서 A와 B, C 등 편집실 동료와 가깝게 지내게 된다. 편집실의 동료이자 과거 사상운동을 같이 하던 동지인 A, B, C 등은 차례로 그녀에게 일방적으로 구애를 하던 인물로 특히 A와 B는 자신들의 애정공세가 실패로 돌아가자 유라에 대한 온갖 중상과 소문을 퍼뜨리게 된다. 그러나 사건은 여기에서 끝나지 않고 B의 유라에 대한 중상에 D와 E가 가세함으로써 확대된다. 즉 B와 유라의 관계를 질시하던 D는 사상운동에서 돌아선 B의 허물을 들쳐내게 되고 이에 분노한 B는 조강지처가 있는 C와 유라의 비밀스러운 관계를 폭로하게 된다. E와 D는 각각 '합법운동의 최고간부'와 그를 따르는 동지로 유라에 대한 사상적 지도를 핑계삼아 그녀에게 관심을 보이던 중 이 사실을 알게 되고 유라에게 '모든 허물과 도덕적 비난'을 가하게 된다. 이러한 부당한 비난과 공격, 수난으로 인해 번민과 괴로움 속에 나날을 보내던 유라는 결국 병을 얻어 고향에서 죽게 되었다는 것이다. 여기서 이러한 유라의 수난 당한 삶을 회고하면서 이를 바라보는 화자의 입장은 크게 두 가지로 나타난다. 하나는 사상운동가들에 대한 비판이다. 그리고 다른 하나는 남녀관계에 무분별하고 우유부단한 그녀의 태도에 대한 비판이다.

　그러나 이 소설에서 여성의 부당한 현실에 대한 비판적 인식을 보여주면서도 이에 대한 화자의 태도는 상당히 감상적 수준에 머물러 있다. 그 것은 소설의 발단에서 묘사되는 사진의 암시성에서 찾아진다.

> 아내와 나는 각각 의자의 뒤편 양쪽에 나누어 섰고 유라만이 의자에 걸 터앉아 결국 삼각형의 아래편 정점을 이루었고 세 사람 가운데의 복판의 위치를 차지하였다. ……세 사람이 사진에 나타날 때 한복판의 위치가 불 길하다 함은 나중에 들은 말이지만 이 말과 유라의 경우와를 합하여 생각 할 때 나는 무서운 암합에 마음이 어두워짐을 깨닫는 동시에 이 사진을 박 을 때에 유라와 아내는 그러한 흉신을 알고서인지 모르고서인지 의자에 앉으라거니 뒤에 서겠다거니 하고 한참 동안이나 귀여운 실랑이를 쳤던 것을 생각하면 유라의 박명에 더 한층 마음이 아프다. 그는 세 사람에 앞 서 마치 세 사람의 악운을 휩쓸어 가지고 간 듯하다. (242)

유라의 삶을 회고하는 서술자 '나'가 묘사하는 사진 속 <아내−나−유 라>의 관계 구도가 '삼각형'을 이루고 있다고 한다. 애정의 삼각 관계는 기본적으로 어긋나는 욕망의 관계를 내포하는 것으로, 환유적인 관계의 미끄러짐만이 연속적으로 발생한다. 어긋나는 욕망들에 대한 상징적 은유 는 유라와 동지인 A, B, C ,D, E의 관계로 확산되어 나간다. 유라를 사이 에 두고 벌어지는 애정싸움은 신성스럽던 이념의 세속화 과정을 거치며 서술자의 비판을 피할 수 없는데, 그러한 양상이 유라의 신체에 대한 비 유를 통해 전개된다.

> 가) 어느 날 친히 다니는 서점에 앉아서 주인과 다니는 학교의 파업 의 주모자로 끌려간 그의 동생의 뒷일을 궁금히 여기고 있노라니 한 여 자가 뛰어들어왔다. 흥분되고 황급한 양이었다. 여름옷이 고름이 떨어졌 고 머리가 풀려서 흩어졌다. <u>눈이 새까맣고 코가 앙칼져 몹시도 인상적 이었다.</u> 그가 바로 소문의 유라였던 것이다. 서점 주인의 동생의 파업을

배후에서 지휘하고 조종하였다는 탓으로 여러 날 들어가 있었던 것이다. 주인과의 회화를 나는 옆에서 타인적 태도로 들을 뿐이었으나 <u>그의 용모에서 오는 인상이 마음 속에 몹시도 진하게 엉겼다.</u> (248)

　　나) 반드시 그가 작고하여 버린 탓도 아니겠지만 이 사진에 나타난 유라의 자태는 그 어디인지 넋을 잃은 듯한 허수한 인상을 준다. <u>무엇보다도 눈에 정기가 없다. 빌딩의 창이 열려 있듯 두 눈은 다만 기계적으로 모르게 열려있을 뿐인지 생명의 광채가 엷다.</u> 흐린 가을날 유리창으로 흘러드는 약한 광선같이도 애잔하고 하염없는 것이다. 머리카락이 부수수한 것은 평소의 그의 치장의 취미라고나할까. (242)

　서술자인 '나'가 유라와 처음 만났을 때의 모습은 인용문 (가)에서처럼 매우 선명한 '눈'의 이미지로 나타난다. 서술자가 처음 대면한 유라의 모습은 학교 파업을 배후에서 지휘·조종했던 주모자로서 매우 인상적이었다. 그래서 그 이후로 유라는 '나'의 마음 속에 강한 인상을 남기게 된다. (나)는 전향 전의 모습과는 대조적으로 그려진 전향 후의 유라의 모습이라 할 수 있다. 이제는 애정의 삼각관계 속에서 결단성 없고 나약한 유라의 모습은 생명의 광채도, 정기도 없는 '눈'으로 표현된다. 이렇게 변해버린 전향자인 유라의 모습에 일정 거리를 두며 서술자는 감독자의 시각으로 세속화된 다른 전향자들 역시 비판적인 시각으로 바라본다.

　　나는 물론 그와 나와의 접촉면만을 볼뿐이었지 <u>나와 떨어져 있을 때의 그의 생활은 나의 알 바도 아니었다.</u> 나와 만날 때에 나에게 보여 주는 두터운 우정을 받아들이면 그만이었다. ……<u>무엇보다도 또렷한 애정의 목표를 둔 나로서의 유라의 나를 대하는 태도에 선명한 것이 없었다.</u> 물론 애정의 표시가 있다고 공연히 나를 미워하고 배반하라는 것은 아니었으나, 그가 나를 대할 때의 태도는 적어도 사랑하는 이를 둔 사람의 태도는 아니었다. 사랑을 가진 사람이 사랑에 골몰할 때에는 적어도 일

정한 기한 동안은 그 외의 사람에게서 구할 것은 아무것도 없을 것이며
또 없어야 할 것이다. 나에게 대한 태도의 설명을 나는 그의 <u>마음의 안
테나가 여러 갈래인 탓</u>이라는 것보다도 그의 <u>잔약한 마음의 탓으로 돌
려보내고 싶다. 그 잔약한 마음이 실로 수난의 괴로움을 가져온 것이며
부당한 비극을 빚어낸 것이다.</u> (244)

서술자는 자신과 유라의 관념 자체가 상반됨을 강조한다. 자신과 일정
거리를 둔 유라의 삶을 뚜렷한 목표를 가진 서술자인 '나'의 신념으로는
도저히 이해할 수 없는 부분이 많다. '나'가 보기에 유라의 수난은 그녀
자신의 "마음의 안테나가 여러 갈래인 탓"이며 "잔약한 마음의 탓"에서
오는 것이다. 이러한 유라의 나약하고 무력한 마음 상태는 단지 유라 한
개인의 문제가 아니라, 그녀와의 애정 갈등 관계 속에 있는 남성들에게도
잠재해 있는 요소들이다. 유라를 중심에 두고 있는 한 사람인 D는 "운동
의 전선에서 완전히 탈락한 후 하는 일 없이 거리를 돌아다니며 기계적으
로 살아가는 사나이였다." 그리고 유라를 "잘 지도하면 쓸만하다고 생각"
해 간섭하려든 E의 행위나 잡지사 동료들의 행위에 대해서 역시 서술자
는 비판을 가하고 있다.

이처럼 전향자들의 세속화된 신념들을 평가절하 하는 '나'는 애정 삼각
관계의 한 꼭지점에 위치한 유라의 존재와는 상관없는 듯이 주장하고 있
지만, 사실은 그의 강한 부정이 유라에 대한 애정 욕망의 무의식적인 표
현임을 알 수 있다. 텍스트의 발단에서 암시적으로 제시된 사진 속 '애정
의 삼각 갈등' 구도는 유라에게로 이끌리는 서술자인 '나'의 '저항'의 수
사를 낳는다. 여기에서 저항의 대상은 단순히 유라라는 애정의 대상에게
만 해당하는 것이 아니라 좌익 사상과 지식을 가졌지만 타락한 지식인들
에 대한 저항이기도 하다.

3.2. 훼손된 여성의 몸과 '타락' : 「장미 병들다」

「장미 병들다」는 「수난」과 마찬가지로 과거 좌익사상운동을 한 바 있는 여성의 삶을 그리고 있는 작품이다. 즉 한 때 사상에의 열정과 꿈이 남달랐던 여주인공이 현실에서 여러 가지 우여곡절을 겪으면서 결국에는 창녀로 전락해 가는 과정을 그리고 있다. 이 작품의 서두는 식당의 종업원인 두 사내가 싸우는 광경을 '남죽'과 '현보'가 지켜보는 것으로 시작되고 있다. 이 싸움을 바라보는 현보의 시선은 바로 현실을 바라보는 현보의 의식을 단적으로 드러내 준다.

> 강하고 약하고 이기고 지고…이 두 길뿐. 지극히 간단하다. 강약이 부동으로 억센 장골 앞에서는 약질은 욕을 보고 그 자리에 폭삭 쓰러져 버리는 <u>그 한 장의 싸움 속에서 우연히 시대를 들여다본 듯</u>하여서 너무도 짙은 암시에 현보는 마음이 얼떨떨하였다. 흡사 약질같이 자기도 호되게 얻어맞고 피를 흘리며 쓰러져 있는 듯도 한 실감이 전신을 저리게 흘렀다.(493)

극단 '문화좌'의 사건으로 구금되었다 풀려난 현보와 남죽은 영화를 보고 나오다 목격한 싸움의 광경을 보고 싸움의 광경 속에서 자신의 모습을 유추해낸다. 현보에 의하면 현대는 강자가 이기고 약자가 지는 세상이며 그런 세상에서 자신 역시 단지 약자이기 때문에 패배를 당했다는 것이다. "그 한 장의 싸움에서 우연히 시대를 들여다본 듯"함은 약육강식의 논리나 지배와 피지배의 시대적 논리 속에 있는 한 개인을 말하고자 하는 것이다.

이 소설에도 역시 한 때는 적극적인 사상가였다가 전향이후로 변해 버린 여성이 등장한다. 남죽은 어린 나이에 일찍이 진보적 서적을 독파했을 뿐만 아니라 학교에서 사상사건을 주도하다가 실패하여 쫓겨나기까지 한, 한 때 좌익운동에 적극적으로 투신했던 인물이다. 그러나 그녀는 칠 년만에 만난 현보가 각본을 맡은 극단 '문화좌'에서 여배우로 새출발을 하게 된다. 이때 현보는 전향 전 남죽의 모습을 회상한다.

> 남죽은 어린 나이에도 철이 들어서 가게에 벌여 놓은 진보적 서적을 모조리 읽은 나머지 마지막 학년 때에는 오돌지게도 학교에 일어난 사건을 지도하다가 실패한 끝에 쫓겨나고 말았다.……그 시기의 그를 꾸준히 관찰할 수 있는 기회를 가졌던 현보는 그 남다른 환경에서 자라가는 늠출한 처녀의 자태 속에 물론 시대적 열정과 생장도 보았으나 더 많이 아름다운 감상과 애끓는 꿈을 엿보았던 것이다. 단발한 머리를 부수수 헤뜨리고 밋밋하고 건강한 육체로 고운 멜로디를 읊조릴 때에는 그의 몸 그대로가 구석구석에 아름다운 꿈을 함빡 머금은 흐뭇한 꽃이었다. 건강한, 그러나 상하기 쉬운 한 송이의 꽃이었다. 참으로 아담한 꽃을 보는 심사로 현보는 남죽을 보아 왔다. (496)

> 칠 년 후에 우연히 만나고 보니 시대의 파도에 농락되어 꿈은 조각조각 사라지고 피차에 그 꼴이었다. 하기는 그나마 무대 배우로 나타난 남죽의 자태에 옛 꿈의 한 조각이 아직도 간당간당 달려 있는 셈인지도 모르나 아담하던 꽃은 벌써 좀먹기 시작한 그 어디인지 휘즐그러진 한 송이임을 현보는 또렷이 느꼈다. (497)

'아름다운 꿈을 함빡 머금은 흐뭇한 꽃'에서 '휘즐그러진 한 송이'로의 변화, 즉 꽃의 변화로 은유화된 남죽의 신체 변화는 단순히 외양적인 변화만이 아니라 그녀의 정신적인 변화마저 알레고리화하고 있는 것이다. 이렇게 변해버린 남죽이지만 극단 '문화좌'에서 새출발하려는 희망을 갖게 된다. 그러나 남죽은 첫 번째 지방공연을 앞두고 검열에 걸려 옥살이를 하고 나오게 되면서 마지막 희망조차 무너진 채 절망하게 되고 결국 귀향을 결심하게 된다. 그녀에게 현실은 생활도 없고, '적막'하기만 하며 무기력한 삶이었기에 탈출을 꿈꾸게 되었던 것이다. 이렇게 변화한 남죽에게 현보는 이중적인 태도를 취한다. 그는 한편으로 그녀와 동일화되어 무력한 생활 속에 거리를 배회하지만, 다른 한편으로 그녀에게 비판적인 거리를 유지한다.

> 어느결에 주량조차 그렇게 늘었나 하고 현보는 놀라고 탄복하였다. 제법 술자리를 잡고 얼굴을 붉게 물들이고 뭇 사내의 시선 속에서 어울려 나가는 솜씨는 상당한 것으로 보였다. ……현보 역시 취흥을 못 이겨 굳이 그를 말리지 않고 현혹한 눈으로 도리어 그의 신기한 재주를 바라볼 뿐이었다. ……그것이 춤의 도덕인가보다고만 하고 현보는 웃는 낯으로 한참이나 바라보고 있었으나 손님들의 비난의 소리 속에서 별안간 여급이 달려와서 춤은 금물이라고 질색하고 두 사람을 가르는 바람에 현보는 문득 정신이 들면서 이 난잡한 꼴에 새삼스럽게 눈썹이 찌푸려졌다. (499)

현보는 교원인 친구에게 남죽의 여비를 부탁했으나, 그 친구 역시 형편이 좋지 못해 여비로는 턱없이 부족한 돈을 구해왔다. 위의 인용문은 현보가 그 돈으로 남죽과 춤을 추러 가서의 심리서술이다. 그 장소에서 현보는 남죽의 변화된 외모 속에 신념의 변화마저 읽어내고 놀라다가도 일순간 '현혹의 눈'으로 그녀의 신체를 바라본다. 그러다 또 그는 일순간 '비난의 소리'에 눈썹을 찌푸리는 복합적인 감정을 드러내고 있다. 이렇게 하던 그가 남죽과 성관계를 갖게 된다. 그 관계맺음 이후, 현보는 지금껏 문제가 되지 않던 남죽의 과거와 순결성에 대한 의문으로 괴로워한다. 하지만 현보는 자신이 남죽을 사랑하는 현재가 중요하다고 생각하며 번민을 수습하고 만다.

남죽에 대한 애정 때문에 현보는 그녀의 귀향 여비를 마련하기 위해 부모 몰래 집에서 돈을 가지고 나온다. 그런데 그가 여관으로 찾아갔을 때 남죽은 떠나고 없었다. 결국 현보는 남죽이 여비를 마련하기 위해 자신의 몸을 팔았을 뿐만 아니라 자신에게 성병까지 옮겨놓은 사실을 알게 되고 남죽이 칠팔 년 전의 그녀가 아니라 이미 타락해있다는 사실을 깨닫게 된다.

> 속인 것은 비단 마음뿐이 아니고 육체까지임을 알았을 때 현보는 참으로 미칠 듯도 한 심정이었던 것이다. ……굳건한 꿈의 주인공이 칠 년 후 한다하는 밤의 선수로 밀려 떨어질 줄은 생각할 수 없었던 것이다. 아담하던 꽃은 좀이 먹었을 뿐이 아니라 함빡 병들어 상하기 시작하지 않았던가. 책점 대중원 뒷방에서 겨울이면 화롯전을 끼고 앉아서 독서에 열중하다가 이론 투쟁을 한다고 아무나를 붙들고 채 삭이지도 못한 이론으로 함부로 후려대다가는 이튿날로 학교의 사건을 지도한다고는 조금 츨츨한 동무들이면 모조리 방에 끌어다가는 의론과 토의가 자자하던 칠 년 전의 남죽의 옛일을 생각할 때 현보는 금할 수 없는 감회에 잠기며 잠시는 자기 몸의 괴로움도 잊어버리고 오늘의 남죽을 원망하느니보다는 그의 자태를 측은히 여기는 마음이 끝없이 솟았다. 어린 꿈의 자라 가는 것은 여러 갈래일 것이나 그 허다한 실례 속에서 현보는 공교롭게도 남죽에게서 가장 측은하고 빗나간 한 장의 표본을 본 듯도 하여서 우울하기 짝이 없었다.(509)

현보는 남죽의 타락을 '뻿나간 한 장의 표본', 즉 꿈을 잃어버린 타락한 여성의 실례 가운데 하나로 객관화시켜 바라본다. 남죽의 전향 전·후의 상황을 '마음'과 '육체', '굳건한 꿈의 주인공'과 '한다하는 밤의 선수', '아담하던 꽃'과 '함빡 병들어 상하기' 시작한 꽃으로 대조시키는 이분법적 구도는 방향의 전환을 통한 '타락'에로의 귀결을 보여준다. 근대 이후로 여성의 신체는 윤리적 타락의 징표로 읽혀져 왔다. 이는 이데올로기의 전향을 여성의 신체 타락으로 표현해 내고 있는 것이다. 여성이라는 타자를 타락화하는 과정은 제국주의적, 남성우월주의적 주체의 순결성, 완전성에 대한 주장이자 동시에 타자화된 주체의 타락을 구제해 줄 수 있는 것은 오로지 제국주의적, 남성권위주의적 이데올로기라는 것을 강조하는 것이기도 하다.

3.3. 유목민적 남성의 몸과 '이상화' : 「해바라기」

들뢰즈와 가타리가 말하는 유목민적 주체는 고정된 주체의 모습을 벗어버리고 유동하는 주체이다. 이러한 주체의 모습은 어떤 규제와 구조를 벗어버리고 부유하는 특성을 설명할 수 있는데, 「해바라기」에서는 이런 특성이 남성 주체의 신체적 변화로 나타난다. 「해바라기」는 과거 좌익 사상 운동에 참여했던 인물이 시대적 상황에 맞게 거듭 변화되어 가는 모습을 그리고 있다. 서사 진행 상 전향자의 중요 변모 양상은 남성 인물 '운해'의 변화과정을 통해 다루어지고 있다. 운해의 친구인 서술자는 인물의 변화를 신체상의 변모를 통해 서술해간다.

제 궁리에 잠겨 있던 판에 다따가 먼 곳에서 찾아온 동무의 자태는 퍽도 신선한 인상을 주었다. 몇 해 만이건만 <u>주름살 하나 없는 팽팽한 얼굴에 여전히 시원스런 낙천가의 모습</u> 그대로였다. ……"낙관주의 아니면 지금 이 당장에 무엇이 있겠나. 방구석에 엎드려 울구불구만 있겠나."……물론 이런 표면의 사정이 반드시 그의 낙관주의의 설명은 아닌 것이요, 그것을 터놓고 이야기하는 그의 태도가 낙관적일 뿐이다. 그의 처지를 설명하는 어조에는 오히려 일종의 그 스스로를 비웃는 표정조차 있었던 것이요, 그런 그의 태도 속에 나는 낙관의 노력의 자취를 역력히 보는 듯했다. 과

거에 있어서도 문학의 세상과 인연이 없는 것은 아니어서 열정의 나머지
를 기울여 평론도 쓰고 문학도 해오던 그였다. 영화에 손을 댄 것도 결국
은 막힌 심정의 한 개 구멍을 거기서 찾자는 셈이라고 짐작하면 그만이다.
(513~514)

한 때 문학을 하고, 평론도 썼던 운해가 '막힌 심정의 한 개 구멍'을 찾
자는 셈으로 영화를 시작하게 된 것으로 서술자는 서술대상이 되는 운해
가 지식인임을 설명하고 있다. 이 소설의 서두에서 제시되는 '싸움'이란
서술자 자신의 내적인 자아분열, 자기 고발적인 행동들이라고 할 수 있는
데, 그러한 서술자의 고민과는 상반되게 서술자가 처음 대면한 운해의 모
습은 '주름살 하나 없는 팽팽한 얼굴'을 하고 등장한다. 서술자는 그것이
가능할 수 있었던 요인을 운해의 낙관주의에서 찾는다. 서술자가 운해의
모습을 '두꺼비'에 비유하여 그 변화의 모습에 당위성을 부여하고 있는
것은 이 소설 해석에 매우 중요한 부분이다.

"강태공의 곧은 낚시를 물에 드리우는 그 일밖엔 우리에게 오늘 무엇이
남았나. 금방 세상이 두 동강으로나 나는 듯 법석을 하구 비관을 할 것은
없어. 사람 있는 눈치만 나면 언제까지든지 웅크리고 엎드리는 두꺼비를
본 적이 있나? 필요한 건 다른 게 아니라 그 두꺼비의 재주라네." 듣고 보
니 늠성하고 일어서는 그의 자태가 그대로 두꺼비의 형용이었다. 오공이
같은 체격이며 몽종한 표정이 바로 두꺼비의 인상임을 나는 신기한 발견
이나 한 것처럼 바라보았다. 옷을 갈아입고 같이 집을 나섰을 때 나는 더
욱 그를 주의해 바라보며 짜장 두꺼비를 느끼기 시작했다. (514)

운해가 동무들과 함께 전주를 다녀온 것이 오 년 전이었다. 그가 막 전
주서 올라왔을 때의 인상—그것이 내가 이 몇 해 동안 그에게서 받은 인상
중에서 가장 선명한 한 폭이기는 하나, 그러나 그때의 인상이 반드시 전주
로 가기 전의 파들파들한 열정시대의 그것보다 초라한 것은 아니었으며,

오늘의 그의 인상이 또한 과히 그때에 떨어지는 것도 아니다. 생각건대 <u>이
두꺼비의 인상을 그는 열정시대부터 벌써 육체와 마음속에 준비해 가지고
오늘에 미친 것인 듯도 하다.</u> 물론 소설 다만 소질의 문제만이 아니요, 노
력의 결과……그가 그의 유의 철학을 마음 속에 세우게 되었음으로 인해
서 짜장 두꺼비의 형용을 가지게 된 것으로서 설명할 수 있을 듯하다.
(515)

자기와의 끊임없는 싸움에 시달리는 서술자인 '나'와는 대조적으로 배
치된 운해는 '강태공의 곧은 낚시를 물에 드리우는' '어부사'의 처세관을
빌려, 현실을 이야기한다. 그리고 그러한 현실 가운데서는 비관하기보다
'두꺼비의 재주'가 필요하다는 것이다. 운해가 말하는 '두꺼비의 재주'라
함은 '사람 있는 눈치만 나면 언제까지든지 웅크리고 엎드리는 두꺼비'의
생태를 비유적으로 이끌어 오면서 현실적 상황에 대한 유동적인 대응 자
세를 이야기하고 있는 것이다.

운해와 다른 동무들이 전향을 했다는 사실을 서술자는 '전주를 다녀온
것'으로 진술한다. 카프 1차 구검 직후 전주로 수감되었던 전향작가들의
현실적 상황을 간접적으로 제시하고 있는 것을 통해 독자는 운해가 전향
자임을 알 수 있게 되는 것이다. 그렇다고 모든 전향자들이 다 운해와 같
은 '두꺼비의 재주'를 갖고 있는 것은 아니다. 운해와 마찬가지로 전주시
대부터 같이 했던 '석재'는 운해처럼 '두꺼비 되긴 어려운 모양'으로 무력
한 배회자의 삶 속에 있다. 그렇다면 서술자이자 관찰자인 '나'의 입장이
중요해진다. 서술자인 '나'는 이러한 운해의 태도에 거부감을 느끼기보다
는 '농이 아니라 사실 내게는 운해의 탄력 있고 활달한 심지와 태도가 부
러운 것이었다.' 이러한 동조의 시선은 운해의 신체를 바라보는 서술자의
시선 속에 역력히 드러난다.

　　나는 운해 자신이 옷을 벗고 수영복을 갈아입었을 때 그의 장한 육체에
솔직하게 놀라지 않을 수 없었다. 목덜미가 떡메같이 굵고 배꼽은 한치 가
량이나 깊은 듯하다. 그 어느 한구석 빈 데가 없이 옷을 입었을 때의 인상
보다도 몇 갑절 충실하다. "훌륭한걸!" 내 눈 안에 꽉차는 그의 육체를 나
는 그 무슨 탐탁한 물건같이도 아름답게 보았다. (516)

　　다음 일요일 나는 운해의 세 번째의 자태에 접하게 되었다. 일주일 전
과는 퍽도 다른, 아니 그 어느 때보다도 달라서 씻은 듯이 신선한 인상으
로 나타났다. 쉴새없이 발전해 가는 유기체라고 할까.

　　서술자 '나'는 운해와의 세 번의 만남을 통해 그의 신체 상 변화에 대
해 인상적으로 묘사한다. 두꺼비의 형용을 하고 있는 그의 신체는 건장한
육체로 표현되며 서술자의 시선을 끈다. 이러한 운해의 형상은 실연을 하
고 새로이 '광산'을 찾아 떠나는 등산객의 차림에까지 마치 '쉴새없이 발
전해 가는 유기체'의 형상을 하고 있다. 피터 브룩스는 옷이나 신체적 장
식물 역시 환유적 원리에 의해 신체의 외피라고 설명하고 있다.[11] 이로
볼 때, 눈에 두드러지게 변화되는 신체적 인상은 주체와 별개의 것으로
볼 수 없다. 이는 전향자의 轉化·변신 욕망에 대해 암시한다. 이렇게 변
화되는 남성 전향자의 신체에 대비되는 여성의 신체가 등장하는데, 그것
은 운해의 약혼녀가 지닌 신체에 대한 묘사에서 찾을 수 있다. 서술자는
두 사람이 지닌 신체적 대조를 '두꺼비와 공작'으로 이미지화해서 표현하
고 있다.

　　짙은 옥색 적삼 위에서 그의 눈과 코는 아로새긴 것같이 또렷하고 선명

---

11) 피터 브룩스, 이봉지 외, 『육체와 예술』, 문학과 지성사, 2000. 참조.

하다. 상스러운 섬의 풍속 속에서 그를 보기가 외람한 듯한 그런 뛰어난
용모였다. ……걸으면서도 머릿속에 새겨진 두 사람의 인상의 대조가 너무
도 선명하게 마음을 괴롭혔다. <u>두꺼비와 공작</u>……<u>두 사람 사이의 비극—만
약 그런 것이 온다고 하면—참으로 약혼자의 너무도 뛰어난 용모에서 시
작된 것이라고밖에는 생각할 수 없다.</u> (519)

서술자는 운해의 육체가 약혼자의 '맑은 자태'에 비길바가 못되고, 이
것이 이들 사이의 비극을 낳을 것이라 예감한다. 그 예감처럼, 운해는 약
혼녀가 "교직을 버리고 성악을 공부한다는 사람의 뒤를 따라서 동경으로
건너"감으로 인해 실연을 당한다. 서술자는 약혼녀가 "운해와의 약혼을
표면으로 내세우고, 그 그늘에서 참으로 즐기는 사내와 만나고 있었던
것"으로 짐작하며, 그러한 내력은 이미 그녀의 표정과 말투 속에 암시되
어 있었다고 생각한다. 「해바라기」에서는 앞의 두 작품과 달리 중심 플롯
이 남성의 신체 변화를 따라 이루어지고 있다. 하지만 여지없이 여성의
신체가 '轉身의 테마'로 등장한다.

이 소설에서는 시대적 조류에 적절하게 대응하는 남성의 유동적인 신
체를 언급하며, 그것이 관찰자인 남성의 시선에 의해 이상화(idealization)되
고 있다. 제국주의가 요구하는 것은 강제적인 권력에 복종하며 우울증적
인 방식으로라도 체제에 편입하는 주체이다. 그리고 전향자 역시 체제 편
입을 정당화시킬 수 있는 방법이 필요하다. 이럴 때 타자를 이상화시키는
수사는 자기 정당성과 자기 방어의 기제가 될 수 있다.

4. 활력vitalism의 이데올로기

전향론이 성 정체성으로 지정될 수 있는가? 만약 그렇게 할 수 있다면, 전향론의 기반이 된 파시스트 이데올로기 아래 있는 젠더가 갖는 함의에 초점을 맞추어 얻는 것은 무엇인가? 여성화된 남성이 '힘'에 대해 욕망하는 방식은 다양한 함의를 지닐 수 있다.

앞서 살폈듯이 전향소설에 나타나는 전향자들은 생활 세계 속에서 무기력하고 권태롭게 생활을 영위하며, 생활적인 것에서 도태되어 있는 인물군들이다.

> 운동의 전선에서 완전히 탈락한 후 하는 일 없이 거리를 돌아다니며 기계적으로 살아가는 사나이.(「수난」, 247)

> 현보와 막연히 하루를 지우려 영화구경을 나선 것도 또렷한 지향없는 닥치는 대로의 길, 그 자리의 뜻이었다. 온전히 그날 그날의 떠도는 부평초요, 키 잃은 배요, 목표 없는 생활이었다.(「장미 병들다」, 494)

각각의 텍스트에서 드러나는 여성의 타락은 훼손된 정신과 신체를 관찰하는 나약하고 무기력한 남성의 시각으로 재현된다. 그의 무기력함은 전향자 동무들 모두의 무기력함이요, 그 무기력함의 원인은 '생활'의 부재인 것이다. "하는 노릇 없이 허구한 날 거리를 헤매는 수밖에 없"(「장미 병들다」)고 "일없이 지내게 된" 현보나 남죽 같은 전향자들은 "또 하루 목표 없는 지난날의 연속" 속에 무생활자로서의 공포에 시달리고 있다. 이러한 무생활자이자 목표없이 무기력하게 살아가는 전향자들의 삶에 필요로 하는 것은 활력, 힘같은 것들이다.

파시즘 이데올로기의 뿌리가 되고 있는 비합리주의적 힘에 대한 열망은 인간의 생에 대한 욕망과 결합하여 강렬한 관능과 야수성을 표출시킨다. 「수난」에서의 치열한 애정 갈등이나 「장미 병들다」에서의 식당 종업원들 간의 피흘리는 싸움, 또 「해바라기」에서의 자기 비판적인 자아의 '싸움' 같은 것은 치열한 살아 있음, 즉 생에의 욕망들이다.

> 싸움이라는 것을 허다하게 보아 왔으나 그렇게도 짧고 어처구니 없고—
> 그러면서도 싸움의 진리를 여실하게 드러낸 것은 드물었다. 받고 차고 찢고 고함치고 욕하고 발악하다가 나중에는 피차에 지쳐서 쓰러져 버리는—
> 그런 싸움이 아니라 맞고 넘어지고 항복하고— 그뿐이었다. ……한 사람은 육중한 장골이요, 한 사람은 까무잡잡한 약질이어서, 하기는 그 체질에 벌써 승패가 달렸던지도 모른다. (491)

인용문은 「장미 병들다」의 발단에서 보여지는 강자와 약자의 치열한 싸움이다. 이것은 현보가 '시대'의 일면을 발견했던 그 장면이자, '육중한 장골'과 '까무잡잡한 약질'의 이항 대립적 구조를 형성하는 전향자의 인식 기반 원리가 그대로 반영된 장면이기도 하다. 현실적인 상황은 이러한 '약육강식'의 지배 논리로 돌아가고, 그 안의 전향자는 하나의 항에서 경계선을 넘어 다른 항으로 가야 하는 당위를 지니고 있다. 경계선에서의 심리적 불안은 현실적으로 무기력함을 낳을 뿐만 아니라, 실제 생활에서도 이들이 적응할 현실적 여건은 주어져 있지 않다. 이러한 가운데 그들이 꿈꿀 수 있는 것은 「장미 병들다」에서 남죽의 귀향이나 「해바라기」에서 '두꺼비의 재주' 같은 것들이다.

> 한 마디 유라에게 말하고 싶었던 것은 생전의 그의 태도였다. 어차피 인간생활에 엄격한 꼭 한 가지의 비판이라는 것은 없는 이상 소문을 무시

하고 여론을 멸시하여 실속있는 생활을 적극적으로 살림이 더 뜻 있지 않았을까. 어줍지 않은 여론의 총아가 되고 착한 시민이 되기보다는 차라리 생활의 악마가 되었더면 유라의 살림은 한층 빛났을 것이다. (「수난」, 250)

　　도회에 지친 남죽에게는 지금 무엇보다도 염소의 젖이 그리웠다. 염소의 젖을 벌떡벌떡 마시고 기운차게 소생됨이 한 가지의 원이었다. (「장미 병들다」, 497)

「수난」에서 서술자 '나'가 유라에게 바랬던 것은 "실속있는 생활을 적극적으로" 살려 나가는 생활이었으며, 「장미 병들다」에서 남죽이 귀향하려 했던 고향은 "염소의 젖"을 통해 '소생' 될 수 있는 공간이다. 이들에게 '소생'을 가능케 하는 것은 '생활'이자 '자연화'이다. 이 지점에서 이효석의 탐미행위 속에 강렬히 도사리고 있는 이국취향을 간과할 수 없다. 남죽이 묘사하고 있는 고향은 '국제 열차'가 지나가고 염소가 한가로이 뛰어 노는 곳이다. 이는 한국에 있는 고향의 모습이라기보다는 이국의 어느 공간에 대한 이미지를 재현하고 있는 것이다. 기존의 논의에서도 여러 차례 언급된 것처럼, 이효석의 심미주의는 이국 취향과 긴밀하게 연결되어 있다.

이효석은 「文學振幅擁護의 辯」에서 '문학의 심미역(審美役)이야말로 환멸에서 인간을 구제해 내는 높은 방법'이라고 하였다. 이를 통해 볼 때 그의 문학 세계에서 삶의 미학화는 정치와 결합되어 이해할 수 있다. '삶의 미학화'를 의미하는 광의의 심미주의는 그 표면적인 주장과는 달리 파시즘의 전체주의적 통합체제와 미가 갖는 관련성 속에서 다루어져야 하며, 전체주의의 '정치적 미학화'와 개인 주체의 '삶의 미학화'가 지닌 이데올로기적 속성과 양자 사이의 연관성 속에서 비판적으로 분석되어야 하는 것이다.[12] 특히 우리 근대 문학사에서 이러한 심미적 태도가 강력한 정치적 의미를 갖게 되는 시점은 30년대 후반으로 보인다.

이효석은 생활에서 미를 찾는 일, 즉 삶의 예술화를 창작 속에서만 구현하는 것이 아니라 실제 생활 속에서도 실천함으로서 탐미적인 습성들을 보여주던 인물이다. 특정한 미적 기준들이 예술의 범주에 그치는 것이 아니라 삶과 세계의 범주로 확장되는 이러한 광의의 심미적 태도는 댄디즘의 가장 핵심적인 요소이기도 하다. 보들레르가 주장하는 댄디즘은 집단성을 부정하면서 미와 개인성을 자기 존재의 기반으로 삼는다. 미를 주체 구성의 중심 매개로 삼는 심미주의적 주체의 구성은 무기력과 비정력적인 삶에 생기와 활력, 소생을 복권시키려는 이데올로기가 된다. 그런데 이들을 드러내는 방식은 남성 주체 자신에게 가해지는 매저키스트적인 글쓰기와 위장된 순응주의적 글쓰기를 통해 이루어진다.

5. 결론: 결국은 오이디푸스

롤랑 바르트는 『텍스트의 즐거움』에서 모든 서사체가 오이디푸스로 귀결하는 것이라 말한다. 모든 이야기는 부재하는 아버지를 상연하는 것이라는 바르트의 말은 근대 서사의 서사성을 규명하는 데 가장 중요하고 영향력 있는 설명으로 공유되어 왔다. 오이디푸스 서사에서 여성의 신체는 그저 물질성의 재현으로 취급된다. 앞에서 살펴 본 것처럼, 전향자이자 남성인 관찰 서술자는 여성의 신체에 대한 '저항'과 '타락'의 수사를, 유동적인 남성의 신체에 대한 '이상화'의 수사를 발휘해 가며, 분열적이고 양

---

12) 김철, 『현역중진작가연구Ⅳ』, (한국문학연구회, 국학자료원, 1999.) 참조.

가적인 이중적 태도를 취하고 있다. 이로써 가부장적 남권주의와 제국주의적 식민지라는 이중의 권위 속에서의 주체 불안은 여성의 신체에 대한 폭력적 이미지로 재현됨을 알 수 있다. 결국은 오이디푸스 서사에서 하나의 완전한 정체성을 재정립해 나가기 위한 오이디푸스의 열망과 불안이 1930년대 후반기 이후 등장한 전향자의 불안과 열망에 닿아 있었던 것이다. 이러한 남성 주체들의 권위에 대한 불안과 열망은 그들이 타자화 하는 여성 주체에 대한 지배 형식을 통해 드러났던 것이다.

이효석 비평은 초기에 좌익이념의 동반자 작가로 활동하다가 그 이데올로기를 탈피하여 성과 자연의 세계로 침잠하고 말았다는 사실과 그의 작품 속에 흐르는 강력한 탐미적 색채 및 이국정취 추구에 주목해 왔다. 이효석의 전 작품 속에 서양의 세기말적 데카당스의 정조가 흐르는 것은 결국 작가 자신의 식민지인, 그리고 전향자로서의 남근적인 권위 불안에서 기원하는 것으로 해석할 수 있다.

1930년대 후반에 삶의 영역으로 투영된 미 그리고 미로 상승되는 삶이라는 정신주의적 지향은 정치적 담론과 근대에 대한 거대한 허구적 서사가 되어 주체의 정체성을 구성했다. 이 과정에서 미학과 정치학은 다시 한 번 상호 순환관계를 형성하게 되는 것이다. '삶의 미학화'이자 보들레르가 말하는 '정치의 심미화'는 수행적으로 형성되는 젠더에 가해지는 예술이자 정치학이 되는 것이다.

제3부

파시즘과 레토릭

제1장 신체의 수사학과 남성성의 심미화
- 정비석의 일제 말기 소설을 중심으로

1. 서론: 신체의 부분, 부분의 권력

본서의 연구 목적은 신체의 수사를 통해 재현되는 남성성의 지배 양식을 살핌으로써, 그 가운데 구성되는 섹슈얼리티의 정치적 무의식을 밝히는 데 있다. 사생활의 가장 내밀한 영역인 성생활에까지 깊숙이 침투하려는 전체주의와 집단성을 강조하는 파시즘 이데올로기 아래에서는 통제하기 어려운 비합리적 열정과 감정, 욕망의 통로나 매체가 되는 몸을 위협적인 것으로 받아들여 왔다. 따라서 이렇게 위험한 몸과 성을 규제된 신체와 성으로 변화시키는 양상을 살피는 것은 당시의 문화현상뿐만 아니라 이데올로기의 작용을 살피는 작업도 될 수 있다.

최근의 많은 텍스트에서 몸[1]은 메시지, 텍스트 등이 각인되는 글쓰기

---

[1] 일반적으로 '몸'은 규율화되기 이전의 원자료로서의 육체를 가리킨다. 이것이 사회, 문화적 맥락에서 의미화, 규율화될 때는 '신체'로 명명되기 시작한다.

표면으로 형상화되었다. "텍스트에는 이미지, 자국, 기호, 또는 비유로서의 몸이 인물의 지각 속에 반복적으로 나타난다. 욕망과 연계되어 있는 몸은 기의의 한 자리로 뿐만 아니라 기표 자체, 서사 플롯과 의미의 주요 대행자가 된다."[2] 이처럼 욕망하는 것 자체와 성을 담론화 하는 방식 안에도 권력이 작동하고 있다. 푸코에게 욕망이란 권력과 지식에 의해서 유발되는 것이다. "근대사회는 흔히 성적으로 억압적인 특성을 띤 것처럼 보이지만, 실제로 섹슈얼리티는 당대 담론들에 의해서 끊임없이 생산되고 검토"[3]되어 왔기 때문이다. 그로인해, 오랜 역사적 전통에서 인간 신체는 다양한 방식으로 젠더의 정치학을 각인하거나 표시하는 자리로서 기능해 왔다. 여성과 남성의 생물학적 차이는 사회적으로 부여된 성 정체성의 재구성을 통해 정치적으로 활용되어 왔다. 그 때문에 가부장제 이데올로기와 젠더 정치학의 조합은 남성성을 강조하는 파시즘 이데올로기의 한 양식이라 할 수 있다. 즉, 파시즘 이데올로기와 젠더, 섹슈얼리티는 긴밀한 관련을 지니고 있는 것이다.

이러한 관계는 파시즘체제가 보다 강화된 일제 말기의 텍스트에 직접적으로 드러난다. 특히, 순수문학을 표방하던 구세대 작가들과 달리 에로티시즘을 소설의 창작방법으로 삼으며 신세대 작가로 등장했던 정비석은 "현실 앞에 엄숙하자"[4]고 주장하며 친일행위에 동조하는 문학을 창작하여, 파시즘과 섹슈얼리티의 관련성을 보여준다. 따라서 본서는 일제 말기 정비석의 소설들을 대상으로 하여, 신체의 부분에 대한 재현의 강조 의미를 파악해보고자 한다. 대상 텍스트는 『금단의 유역』(1939), 「삼대」(1940),

---

2) 피터 브룩스/이봉지 · 한애경 역, 『육체와 예술』, (문학과 지성사, 2000), pp. 22~25.
3) 미셀 푸코, 이규현 역, 『성의 역사-앎의 의지-』, (나남출판, 1990), p. 3.
4) 정비석, 「현실 앞에 엄숙하자」, (<인문평론>, 1940. 3), p. 43.

『청춘의 윤리』(1942)로 삼는다. 본서는 이들 대상 텍스트를 통해 신체의 부분으로 등장하는 '눈'의 시각성과 남성성의 재현 양상을 밝히며 대상화된 여성들에게 남성의 시선이 받아들여지는 방식을 살필 것이다. 이때 파시즘 이데올로기가 형식으로 사용하는 섹슈얼리티가 갖는 함의를 규명해낼 수 있으리라 판단된다.

따라서 본서에서는 부분으로서의 신체에 집중해 본다. 부분 속의 신체는 항상 파편화된 신체를 의미하는 것은 아니다. 파편화의 사회적이고 심리적인 조건은 신체 분할하기의 실천 속에서 코드화 된다. 집합적으로 구성된 가운데 부분들로 존재하는 신체는 개별화된 기관의 다양성에 의해 구성된다. 신체의 개별적 부분들에 대해서, 그리고 그 위에 각인되어 있는 문화적 의미들은 매우 다르게 다루어질 수 있을 것이다. "부분은 하나의 주체이다. 왜냐하면, 역사적이고 과학적인 텍스트에서 신체의 부분은 시각적이며 텍스트적 공간의 범위에서 정교화 되고 점차적으로 유표화 되곤 하기 때문이다. 그리고 그것은 행위항으로서 기능하며, 주체성의 기여에 의해 상상할 수 있는 의미의 단위로서 주체가 될 수 있기 때문이다."[5] 신체 부분의 존재론적 상태는 성적 충동의 대상, 문화와 상징화의 매개, 감각적 경험의 도구로써 주체와 객체의 가운데 존재하는 것으로 반복해 드러난다.

엘리자베스 그로츠에 따르면, "어떤 부위는 몸의 다른 부위보다 확실히 훨씬 더 많은 리비도 투자가 있다. 리비도가 어느 부위에 투자되고 그들 부위를 생동하게 만드는 투자의 형태가 무엇인지는 주체의 정신적이고 인간상호간의 관계와 사회-역사적 관계에 달려있다."[6] 이처럼 신체적

---

5) David Hillman & Carla Mazzio, The Body in parts—*Fantasies of Corporeality in early modern Europe*—, Routledge, 1997, p. xii.

부분들은 개별화된 기능과 위치를 가지고 있으며, 전체로서의 신체에 차별화된 관계를 가지고 있기 때문에, 신체의 부분들은 의미가 투자되고 분명히 집중된 자리들이 될 수 있다. 신체의 일부분인 '눈'이 가지고 있는 함의는 본서의 연구 주제에 중요하다. "시각의 기능은 전반적으로 다른 감각들에게 위계질서를 부여하고 여타 감각들을 통합하며 길들이는 기능을 하는 것으로 간주된다. 시각은 일정한 거리를 갖고서 기능한다. 말하자면 시각은 보는 자와 보이는 것, 물리적인 것과 심리적인 것 사이에 공간이나 장을 설정한다."7) 이처럼 시각은 철저히 관계 지향적이다. 그것은 대상화되는 타자에 관한 지식애와 권력, 욕망의 생산을 통해 리비도의 투자와 흐름을 보여 줄 수 있는 신체의 일부분이 되기 때문이다. 이를 토대로 본서의 논의 전개는 시각의 정치학을 형성하는 매개물인 '눈'이라는 신체의 일부분이 소설 텍스트 상에서 어떠한 비유를 통해 의미 작용을 하게 되는 가를 살피는 방향으로 진행해 나아갈 것이다.

2. 시각의 정치학과 남성성의 심미화 양상

2.1. 성적 에너지의 전달통로와 고결함의 수사: 『금단의 유역』

정비석의 『금단의 유역』(<조광> 제5권 7호~12호, 1939.)은 인물의 세계 지각이 '눈'을 통해 이루어지고 있으며, 성적 욕망의 권력관계가 형성되는 소통구조에도 '눈'이 중요한 매개가 되고 있다. 보는 것과 보여지는

---

6) 엘리자베스 그로츠/임옥희, 『뫼비우스 띠로서 몸』, (여이연, 2001), p. 183.
7) 엘리자베스 그로츠, 앞의 책, p. 210.

것, 관찰하는 것과 관찰당하는 것은 시선을 매개로 하여 주체와 타자의 관계지움을 드러내는 방식이다. 이 텍스트에서 누군가의 '눈'이 누군가를 바라보고 있거나 바라봐지는데는 인물 신체의 한 부분인 '눈'에 리비도를 집중 투자하는 것으로 재현된다.

이 작품의 사건 발단은 양화계의 선구자이자 고전파(古典派)의 거장인 노 화백이 칠십의 고령으로 십 년만에 그림을 그리기 시작하는데서 비롯된다. 그가 그린 「懷古의 女子」란 제목의 나체화는 자신이 열렬히 사랑했던 아내의 모습을 그린 것이다. 그런데 우연히 노화백은 그림 속의 인상이 죽은 아내가 아닌 모델 '순경'이라는 것을 발견한다. 순경은 "눈동자가 유별히 어름같이 찬 인상"을 주는 여자이다.

> 모델대 우에서 자기 눈을 화살처럼 쏘고있던 순경의 시선을 그는 아직도 그대로 느끼고 있었던 것이다. 감정을 말끔이 뽑아버리고 혼백만 남은 그눈! 도무지 침범할 수가 없는 그눈이었다. 노화백은 칠십평생을 남의 눈을 보아오는 일로 보내였건만 아직껏 그렇게 차고 매운 눈을 본 기억은 없었다. 『아름다움―』 그러나 순경의 눈은 현대적인 아름다움이 아니라, 고전적인 아름다움이었다. 서양적인 아름다움이 아니라 동양적인 그것이었다. 『그렇다! 동양적인…고전적인…』…현실은 언제나 추악하다. 회화의 목적은 그 추악한 현실에서 아름다움을 창조해 내는데 있는 것이다. 그러나 노화백은 순경의 눈을 보자 아무리 추철한 회화라도 순경의 아름다움을 따를 수 없으리라고 느끼었다. 그러므로 그는 순경의 눈을 한번 회화에 그대로 옮겨 놓고 싶은 욕망이 무럭무럭 솟아올랐다. (p. 161)

위의 인용에서 확인되듯, 순경은 고전파의 그림 모델로 적격한 외양을 갖춘 존재이다. 즉, 합리와 절제, 조화와 균형을 정신사적으로 중요시하여 왔던 고전파의 예술적 정신을 순경의 몸이 구현하고 있는 것이다. 더 나아가, 순경의 외적 묘사에서 주의 깊게 봐야 할 점은 '차다'라는 촉각적 이미지이다. 일제 말기에 등장하는 여성 인물들의 최고미는 '냉한 것'으로 표현되곤 한다. 순결함과 고결함을 함축하고 있는 '차다'라는 서술어는 순경의 인격을 드러내고 있기까지 한 것이다. 이 '고결함'은 동/서의 이분법을 통해 구성된다. '서양적인' 것과 '동양적인' 것의 대별 방식을 취하며 순경의 눈이 가진 미를 '동양적인' 것으로 규정하는 가운데는 '대동아공영권주의'를 표방했던 일본제국주의의 관념을 반영하고 있는 것이다. 일제 말기는 신체제에 직면해서 '동양담론'과 '고전', '자연'으로의 회귀 같은 전통담론이 팽배하며 동양을 세계의 지표로 바라보는 시각을 가졌다. 순경의 눈이 가진 미는 바로 이런 이데올로기와 통하고 있는 것이다.

순경의 눈은 무성적(無性的)인 성격을 띤다. "그 시선 그것은 너무나 초인간적인 인종(忍從)"을 상징하며, "고락과 핍박에 시달니면서도 죽엄으로써 절개"를 지키는 "순교자"를 연상하게 하는 성화된 신체의 일부분이다. 이러한 순경의 차가운 몸이 젊은 화가인 승조에게는 "힘의 상징"이며 "관능적 아름다움"이 아니라 "생명의 아름다움"으로 보여진다. 이러한 재현은 무성적인 육체의 아름다움을 민족주의의 고결함과 연결하며 일제 말기 미의 전형을 창조하는 것이다. 이 작품에서 여성인물은 "청초한 순경"과 "인공으로 만든 조화(造花)처럼 힘의 표현이 연약한" 영옥으로 대비된다. 인간 신체의 미적 기준을 어디에 두는 가의 문제는 인공성과 순수성을 중요한 미적 기준으로 삼게 되며, 여기에는 고결함의 개입 여부가 반영되어 있을 수 있다. 순경-승조-영옥의 삼각관계에서 순경과 영옥이란 두 여성의 대비되는 방식은 자연성과 인공성, 그리고 힘의 유무에 의해 이루어진다.

자연적이고 청초하며 동양적인 미와 힘을 상징하는 순경은 삼년 전에 남편을 잃고, 문득 들리는 종소리에 천주당으로 달려가 입교를 한 후 신앙에 몸을 바친 "아주 기특한 여자"로 평가된다. 훼손된 여자와 순결한 여자를 받아들이는 방식에서 남성 이데올로기의 차별화 방식을 발견할 수 있다. '훼손'은 착취당함과 타락의 징표이다. 그에 비해 순결한 여성은 남성의 질서를 헤칠 위험성이 없다. 따라서 그런 여자에 대한 윤리적 평가는 긍정적인 것으로 가치평가 된다. "어름처럼 찬 순경. 감정을 초월한, 성모같이 거룩한 순경. 그러면서도 종소리에 감격되어 비를 무릅쓰고 성당으로 달리어 갔다는 감격의 천사 순경. 순경은 확실히 고전파 화가에게는 마침의 모델이었다. 그를 모델로 한다면 선생은 말할 것도 없고, 승조 자신도 한거름 새로운 경지로 진전할 자신이 있었다"(p. 165) 라는 승조의 의식에서도 확인되는 바처럼, 순경의 고결함을 지켜내는 일은 남성들에게 오히려 더 발전적인 단계로 나아가는 계기가 되는 것이다. 노화백 역시 "샘처럼 맑고 정끼있는 순경의 눈"을 보자 갑자기 "새로운 창조의 정열"이 솟아오른다. 여성의 정조는 위기의 남성에게 강박적인 불안과 갈등의 원인이다. 여성의 정조에 대한 담론은 남성의 정체성을 구축할 뿐 아니라, 여성의 속박을 생산하고 지속시키는 것을 가능하게도 한다. 따라서 '아주 기특한 여자'라는 정체성의 구성은 승조와 노화백이라는 남성들의 언표로 이루어진다. 그런데, 더 나아가 이런 순경의 아름다움은 같은 동성인 영옥에게서도 언표화된다. 비록 애정의 라이벌이라 할지라도 "내가 사내라두 반하고야 말" 순경을 인정하며 영옥 자신을 "즘생의 낯짝"으로 비하해 나가는 방식에는 남성화된 시선이 작용하고 있다.

이렇게 남성화된 시선은 권력을 갖는다. 그래서 노화백의 시선은 "총부리를 견주듯이" 공격적인 것으로 순경에게 받아들여진다. "눈은 사람의 혼이요 넋"인 관계로 순경을 압도하는 노화백의 강렬한 시선은 "고민과 오노에 타오르는" 눈이자 "새것을 창조하는 화가의 고심"을 드러내는 창조적인 정열의 눈으로 비친다. 시선을 통한 서로 간의 교류는 육체적인 소모의 피로감을 두 사람 모두에게 가져다준다. 응시의 대상과 시선의 생산자로서 '눈'의 이중적인 역할은 권력의 전이 관계를 이해하는 데 매우 중요하다. 이 작품에서는 침투적인 남성성으로서의 눈과 수동적이며 수용적인 여성성으로서 눈이 배치되어 있는 것이다. 노화백의 공격적이며 야수적인 성적 에너지가 투사되는 눈의 권력은 남성적인 응시와 눈이 연관되도록 재현되고 있는 것이다.

시선만으로도 상대방을 제압할 수 있다는 환상은 제국주의자의 기하학성과 관계한다. 노화백은 "모든 물체의 형체와 자세를 한오리 한오리 눈익혀 관찰" 하고, "전체와 부분과의 유기적인 관련, 부분과 전체와의 공간적인 균형 이런 것을 치밀히 구상"(p. 176)한다. "측정하고 둘러싸고 묘사하는 것, 그것은 영토 지배의 도구이며 시선이라는 특별한 도구의 기능이다."[8] 제작자이자 창조자로서의 예술가의 시선은 권력가의 시선이다. 따라서 모델의 형체와 자세를 확고히 포착하여 그것을 입체적으로 살려내는 기술은 남성 인물인 두 화가에게만 부여된 기능이다. 그들이 창조자로서의 정열과 열정에 불타는 제작 시간 동안은 일반 세속인의 범주에서 초월해 있는 특권이 부여되어 있기도 하다. 그래서 "노화백과 승조는 제작 중에는 자기를 잊어버리고 그림 속 분위기에 잠겨" 있을 수 있다. 이처럼 기하학의 중요성은 위에서 검토한 시선의 중요성과 병행한다. 모든 시선에는 지각영역 안에서 구체적으로 인식 가능한 타자가 존재하며, 대상을 거리화하며 그 '거리'를 지배하게 한다. 따라서 고결함과 시각은 순경이 그림의 대상이 되는 순간부터 남성이 여성에게 발휘하는 지배력의 상징이 된다. 그래서 노화백이 기하학의 제도자적

---

8) 자크 레에나르트/허경은 역, 『소설의 정치적 읽기』, (한길사, 1995), p. 70.

입장에서 창조적 정열로 자신의 에너지를 소진할 때는 에로틱한 관능이 출현하지 않는다.

창조적 정열에로의 소진에 의해 노화백은 눈에 띄게 건강에 축이 나기 시작한다. 이처럼 순경을 모델로 그려 가는 동안 노화백의 건강과 몸이 더욱 쇠진해 간다는 것은 중요한 의미를 갖는다. 창조적 정열로 불타는 제작 기간 외의 시간에 노화백은 순경의 육체를 탐하려는 충동에 사로잡힌다. 그는 꿈을 통해 무의식적으로 순경을 안거나 욕구를 이기지 못해 순경을 그린 그림에 달려들거나 하는 자신의 심리에 대해 윤리적으로 갈등하고 있다. 그가 순경을 그리는 그림의 제목으로 삼은 ‘금단’은 윤리적 규제가 분명히 지정되어 있는 표제이다. 그에 비하여 ‘동경’이라는 승조의 표제는 노화백과는 정반대의 것이다. 이 작품에서 노화백과 승조의 관점 차이는 ‘성격’의 차이가 아니라 ‘나이’의 차이로 재현되고 있다. 노쇠한 노화백의 성적 열정은 스스로 억압된다. 그리하여 “늙은 자기의 마음에 손톱만치라도 그런 객쩍은 생각이 이러날 것을 스스로 경계하는 의미에서도 금단이라 붙이기로 하였”(p. 190)던 것이다. 노화백에게 있어 나이의 문제는 도덕성과도 연결되어 있는 것이다. 노화백이 한때 도취되었던 그 열정의 세계는 젊은 시절의 얘기로 이미 과거형이다. “찰란하든 기억의 한토막”과 현재의 노화백과의 거리는 그가 취하고 싶어하는 순경과의 거리를 말하기도 한다. 그는 순경을 윤리적으로나 남성으로서나 소유할 수 없다. 그것은 차가운 이미지의 순경을 취하기에 그는 추위를 감당할 수 없는 노쇠한 몸인 것이다. 그의 사족은 추위에 오그라들기만 할 뿐, 순경을 탐하려하는 성적 환상에서 역시 알 수 없는 추위를 견디어 내지 못한다. 이러한 자신의 정체를 파악할 때 추위는 “뼈에 사무치게 엄습하여 오는 것이다.”(p. 132) 노인의 몸은 이제 더 이상 생산성이 없다. 그래서 그의 성은 윤리적으로나 사회적으로도 부정되어야 할 대상일 뿐이다. 파시즘 이데올로기에서 성을 다루는 방식 가운데는 생산성이 없는 노인의 성을 부정적으로 그려내기도 한다. 남성성과 생산성의 관계를 윤리적인 차원의 문제로까지 받아들이고 있는 것이다.

노화백이 '이지'와 순경에 대한 '연모의 정열' 사이에서 피투성이가 될 정도로 심하게 갈등하는 동안 순경은 노화백의 시선에 압도당한다. 순경이 노화백의 시선을 창조적 정열에서 연모의 정열로 이해하게 되는 순간은 그녀가 일종의 정절 시련에 빠지게 되는 순간이다. 순경의 정절을 시험하며 그녀의 무의식을 유혹하는 노화백의 시선은 승조에 의해 깨어진다. 이때 승조는 분명 노화백과 대척되는 지점에서 순경의 '흉악한 꿈'을 깨워 고결한 '눈'을 보호하는 인물이다. 여성의 성이 사회적으로 어떻게 구속되고 억압되어 노출되는지 정절 시련 같은 표현 방식으로 살펴 볼 수 있다. 순경은 이러한 일시적 유혹의 상황을 자신의 탓으로 돌린다. 그것은 승조나 노화백 같이 예술에 생명을 바치는 순교자적 인물들의 심리를 자신이 어지럽혔다는 것이다. 그리고 이것을 '이브의 죄'라 자기 스스로 말하며, 순경은 수녀가 되는 것으로 결론이 마무리된다. 여기에서 여성 인물에게 부여된 고결함은 남성 인물들의 창조적 예술가의 고결함을 위한 것으로 읽힌다. 그리고 긍정적으로 평가된 여성성의 의미란 남성성을 지켜주는 여성성이어야 함을 알 수 있다.

일제 말기 전시동원체제 아래에서 남성이나 여성의 섹슈얼리티는 통제되어야 할 대상이 된다. 파시스트들의 섹슈얼리티 통제 방식의 일차적 방법은 성적 에너지를 승화시키는 방안을 탐구하는 것이었던 것이다. 이 작품의 경우, 승화의 과정은 '고결함'을 통해 이루어지고 있다.

2.2. '군중심리'의 전달통로와 '정복'의 수사: 「삼대」

정비석의 「삼대」는 1940년대 <인문평론>誌에 실린 단편인데, 파시즘 이데올로기 선전에 있어 대중매체의 영향력이 지배적임을 잘 보여주고 있다. 주인공 형세가 애인 미례와 영화관에 들어가 보게 된 '뉴-쓰영화'의 이미지는 이 작품 전체적으로 형세의 상념을 장악하고 있다. 전쟁의 상황과 병사들의 치열한 싸움을 보여주는 영화 장면은 형세의 일상생활에서 연상적으로 재등장하며 그의 인식에 영향을 미친다. 이 작품에서 '스크린'은 가공적인 '의사(擬似-눈'으로서, 일방향적인 관념의 전달만을 보이는 시각물이자 '제국의 눈'으로 비유된다. 대중조작을 목적으로 파시즘 권력자들은 정책 수행을 위해 사회 심리적 동기를 유발시킬 수 있는 매체를 사용해왔다. 총동원을 목표로 사용된 라디오와 영화 같은 대중매체는 정치를 심미화시키는 전략의 중요한 수단이 된 것이다. 발터 벤야민이 시사한 것처럼, "파시즘은 축제나 대규모 군중집회, 전쟁 같은 스펙터클을 이용해 현대 대중의 욕망에 호소한다."[9] 이러한 파시즘 문화는 집단을 하나의 감정으로 묶어 내는 이데올로기와 결탁해 정치적 선동의 도구가 될 수 있다.

텍스트에 등장하는 극장은 일상생활 공간에 자리하면서도 이질적인 공간으로서 전쟁의 장관을 재현해 놓은 현실 속 이(異)공간이다. 따라서 극장은 주인공 형세가 후방에 있으면서도 전쟁을 목격할 수 있도록 만든다.

---

9) Simonetta Falasca-Zamponi, *Fascist Spectacle*, California UP, 1997, p. 7.

이때 영화는 대상에 대한 다양한 시점의 제공을 배제한 채 단일한 이데올로기를 주입하면서도, 그 영화 관람자 스스로가 이미지 제작의 주체인양 인식하도록 한다. "이같은 영화관람의 주체와 객체의 오인상태는 라캉의 주체 형성이론에서 유아가 거울에 비친 영상과 자신을 동일화함으로써 타자성을 배제한 채, 자신의 신체를 통일된 전체로 의식하는 오인의 과정과 유사하다고 하겠다."10) 이러한 피동적 수용 과정은 작중인물의 '눈'에 영화가 권력을 부여하면서 '군중심리'를 자극하는 것으로 나타난다.

> 스크린은 눈알을 뽑을 듯이 분주히 어지러워지면서 오직 파괴의 운동을 찰란하게 계속할뿐이었다……형세는 완전히 정신을 뽑히운채 용맹과감한 스크린의 전향에 취해있었다. 스크린을 휩쓰는 영웅적인 힘은 형세의 피를 지글지글 끓어오르게 하였다.
>
> 영웅시대─그러나 시─자, 아렉산다─, 나포레옹이 개인적으로 시대를 지배했던 것처럼 현대는 군중적인 힘에 지배되고 있는 것이다. 군중적인 영웅시대! 감정을 가진 사람을 보람있게 생각하였다. 역사는 항상 상반되는 두 개의 군중심리의 교류로서 진행되는 것이 아닐가. 후세의 사람들은 어리석게도 군중심리에 휩쓸렸던 옛사람들을 비웃을는지 모르나, 그러나 비웃는 그 자신들이 다른 방법으로서의 군중심리에 지배되지 않는다고 누가 보증할수 있을가! (pp. 159~160)

위의 인용문에서, 대중의 선동성을 가장 직접적으로 이끌어낼 수 있는 영화의 스크린은 단순히 하나의 공간적인 면으로 지각되는 것이 아니라 "눈을 뽑을 듯이" 공격적으로 "파괴의 운동을 찰란하게" 보여주는 행위의 주체로 그려진다. 형세는 이 스크린이라는 선동자에게 전염되는 피주체가 되어 메시지를 수용하는 수용자로서의 역할을 하게 되는 것이다. 매개체

---

10) 박은정, 「토머스 핀천의 『바인랜드』: 대중매체의 이데올로기와 파시즘」(<영어영문학>, 제43권 2호, 1997), pp. 331.

로서의 스크린은 군중심리를 조장하는 영웅을 만날 수 있게도 한다. 게다가 극장에서 마주쳤던 형 경세가 뉴쓰영화를 본 이후로 사라졌다는 것은 그것이 자살이든 전쟁에의 적극적 참여이든 간에, 어떤 행위로든 반응을 가져왔다는데 의미가 있다. 파시스트들은 "현대는 군중의 시대"라는 르봉의 통찰을 받아들였으며, 군중의 심리에 침투하고 그것을 조작하는 데 필요한 방법을 시사받았다.[11] 이러한 가운데 파시스트 문화의 파토스는 이데올로기와 긴밀하게 연결되어 대중의 '감정'을 자극하게 된다.

형세는 "정복의 아름다움에 정신을 송두리째 뽑히며 보고 있는 동안에" "숨을 헐떡이며 주먹에 땀을 부러쥐"(p. 146)기도 한다. '정복'을 아름다움으로 미화하는 것은 전쟁을 심미화하는 방식이다. 게다가 적군을 소탕한 뒤 상상봉에 꽂은 기가 '일장기'라는 것은 전쟁이 일본의 전쟁이라는 것을 알 수 있게 한다. 그런데 일본의 전쟁과 그 전쟁의 광경을 바라보는 형세와는 거리가 없다. 일본의 전쟁이 곧 형세의 전쟁이기 때문에, 정복 역시 아름답게 느껴지는 것이며, 형세의 '눈'에는 전쟁의 장면만이 잔상으로 남아있는 것이다. 그리고 그 효과는 형세의 사지에 영향을 주기까지 한다. 루이 알튀세(Louis Althusser)의 이데올로기 이론에서 교육이 주요한 이데올로기적 국가 장치이듯이, 현대 사회에는 대중매체가 그 역할을 하는 셈이다. 이데올로기적 국가장치인 전쟁 뉴쓰-영화는 개인을 주체로서 호명하기 때문에 '이데올로기적 환상'을 주체에게 부여한다. 영화를 본 뒤, 영화의 주제가 담고 있는 행동을 모방하는 것은 인물의 성적 욕망에도 자극적인 반응으로 나타나고 있다. 그래서 '정복의 아름다움'이 인물들 간의 성적 관계에서도 그래도 재현된다. 주의해서 봐야 할 것은 형세가 '정복의 아름다움'에 심취되어 있는 동안, 그의 연인인 미례는 '피정

---

11) 김 철, 신형기 외, 『문학 속의 파시즘』, (삼인, 2001), pp. 102~106 참조.

복자의 입장'에 심취되어 있다는 것이다. 두 사람이 느낀 "정복, 피정복의 쾌감"은 그대로 미례의 '눈'에서 "고혹적인 광채"를 느끼게 하고, 그것이 그대로 그들의 성행위로 이어진다. 여성인물인 미례에게 "정복되는 편"의 쾌감은 스스로 부여된 것이며, 제국주의적 정복의 대상화를 자발적으로 수락하고 있는 것이다.

형세가 인상깊고 아름답게 바라본 '전항뉴―쓰'의 장면들은 "절박한 현실의 상징"을 찾아볼 수 있는 무대였던 것이다. 그런데, 이때의 현실은 전쟁을 치루는 일본 제국의 현실이 아니라, 피식민지인 조선의 절박한 현실이다. 그래서 형세는 형인 경세같이 전향 이후 무기력증에 빠져 현실과 괴리되어 있는 사람들에게 '현실'을 파악하고 변화시킬 여지가 있다고 생각하는 것이다. 형세가 파악한 '현실'이란 이기는 것만이 '선'인 것이다. "운명의 패쪽의 표리에는 승과 패의 두 가지밖에 없다." 이러한 현실의 논리를 받아들인 형세에게 전쟁의 야만성은 더 이상 야만적인 행동으로 보이지 않는다. 이기기 위해서는 수단을 가리지 않는다는 형세의 우승 논리에는 더 이상 선/악의 판단이 존재하지 않는다. 이같이 피식민지 지식인의 존재가치를 부인당하지 않기 위해서 이겨야 한다는 논리에는 생철학이자 실존철학적인 관념이 반영되어 있다. 생철학의 비합리성이 파시즘의 이데올로기와 결합해서 전체주의의 논리를 옹호했던 역사적인 판례를 볼 때, 이 당시의 생철학적 경향이 파시즘의 철학으로 흐를 위험성을 다분히 내포하고 있다. 따라서 형세와 미례라는 두 인물의 정복·피정복감을 실연하던 불륜 관계는 그들이 '병사'로 비유되면서 정복의 아름다움을 확대시켜 나가게 된다. 즉 이들을 만주행으로 가게 하는 작품의 결말은 피식민지 인물이 영화의 정복 행위를 모방해서 제국의 대사업이라는 현실의 실천 행위로 투신케하는 것이다.

일제 말기 피식민지 지식인 남성들의 무력감은 파시스트적 정복의 힘을 열망하며 제국주의적 팽창주의를 실현하는 주체가 되도록 한다. 소렐(Georges Sorel)은 대중의 비합리적 산물들인 감정, 본능, 의욕 등을 사회변혁에까지 가장 효과적으로 이끌어 갈 수 있는 방법으로서 '사회적 신화'라는 개념을 제시한다. 그는 "미래를 지향하는 대중의 의욕의 표현"인 '신화'는 "신질서의 창조"와 "변혁을 위하여 一路 突進하려는 모처럼인 대중의 突進力"12)을 창조하는 매개로 이해하고 있다. 이처럼 파시스트 문화는 사회적 신화를 미래상에 근간해서 대중을 결집시키는 힘으로 상정하고 있다.

2.3, '정열'의 전달통로와 '희생정신'의 수사: 『청춘의 윤리』

정비석의 『청춘의 윤리』(1942)에서는 '정열'이 한 개인과 민족의 정체성 구축에 필수적인 요소로 상찬되며 심미화된다. 따라서 등장인물들은 '열정'만큼이나 '정열'이라는 단어들을 남발하고 있다. "정열과 격정은 자신의 대상을 향하여 정열적으로 노력을 기울이는 인간의 본질적 힘이다"13)라는 마르크스의 말은 결국 '정열'이 관계지향적이고, 자신의 고뇌를 감수하려는 의지임을 주장하는 것이다. 따라서 정열은 희생정신을 수반해야한다는 의미에서 고통을 받아들이는 인간의 노력이라 할 수 있다. '정열'은 열정적인 사랑을 의미하는 것과는 달리 의지와 의욕을 통한 노력의 의미를 지니고 있다. 이 작품에서는 이러한 '정열'이 '눈'이라는 매개를 통해 전달되는 것으로 비유되면서, 젠더의 권력 구조를 반영하고

---

12) 박치우, 「동아협동체론의 一省察」(<인문평론>, 1940. 7), p. 19.
13) 가라타니 고진/김경원 역, 『마르크스 그 가능성의 중심』(이산, 1999), p. 105.

있다.

　작품에서 등장인물의 시선 有無는 권력의 유무이기도 하다. 그리고 이 권력의 유무는 '정열'이라는 감정의 유무와 직결되어 있다. 주인공 장현주는 주성호에게 이끌리는 감정이 성애원을 맡아 운영하는 자신에게 있어 사적인 감정이라 생각한다. 개인적 감정의 차원은 사업이라는 공적 차원을 침범하는 요소로 취급되는 것이다. 그러나 이야기가 전개되는 내내 장현주는 감정의 영역에서 벗어나 있지 못하다. 텍스트에서 장현주의 시선은 다루어지지 않고 있다. 그녀는 그저 타인의 시선에 압도되는 인물형으로 제시될 뿐이다. 감정에 이끌리고 있으면서도 강하게 억압하고, 계속 공적 사업의 이행만을 강조하는 현주에게 최영득과 주성호라는 남성 인물들이 감정의 중요성을 각성시켜주는 일은 주의 깊게 살펴보아야 할 지점이다. 아래의 인용문은 '정열'과 남성 인물의 '시선'을 결합시켜 재현하고 있는 부분이다.

> "그렇습니다. 감정은 정열의 샘터라구 할까요. 과거의 위대한 문호들의 문학에 대한 정열이라는 것도 그 이면을 잘 살펴보면 그런 정열을 솟게 한 숨은 원천이 반드시 있었던 것을 알 수 있습니다." 불을 토하듯 말하며 영득은 고정된 시선으로 현주의 눈동자를 쏘아보았다. 그 시선과 마주치자 현주는 가슴이 찔끔하였다. 철석이라도 꿰뚫을 듯이 열정적인 그 시선을 전신에 느끼자 현주는 영득의 눈알 속으로 휩쓸려 들어가는 듯한 자신을 감각하였다.(p. 141)

　『청춘의 윤리』에 등장하는 최영득은 남성성의 심미화를 가장 전형화한 인물이다. 텍스트 전반에 걸쳐 정열적인 남성으로 그려지고 있는 그는 "서부활극에 나오는 쾌남아 같은 인상"을 지녔다. 그는 정열만 있으면 불가능한 일이 없다고 생각하는 사람이다. 위의 인용문은 일에 대한 정열은 감정과 무관한 것이 아니며, 오히려 "감정은 정열의 샘터"라 주장하는 영득에게 현주가 동화되는 것을 보여준다. 열변을 토하는 영득의 시선에 현주의 눈동자가 반응을 보이며 맥을 못 추고 그녀가 "영득의 눈알 속으로 휩쓸려 들어가는 듯한 자신을 감각"한다는 것은 파시즘 이데올로기에서 말하는 활력과 에너지를 느낄 수 있게 할뿐만 아니라 정서적 자극과 감염, 감화의 구조를 찾아낼 수 있다. 이처럼 최영득이라는 인물은 "무슨 기정된 코스를 다음에서 다음으로 과감하게 실천해 나가는 듯이" 보이는 파시스트의 면모를 지녔다.

과도하게 정열적인 그는 "여자란 남자의 조종술에 따라 아무렇게라두 할 수 있는 동물"이라고 생각한다. 게다가 그는 '여필종부'라는 전통적인 관념을 지니고 있으며, 사랑 없이도 결혼은 가능하다고 보는 인물이다. 따라서 사랑 없이는 결혼할 수 없다는 현대 여성들의 관념은 그에게 청산해야 할 '외국사상'에 지나지 않는다. '연애를 무시한 결혼'의 합리성을 주장하며, 결혼을 일종의 투기라고 생각하는 그는 '연애나 결혼을 무슨 물건 흥정하듯이' 생각한다. 그래서 일방적으로 현주와의 혼사를 결정하고, 그녀는 당연히 이의가 없을 것이라 독단적으로 생각하기까지 한다. 이러한 일방적인 행동에 대해 현주는 모욕적이라고 생각하지만 결코 불쾌하게 느끼지 않는다. 오히려 "청춘이라는 힘찬 대명사"가 붙어 영득의 "남성미가 황홀하게"(p. 256) 느껴지기까지 한다. 그리고 "영득의 입에서 떨어진 말을 현주는 거역할 수가 없음을 느낀다." 현주는 파시즘 미학의 특성인 남성성에 압도당하며, 그에서 오히려 감정적 쾌감을 느끼기까지 하는 것이다. 그래서, 서사 진행 내내 결혼과 사업으로 갈등하던 그녀가 너무나도 쉽게 최영득의 청혼을 승낙하고 마는 것이다.

현주는 영옥을 위해서 이미 성호에 대한 마음을 정리하기로 결정했음에도 불구하고, 영옥에게로 이끌려 가는 성호의 태도에 몹시 서글픈 감정을 갖는다. 그러면서도 자기를 사모하던 성호가 뜻대로 이루어지지 못할 것을 알고 깨끗이 단념한 것을 볼 때, 부끄러움을 느끼는 한편, "제가 성호보다 몇 층 아래 계단의 사람임"을 깨닫는다. 현주는 조금도 감정에 구애됨 없이 앞으로 나아갈 줄 아는 남성의 세계에서 "찬란한 아름다움"을 발견한다. 남성성의 심미화는 타자인 여성에 의해 이루어지고 있음을 살필 수 있다. 이런 남성성의 예찬은 폭력적이고 무례한 행위들 역시도 아름다움으로 수용시키며 여성과 남성의 사이에 계층을 만들어 놓는다.

파시즘 이데올로기에서 남성집단의 자질은 중요하다. 그래서 남성들간의 우정의 강조는 동성애에 대한 우려와 혐오를 낳기도 한 역사적 사실을 찾아볼 수 있다. 최영득은 현주에 대한 주성호의 감정을 알고, 현주에게 청혼하기 전에 주성호의 마음을 알기 위해 찾아간다. 최영득이 현주에게 이야기를 하기 전에 먼저 주성호를 찾은 이유는 '우정' 때문이었다. 현주라는 일개 여자 때문에 남성 간의 우정을 상하고 싶지 않다는 것이 주성호의 생각인 것이다. "연애나 결혼은 어느 여자와도 할 수 있는 일이지만, 우정이야 어디 함부루 느낄 수 있는 것"이 아니라는 것이다. '연애'라는 사적인 감정보다 '우정'이 더 중요하다는 논리는 '연애'는 여성적이고 '우정'은 남성적이라는 등식도 가능하다. 게다가 전체주의적인 사고에 있어, 그 중요도를 따지자면 당연히 후자 쪽이 그 무엇과도 비교가 되지 않는다. 이렇게 '연애'보다 상호 교류와 협력적인 특성을 가진 결합의 강조는 '자매애'를 통해서도 나타난다. 주성호를 사랑하는 영옥의 마음을 알고 정리하려하지만 내심 그를 사모하는 마음이 정리되지 않던 현주에게 역시 '연애'보다 중요한 것은 '우정'이다. 현주 역시 성호와의 사랑보다 우정의 회복이 가장 절실한 문제인 것이다. "우정은 아무 것도 바꿀 수 없다”는 논리를 통해 여성들간의 자매애를 민족주의적 고결함 속에 포섭시켜 버리는 방식이 여실히 드러나는 부분이다.

파시즘 문학에서 ‘전쟁’은 남성성으로 표현된다. 전쟁의 심미화 과정은 주성호의 동생인 성준의 출정과 함께 이루어진다. 출정 때 플롯폼에 배웅을 나간 현주와 성호는 ‘무언의 교훈’을 얻는다. “‘해전’이라는 일본 소설에서 스물 여섯 살 먹은 비행장(飛行長)이 적을 정찰하려고 항공모함을 떠날 때에 동료들을 보고, “그럼, 다녀오겠네.” 하고 빙그레 웃으며 어디 마을이라도 가는 듯한 그런 유유한 태도를 보여 주더라는 대목을 읽은 기억이 펀뜻 머리에 떠올랐다. 이제 떠나면 다시 돌아올 기약조차 막연한 생사의 순간에 있어서도 조금도 두려운 빛이나 초조한 표정을 보이지 아니하는 그 유유한 태도는”(p. 160) 성준을 배웅하는 장면에서도 그래도 연출된다. “영웅적인 죽음”에 대한 이러한 예찬은 국가사회주의에 의해서 효과적인 전쟁수행을 위해서 이용되는 영웅적 자기헌신이라는 이데올로기와 동일성을 지닌다. 성호가 동생 성준을 보고 얻은 교훈은 ‘자기 본위’가 아닌 남을 위한다든가 국가 민족을 위한다는 생각을 갖는 것이다. 이는 그 시대를 살고 있는 젊은이들의 ‘희생정신’이자, ‘고귀한 정신’인 것이다.

‘희생정신’은 남성들의 집단인 군대에서 가장 철저하게 보여준다는 점과 이 작품이 결국 연애와 모성에서도 희생정신을 강조한다는 점에서 중요하다. 전쟁은 죽음을 심미화 하는데, 이는 이런 희생정신의 환상 속에서나 가능한 일이다. 게다가 희생정신은 자기 중심이 아닌 타인과 국가를 더 소중히 여기는 전체주의적 사고 방식, 곧 전체가 제대로 서는 것이 곧 한 개인인 내가 잘 되는 것이라는 전체주의 논리를 주장하기에 아주 효과적인 파시즘 이데올로기의 환상이다. 이에 합치되어 있다는 환상은 곧 내

선일체의 환상과 직결되어 있던 것이다. 그래서, 주성호는 전쟁에 대한 경
험을 얻어 볼까 하는 마음으로 일선에 있는 야전병원으로 나가기 위해
성애원을 그만둔다. 동생이 출정한 이후로 자신만 편안한 생활을 하고
있는 것에 마음이 거리껴진 성호는 '총검을 들구 전장에는 못 나가도 내
가 할 수 있는 일루 다소라두 우리 민족에 보람 있는 일이 없을까 하고
생각'하다 담임교수의 부임 얘기를 듣고 가기로 마음먹는다. 그가 성애
원을 그만둔다는 것은 현주에 대한 감정이 정리된다는 것을 의미한다.
성호는 "지금까지의 생활을 일체 청산하고, 의사로서의 보다 의의 있는
생활, 청춘으로서 보람있는 생활"을 하기 위하여 마침내 군의관이 되어
떠난다.

　여성을 전쟁에 동원하는 가장 직접적인 부분은 영옥의 계속되는 구애
에도 아랑곳하지 않던 주성호가 영옥에게 보낸 편지에 적힌 결혼 조건이
잘 보여준다. 성호가 가 있는 병원에는 전쟁에 남편을 잃은 미망인들이
간호부로 있지만 태부족이므로 현주가 와서 도와주는 것이 그 조건이다.
"요새 젊은 여성들은 전혀 사회 정세를 떠나서 사치만 일삼으려"한다며
개탄하는 주성호의 편지는 전시체제 아래 여성의 사회적 임무를 강조하
는 부분이기도 하다. 따라서 텍스트 내내 현주의 사업이 갖는 의의 역시
지속적으로 강조한다. 주성호가 야전병원에서 일하는 위대함만큼 결혼
을 해서 민족을 육성하는 여성의 일 역시 '민족의 장래'를 위한 큰 일이
아닐 수 없다는 논리다. 이는 한 국가와 민족의 "인구 증식"을 통해 그
번영을 상징하는 것이기도 하며, 전쟁에서 인력 동원의 중요한 지점이
기도 하다. 이와 같이 아내나 어머니로서의 역할을 국가에서 관리하는
것은 '가정의 국가화' 전략으로 전시 종주국인 일본에서 수행되었던 '여
성의 국민화' 전략과 다를 바 없다.[14] 인물들의 '열정'은 꺼져버리거나

승화되어 국가적 대의와 희생정신에 대한 '정열'의 의지를 불태우는 것
으로 변화된다.

파시즘 문화에 있어서 '정열'은 행동주의적 인간형의 필수자질이 된다.
'정열'을 갖는 인물형은 대개 남성으로 제시되고, 여성의 경우는 반드시
남성 인물의 교육과 지도를 통해 가능해지는 것으로 재현되고 있다. 그리
고 이러한 이 분법의 중심을 '눈'이라는 시각적 재현의 비유를 통해 구도
화하고 있음을 살필 수 있다.

3. 결론: 모든 여성은 파시스트를 숭배한다?

아래는 「삼대」의 서두에 제시된 잠언록의 내용이다.

  −철학은 과거의 불행, 미래의 불행에서는 용이히 이긴다. 허나, 현재
  의 불행은 항상 철학에게 이긴다 −라·로슈프−코− 「잠언록」

철학적 논리로는 '현재'를 이길 수 없다는 인식 아래에 있는 잠언록의
구절에서부터 시작하는 이 소설은 전쟁과 비상시라는 현실의 지배가 등
장인물들의 사유와 인생관에도 영향을 미치고 있다. 파시즘은 위기의 담
론으로 배출된 이데올로기이다. 일제 말기에는 파시즘의 수용과 함께 세
계대전에 관련된 여러 소식들이 전해졌다.[15] 그리고 '대동아공영권'으로

------

14) 우에노 치즈코, 이선이 역, 『내셔널리즘과 젠더』, (박종철출판사, 1999), pp. 63~68.
15) 불란서와 프랑스, 영국 등지의 歐洲전쟁의 소용돌이 속 전쟁의 불안을 동요케 하
   는 담론들은 일제 말기에 폭발적으로 쏟아져 나온다. 이들은 구주의 전쟁 소개라
   는 명목 아래 파시스트들의 사진을 공공연히 제시해 가며, 전쟁의 심각성과 히틀
   러 등 파시스트에 대한 영웅성을 언급한다. (文章郁, 「파란을 싸고도는 열국의 동
   향」, <조광> 5권 7호, 1939. 7. 참조)

아시아를 포섭하려는 일본 제국주의는 식민지인 조선을 전쟁동원하기 위해 다양한 선전활동을 펼쳤다. "내선일체는 대동아공영권이라는 외적 구조를 가지고 있었고, 조선 작가에게 제국주의의 피해자인 피식민지 민족으로서 약자적 자기동일성 대신 오히려 아시아 해방자이자 제국주의를 초극하는 사랑의 강자라는 가짜 주체성을 가지게 하는 것이다."16) 억압과 차별화의 식민지 정책을 펼쳤던 일제는, 전쟁이 지속되고 확대되면서 징병령을 핵심으로 하는 동원을 목적으로 적극적인 동화정책을 펼쳤다. 이러한 아우라는 일제 말기 피식민지인을 불안과 열망 속에 묶어 놓는다. 게다가, 카프의 강제 해산 이후 사회주의 탄압과 경제적 공황으로 인한 피식민지 지식인들의 절망감은 '대동아전쟁'의 사회적 신화를 통한 현실극복 의지를 갖도록 만들 수 있었다. 남성들의 불안과 위기의 대용물로 여성을 동원하는 방식은 엄격한 젠더의 구조를 구성하는 가운데 이루어진다. 특히나, 식민지 경험을 통한 피식민지 남성의 매저키즘적 충동은 자신보다 하위 계층으로 상정된 피식민지 여성에게 발현된다.

앞의 작품 분석에서 파시즘 이데올로기와 결합하는 젠더, 섹슈얼리티는 신체의 부분, 특히 '눈'에 리비도가 집중되면서 이데올로기 구성의 매개가 되었다. 이는 일반적으로 파시스트 미학에서 나타나는 유기체적 신체 재현과 달리 리비도가 집중된 신체의 한 부분을 주체화함으로써, 부분의 자발적 운용을 보여준다. 그리고 이 부분의 주체성에는 철저히 권력구조인 남성성이 반영되고 있다. 『금단의 유역』, 「삼대」, 『청춘의 윤리』에서 '눈'이라는 시각체는 '고결함'과 '군중심리', '희생정신'을 강조한다. 이는 군중의 정신성에 해당하는 차원이다.

비합리주의를 통해 자신들의 이념을 합리화하려는 파시즘에 있어 '정

---

16) 이경훈, 『이광수의 친일문학연구』(태학사, 1998) pp. 166~167 참조.

치의 미학화'는 전쟁이나 집회 같은 집단적인 정치 프로그램을 통해 개체의 비판의식을 마비시키고 국가의 획일적인 통합에 복속되도록 조장한다. 일제 말기에 팽배한 열정과 사랑과 성 등은 대중적인 감정을 목표로 한 파시즘 문학의 일대 기획이라 할 수 있다. 열정과 사랑이라는 감정의 일체감과 '내선일체'의 동조에 대한 환상은 개개의 이성보다는 전체주의라는 집단의 감성적 이성을 통해 이중성을 내보이고 있었던 것이다. 내선일체의 환상 속에 전쟁을 심미화하는 파시즘의 미학화 전략은 사랑이나 열정같은 심리적 파토스를 통해 에너지를 얻고, 폭력을 아무런 장애 없이 정당화시키는 논리가 성립된다. 소설 속 인물들의 열정이 비도덕적이지 않을 수 있는 이유는 이들의 열정이 타자나 공동체를 향한 것이기 때문이다.

정비석의 소설에서 남성성의 심미화는 타자인 여성에 의해 이루어지는데, 폭력적인 것 역시도 아름다움으로 수용시키는 남성주의적 시각으로 그려내고 있다. 이때, 여성들은 강력한 파시스트를 열망하는 존재로 그려지며, 남성의 시선이 지닌 권력을 수용하는 그녀들은 남성성을 보호하는 타자로 존재해야 한다. 그래서 진정한 여성성은 존재하지 않고, 오로지 여성성을 가장한 남성성만 존재하는 소설적 재현이 이루어진다. 제국주의와의 관계에 있어서는 피식민지 남성 역시 여성화된다. 이처럼 여성화된 피식민지 남성성의 불안은 피식민지 여성에게 투사되고 있던 것이다. 불안해진 젠더의 위계는 여성을 성적 대상으로 하여 정복ᅳ피정복의 사도ᅳ매저키즘적 재현을 수반한다. 이 재현에서 문제적인 것은 여성이 폭력적 남성성마저도 매혹의 눈길로 바라보는 존재라는 남성에 의한 해석으로 여성성이 규정되고 있다는 점이다.

제2장 일제 말기 전선 기행문에 나타난 재현의 정치학

1. 서론: 합의된 기행의 진실

"나는 여행한다. 고로 나는 존재한다"라는 명제가 가능할 수 있기 위해서는 여행이 한 사람의 실존적 정체성을 주장하는 동기이자 과정이어야 한다. 개화기 이래로 紀行이 개인이나 민족의 정체성 형성에 기여해왔음은 주지의 사실이다. 서경석은 개화기 이래의 기행문학을 "민족주의적 이념으로 무장한 探索記, 근대화의 이념에 입각한 신문명 탐방기, 근대화의 산물로 야기된 여행의 대중화와, 과거와 자연의 발견"[1]으로 유형 분류하고 있다. 이렇듯 1930년대까지 우리의 기행 문학은 민족주의에 입각한 근대적 시선의 기록이었다. 그러나 1930년대 후반부터 전시체제 하에 있는 기행문의 성격은 前史와는 다른 재현의 양상을 보이기 시작한다. 이 시기는 半島作家慰問使節團에 의한 戰線紀行文 뿐만 아니라 '志願兵訓練所見

---

1) 서경석, 「만주국 기행문학 연구」(<어문학>, 86집, 2005), p. 344.

學記'와 과거의 전쟁유적지 방문기, 戰地인 만주와 남방의 기행문이 상당수 쏟아져 나온다. 따라서 이 연구는 재현의 양상을 통해 일제 말기 (1938~1945년대) 식민지 지식인의 여행 체험과 戰地로서의 국외 여행지에 대한 記述이 어떻게 정치적 심미화의 재현 과정을 거쳐 이데올로기를 형성하는가를 살펴보려 한다.

기행문이 전기나 자서전과 마찬가지로 사실과 허구 사이의 명확한 구분이 가능한가에 대해서는 회의적이어 왔다. 그것은 한 주체의 주체성이 환경, 젠더, 인종에 의해 영향받고 있을 뿐만 아니라 제국주의, 식민주의/탈식민주의, 민속지학 등의 지적 풍토의 결과로 출현하기 때문이다.[2] 여행작가들은 자신의 글을 읽어줄 독자의 이념에 기초한 견해를 가지고 자신의 재현을 구성한다. 작자와 독자의 공모와 합의에 의해 리얼리티가 구성될 수 있는 것이다. 따라서 여행작가의 재현에 대한 독서는 새로운 리얼리티의 형식과 형성을 보충하려는 작자와 독자의 이념의 내용을 탐구할 수 있게 한다.

새로운 세계에 대한 텍스트적 기록은 믿을만한 재현의 문제로 확장된다. 본질적으로 기행은 사물이나 장소를 언어로 제시하기 때문에 독자가 볼 수 있는 것은 여행자에 의해 寫筆된 사물과 장소인 것이다. 재현이란 개념은 주관성을 내포하고 있다. 재현은 어떤 대상을 하나의 이미지로 마음속에 떠올리는 동시에 어떤 대상의 지시 대체물을 구체적으로 제시하는 언표행위가 되기 때문이다. 시대나 문화에 따라 그 재현 양상은 달라질 수 있는데, 일제 말기의 경우 이러한 재현의 변용을 야기한 것은 '전쟁'이라고 할 수 있다.

전선기행은 본 것과 심적인 반응 사이의 간극을 기행목적인 임무, 사명

---

2) Kristi Siegel, *Issues in Travel Writing*, Peter Lang, 2002, p. 1 참조.

으로 봉합한다. 이 때 저자의 여행은 "보고 듣고 느끼고 한 것이 단순한 튜우리스트의 호기심과는 달니한 것"이다. "튜우리스트의 인상기는 對象地에 대하여 그려진 綠色의 風景畵로밖엔 보질안는 信條"[3]가 있기 때문이다. 이러한 의도성은 "皇軍慰問 文壇使節의 現地報告書. 文壇이 그려낸 最初의 率直한 戰線記錄! 詩人이요, 評論家인 懷月의 感激의 紀行文에서 聖戰의 眞儀가 무엇이며 皇軍의 苦鬪의 자최와 辛苦를 보라!"[4]라는 박영희의 『전선기행』 광고문안에서도 찾아볼 수 있다. 이 광고문은 작가 개인의, 또 작가와 독자의 이데올로기적 공모와 합의가 이루어지는 장을 형성하고 있는 것이다.

2. 경이(wonder)와의 조우(遭遇)

새로운 세계에 대한 여행은 새로운 경험, 사람, 장소에 대한 접근이다. 따라서 여행 서사는 이런 새로운 것들을 지시하기 위한 단어를 발견하려는 수사적 도전이다. 독자가 새로운 것에 대해 인식할 수 있는 先텍스트적 존재양식이 부재하는 새로운 것을 표현하기 위한 단어를 찾으려는 문제는 재현의 문제이다. "여행 작가들은 놀랄만큼 새로운 리얼리티가 지닌 새로움을 상기시킨다".[5] 이러한 경이의 재현은 이데올로기적 의미작용을

---

3) 김관, 「하르빈」(<인문평론>, 1940. 2), p. 35.

4) <박문>, 22호, 1940. p. 21. 이러한 의도성은 박영희의 『전선기행』(작가문화, 2003)에서도 밝혀지고 있다. "意圖에서 첫 出發을 實行한 것이다. 우리의 첫째 目的이 慰問이라. 여러분의 赤誠의 慰問品을 실고 目的地에 이르고 보니 이미 半個月이 지나고 回程할 생각을 하며, 또한 많은 날짜가 걸리게 되어서 一個月 豫定이 다 되고 말았다. 그러나 많든 적든 見聞한 바가 있으니, 그대로 社會에 報告하여, 우리들의 둘째의 任務를 遂行하기로 하였다." (p. 157)

5) Jonathan P. A. Sell, *Rhetoric and Wonder in English Travel Writing 1560~1613*, Ashgate,

전달하는 비유로서 기능하며 식민지 조성의 훌륭한 서사 장치가 된다. 의미작용의 체계는 권력관계 속에서 구성되고, 그 권력에 의해 권위화된 메타포는 세계를 그들이 보는 방식대로 강요한다.

　전선기행류의 기행문에서 재현되는 새로운 세계는 일제가 태평양 전쟁을 통해 대동아공영권으로 포섭한 만주와 남방이다. 전선기행문에서 다루고 있는 지리적 대상들은 일본 제국주의 팽창의 도정에 있어 지정학적 전략지로 기능하고 있다. 피식민지 조선인으로서의 여행자가 이러한 지역을 여행하고 여행기를 작성하는 것은 제국이 부여한 '문화교역의 큰 사명'을 수행하는 것이다. 이러한 사명 가운데 피식민지 독자들은 경이에 대한 기대감을 드러낸다.

> 　아마 내일쯤은 북경 朝陽門驛頭에 내리시리다. 북경의 문화는 淸朝 황금시대의 도성이였으니 만치 그 궁전 성곽의 布置라 하든지 街頭의 정연함이라든지 문물제도의 燦然함이 조고만한 半島地域에서 生於長한 貴君들에게는 어느 것인들 驚異 아닌 것이 없을 것이외다. 흔히 세계 문화인들이 이 북경을 胎盤으로 한 淸朝文化를 몹시 고가로 평가하는 것을 드럿소니와 비록 근대문명에 다소 뒤진 점이 있다 할지라도 4, 5천년 전에의 大黃河 문명의 전통성을 가진 그네의 고전문화는 吾人의 心眼을 빼앗기에 놀날만한 것이 있는 줄 아옵니다.
> 　부대 前日의 동양문명의 이 胎盤 속에서 半島文化에 기여될 부분을 다분히 섭취하여 한 짐 가득이 짊어지고 도라 오소서.6)

　만주 전선 기행문에서 주로 재현되는 경이는 문화적으로 유구한 역사와 영토의 크기에서 비롯한다. "먼저 만주를 가본 사람이라면 누구나 먼

2006, pp. 3~4 참조.

6)　김동인 외, 「<朝鮮文壇使節 特輯>, 北支戰線에 皇軍慰問 떠남에 際하야」(<삼천리>, 11권 7호, 1939. 6), p. 241.

저 대륙의 자연에 놀랄 것이다. 그것은 조선과 같이 산간 협지에서 살던 사람으로는 도저히 상상할 수도 없는 일대경이"[7]로 받아들여진다. 어떤 대상과의 첫 번째 조우는 여행자를 놀라게 한다. 그래서 여행자는 대상을 이전에 자신이 알고 있던 것과는 매우 다른 것이거나 새로운 것으로 판단한다. 여행자는 그것에서 경이를 일으키고 놀라는 것이다. "어릴때 蒙古라면 지평선 저쪽에나 있는, 혹은 이야기 속에나 나오는 세상에는, 현존해 있지 않는 곳처럼 알아왔다. 그러던 곳을 이번 日蒙親善을 目的하고, 사꾸라와 또 다른 나무들을 선물해 가지고 떠나는 일행에 끼여 가보고 왔다. 정말 이야기 속에서 듣던대로, 내가 생각하던 대로 그 곳은 우리가 살고 있는 땅과는 무엇이나 달른 것뿐"[8]이라는 식의 표현에서 보이듯 기행지와 여행주체의 경험 사이에는 '차이'가 경이의 중요한 인식적 매개로 존재한다. 여행자에게 蒙古는 "물과 果實과 나무가 없는 곳"으로서 "목이 말라 冷水를 먹어야 할 때는 사이다를 먹는 형편으로 물 한대여에 가격이 2錢5厘나 되는 놀라운 현상"을 보이는 나라이다. 게다가 北京구경 역시 "정작 가보아 놓은즉 거저 입이 딱 버러질 뿐"인 나라이다. 이처럼 전선지역의 기행은 신비감과 놀라움으로 독자의 관심을 유도한다. 이는 일제가 피식민지 조선인들을 대동아전쟁의 일원으로 호출하려는 낭만화의 한 방식으로 보인다.

　자연, 풍습, 다양한 생활문화 등 경이는 어느 곳에서나, 어떤 대상과 주체에게서나 일어날 수 있다. 상해에서 아편굴을 보고 느끼는 경이감이나 만주 대륙의 광대함에서 느끼는 경이감, 그리고 미개인의 풍습에서 느끼

---

7) 이기영, 「만주와 농민문학」(<인문평론>, 1939. 11).
8) 「蒙古紀行・北支紀行, 朴燕岩의 지나든 자최를 다시 찾어」(<삼천리>, 13권 7호, 1941. 7), pp. 84~86.

는 경이감, 뿐만 아니라 만몽산업주식회사의 농장을 구경하면서 "滿蒙産
業의 滿洲의 現勢"9)에서 느껴지는 경이감 등이 있다. "滿洲國開拓이란 종
래의 단순한 이민이 아니오. 대동아건설의 설계도에서 새로운 생활의 방
식"으로 이해되어야 하고, 기행은 "그 장엄한 사상과 꿈"의 재현이어야
한다. 이러한 滿洲國開拓視察團으로서의 임무는 여행자를 고무시켰으며
이들의 새로운 곳으로의 출발은 기존의 정보와 지식의 습득을 바탕으로
이루어진다. "滿洲에 관한 것, 지방생활에 관한 것, 농업에 관한 것, 開拓
民生活에 관한 것 등 한 열흘 동안에 10여권을 벼락 공부로 읽고" "그래
도 채 읽을 틈이 없이 대 여섯권은 「류크새크」 속에 처넣"10)은 채 시작되
는 여행이었던 것이다.

　새로운 것과의 조우의 징후로서 간주되는 심신적 반응(心身的 反應)인 경
이(驚異)의 재현은 기존에 자신이 알고 있었던 지식의 오류에 직면했을 때
발생한다. "경이는 오로지 새로운 것을 만난 태도로서의 감정적 반응"만
이 아니라 "인식에 대한 자극으로서, 그것은 또한 지적 측면"을 가지고
있다. 이처럼 경이는 "지식체의 불완전함에 더하거나 정정하려는 충동"으
로 작용한다. 우리가 알고 있는 것으로 의미작용하지 않는 새롭거나 다른
어떤 것에 우리가 놀라거나 당황하기 시작하는 것이 경이이다. 그때 그
놀라움과 당황은 새롭거나 다른 것에 의미를 작용케 하려는 지적 노력에
의해 해소된다.11) 그런데 전선기행문의 경우는 피식민지 조선인의 직접
적인 여행 체험보다 제국으로부터 수신된 先지식에 여행주체의 지식이
형성에 영향을 끼쳤다.

---

9) 함대훈, 「남북만주편력기」(<조광>, 1939. 7), p. 86.
10) 「作家開拓地行(前記)」(<대동아>, 14권 5호, 1942. 7), p. 123.
11) Jonathan P. A. Sell, 같은 책, p. 4 참조.

종내는 남양이라고하면 첫째 더웁고 맹수와 독사가 우물거리며 모기
가 들끌어 말라리아병이 많고 야만들이 사는 등, 말하자면 일종의 지옥
모양으로 생각했든것인데, 그것을 아주 사실에 맞지 않는 소견이었습니
다. 그 원인은 미국, 영국, 불란서, 화란 등 구미사람들이 남양의 훌륭한
자원을 혼자차지하고 타국의 손으로 개척함을 막기 위하야 남양이 아주
좋지 못한 곳이라고 惡宣傳을 한데서 생긴것입니다 …(인용자 생략)…
이러한 몇가지 원인으로 해서 우리들은 남양이라고하면 즉시 초목이 해
빛에 타버리고 사람마다 구슬땀을 흘리는 지독한 열대로 생각하게됩니
다. 그러나 적도를 중심으로하고 북으로 23도, 남으로 10도, 즉 우리가
통칭하는 남양천지에도 1년내 산꼭대기에 힌눈이 없어지지 아니하는곳
도 있는 것을 이저서는 아니됩니다. 현재 우리 皇軍이 進駐하야 前에 없
는 戰果를 거두고있는 뉴기니야에 그러한 산이 있읍니다.[12]

위의 인용문에서도 볼 수 있듯이 이 기행문은 일본인 여행자가 남방지
역에 대한 잘못된 지식을 바로잡으려 하고 있다. "우리들이 남양에가서
기후로 인하야 살기어렵다고하는 일"은 "미국영국 사람들에게 속아서 남
양을 잘 인식하지" 못한 것뿐이다. 그러므로 여행자는 "남양에 대한 과거
의 잘못된 인식을 버리고 이 뒤로는 남양을 재인식하자고하는 점"을 강조
하고 있다. 뿐만 아니라 여행자는 남양이라는 이국 문화의 장점과 "남양
이 아니고는 경험할 수 없는 場面"들을 제시하면서 "남양은 살기 좋은
곳"이라는 지식을 재구성한다. 이렇게 재구성된 전선지역에 대한 지식은
피식민지인의 팽창주의적 인식을 조성하는 매개가 되었던 것이다.

<皇軍慰問文壇使節>로 전선기행을 시작한 김동인, 임학수, 박영희는
황군 위문의 중대한 의미로 "현지에서 국가를 위하여 충성을 바치는 우리
황군에게 감사를 하는 것인데 이것이 거저 위문에서 끝이지 않고 그 戰場

---

12) 西原昇寅, 「南方의 文化建設을 보고와서」(<放送之友> 1944. 5), p. 42.

의 광경을 문장으로 옴겨서 조선민중에게 전하는 것이 가장 우리들의 중대한 임무라 생각한다." 아래의 인용문은 피식민지 작가에게 여행을 통해서 戰場의 광경을 기록하는 일이 왜 필요한가에 대한 해답을 제시해준다.

> 조선사람은 전쟁을 모른다. 전쟁을 이얘기로 듯는다고 하드래도 전쟁을 해본 일이 없는 까닭에 전쟁에 대한 심각한 실감을 못 가진다. 방공 연습하는 때도 긴장이 덜한 것 같은 것도 전쟁의 실감을 상상할 수 없기 때문이라 생각한다. 사변 이래 銃後의 조선민중은 애국적 赤誠을 표하고 있으나 그 국민의 의무감을 일층 더하여 우리들도 皇國의 一兵士로서의 마음이 아니면 안 되리라 생각한다.
>
> 銃後의 수호를 굿게 직히는데도 전쟁의 실감을 모르면 그 목적을 완성하기가 어렵다. 즉 전쟁을 하면 어떻게 변하는건가 어떤 것이 필요한 것인가를 잘 알게되면 銃後의 생활을 어떻게 할 것도 잘 알 수 있다. 정부에선 인민의 생활을 지도하고 있으나 각 개인이 자발적으로 하지 않으면 좋은 결과가 생기지 않는다. 이번 戰地 관찰을 機로 하여 먼저 내 자신을 이 실감 가운데 교육식히고 그리고 그 실감을 민중에 전하리라 생각한다.[13)]

"1939년을 전후해서 생산된 남방에 대한 담론은 남방 열도의 역사와 민족 구성, 자원에 대한 초보적 정보를 소개하는 수준이었다. 따라서 남방이라는 지역에 대해 조선인들이 가지는 실감은 떨어질 수밖에 없었다."[14)] 일본 제국주의의 입장에서 문제는 피식민지 조선인들의 전쟁에 대한 실감의 부재였던 것이다. 전쟁의 스펙터클함을 전달하기 위한 상상과 리얼리티는 『전선기행』을 읽고 "물론 이것은 著者가 見聞한 事實을 적은것이리라. 그러나 事實을 그대로 적는다고 저마다 문학이 될수는

---

13) 김동인 외, 같은 글, p. 235.
14) 권명아, 「태평양 전쟁기 남방 종족지와 제국의 판타지」, 상허학회, 『한국문학과 탈식민주의』, 깊은샘, 2005, p. 337.

없는것이니 여기에 비로소 예술적 기교가 필요한줄 안다"[15]라고 한 이기영의 말처럼 하나의 재현 전략을 필요로 한다. 그것은 전쟁의 리얼리티를 살릴 수 있는 재현이어야 했던 것이다.

3. 제국적 이미지의 창조

제국의 '이동'은 식민자가 지배권을 갖는 개념으로 식민화가 진행되는 모든 과정에 보편성을 부여해 준다. 제국의 '이동'은 식민자로 하여금 언어와 문화 간의 차이를 우월과 열등, 문명과 야만으로 나누고서 이를 "원시에서 문명의 정상에 이르는 메시아적인 운동일 뿐만 아니라 역사적 운동으로 인지했다."[16] 이와 같은 제국 권력의 심미화 방식은 파시즘의 스펙터클이 전쟁을 확산시키고 전체주의 국가의 목적인 제국주의적 성과를 서사적으로 상상해내는 방식과 유사하다. 제국의 이동일 수 있는 여행 자체가 하나의 스펙터클이 되어 제국의 심상지리를 구축하게 되는 것이다. 일본의 대동아공영권론은 일본이 미국, 영국을 대표하는 서구와의 대등함을 찾아 나아가는 과정의 한 표현이라 할 수 있다. 고고학적 차원에서 조선이나 일본 형성을 서술하는 방식은 '차이점의 창출'을 통해 타자를 구성해 냈다.

> 내가 比律賓에 도착하기는 소화 14년 6월이였다. ……比島의 기후를 보통 상상하기를 熱帶地方이라 무척 더울줄 아는 模樣이나 想像外에도 서늘한 편이다. 대체로 조선기후와 比한다면 5월부터 10월까지의 온도가

---

15) 이기영, 「戰線紀行」(<박문> 13, 1939. 2), p. 18.
16) 더글러스 로빈슨, 정혜욱 역, 『번역과 제국』, 동문선, 2002, p. 105.

년중 순환하는 셈이였다…… 내가 만일 比律賓島의 기후를 一言으로 평
한다면 「老幼들과 婦人들의 樂園이라」 하겠다. 웨 그런고 하면 조선과 같
이 기후의 급변으로 인한 부인들의 산후병, 小兒들의 肺炎, 노인들의 咳
嗽 등 병이 적으며 그뿐 아니라 小兒들의 의복을 論하면 夏服인 간단한
내리다지로 년중 通用이 되며 水分과 糖分이 풍부한 珍果는 고국에 계
신 노인들은 더욱 思慕케 하였다.[17]

大東亞戰爭이 시작되면서 신문이나 라디오로 南洋에 대한 소개는 상당
히 보급되었다. 이러한 글들은 남양을 낙원으로 형상화하면서 식민지에
대한 유토피아적 상상력을 추동시킨다. 파시즘 체제는 전쟁을 심미화하고
제국의 과장된 비전 속에서 모든 희생을 치르도록 의미화한다. 이때의 희
생은 적에 대항하는 도덕적인 것이다. 이러한 서사는 은연중에 타자에 대
한 폭력을 받아들이도록 하면서 식민지가 군국주의에 협력하도록 조성한
다. 즉, 경제적, 문명적으로 열등하여 약육강식의 세계판도 위에 놓인 식
민지 조선이 살아갈 길을 실력양성론에서 찾는 민족주의자들, 일부 피식
민지 지식인들의 여행은 대동아전쟁의 제국주의적 이상론을 내면화하는
경로가 되었던 것이다.

제국 주체가 타자에 대한 시각을 확보하는 것은 여행이다. 그래서 여행
을 제국주의 이데올로기의 장치로 이해하는 견해도 가능하다. 여행은 경
험을 측정하는 기준으로 '집'과 '민족'을 소급해 오기 때문에 여행기는 흔
히 집으로부터의 시야를 함축하고 있다. 여행자가 집에서 나와 여행하는
다른 나라의 풍경과 문화는 우리 집과 그들을 비교하는 방식 속에서 재현
된다. 일제 말기 전선기행문에서 '황군'은 '우리'와 구별되지 않고 있거나

---

17) 松山呂湜(舊名 李呂湜), 「比律賓의 印象, 馬尼剌, 留學時代와 比島 風物記」(<대동
아> 14권 3호, 1942. 3), p. 144.

동화되어야 할 민족이다. 대동아공영권론의 이상에 의하면 초민족적 범위에서 일본은 식민지 조선인이 같은 민족으로 받아들여야 할 것으로 재현되고 있다. 따라서 외국을 여행하며 조국의 위엄을 떨쳐주는 황군의 공덕에 고마움을 느끼는 피식민지 조선인의 감상은 이데올로기적 고민 없이 재현된다.

> 여러분! 상상해보시라. 멀고 먼— 南海에 우리 日本의 海軍旗가 엄숙하게 번득이는때 大和魂을 가진 우리의 가슴이 어떻게 뛸 것인가?[18]

그런데 이때 일본과 조선인의 일체화는 주체의 서열과 불평등에 기반한 인공적인 것이다. 이 인공적인 일체화를 가능하게 하는 것이 여행이다. 여행은 밖에 대한 시선뿐만 아니라 안에 대한 시선을 형성하고 집, 민족, 국가에 대한 결속력을 더 강화시킬 수 있는 이미지를 창조하기도 하기 때문이다. 전쟁을 심미화하며 과장된 미래를 제시하는 과정은 일본 제국의 미덕스러운 이미지를 구성한다. 이러한 재현 과정에서 일본제국에 대한 원주민의 태도가 중요해진다. 그것은 불인(佛印)과 태국(泰國) 등 남방원주민들이 대동아공영권을 세워나가는 일본제국의 참 뜻을 잘 양해(諒解)하고 자기들의 행복의 길은 오직 동양의 맹주(盟主)인 일본의 지도하에서 미국과 영국을 격멸하는데 있는 것임을 깨닫고 자발적으로 협력하도록 하기 위해서이다. 원주민들의 불평등이 강조된 측면은 위치를 변형시키고자 하는 의지로서의 식민지 팽창의 문제에 접근하게 한다. 따라서 불평등, 고통, 위계로 착취당한 식민지 "원주민"을 '대동아공영권'의 이데올로기로 결합시키기 위한 제국의 이미지 연출이 필요하다.

---

18) 「戰線喜悲揷畵集 米英兵의 醜態 등, 皇軍의 赫赫한 戰果와 숨은 武勳談」(<대동아> 14권 5호, 1942. 7), p. 84.

이와 같이 미화된 제국의 이미지 창조는 미국과 영국이라는 "공동의 적"을 상상한다. 만주국이 건립되면서부터 '五族協和'라는 新述語가 등장하였고 지나사변(支那事變)이 일어나면서부터 '대동아공영권'이라는 신술어가 또 하나 생겼다. 이 술어들은 東亞의 각 민족이 한 형제와 같이 공존 공영하자는 것이다. "그런데 「대동아권」이라 하면 日, 滿 支만을 칭하는 것인가. 蘭印, 佛印, 印度까지 포함한 것을 칭함인가. 다시 한걸음 더 나아가 西伯利亞도 대동아권에 포함될 수 있는 것인가. 無論 지리적으로는 동아권에 포함돼야 할 것임은 자타가 공인할 것이다"[19]와 같이 대동아 공영권의 심상지리를 작성하는 문제는 제국의 입장에서 중요한 사안이었다. 이때 대동아 공영권은 경계를 설정하도록 하고, 경계 안/밖을 나누어 적을 만들어낸다.

> 南方에 한번 여행한 사람치고 저곳은 과연 세계의 寶庫요 東亞의 樂土라 아니 할 자 없다. 자연의 혜택에 기름진 저 常夏의 땅은 우리의 무한한 호기심과 동경을 자아내는 것이다. 하물며 저곳은 敵英米의 손아귀에서 해방되어 신질서가 着着 건설되는 大東亞의 품에 돌아왔음에랴. 皇軍이 英米軍을 뭇지르고 怒濤같이 진격해 나아갈 때 나는 남방의 싸움터가 바로 눈앞에 뵈이는 듯 손에 담을 쥐면서 3년전 남방여행의 인상이 또렷또렷 새로워짐을 것잡을 수 없었다.[20]

원주민의 입장에서 미국·영국과 일본이 다른 점을 강조하는 것은 일본 제국의 이미지를 긍정적으로 창조해보려는 노력이라 할 수 있다. 이때의 주장이 설득력을 얻는 것은 여행자의 실제 경험이라는 점이다. 수기나

---

19) 신홍우, 「紀行 西伯利亞의 橫斷」(＜삼천리＞ 12권 9호. 1940. 10), pp. 98~99.
20) 金森茂原(舊名 金昌集), 「南方旅行記, 憧憬의 常夏樂土」(＜대동아＞ 제14권 3호, 1942. 3), p. 132.

실제 경험담은 사실성을 통해 신뢰감을 획득한다. 따라서 이 당시 총후미담(銃後美談), 전장미담(戰場美談)에 대한 소개들도 독자들의 이러한 신뢰감 확보에 기반한 것이라 할 수 있다. 황민화 프로젝트는 남양에서도 이루어지고 있었다. 그래서 여행자는 "南洋天地에는 이러한 親日靑年들이 수없이 있"는 것으로 재현한다. 공공의 적을 창조하는 것은 식민지착취에 있어 미·영·불의 제국주의와는 다른 일본의 제국주의 노선을 걸어야 할 필요성에 의해 만들어진 것이다. 따라서 "미영불화 諸國은 남양산업정책을 세울때에 원주민의 利益을 생각해서 실시하지아니하고 순전히 자기네 나라를 본위로 하기 때문에 共存共榮이 되지 아니하고 원주민에게는 막대한 불리"를 끼친 것으로 평가하게 된다. 게다가 여행자가 남방지역에 있는 "섬에 상륙한 뒤 날마다 깨닫고 느낀 것은 米國이란 나라는 사치하고 호화스런 전쟁을 하는 백성들"이라는 것이다. 그들은 "사치하고 호화스런 것을 먼저 준비하고 그 다음으로 무기와 탄약 같은 것을 준비하였다." 이러한 미군의 이미지와 반대되는 황군(皇軍)의 모습은 "나는 종종 우리 皇軍의 백절불굴의 정신에 머리를 숙인다. 이런 경우를 당할 때마다 大東亞戰爭이 오래 계속되드래도 걱정없다는 자신을 갖게 되며 日本은 세계에 자랑할 수 있는 나라라고 자긍하게 된다."[21] 이처럼 미국과 영국을 '공공의 적'으로 창조하는 전형(stereotype)은 원주민들의 '협력'을 통한 제국의 식민지 포섭 전략이 되고 있다.

편견, 고정관념이라는 의미 차원의 전형성은 새로운 문맥 속에서 기존의 것을 재의미화하며 '차이'를 지우고, 형성하는 과정을 반복한다. 전형은 자기 통합이 위협받을 때 발생한다. 따라서 이것은 타자와의 차이를

---

21) 「戰線喜悲揷畵集 米英兵의 醜態 등, 皇軍의 赫赫한 戰果와 숨은 武勳談」, 같은 책, p. 84.

영속화시키면서 다양한 지배 상황을 합법화하는 도구가 된다. 여행자들은 만주기행을 하는 동안 중국인의 "『晚晚的』의 風景은 어느 각도로 보든지 大陸的 品格"[22]이지만 그래서 게으르고 냄새가 나는 것으로 일관되게 묘사하고 있으며, 남방기행을 하는 동안 "원주민", "미개한 백성" 등으로 그들의 생활 습속을 평가하며 전형화한다. 식민지는 공동의 운명을 함께 할 존재로 선언되지만, 실상은 구제, 교화의 대상이 되면서 식민지 구축의 타자이자 희생양이 되고 있는 것이다. 이런 유형의 전선기행문에 자주 등장하는 내용 가운데 하나가 '마약굴', '아편', 그리고 잘못된 조선인의 편견을 통한 피식민지인의 타락과 열등성의 강조이다. 제국과 식민지의 우열 구조를 분명히 하고 있는 이러한 전형화의 과정 속에서 열등성의 극복과 편견을 수정을 가능하게 할 수 있는 것은 농경이나 광산산업 같은 근로보국(勤勞保國)의 임무수행이다. 제국의 미래안의 실현과 그것에 대한 노동자들의 기여가 긴밀하게 연결지어져 있었던 것이다. 따라서 경제적 활동은 체제의 공적담론 속에서 제국 건설이라는 팽창주의적 욕망을 은폐하면서 민족의 운명을 과장되게 조성한다. 경제적 이윤의 선전은 제국주의적 팽창의식을 은폐시키고, 그것을 전쟁 동원의 수단으로 사용하였던 것이다.

자본가나 농민이나 영농(營農)에 있어서 만주이주(滿洲移住)는 낙토(樂土)를 찾는 것이나 다름이 없다라는 식의 식민지에 대한 경제적 가치 평가는 '처녀지'의 수사를 통해 '개척전사'를 호출하고 있다. 이러한 방식은 남방기행에도 드러난다. 여행자는 "태국 각지를 여행할때에 남양에는 아직도 開拓해보지못하고 내버려둔 토지가 얼마든지있고 千古에 人間의 자최가 못들어간 密林地帶에는 하눌을 찌르르만하게 자란 나무들이 빽빽하게 솟아있는 것"을 보았다고 하며 그러한 자원을 제대로 활용하지 못하는 원주

---

22) 이정순, 「南滿 한바퀴」(<조광> 7권 6호, 1941), p. 330.

민들을 지적한다. 그리고 이러한 원주민들을 도와 "무진장의 남양자원을 개척하고 원주민의 복리를 위하야 적당한 산업을 이르킨다고하면 그 발전의 여지가 얼마든지" 있음을 지적한다. 이러한 논리는 식민지 타자를 교화와 구제의 대상으로 삼아 대동아공영의 이데올로기로 포섭하는 동시에 제국의 식민화 전략을 전당화하는 수단이 되었다. 어찌되었거나 식민지 미디어는 이러한 팽창주의적 경제이윤의 선전이 자국의 위기타개라는 희망으로 받아들여지도록 조성하였던 것이다.

> 미영의 착취로 그들의 배를 불리우던 남방자원은 이제야 我皇軍의 肉彈血火의 奮戰으로 인하여 동아 諸民族의 행복을 약속하는 대동아공영권의 一環이 되고 말았으며 戰後 南邦의 무진장의 자원을 개척할 戰士를 부르고 있다. 이에 개척역군의 진출을 위하여 남방자원을 特輯하여 諸彦앞에 供하는 바이다.[23]

> 「滿洲로 간다.」이 말이 滿洲事變 전엔 朝鮮서 쫓겨가는 불쌍한 농민들이 바가지를 꿰차고 보따리를 든 초라한 模樣을 聯想했지만 滿洲建國以來 6년의 세월이 흐른 금일에 있어서는 만주로 간다는 말이 「일을 하러 가고 希望을 갖고 간다」고 할 수 있게쯤 되었다. 滿洲事變을 契機로 新興 滿洲國이 建國되자 民族 協和 王道 樂土의 정신 밑에 朝鮮人의 만주 생활은 무엇으로나 다 변하여 지고 따라서 조선인 문제가 더욱 중대화하게 되어 이에 대한 관심은 識者間에 더욱 喫緊하게 되었고 또 만주를 한 번 본다는 것은 크게 의의 있는 일이 되었다.[24]

위의 인용문에서도 확인할 수 있듯, 남방과 만주는 "행복"과 "희망"을 약속해주는 공간으로 받아들여지고 있다. 일제 말기 파시즘 이데올로기가

---

23) 남방자원전망, 「개척의 전사를 부르는 남방보고해부!」(<대동아> 14권 5호, 1942. 7), p. 100.
24) 함대훈, 「남북만주편력기」(<조광>, 1939. 7), p. 80.

민족과 국가 전체를 용이하게 지배할 수 있었던 것은 공통된 '사회적 신화'25)의 형성 덕택에 가능했다. 그 사회적 신화는 '전쟁'이라는 상황의 설정을 통해 가능해졌는데, 일본의 경우도 대동아 전쟁은 국민 대중에게 있어서 "滿蒙은 일본의 생명선"이라는 의식 아래 "왕도낙토의 건설"에 대한 기대를 품는 계기가 되었다. "세계적인 대공황으로 도시에는 실업자가 넘치고 농촌의 피폐가 극에 달했던 이 시대 국민 대중에게는 공산주의자의 혁명이라는 환상이나 지식인의 제국주의 비판보다도 관동군의 '滿蒙은 일본의 생명선'이라는 쪽이 설득력이 있었고 왕도낙토의 건설에는 꿈과 현실성이 있었다. 그 때문에 신문은 만주사변을 지지했고, 많은 국민이 이듬해의 만주국건설에 기대를 품고 히로타 내각은 대륙에의 농업이민을 가장 중요한 국책으로 내걸고 다음해부터 대대적인 이주계획을 실현시켰다."26) 동일하게, 식민지 조선에서도 개척의 대상이 되고 있는 남방과 만주 공간을 희망의 공간으로 인식하는 담론이 양산되었다.

4. 과학적 관찰과 감수성의 정치학

지형학적 담화는 "목록만들기 혹은 분류하기"의 특징을 갖는다. "권력에 의해서 비로소 사용 가능해진 정보를 목록만들기 하는 것이 지형학자들에게는 중요한 일"이었다. 따라서 "권력이 실제로 원했던 것은 과학이 아니라 전략적으로 이용될 수 있는 정보를 모으는 일"이었다. 제국주의

---

25) "사회적 신화는 도덕적 금지와 미래에 대한 상상에 의거해 대중을 모으는 동원력으로 작용" 하면서 대중의 행위를 선동하고 의지를 불러일으키는 역할을 한다. (마크 네오클레우스/정준영 역, 『파시즘』, 이후, 2002. pp. 37~38 참조.)
26) 都築久義, 「<國策>と文學の實態」(<國文學>, 32권 10호, 1987, 학등사), (日文, 인용자 역), p. 66.

시기 여행자들과 지형학자들은 "정보를 모으는 사람들이었고 이와 같이 수집된 정보를 통해서 식민지 지배나 무역, 또는 산업정책에서 전략적인 통제를 할 수 있었던 것"27)이다. 일제 말기에도 남방종족지나 식민지의 자원 실태, 문화와 풍습, 인구와 교육에 대한 정보가 목록별로 분류되어 기행문에 제시되고 있었다. 권력과 특권의 각인이 명백한 여행과 그것의 문화적 실천은 임무를 통한 의무와 사명감으로 여행주체에게 현시된다. 기행은 여행하는 주체의 변화하는 구성을 등록한다. 여행자들은 상상적인 자아 창조의 공간으로 여행을 만들기 위해 타자성을 사용한다.

> 여기가 國都新京인가 하고 다시금 感激된 가슴의 波動으로 역에 第一步를 내여드디였다. 「휘익!」 바람이 모라친다. 大陸의 바람이다. 어쩐지 北方땅 스케일이크고 氣壓이 세고 거츠른맛이 내 성격에 맞는것같어 좋다. …(인용자 생략)… 만주국이 건국한지 6년 그동안 여기 이 높고 큰 건물과 넓고 긴 도로가 질서정연히 째였다. 이 건설이 만주인도 아니오 조선인도 아니오 日本人이다. 일본인의 偉力은 이마침 크다, 이제 지나사변이 장기전에갔으나 이 만주사변으로부터 8년. 건국으로부터 6년에 이만한 건설면을 보면 지나에 대한 것도 넉넉히 단시일에 건설할 것이라 보는 것이 여기와서 더 느낄수 있다.28)

위의 인용문에서 볼 수 있듯이, 피식민지 여행주체는 대륙의 광대함과 일본 제국의 질서정연한 건설력에서 자신의 낭만적 자아를 찾고 있다. 이와 같은 의사—제국주의자적 진술은 모든 것의 기준으로 설 수 있는 관념을 제공한다. 만주나 남방에 대한 조선인의 구성은 식민화의 역학이 서사와 상상력의 층위에서 잘 발생하는 것을 제시한다. 조선여행작가의 눈을

---

27) 콜린 고튼, 홍성민 역, 『권력과 지식』, 나남, 1997, p. 106.
28) 함대훈, 같은 글, pp. 77~78.

통해서, 만주나 남방은 조선과 다른 것으로 구성된다. 결과적으로 만주와 남방은 조선의 타자로서 제시되고 절대적인 방식으로 이런 차이를 제시한다. 만주와 남방에 대한 조선의 전유는 필수적으로 남방과 만주를 식민화한다. 이러한 논리에 의해 원주민을 바라보는 시각은 차이와 특이성을 완전히 지워버린다. 더 나아가 많은 제국주의 여행자들은 거주민보다 더 논리정연하고, 더 심오하게 문화를 번역할 수 있고, 보는 것으로 한 문화를 간단히 이해할 수 있다고 추정한다. 이와 같이 여행기는 제국적 권위를 조성하고 정체성 구성을 통해 권위를 확립한다.

제국적 권위는 시각, 장소, 특권에 의해 영향받는다. 한 문화의 리얼리티는 시각을 통해 접근할 수 있는 것으로 나타나지만, 여행자의 견해는 항상 편파적이다. 무의식적으로 배우고 동화된 신념들, 가치, 개념의 상당수는 문화적 패턴을 구성하기 때문이다. 게다가 근대의 여행은 보편화되었다고 볼 수 없다. 전선기행문에는 戰地와 이국으로의 여행에 있어서 입국절차의 까다로움에 대해 언급한다. 전쟁을 통하여 농업, 목축, 광업, 공업의 설비뿐만 아니라 군수공업의 보호를 위해 여행을 통제하고 있기 때문에 여행자가 알 수 없도록 "통과할 때에는 기차의 창을 가리워서 보지 못하게 하기"29)까지 했다. 따라서 전시체제는 여행을 더욱 특권화된 것으로 만들었다.

> 車 안에는 兵隊, 軍屬, 宣撫官, 通信員, 連絡員들이고, 間間이 商人이
> 끼여 있다. 旅行者는 別로 없고, 다만 우리 세 사람이 特異한 存在로서
> 여러 사람의 視線을 끄렀다. 우리는 國民服을 똑같이 입고, 커다란 水筒
> 을 둘러 메고 한 편 쪽에는 가죽으로 만든 書類상자를 메고 戰鬪帽에는
> 國民精神總動員聯盟의 徽章을 달았다. 아직도 이 徽章이 普及되지 못해

---

29) 신홍우, 「紀行 西伯利亞의 橫斷」(<삼천리> 12권 9호, 1940. 10), p. 99.

서, 만나는 內地人들마다 그것이 무슨 徽章이냐고 묻는다. 現地에선 兵
士들도 물었다. 어떤 사람은 제출물에 獨斷的으로 우리들을 滿洲國 將校
라고 말한 사람도 있었다. 우리들은 靑年靴를 가뜬하게 신고, 脚絆을 단
단히 치고 있었다.30)

　　今般에 朝鮮文人協會의 추천으로 저는 本府拓務果主催 滿洲國開拓視
察에 파견되게 되었습니다. 滿洲國 건국 10년동안에 大東亞建設의 씩씩
한 소리를 치고 성장된 滿洲國에 자태와 그 건설에 헌신하고 있는 동포
의 용감한 개척생활을 보고 문필로써 정당히 조선문단 及 사회에 보고
하려는게 그 시찰의 목적입니다. 그러나 不肖菲才淺學으로 이 책임을 다
할 수 있을는지 걱정입니다. ……가급적으로 틈을 내어서 滿洲原住民의
생활과 朝鮮分散移住民의 생활 등도 충분히 시찰해 보겠습니다. 滿洲國
開拓이란 종래의 단순한 이민이 아니오, 대동아건설의 설계도뿐에서 건
축되는 새로운 생활의 방식인 줄 나는 생각합니다. 그 장엄한 사상과 꿈
을 이 3주일 동안에 다 볼 수 있을는지 걱정입니다. 그러나 최선을 다하
고 돌아오겠습니다.31)

　해외 시찰이나 임무를 띤 전선기행 등의 여행목적은 타자와 자아 사이
의 차이와 차별을 형성한다. 따라서 전선기행의 목적으로 여행하는 식민
지 땅에서는 일본 제국의 피식민지인인 조선인이 의사―제국주의자의 면
모를 지닐 수 있도록 한다. 게다가, 그 땅들은 "세계 열강의 자유개발의
결과 물질문명은 극점에 달하여 원료부족이 생기고 한편은 생산과다, 자
본과잉, 인구 증가의 현상이 날로 심각해 가매 이 해결할 곳이라고는 아
직도 미개발의 태평양안이다. …(인용자 생략)… 태평양 문제는 실로 동서
兩 문명을 合―하여 궁극적 문화를 창조코저 하는 최후의 爭覇戰"32)이라

---

30) 박영희, 같은 책, p. 159.
31) 「作家開拓地行(前記)」(<대동아> 14권 5호, 1942. 7), p. 123.
32) 김찬용, 「태평양 탐험사」(<조광>, 1941. 12), p. 52.

고 볼 수 있는 곳들이다. 이러한 세계의 각축장 속에서 식민지 조선이 살아남아야 할 길에 대한 모색은 앞 장에서 살펴보았듯이 경제적 이윤의 획득으로 받아들여지고 있었다. 이러한 세계 속에서 피식민지인인 조선인이 주체의 위상을 높이기 위해 필요한 것이 '과학성'으로 파악되고 있다.

> 웨, 우리들은 佛印에서 실패를 했던가? 그 대답은 간단하다. 우리들에게 과학적인 경제의 지식과 경험이 없었던 까닭이다. 그러므로 새시대와 새사회에 直接한 사람들이 아니고는 암만 그곳으로 진출을 해야 소용이 없다.
> 이와같은 느낌을 나는 조선에 돌아와 더욱더욱 느끼게 됐다. 아직도, 우리들은 상업이라고 하는 것을 일종의 投機的 事業으로 알고 있다. 그곳에 무슨 과학적 기술이 소용이 있을것인가? 그까닭에 우리들의 자본은 요행이라고 하는것에 그 운명이 좌우를 당하는 일이 많다. 그리고 늘 우리들의 생활은 말할수 없는 불안을 느끼게 된다. …(인용자 생략)… 그리하여 새로히 우리들은 그곳으로 발전할 방법도 연구해 보자. 우리들의 앞에 놓인 길은 둘 바께없다. 발전을 하느냐? 위축을 하느냐? 우리들이 경제적으로 발전을 하고자함에 標들로 할말은 꼭 하나가 있다. 「상업도 科學이라는 것이다.」이 점만을 잘 이해하면 우리들의 꿈도 현실이 될 수 있는 것이다.[33]

이처럼 발전의 방식과 사유를 '과학적'으로 해야 한다는 모토는 남방이나 만주의 종족지에 대한 정보 수집 과정으로 나아간다. 그래서 열대지역의 식물분포도나 수림, 농토의 개간 방식 등을 정리하는 과학적인 분류 방식이 일제 말기 전선기행문에 내화되어 있었던 것이다. 이와 같은 재현 방식은 이국취미의 생생한 묘사와 설명을 통해 이루어지고 있는데, 여행자의 눈앞에 펼쳐진 풍경의 "多彩한 파노라마"적 묘사는 시각적 관찰의

---

33) 김영건, 「佛印과 朝鮮人」, <조광> 7권 1호. 1941, pp. 214~215.

중요성을 부각시킨다. 그리고 이들 풍경에 대한 낭만적인 지각은 시각적 지배의 대상을 매혹의 대상으로 재현케 한다.

> 꿈꾸고 있든 南支那海上의 處女地海南島는 작년 2월 以來 世界注視의 的이 된채 이제 우리 眼前에 전개되어 있는 것입니다. 옷자락을 넣으면 금시 물이 들듯이 푸른 물이 끝나는 곳에는 明沙의 해안이 너그럽게 깔려있고 거기에 이어서는 남국의 情緖를 자아내는 야자수며 龍舌蘭같은 常綠樹의 숲이있으며 그 사이로는 희고붉은 현대식 건물이 아름다운 대조를 가지고 바라보는 行客의 눈을 魅惑케합니다. 이것은 실로 남지나해상에 그려진 一幅의 그림이오 一篇의 시입니다.
> 들으니 이 해남도는 대만보다 거이 2배나되는 면적을 가진 섬이라 합니다. 거기에는 풍부한 資源이 있고 기름진 無邊의 林野가 사람의 발에 발퍼지 않은채 누어있는 寶倉이라고 합니다. 이땅에 처하여있는 지리적 위치, 이땅이 가지고 있는 혜택받은 천연적 자원, 미개척의 원시림은 마츰내 이섬의 운명을 달리하게 만들고 새로운 역사를 쓰게 하고야 말것입니다. 남국의 태양이 저물결 넘어로 잠겨버리면 맑을대로 맑은 하날에 새빨간 달이 올으고 南十字星 찬란히 빛나며 白沙의 해안으로부터오는 凉風椰子樹잎에 불니는 이 로만스의 섬, 꿈의 나라는 마츰내 현대문명의 세례를 받어 현실의 役事場이 될것입니다.[34]

보고 배워 깨우친다거나 새롭게 시야에 확보된 풍경을 감상하는 태도는 근대적 인식과 궤를 같이 한다. 풍경은 인간에 의해 조망되는 것이다. 그것의 아름다움을 발견하는 인간이 없는 한 풍경은 존재하지 않는다. 풍경을 심미적 인상과 결부시킨다면, "풍경은 (시각을 중심으로 한) 감각을 통해 지각되는 물리적·공간적인 대상이 아니라, 어디까지나 지각하는 인간의 '인상(impression)'이라는 자발적 심상·표상이라고 한다. 그렇다면 '풍경'이란 우리 외부에 실재하는 것이 아니라, 우리 의식에서 만들어진

---

34) 오천석, 「南洋行」(<조광>, 7권 2호, 1941), p. 84.

역사적 산물이 된다."35) 요컨대 '풍경'이란 우리 외부에 존재하는 자명한 것이 아니라, 우리의 심상에 의해 선택되는 것, 선택되어 온 것이다. 이러한 풍경은 제국 주체와 식민 주체를 구성하는 데 사용된다. 『전선기행』의 서두에서 제시되는 만주벌판의 보리밭 묘사는 여행자의 시선을 통해 풍경이 발견되고 있음을 잘 보여주고 있다. "보리가 키가 크면, 適의 敗殘兵이 보리 속으로 기여 들어온다는 이야기"(169)는 車窓으로 내다 보이는 새파란 보리밭을 위험과 긴장으로 바라보게 한다. 이때의 보리밭 풍경은 단순히 자연물이 아니라 관찰자에 의해 이데올로기화된 풍경이다.

> 이 山 저 山이 웃뚝웃뚝 서 있는 것은 我軍의 토―취카다. 그곳에는 皇軍이 서서 우리를 물끄럼이 내려다 보고 있다.「感謝!」이 말 밖에는 다른 아무러한 感想도 없다. 토―취카 넘어로 白雲의 한 조각이 남실남실 하다가는 없어진다. 四月의 하늘은 어딘지 모르게 사람의 마음을 끄는 무엇이 있었다. 北支의 늦은 봄이 비록 戰線의 砲火 속에 쌓였다 하더래도 짧은 餘暇나마 사람의 마음을 흔드는 大自然의 神秘의 손이 품 속으로 따뜻이 들어옴을 깨달았다. (160)

전선기행 자체를 "전선관찰"로 인지하고 있던 여행가들의 의식 속에서 선택된 자연의 풍경은 이데올로기적 장치가 되는 것이다. 그리고 이러한 전선에서 풍경의 발견은 여행자의 감수성에 의해 가능해진다. 이들 기행문의 다수는 편지의 형식으로 이루어지고 있는 점도 주지해야 할 것이다. "여행서사에서 서간체 양식은 대중적이다. 서간체는 그것이 믿을만한 설명인 개념을 강화하고 장소의 생생함을 창조하기 때문에, 여행 서사에서 자발성, 친밀함, 그리고 귀중함을 제공한다."36) 여행기에 대한 감수성의

---

35) 이효덕, 박성관 역, 『표상 공간의 근대』, 소명, 2002, p. 42.
36) Alison E. Martin, "Travel, Sensibility and Gender: The Rhetoric of Female Travel Writing in

영향은 그들이 고무된 외국 환경에 대한 자신의 가장 깊은 곳의 생각과 감정을 표현하도록 여행자에게 감정적으로 고무시킨다. 따라서 전선기행에 나선 여행자들은 "이곳에 오게 된 나는 보이는 것이 모두 感激이요, 생각되는 것이 모두 다 感謝 뿐이였다"와 같이 '감격'의 연속으로 재현한다.

이러한 파시즘적 파토스는 과거 민족의 역사, 문화에 대한 회고와 향수로 이어진다. 집단적이고 사회적인 기억은 경계를 가로지르며 언표화되고 차이나는 것의 재편성에 의해 번역의 형식을 취한다.[37] 1930년대에 최고조에 달한 금강산 여행이나 기타 고적지, 명승지 여행은 고전부흥론을 통한 문화재의 발견과 관광으로서의 명승 발견에 해당한다고 할 수 있다. 그런데 일제 말기 전선기행문류에서는 '과거 戰勝地'와 古戰場 기행이 상당수 이루어지고 있다.

> 아직도 기억에 새로운 張鼓峯事件! 국민 된 者는 모름직이 상기하라. 국경선의 확보를 위하여 용감하게도 軍國日本의 男兒本懷인 戰場의 꽃으로 흩어저 버린 호국의 영령들의 그 충의를! 때는 吉日 중에도 가장 뜻깊은 9월 1일 興亞奉公日 오전 5시 반, 정각 전부터 圖們驛頭에는 예정의 정원 50명을 훨씬 초과하여 근 2백명에나 달하는 남녀 見學者들이 雲集하게 되었다.
> 여느때 같으면 아직 곤한 잠기운이 그냥 남아서 으슴푸레한 얼굴들이

Sophin Von La Roche's *Tagebuch Einer Reise Durch Holland Und England*," <*German Life and Letters*> 57:2 2004. April, p. 128 참조. Martin은 이러한 양식이 18세기 영국 여성들이 만들어 낸 감수성 문화의 산물이라고 보고 있지만, 논자는 이러한 양식이 식민지 남성의 경우에도 적용될 수 있다고 본다. 식민지 남성은 종종 제국주의적 입장에서 여성화된 남성성으로 재현되고 있기 때문이다.

37) James Duncan · Dregory, *Writes of Passage —Reading travel writing*, Routledge, 1999, p. 4. 번역 행위로서의 여행 글쓰기는 '사이 속의 공간'이라는 긴장을 지속적으로 생산한다. 축자적으로 정의하면 '번역'은 하나의 장소에서 다른 장소까지 운반하는 것을 의미한다. 그래서 그것은 차이에 대한 인지와 만회 사이의 복잡한 변증법 속에서 간파된다.

대합실 이 구석 저 구석에서 간 밤의 꿈에 끌려 六甲을 외이고 있으련만 긴장과 동경심과 그리고 경건한 애국심에 그들의 얼굴은 비길 데 없이 엄숙하여 졌고 어서 속히 車 時間이 되어지기를 기다리기에 안절부절 진정을 못한다. 하늘은 흐릿하니 얏게 내려 앉어 그도 무슨 追懷에 잠긴 듯 우울하기 비길 데 없다. 하늘도 말이 없고 대지도 말이 없고 사람 역시 말이 없는 무거운 침묵 속에서 어느듯 출발 시각은 되었다.[38]

과거 전승지(戰勝地)에서 있었던 무용담과 애국미담을 듣고 여행자들은 "가슴 속에 뭉클하게 치미는 그 무엇", "국경선의 확보에 불멸의 기록을 남긴 皇軍의 그 忠勇無雙한 의기가 다시금 뼈 속에 사모처 들면 저절로 머리를 숙이게" 하는 감흥이 있는 것으로 재현된다. 그리고 과거의 전승지를 이백(李白), 백거이(白居易), 도연명(陶淵明) 등 옛 시인들의 시구를 통하여 설명하는 양식을 취하고 있는 기행문들도 있다. 여행자들은 기행하고 있는 곳이 과거 "戰線의 요충지"이자 "우리 해육군은 7월 5일에 이것을 점령하고 니여 동 26일에 九江을 점령한 것"이다와 같은 식으로 전쟁의 흔적을 명명하고 답습하며 전쟁의 아우라를 형성한다. 이와 같이 과거 전승지를 기행하는 것은 여행자의 회고적 감수성을 자극할 뿐만 아니라 현재의 전쟁에 대한 현실감과 의지를 불러일으킨다. 이는 역사를 통해서 현실감을 강화하려는 의도로 해석할 수 있다.

5. 결론: 전략으로서의 리얼리티와 판타지

일반적인 기행문에 대한 이해는 한 대상을 지시하는 어떤 단어와 문장

---

38) 현경준, 「聖戰地 張鼓峯, 當時 皇軍 奮戰의 地를 찾어」(<삼천리> 12권 9호. 1940. 10), p. 52.

이 현실성을 확보하고, 그것이 현실 그 자체라고 인정하게 된다. 그런데 이와 같은 기행문 재현의 일반적 이해가 이데올로기 동원의 수사가 될 수 있다. 특히나 戰地의 긴장감과 전투상황을 '생생하게' 전달해야 하는 '보고문학'으로서의 기행문학에 있어 현실감은 하나의 전략이 될 수 있다.

이 연구는 일제 말기 전선 기행문에 나타난 재현의 세 가지 양상을 경이(wonder), 전형(stereotype), 과학과 감수성(sensibility)의 차원에서 살펴보았다. 대동아공영권이라는 모토 아래 치루어졌던 일본의 전쟁에서 피식민지인이었던 조선인들이 식민지의 범주에 포함되는 만주와 남양이라는 신세계를 조우하는 방식 속에서 피식민지인으로서의 정치적 무의식이 살펴질 수 있으리라 본다. 이들 여행작가들에게 식민지와 전쟁에 대한 실감만이 중요했던 것이 아니라 그 과정 속에는 피식민지의 타개책을 찾아 나설 수 있는 유토피아적 희망이 존재했던 것이다. 따라서 이때의 실감은 민족 재활의 꿈일 수도 있었으리라. 그러나 이들 여행작가들의 이상과 재현이 재현자의 주관이었다는 데 비판의 여지가 남아 있는 것이다.

확실히, 외국지방에 대한 어떤 작가의 묘사는 주관적일 수 있다. "어떤 현실에 관한 지식을 포함하고자 의도" 하여 "학자나 연구기관 또는 정부가 그것에 권위를 부여할 수 있다. 그 때문에 그 텍스트는 현실적 성공이 보증하는 이상으로 큰 위신을 갖게 된다. 그리고 더욱 중요한 것은 이러한 텍스트가 단지 지식만이 아니라 그 텍스트가 서술하고 있는 듯이 보이는 그 현실도 '창조'할 수 있다고 하는 점이다."[39] 에드워드 사이드는 『오리엔탈리즘』에서 어떻게 동양이 유럽 탐험가, 학자, 그리고 시인들에 의해 의미부여 되어 왔는가를 논의하며 강조한다. 사이드가 지적한 것처럼, 우리의 입장에서 '여기'를 의미로 전환시키는 거리의 공허하거나 익명적

---

39) 에드워드 사이드, 박홍규 역, 『오리엔탈리즘』, 교보문고, 1991, p. 163.

인 도달에 의해, 공간은 일종의 시적 과정에 의해 감정과 심지어 이성적 판단력을 초래한다. 사이드는 이를 '심상지리'로 명명하였다. '심상지리'는 지리적 장소의 편견뿐만 아니라 그곳을 방문하는 외부인에 의해 재구성 될 수 있음을 의미하는 것이다. 따라서 이러한 연구는 외부인의 시각으로부터 한 나라에 대한 어떤 관점이 하나의 판타지가 되는 방식을 고려할 수 있게 한다.

■ 참고문헌

■ 소설 텍스트

김재용·김미란 편역, 『식민주의와 협력』 1, 역락, 2003.

백 철, 『전망』(<인문평론>, 제2권 1호, 1940. 1.)

유진오, 『우수의 뜰』(『여성』, 1940. 8~12.)

이광수, 『진정마음이 만나서야말로』(이경훈 편역, 평민사, 1995.)

이기영, 『처녀지』(상·하권), 삼중당, 1944.

이무영, 『향가, 목석부인 외』(장천용 편, 『이무영문학전집』 2권, 국학자료원, 2000.)

이태준, 『별은 창마다』(『이태준 문학전집』 3, 단음출판사, 1988.)

이태준, 『청춘무성』(『이태준문학전집』 6, 단음출판사, 1988.)

이태준, 『행복에의 흰 손들』(『이태준 문학전집』 11, 단음출판사, 1988.)

이효석, 『벽공무한』(『이효석전집』 5권, 1983, 창미사)

정비석, 『청춘의 윤리 외』, 삼성당, 1994.

채만식, 『냉동어』(『채만식전집』 5, 창작사, 1987.)

채만식, 『아름다운 새벽/여자의 일생/여인전기』(『채만식전집』 4, 창작사, 1987.)

한설야, 『한국근대소설단편대계』(태학사, 1988.)

김남천, 『한국근대단편소설대계』(태학사, 1988.)

이효석, 『이효석 전집』(창미사, 2003)

■ 자료

김병걸·김규동, 『친일문학작품선집 2』, 실천문학사, 1986.
김병걸·김규동, 『친일문학작품선집 5』, 실천문학사, 1986.
都築久義, 「<국책>と文学の실태」(<국문학>, 32권 10호, 8월호, 학등사, 1987.)
백　철, 『인간탐구의 문학』, 창미사, 1985.
이경훈 편역, 『친일문학전집 Ⅱ』, 평민사, 1995.
임종국, 『친일논설선집』, 실천문학사, 1987.
정운현 편, 『학도여 성전에 나서라―학병 권유 친일 문장 선집』, 도서출판 없어지
　　　지 않는 이야기, 1997.
최재서, 『교양론』, 박영사, 1963.
최재서, 『轉換期の朝鮮文學』, 인문사, 1943.
『1930년대 한국 문예비평자료집』, 한일문화사, 1986.
『여성』, 『신가정』, 『신동아』, 『청색지』, 『청년』, 『조선문단』, 『조선』, 『문장』, 『삼천
리』, 『인문평론』, 『조광』, 『야담』, 『신시대』, 『춘추』, 『국민문학』, 『반도の光』, 『대
동아』, <조선일보>, 『매일신보』, 『동아일보』

■ 국내논저

강옥희, 『한국근대 대중소설연구』, 깊은샘, 2000.
공임순, 「역사소설의 양식과 이순신의 형성 문법」(한국근대문학회, 『한국근대문학
　　　연구』, 2003 상반기, 7.)
구수경, 『1930년대 소설의 서사기법과 근대성』, 국학자료원, 2003.
권명아, 「태평양 전쟁기 남방 종족지와 제국의 판타지」, 상허문학회, 『한국문학과
　　　탈식민주의』, 깊은샘, 2005.
권명아, 『가족이야기는 어떻게 만들어지는가』, 책세상, 2000.
김　철, 「김동리와 파시즘―「황토기」를 중심으로」(한국문학연구회, 『현역중진작가
　　　연구Ⅳ』, 국학자료원, 1999)
김경수 외, 『페미니즘과 문학비평』, 고려원, 1994.

김경수, 「한국세태소설연구 -개화기에서 해방전까지-」, 서강대 박사논문, 1992

김경수, 『염상섭 장편소설 연구』, 일조각, 1999.

김대호, 「니이체의 反기독교주의에 대한 고찰-反파시즘을 중심으로-」, 연세대 석
　　　사논문, 1994.

김병구, 「1930년대 리얼리즘 장편 소설의 식민성 연구」, 서강대 박사논문, 2000.

김세균 편역, 『자본주의의 위기와 파시즘-독일에서의 이론논쟁을 중심으로-』, 동
　　　녘, 1987.

김수용·고규진·최문규·조경식, 『유럽의 파시즘-이데올로기와 문화-』, 서울대
　　　출판부, 2001.

김승희, 「李箱詩 연구 -말하는 주체와 기호성의 의미작용을 중심으로-」, 서강대
　　　박사학위논문, 1991.

김양선, 「1930년대 후반 소설의 미적 근대성 연구」, 서강대 박사논문, 1997.

김양선, 「옥시덴탈리즘의 심상지리와 여성(성)의 발명-1930년대 후반 소설을 중심
　　　으로-」(민족문학사학회, 『민족문학사연구』, 제23호, 2003. 하반기.)

김영민, 『한국근대문학비평사』, 소명, 1999.

김용우, 「파시즘이란 무엇인가? -"새로운 합의"의 성과와 한계-」(『서양사론』, 제
　　　75호, 2002.)

김윤식, 『일제 말기 한국작가의 일본어 글쓰기론』, 서울대출판부, 2003.

김윤식, 『한국근대문예비평사연구』, 일지사, 1985.

김은정, 「Carlo Emilio Gadda의 Eros e Priapo에 나타난 파시즘과 에로티즘」, 한국외국
　　　어대 이태리어과 석사논문, 1998.

김재용 외, 『친일문학의 내적논리』, 역락, 2003.

김재용, 「'멸사봉공'으로서의 친일 파시즘 문학-채만식의 친일과 내적 논리-」(<실
　　　천문학>, 2003. 봄호.)

김재용, 「여성성과 국가주의의 결합으로서의 친일문학 -일제 말 최정희의 문학-」
　　　(『실천문학』, 2004. 봄호.)

김재용, 『민족문학 운동의 역사와 이론』 2, 한길사, 1996.

김종균, 『일제 말기의 한국소설 연구』, 고대민족문화연구원, 1999.

김종대, 『독일 청년 문학과 청년문화』, 문학과지성사, 1990.

김진균·정근식 편저, 『근대주체와 식민지 규율권력』, 문화과학사, 1997.

김진아, 「이기영 장편소설 『처녀지』 연구」, 영남대 석사논문, 2003.

김철·신형기 외, 『문학 속의 파시즘』, 삼인, 2001.

김혜니, 『한국근현대 비평문학사 연구』, 월인, 2003.

류보선, 「친일문학의 역사철학적 맥락」(『한국근대문학연구』, 한국근대문학회, 2003 상반기, 7.)

박성봉, 『대중예술의 미학-대중 예술의 통속성에 대한 미학적인 접근-』, 동연, 1995.

박은정, 「토머스 핀천의 「바인랜드」: 대중매체의 이데올로기와 파시즘」, (『영어영문학』, 43권 2호, 1997).

박찬국, 『하이데거와 나치즘』, 문예출판사, 2001.

박철희, 『문학개론』, 형설출판사, 1975.

박헌호, 『이태준과 한국 근대소설의 성격』, 소명출판, 1999.

방기중 편, 『일제 파시즘 지배정책과 민중생활』, 혜안, 2004.

방민호, 『채만식과 조선적 근대문학의 구상』, 소명, 2001.

백승국, 「1930년대 국내 문화운동의 성격 변화에 관한 연구」, 연세대 석사논문, 2001.

변미내, 「쉴러(F. Schiller)에 있어서 미적 교양과 인격도야의 관련성에 관한 연구」, 서울대 국민윤리교육과 석사논문, 1990.

변은진, 「전시파쇼체제기(1937~1945) 청년층의 인식과 활동 ─독립 및 국가건설 문제를 중심으로─」(『한국근현대청년운동사』, 풀빛, 1995.)

서경석, 「만주국 기행문학 연구」, 『어문학』 86집, 2005.

서동만 편역, 『파시즘연구』, 거름, 1993.

설혜심, 「제국주의와 섹슈얼리티」(<한국학보>, 제178집, 2003. 6.)

소영현, 「1940년 전후 동양담론 분석」(상허문학회, 『1930년대 후반문학의 근대성과 자기성찰』, 깊은샘, 1998.)

손정수, 『개념사로서의 한국근대비평사』, 역락, 2002.

송민호, 『일제말 암흑기 문학 연구』, 새문사, 1991.

신형기, 『민족이야기를 넘어서』, 삼인, 2003.

신형기, 『해방기 소설 연구』, 태학사, 1992.

심진경, 「1930년대 후반 장편소설의 여성 섹슈얼리티 연구」, 서강대 박사논문,

2001.

심진경, 「여성작가 친일소설연구」(『<배달말>, 제32호, 2003. 6.)

심진경, 「채만식 문학과 여성-『인형의 집을 나와서』와 『여인전기』를 중심으로-」
（한국근대문학회, 『한국근대문학연구』, 2002 하반기. 6.)

역사문제연구소, 『한국의 '근대'와 '근대성' 비판』, 역사비평사, 1997.

우찬제, 「현대장편소설의 욕망시학적 연구-주체의 성격에 따른 욕망현시 유형을
중심으로-」, 서강대학교 박사논문, 1992.

우한용, 『소설교육론』, 평민사, 1993.

이경훈, 『오빠의 탄생:한국 근대 문학의 풍속사』, 문학과 지성사, 2003.

이경훈, 『이광수의 친일문학 연구』, 태학사, 1998.

이덕형, 「교양소설의 순응논리 - 고트프리트 켈러의 『녹의의 하인리히』를 중심으
로-」, 서울대 독문과 박사논문, 1994.

이상경, 「식민지에서의 여성과 민족의 문제-일제 파시즘하의 최정희와 임순득-」
（<실천문학>, 2003. 봄호.)

이상경, 「일제 말기의 여성동원과 '군국'의 어머니」(『페미니즘연구』, 통권 2호,
2002. 12.)

이상의, 「일제지배 말기의 파시즘적 노동관과 '勞資一體論'」(『<동방학지>, 118집,
2002. 12.)

이선옥, 「우생학에 나타난 민족주의와 젠더 정치 -이기영의 『처녀지』를 중심으로
-」(<실천문학>, 2003. 봄호.)

이선옥, 「이기영소설의 여성의식 연구」, 숙명여대 박사논문, 1995.

이수영, 「일제 말기 모더니즘 소설의 현실 대응양상 연구」, 서울대 석사논문, 2000.

이재선, 『문학 주제학이란 무엇인가 : 주제 비평의 새로운 위상』, 민음사, 1999.

이재선, 『한국 소설사』, 민음사, 2000.

이정옥, 『1930년대 한국 대중소설의 이해』, 국학자료원, 2000.

이종영, 『내면성의 형식들』, 새물결, 2002.

이지훈, 「1930년대 후반기 한국 대중소설 연구」, 서울대 박사논문, 2003.

이혜령, 「남성적 질서의 승인과 파시즘의 내면화」(『현대소설연구』 12, 2002. 6.)

이효덕, 박성관 역, 『표상 공간의 근대』, 소명, 2002.

임재동, 「괴테의 소설 『빌헬름 마이스터의 수업시대』에서 교양과 자연」, 서울대 독

문과 박사논문, 1999.

임종국, 『친일문학론』, 평화출판사, 1963.

임지현, 『이념의 속살』, 삼인, 2001.

임홍배, 「파시즘의 정치적 무의식」(<문예미학>, 제9호, 2002.)

전경갑, 『욕망의 통제와 탈주:스피노자에서 들뢰즈까지』, 한길사, 1999.

전은정, 「일제하 신여성 담론에 관한 분석」, 서강대 사회학과 석사논문, 2000.

정태헌, 「1930년대 조선인 유산층의 친일논리와 배경」(민족문제연구소, 『한국근현
　　　대사와 친일파 문제』, 아세아문화사, 2000.)

최원규 편, 『일제 말기 파시즘과 한국사회』, 청아출판사, 1988.

최원영, 「일제 말기(1937~45)의 청년동원 정책－청년단과 청년훈련소를 중심으로－」,
　　　서강대 사학과 석사논문, 1997.

최정무, 『위험한 여성』, 삼인, 2001.

최주한, 「이광수 소설 연구－애정 삼각 관계의 양상과 그 의미를 중심으로－」, 서
　　　강대 박사논문, 2001.

태혜숙, 『탈식민주의 페미니즘』, 여이연, 2001.

布袋敏博, 「일제 말기 일본어소설 연구」, 서울대 석사논문, 2000.

한국문학연구학회, 『한국문학, 파시즘과 인민주의』, 국학자료원, 2000.

한국문학연구회, 『현역중진작가연구Ⅳ』, 국학자료원, 1999.

한국역사연구회, 『한국근현대청년운동사』, 풀빛, 1995.

한나 아렌트/김정한 역, 『폭력의 세기』, 이후, 1999.

한민주, 「1930년대 후반 전향 소설에 나타난 남성 매저키즘의 의미」(한국여성문학
　　　학회, 『여성문학연구』, 10호, 2003.)

한완상, 『현대사회와 청년문화』, 법문사, 1973.

한형구, 「일제 말기 세대의 미의식에 관한 연구」, 서울대 박사논문, 1992.

■ 국외논저

가라타니 고진/김경원 역, 『마르크스 그 가능성의 중심』, 이산, 1999.

게오르크 루카치/변상출 역, 『이성의 파괴』 Ⅱ , 백의, 1996.

고모리 요이치/송태욱 역, 『포스트콜로니얼—식민지적 무의식과 식민주의적 의식—』, 삼인, 2002.

노버트 엘리아스/유희수 역, 『매너의 역사』, 신서원, 1995.

뤼스 아모시, 안 에르슈베르 피에로/조성애 역, 『상투어—언어, 담론, 사회—』, 동문선, 2001.

뤼시앙 골드만/조경숙 역, 『소설사회학을 위하여』, 청하, 1982

리처드 래저러스 · 버니스 래저러스/정역목 역, 『감정과 이성』, 문예출판사, 1997

리타 펠스키, 김영찬 · 심진경 역, 『근대성과 페미니즘 — 페미니즘으로 다시 읽는 근대』, 거름, 1998.

마루야마 마사오, 김석근 역, 『현대정치의 사상과 행동』, 한길사, 1997.

마크 네오클레우스, 정준영 역, 『파시즘』, 이후, 2002.

미셸 푸코, 이규현 역, 『성의 역사—앎의 의지—』, 나남출판, 1990.

더글러스 로빈슨, 정혜욱 역, 『번역과 제국』, 동문선, 2002.

마크 네오클레우스, 정준영 역, 『파시즘』, 이후, 2002.

에드워드 사이드, 박홍규 역, 『오리엔탈리즘』, 교보문고, 1991.

콜린 고든, 홍성민 역, 『권력과 지식』, 나남, 1997.

가라타니 고진/김경원 역, 『마르크스 그 가능성의 중심』, 이산, 1999.

미셸 푸코/이규현 역, 『성의 역사: 앎의 의지』, 나남, 1990.

엘리자베스 그로츠/임옥희 역, 『뫼비우스 띠로서의 몸』, 여이연, 2001.

우에노 치즈코/이선이 역, 『내셔널리즘과 젠더』, 박종철출판사, 1999.

자크 레에나르트/허경은 역, 『소설의 정치적 읽기』, 한길사, 1995.

제프리 윅스/서동진 · 채규형 역, 『섹슈얼리티: 성의 정치』, 현실문화연구, 1994.

피터 브룩스/이봉지 · 한애경 역, 『육체와 예술』, 문학과 지성사, 2000.

발터 벤야민, 반성완 역, 『발터 벤야민의 문예이론』, 민음사, 1983.

배네딕트 앤더슨/윤형숙 역, 『민족주의의 기원과 전파』, 나남, 1991.

브라이언 터너, 임인숙 역, 『몸과 사회』, 몸과 마음, 2002.

빌헬름 라이히, 오세철, 문형구 역, 『파시즘의 대중심리』, 현상과 인식, 1986

사에구사 도시카쓰 외, 『한국 근대문학과 일본』, 소명, 2003.

샤오메이 천/정진배 · 김정아 역, 『옥시덴탈리즘』, 강, 2001.

세르주 모스코비치/이상률 역, 『군중의 시대』, 문예, 1996.

손 호머/이택광 역, 『프레드릭 제임슨-맑스주의, 해석학, 포스트모더니즘-』, 문화
　　　과학사, 2002.

스즈키 사다미鈴木貞美/ 김채수 역, 『일본의 문학 개념-동서의 문학개념과 비교
　　　고찰-』, 보고사, 2001.

스티븐 컨, 이성동 역, 『육체의 문화사』, 의암, 1996.

스티븐 코핸·린다 샤이어스/임병권·이호 역, 『이야기하기의 이론-소설과 영화
　　　의 문화 기호학-』, 한나래, 1996.

앤더슨, 윤형숙 역, 『민족주의의 기원과 전파』, 나남, 1991.

앤소니 기든스, 배은경·황정미 역, 『현대사회의 성·사랑·에로티시즘』, 새물결,
　　　1996.

에드워드 사이드, 박홍규 역, 『오리엔탈리즘』, 교보문고, 1999.

우구마 에이지/조현설 역, 『일본 단일민족신화의 기원』, 소명, 2003.

우에노 치즈코, 이선이 역, 『내셔널리즘과 젠더』, 박종철출판사, 1999.

이마무라 히토시, 이수정 역, 『근대성의 구조』, 민음사, 1999.

자크 레에나르트, 허경은 역, 『소설의 정치적 읽기』, 한길사, 1995

재크린 살스비, 『낭만적 사랑과 사회』, 민음사, 1995.

제프리 웍스, 서동진·채규형, 『섹슈얼리티: 성의 정치』, 현실문화연구, 1994

조지L. 모스/서강여성문학연구회 역, 『내셔널리즘과 섹슈얼리티』, 소명, 2004.

조지L. 모스/이광조 역, 『남자의 이미지-현대 남성성의 창조-』, 문예출판사, 2004.

질 들뢰즈·펠릭스 가타리/김재인 역, 『천개의 고원-자본주의와 분열증 2』, 새물
　　　결, 2001.

크리스 쉴링, 임인숙 역, 『몸의 사회학』, 나남출판, 1999.

프란츠 파농/이석호 역, 『검은 피부, 하얀 가면』, 인간사랑, 1998.

피터 베리/한만수 역, 『현대문학이론 입문』, 시유시, 2001.

I. 하우/김재성 역, 『소설의 정치학』, 화다, 1988.

호미 바바/나병철 역, 『문화의 위치』, 소명, 2002.

M. 드베스/정봉구 역, 『청년기』, 을유문화사, 1969.

M. 로빈슨/김민환 역, 『일제하 문화적 민족주의』, 나남, 1990.

William C. Dowling/곽원석 역, 『『정치적 무의식』을 위한 서설』, 월인, 2000.

Alexander J. De Grand, *Fascist Italy and Nazi Germany —The 'fascist' style of rule—*, Routledge, 1997.

Charles Burdett, "Italian Fascism and utopia"(*History of The Human Sciences* Vol. 16. No. 1. 2003)

Doris Sommer, *Foundational Fictions: The National Romances of Latin America* (Berkeley:University of California Press, 1991)

Elizabeth Boa, J. H. Reid, *Critical Strategies —German Fiction in the Twentieth Century—*, McGill —Queen's UP, 1972.

Erin G. Carlston, *Thinking Fascism —Sapphic Modernism and Fascist Modernity—*, Stanford UP, 1998.

Inderpal Grewal and Caren Kaplan, ed, *Scattered Hegemonies —Postmodernity and Transnational Feminist Practices—*, Minnesota UP, 1994.

Jeremy Roche and Stanley Tucker, *Youth in Society —Contemporary Theory, Policy and Practice—*, The Open University, 1997.

Joan Pong Linton, *The Romance of the New World —Gender and the Literary Formations of English Colonialism*, Camberidge UP, 1998.

Joseph Allen Boone, *Libidinal Currents —Sexuality and The Shaping of Modernism—*, Chicago UP, 1998.

Kimberly Tae Kono, "*Writing Imperial Relations: Romance and Marriage in Japanese Colonial Literature*", California Berkeley Uni. Ph.D, 2001.

Klaus Theweleit, *Male Fantasies*, Minnesota UP, 1989.

Laura Catherine Frost, "*Fascism and Fantasy in Twentieth —Century Literature*", Columbia Uni, Ph.D, 1998.

Lydia Indira Fisher, "*Domesticating the Nation: American Narratives of Home Culture*", Washington University Ph.D, 2000.

Martin Durham, *Women and Fascism*, Routledge, 1998.

Mary Esteve, *The Aesthetics and Politics of The Crowd in American Literature*, Cambridge UP, 2003.

Merry M. Pawlowski ed, *Virginia Woolf and Fascism —Resisting the Dictators' Seduction—*, Palgrave, 2001.

Roger Griffin, "The Reclamation of Fascist Culture"(*European History Quarterly* Vol. 31. 2001.)

Ronald Hyam, *Empire and Sexuality —The British Experience—*, Manchester UP, 1992.

Samuel Kalman, "Faisceau Visions of Physical and Moral Transformation and the Cult of Youth in Inter—war France"(*European Histrory Quarterly* Vol. 33. 3. July 2003.)

Sander L. Gilman, *Difference and Pathology —Stereotypes of Sexuality, Race, and Madness—*, Cornell UP, 1985.

Sandra Souto Kustrin, "Taking the Street: Workers' Youth Organizations and Political Conflict in the Spanish Second Republic"(*European History Quarterly* Vol 34. Nu 2, April 2004.)

Sarah Cole, *Modernism, Male Friendship, and The First World War*, Cambridge UP, 2003.

Simonetta Falasca—Zamponi, *Fascist Spectacle —The Aesthetics of Power in Mussolini's Italy—*, California UP, 2000.

Susan Sontag(Farrar, Straus and Giroux ed), *Under the sign of Saturn*, Picador USA, 2002.

Thomas J. Saunders, "A 'New Man': Fascism, Cinema and Image Creation"(*International Journal of Politics, Culture and Society* Vol. 12. No. 2. 1998)

Tonglin Lu, *Gender and Sexuality in Twentieth —Century Chinese Literature and Society*, Sate University of New York, 1993.

David Hillman & Carla Mazzio, *The Body in parts —Fantasies of Corporeality in early modern Europe —*, Routledge, 1997.

Simonetta Falasca—Zamponi, *Fascist Spectacle*, California UP, 1997.

Alison E. Martin, "Travel, Sensibility and Gender: The Rhetoric of Female Travel Writing in Sophin Von La Roche's Tagebuch Einer Reise Durch Holland Und England," <*German Life and Letters*> 57:2, 2004, April.

James Duncan · Dregory, *Writes of Passage —Reading travel writing*, Routledge, 1999.

Jonathan P. A. Sell, *Rhetoric and Wonder in English Travel Writing 1560—1613*, Ashgate, 2006.

Kristi Siegel, *Issues in Travel Writing*, Peter Lang, 2002.

낭만의 테러 파시스트 문학과 유토피아적 충동

2008년 7월 1일 1판 1쇄 인쇄
2008년 7월 10일 1판 1쇄 발행

지은이 • 한 민 주
펴낸이 • 한 봉 숙
펴낸곳 • 푸른사상사

등록 제2-2876호
서울시 중구 을지로3가 296-10 장양B/D 701호
대표전화 02) 2268-8706(7) 팩시밀리 02) 2268-8708
메일 prun21c@yahoo.co.kr / prun21c@hanmail.net
홈페이지 //www.prun21c.com
ⓒ 2008, 한민주

ISBN 978-89-5640-635-0-93800

값 23,000원

☞ 21세기 출판문화를 창조하는 푸른사상에서 좋은 책 만들기에 노력하고 있습니다.
저자와의 합의에 의해 인지 생략함.

지은이 한민주(韓敏珠, Han, Min-Ju)는

1973년에 태어나 건양대학교 국어국문학과와 서강대학교 대학원을 졸업했다.
1998년 「장용학 소설의 알레고리적 특성 연구」로 석사학위, 2005년 「일제 말기 소설 연구: 파시즘의 소설적 형상화를 중심으로」로 박사학위를 받았다.
박사논문은 학술진흥재단에서 지원하는 신진연구과제로 지정되었다.
이밖에 「현대소설과 과학담론의 상관성 연구」로 재단 법인 솔벗에서 수여하는 2005년 '한국학 연구 지원' 과제로 지정되었다.
그리고 2007년 <문학사상> 평론 부문에 「진실을 탐구하는 유령학: '검은 어둠' 속 '죽지 않는 인간들'을 상상해 보다—김연수론」으로 등단했다.
현재 서강대, 건양대, 청주교육대 등에서 강의하고 있으며, 지은 책으로는 『거울과 미로』(공저)가 있다.
논문으로는 「허윤석의(구관조)에 나타난 기술 시학적 양상」, 「현대소설에 나타난 그림자 모티프와 섹슈얼리티의 수사」 등이 있다.